MARC LEVY

Eine andere Vorstellung vom Glück

Marc Levy

EINE ANDERE VORSTELLUNG VOM GLÜCK

Roman

Aus dem Französischen von
Eliane Hagedorn und Bettina Runge

blanvalet

Die Originalausgabe erschien 2014 unter dem Titel
»Une autre idée de bonheur«
bei Editions Robert Laffont, Paris.

FSC www.fsc.org MIX Papier aus verantwortungsvollen Quellen FSC® C014496

Verlagsgruppe Random House FSC® N001967

1. Auflage
Taschenbuchausgabe 2020 bei Blanvalet,
einem Unternehmen der Verlagsgruppe Random House GmbH,
Neumarkter Straße 28, 81673 München

Redaktion: Gerhard Seidl
Umschlaggestaltung: www.buerosued.de
Umschlagabbildung: Yuliya Saponova/Arcangel Images
KW · Herstellung: wag
Satz: Uhl + Massopust, Aalen
Druck und Bindung: GGP Media GmbH, Pößneck
Printed in Germany
ISBN 978-3-7341-0745-0

www.blanvalet.de

Für Pauline, Louis und Georges

Es gibt keine Zufälle,
es gibt nur Begegnungen.

Paul Éluard

Er hielt ihr Tagebuch in Händen, begierig auf die Worte, die sie zu Papier gebracht hatte, und versuchte, in der einen oder anderen Person seine eigenen Züge wiederzuerkennen, den Widerhall ihrer Gespräche in den Cafés von Greenwich Village, eine der Zeit gestohlene Episode. Und mit jeder Seite, die er umblätterte, hörte er sein Herz schlagen, außer Atem von einer Liebe, deren Erinnerung verblasst war wie die Fußabdrücke eines Läufers, der sich im Schnee entfernt.

Während die Dunkelheit hereinbrach, setzte er seine Lektüre fort. Er saß allein am Tisch des einzigen Raums in seinem Haus und kümmerte sich weder um sein Abendessen noch um die Stunden, die sich weit in die Nacht zogen. Hier gab es nichts Überflüssiges, doch alles Lebensnotwendige war vorhanden. Als die ersten Sonnenstrahlen durch die Jalousie drangen, schlug er das Buch zu und hielt, die Hände auf den Knien, mit einem tiefen Seufzer die Tränen zurück.

Sie hatte ihr Leben erzählt, ohne ihn je beim Namen zu nennen und auf die Rolle einzugehen, die ihm darin zukam, oder auf die Wahl, die sie getroffen hatte. Und er fragte sich, ob das auf Gleichgültigkeit ihrerseits zurückzuführen war oder auf einen Groll, den die Zeit nicht besänftigt hatte.

Schließlich trat er zum Waschbecken, betrachtete sein Gesicht in dem gesprungenen Spiegel, der an einem Nagel hing, und erkannte nicht die Züge desjenigen, der ihn während der gesamten Lektüre verfolgt hatte. Vielleicht war das der Grund, weshalb Hanna ihn aus ihrer Vergangenheit ausgelöscht hatte. Merkwürdig, diese Erinnerungen, dachte er, während er sich eiskaltes Wasser ins Gesicht spritzte. Manche Menschen nähren sich davon, als würde ihre Existenz dadurch von einem Faden zurückgehalten, der sie vom Tod entfernte; andere löschen sie aus, um die ihnen verbliebene Zeit zu erhellen.

Er machte sich sein Frühstück: Kaffee und Eier auf Speck, die in einer gusseisernen Pfanne brutzelten. Sie musste in diesen Seiten ein Indiz zurückgelassen haben, eine Antwort auf die Frage, die ihr Verschwinden erklärte, eine Spur. Sonst hätte sie sie verbrannt oder mitgenommen.

Danach stellte er seinen Teller ins Spülbecken und kehrte an den Tisch zurück.

»Herrgott, Hanna, du konntest die Wahrheit doch nicht derart ignorieren«, fluchte er und rieb sich die Wangen, um gegen die Müdigkeit anzukämpfen.

Er starrte auf die Wanduhr, erhob sich und öffnete den Schrank, um seine Reisetasche zu packen. Er legte drei Hemden hinein, Unterwäsche, eine Wolljacke und einen Pullover. Er holte den Umschlag, der all seine Ersparnisse enthielt, steckte ihn in seine Manteltasche, nahm seinen Hut und den Holster vom Garderobenhaken, überprüfte die Sicherung des Revolvers und ließ ihn weit unten in der Tasche verschwinden. Dann erstickte er die Glut im Kamin, verriegelte die Fensterläden, löschte das Licht und trat aus der Haustür.

An diesem Spätwintermorgen stand die Sonne noch tief am Himmel. Der Weg vor ihm führte zur großen Straße. Sobald er an der Kreuzung angelangt wäre, müsste er die sechs Meilen bis zum Bildstock laufen, wo der Bus hielt. Er hatte keine Zeit zu verlieren; der Wind, der ihm entgegenblies, verlangsamte seinen Schritt. Das hatte jedoch den Vorteil, dass die Wölfe ihn nicht wittern würden. Fast hätte er sich gewünscht, die Meute würde ihn verfolgen und er könnte sein ganzes Magazin leer schießen, doch er nahm es sich sogleich übel, seinen Zorn gegen sie gerichtet zu haben. Die Wölfe und er kamen inzwischen gut miteinander aus. Wenn er zur Jagd aufbrach, folgten sie ihm in gebührendem Abstand. Und wenn er seine Beute getötet hatte, warteten sie, bis er sie zerlegt hatte, um sich dann an den Fleischresten zu weiden, die er ihnen an dem Gerippe zurückließ. Wenn er Holz hackte, beobachteten sie ihn von der Kuppe des Hügels aus, bis er ihnen mit einer Kopfbewegung zu verstehen gab, dass er sich auf den Heimweg machte und seine Waffe geladen war. Die Wölfe schienen die Regel verstanden zu haben, keiner von ihnen hatte sich jemals genähert, und Thomas Bradley hatte niemals auf einen von ihnen schießen müssen.

Es war Mittag, als er den Bildstock erreichte. Sein Haus war seit Langem am Horizont verschwunden. Das Land erstreckte sich vor ihm – flach, so weit das Auge reichte.

Der Überlandbus näherte sich. Er war noch zu weit entfernt, als dass man sein Motorengeräusch hätte hören können, doch man erkannte schon die Staubwolke, die er aufwirbelte. Diese Expedition war vielleicht seine größte Dummheit seit dreißig Jahren. Schließlich ging er das Risiko ein, eine Erinnerung, die sein Leben begleitet hatte, mit einer Realität zu konfrontieren, die sie zunichtezumachen drohte.

Tom hob den Arm, um dem Fahrer ein Zeichen zu machen, und als sich die Bustüren öffneten, lächelte er selbstironisch und musste schließlich erkennen, dass sich hinter seiner Maske der Furchtlosigkeit ein Mann verbarg, der gegenüber einer Frau verletzlich war.

»Aber was für eine Frau!«, rief er dem Fahrer zu, als dieser ihm das Wechselgeld aushändigte.

Zwanzig Dollar für die erste Etappe der schönsten aller Reisen, die er sich je erträumt hatte. Sie würde bis zum Ende führen, das Einzige, das ihn daran hindern könnte, wäre, unterwegs zu sterben, aber solange er noch einen Funken Leben in sich hätte, würde er sie suchen.

Tom Bradley hatte diesen Moment lange herbeigesehnt. Wenn er ehrlich mit sich selbst gewesen wäre, hätte er zugegeben, dass er darauf gelauert hatte. Und als am Vortag ein junger Polizist – einer von den vielen, die er ausgebildet hatte – an seine Tür geklopft hatte, um ihm einen Umschlag zu überreichen, der ein Tagebuch enthielt sowie eine Nachricht von seinem Freund, dem Richter Clayton, hatte er gewusst, dass dieses Leben, auf das er nach und nach verzichtet hatte, noch nicht mit ihm fertig war.

Als er im hinteren Teil des Busses Platz nahm, kniff er die Augen zusammen und lachte laut auf. Das war nicht das Ende, sondern der Anfang eines großen Abenteuers.

Kapitel 1

Wer Milly begegnet, könnte sie für ein Rock'n'Roll-Girl halten. Das liegt an ihrem Aussehen, das an die junge Patti Smith erinnert, aber es ist nur ein Anschein, den sie sich gibt. Millys Leben hat überhaupt nichts von Rock'n'Roll an sich. Wenn sie allein ist, was häufig vorkommt, hört sie in voller Lautstärke klassische Musik, weil es nur Bach, Grieg und Glenn Gould gelingt, den Widerhall der Einsamkeit zum Schweigen zu bringen.

Milly Greenberg hatte Santa Fe verlassen, nachdem sie ein Stipendium für die Universität von Philadelphia erhalten hatte. Zweitausendzweihundert Meilen und sechs Bundesstaaten trennten ihren Geburtsort von der Stadt, in der sie nun lebte. Diesen Abstand hatte sie absichtlich zwischen ihr Leben als junges Mädchen und als Frau gelegt. Und dennoch hatte Milly sich in den Jura-Vorlesungen in Pennsylvania beinahe ebenso gelangweilt wie während ihrer Kindheit in New Mexico. Die drei Dinge, die sie dazu bewogen hatten, ihr Studium fortzusetzen, waren das Leben, das sich ihr auf dem Campus bot, die Tatsache, dass sie einen echten Freund gefunden hatte, und dass die Professoren sie trotz ihres nicht immer einfachen Charakters geschätzt hatten. Milly hatte sich nie in diese Gruppen junger Mädchen integriert, die von morgens bis abends kokettierten, sich in jeder Pause nachschminkten, die, um immer auf dem Laufenden zu sein, die Geschichten der jeweils wichtigsten Promis verfolgten und deren Eskapaden und Enttäuschungen spannender fanden als das Schicksal der Welt. Sie hatte auch kaum Kontakt zu den jungen Männern mit den breiten Schultern gehabt, die ihren Testosteron-Überschuss ausschwitzten und die Sportkappen und Farben des amerikanischen Footballteams trugen. Milly war eine unauffällige und fleißige Studentin gewesen und hatte, obwohl sie Jura sterbenslangweilig fand, eine Entschiedenheit an den Tag gelegt, wirklich etwas aus ihrem Leben zu machen. Was das sein würde, wusste sie noch immer nicht, aber es erwartete sie ein Schicksal, ein Schicksal, das eines Tages an ihre Tür klopfen würde.

Nach Abschluss ihres zweiten Studienabschnitts hatte die Universität das Stipendium nicht verlängert, ihr jedoch einen Deal vorgeschlagen, den Mrs. Berlington als »Austausch auf Gegenseitigkeit« bezeichnet hatte. Dabei sollte sie als Praktikantin im juristischen Dienst mitarbeiten – wobei diesem ausschließlich Mrs. Berlington angehörte – und im Gegenzug fünf Dollar Entlohnung pro Stunde, eine Krankenversicherung und eine Dienstwohnung dafür erhalten. Milly hatte das Angebot sofort angenommen. Nicht aus Interesse und natürlich auch nicht wegen der Bezahlung, sondern um weiterhin den Campus aufsuchen zu können. Sie hatte dort bereits ihre Orientierungspunkte und ihre Gewohnheiten.

Noch immer frühstückte Milly gerne im Tuttleman Café, lief um 8 Uhr 53 über die große Wiese, um 8 Uhr 55 an der Buchhandlung Gutman vorbei, bevor sie das Verwaltungsgebäude betrat, wo ihr Arbeitstag um 8 Uhr 57 begann. Um 11 Uhr 50 bestellte sie von ihrem Computer aus ein Pastrami-Sandwich für Mrs. Berlington. Um 12 Uhr 10 ging sie in umgekehrter Richtung über die Wiese zum Café des Kambar Campus Center, holte das Sandwich für Mrs. Berlington und einen Frühlingssalat für sich selbst ab und kehrte über die Ringallee zurück, sodass sie wieder an der Buchhandlung vorbeikam. Während sie ihrer Chefin gegenübersaß, nahm sie ihre Mahlzeit ein und kehrte um 12 Uhr 30 an ihren Arbeitsplatz zurück. Um 15 Uhr 55 legte sie den Block mit den Diktaten von Mrs. Berlington wieder in die Schublade ihres Schreibtischs und darauf den versilberten Fotorahmen, aus dem ihre Großmutter sie anlächelte, schloss die Schublade ab und verließ das Büro um 16 Uhr.

Es folgte für diesen Tag die letzte Überquerung des Campus Richtung Parkplatz, wo Milly wieder von etwas Besitz ergriff, das bewies, dass sie eine eher unkonventionelle Angestellte war: ein Oldsmobile-Cabriolet von 1950. Es hatte ihrer Großmutter gehört, die es ihr einige Jahre, bevor sie Santa Fe verlassen hatte, geschenkt hatte. Dieses Fahrzeug, das sie mit der Hingabe eines Sammlers pflegte, musste heute rund achtzigtausend Dollar wert sein. Das Cabriolet, das die Automobilfabrik Oldsmobile drei Jahrzehnte vor ihrer Geburt verlassen hatte, stellte im Notfall eine echte Lebensversicherung dar. Ein Leben, das ihr kurz vor ihrem einunddreißigsten Geburtstag perfekt zusagte.

Um 16 Uhr 06 nahm Milly am Steuer Platz, schaltete das Autoradio ein und löste ihr Haar, bevor sie den Motor anließ, und hörte, wie das Dröhnen des 6,6-Liter-V8 einer Fuge von Bach, einer Symphonie von Mendelssohn oder einem anderen klassischen Musikstück einige Basstöne hinzufügte.

Von diesem Augenblick an glich Milly dann doch eher einem Rock'n'Roll-Girl. Bei jeder Temperatur – Regen ausgenommen – fuhr sie mit flatternden Haaren zur Tankstelle 7-Eleven, wo sie ihren Durst mit einer Cola für zwei Dollar siebzig stillte und ihr Auto mit 7,5 Liter Benzin für sieben Dollar dreißig auffüllte. Jeden Abend, während sie die Ziffern im Sichtfenster der Tanksäule durchlaufen sah, zählte sie die Minuten, die sie damit verbracht hatte, Mrs. Berlingtons Berichte zu tippen. Zehn Dollar ausgegeben in fünf Minuten, das entsprach dreitausend Zeichen, die sie vormittags auf ihrer Tastatur getippt hatte. Mit dem Rest ihres Lohns bezahlte sie ihr Abendessen – da das Sandwich von Mrs. Berlington auf Kosten des juristischen Dienstes ging, hatte Milly sich mit dem Angestellten des Kambar Café sehr schnell darauf geeinigt, dass der Preis für ein Pastrami-Sandwich um den Betrag für einen Frühlingssalat erhöht wurde –, kaufte sich einige Kleidungsstücke, erweiterte ihre CD-Sammlung, gönnte sich samstags einen Kinobesuch und unterhielt vor allem ihren Oldsmobile.

Der Angestellte des Kambar Cafés hieß Jo Malone. Einen solchen Namen kann man nicht erfinden. Sein echter Vorname lautete Jonathan, aber »Jonathan Malone« klang nicht so gut, das hatte Milly mit ihrem unfehlbaren musikalischen Ohr befunden. Jo, der ihr seinen eines Gangsterfilms würdigen Namen verdankte, war ein junger Mann von hochgewachsener Statur, den die Natur mit einem poetischen Talent bedacht hatte. Gelang ihm nicht das Kunststück, zu jeder Jahreszeit einen wunderbaren Frühlingssalat zusammenzustellen?

Jonathan Malone war leidenschaftlich in eine gewisse Betty Cornell verliebt, die ihren Blick niemals auf dem Angestellten einer Cafeteria hätte ruhen lassen, selbst wenn dieser das Gesamtwerk von Corso, Ferlinghetti, Ginsberg, Burroughs und Kerouac verschlungen hätte, deren Prosa Jo beinahe auswendig kannte. Jo Malone bemühte sich, in die Sandwichs und Salate zu fünf Dollar fünfzig etwas Poesie zu legen, immer in der Hoffnung, eines Tages sein Studium fortsetzen zu können und die wunderbare Welt der Wörter jungen Mädchen nahezubringen, deren Vorbilder Britney Spears, Paris Hilton und magersüchtige Models waren. Milly hatte oft zu ihm gesagt, er habe die Seele eines Missionars, der die Literatur zur Religion erhoben habe.

Nachdem sie die Tankstelle verlassen hatte, raste Milly über den Highway 76 bis zur folgenden Ausfahrt, die in Richtung ihres Zuhauses führte.

Milly wohnte in einem kleinen Holzhaus in der Flamingo Road, direkt hinter dem Wasserreservoir des Vororts. Es war ein einfaches Viertel, dem man jedoch einen gewissen Charme nicht absprechen konnte. In dieser Straße endete die Stadt, und der Wald forderte wieder sein Recht ein.

Abends las Milly, abgesehen von freitags, wenn Jo zum Essen kam. Sie schauten die neue Folge einer Fernsehserie an, die sie beide liebten: das Leben einer Anwältin, Ehefrau eines künftigen Senators, das ins Wanken geriet, als die Affäre ihres Mannes mit einem Callgirl von der Presse aufgedeckt wurde.

Nach dem Ende der Episode las Jo laut die Gedichte vor, die er während der Woche geschrieben hatte. Milly hörte ihm aufmerksam zu und bat ihn anschließend um eine zweite Lesung, dieses Mal untermalt von einem Musikstück, das sie anhand von Jos Texten ausgewählt hatte.

Die Musik war das Bindeglied zwischen ihnen, und das seit ihrer ersten Begegnung, für die sie letztlich auch die Ursache gewesen war.

Jo spielte in der Kirche Orgel, um am Monatsende über die Runden zu kommen. Da die musikalischen Aufgaben pauschal mit fünfunddreißig Dollar abgegolten wurden, liebte er Beerdigungen.

Hochzeiten dauern wahnsinnig lange, die Gäste zaudern, bevor sie Platz nehmen, die Braut lässt auf sich warten, die Glückwünsche ziehen sich in die Länge, und es muss immer weitergespielt werden, bis die Eheleute und ihre Gäste den Vorplatz verlassen haben. Trauerfeiern haben den Vorteil, dass die Toten unfehlbar pünktlich sind. Da der Pfarrer zudem ein fürchterliches Grauen vor Särgen hatte, übersprang er munter ganze Passagen seines Breviers, um die Messe in genau fünfunddreißig Minuten zu beenden.

Ein Job für einen Dollar pro Minute war Gold wert, und Jo, der nicht der einzige Musiker war, auf den der Pfarrer zurückgreifen konnte, versäumte es nie, die in der Sonntagszeitung erscheinenden Todesanzeigen zu studieren, um sich als Erster in den Wochenplan eintragen zu können.

Bei einer Trauerfeier an einem Mittwochmorgen, als er soeben mit einer Fuge von Bach begann, bemerkte Jo, wie eine junge Frau die Kirche betrat. Die Zeremonie ging zu Ende, die Gemeindemitglieder erhoben sich, um Mrs. Ginguelbar die letzte Ehre zu erweisen. Zu Lebzeiten war sie Lebensmittelhändlerin gewesen und dummerweise durch Kisten mit Wassermelonen zu Tode gekommen, die auf die doppelte Höhe ihrer Körpergröße aufgestapelt gewesen, umgekippt und auf ihren Oberkörper gestürzt waren. Die arme Mrs. Ginguelbar war nicht sofort tot gewesen, ihre Agonie musste entsetzlich lange gedauert haben, denn sie lag eine ganze Nacht unter einem Berg von Kürbisgewächsen, unter denen sie schließlich erstickte.

Milly, die mit ihrem offenen Haar, den Jeans und dem ausgeschnittenen T-Shirt so gar nicht zu der Trauergemeinde passte, hatte sofort seine Aufmerksamkeit erregt. Der Organist hat von seinem Platz aus das Privileg, alles im Detail zu sehen, was in der Kirche vorgeht.

Noch heute heiterte er Milly, wenn sie niedergeschlagen war, mit einigen pikanten Anekdoten auf, deren Zeuge er gewesen war. Da hatte es Hände gegeben, die unter einen Rock fassten oder eine Hose streichelten, geschwätzige Banknachbarn, die flüsterten, ohne der Zeremonie die geringste Aufmerksamkeit zu schenken, Köpfe, die hin und her schwankten, bevor die dazugehörige Person einnickte, andere, die sich umdrehten, um eine Frau anzustarren – wobei auch das Gegenteil vorkam und häufiger, als man vermutet hätte –, Lachanfälle, wenn der Herr Pfarrer, der einen leichten Sprachfehler hatte, sagte: Bisch dasch der Tod eusch scheidet. Selbst Bibeln, unter denen sich ein

Mobiltelefon oder ein anderes Buch verbargen, entgingen Jo nicht.

An diesem Mittwoch hatte Jo, sofort nachdem sich die Türen geschlossen hatten, seine Orgel verlassen, um die Wendeltreppe hinunterzueilen, die neben dem Beichtstuhl endete. Die junge Frau war allein auf einer Bank sitzen geblieben, während der Trauerzug Mrs. Ginguelbar bereits auf den Friedhof geleitete, der neben der Sakristei lag.

Er hatte sich neben sie gesetzt, das Schweigen schließlich gebrochen und sie gefragt, ob sie der Verstorbenen nahegestanden habe. Milly hatte erklärt, diese gar nicht gekannt zu haben, und, bevor Jo sich nach dem Grund ihrer Anwesenheit erkundigen konnte, hinzugefügt, seine empfindsame Spielweise und seine Bach-Interpretation hätten ihr sehr gut gefallen. In diesem Moment hatten zwei Seelen ihre Einsamkeit überwunden. Jo, weil ihm noch nie jemand etwas so Schönes über seine Musik gesagt hatte, und Milly, weil sie zum ersten Mal, seit sie in Philadelphia war, den Wunsch hatte, sich mit jemandem anzufreunden.

Jo hatte sie an der Hand genommen, um sie Richtung Wendeltreppe zu ziehen. Milly hatte entzückt von der Empore ins Kirchenschiff hinabgeschaut. Jo hatte sie aufgefordert, sich an die Orgelpfeifen zu lehnen, die sich an der Wand entlang erhoben, hatte sich an seinen Spieltisch gesetzt und eine Toccata in d-Moll gespielt.

Milly hatte das Gefühl gehabt, die Musik durchströme ihren Körper, dringe direkt in ihr Herz und der Rhythmus schlage in ihren Adern. Diese Empfindung, die Töne würden ihren Körper durchlaufen, hatte etwas Göttliches. Leider wurde dieses Privatkonzert durch die Ankunft des Pfarrers unterbrochen. Erstaunt, seine Kirche nicht still vorzufinden, war er auf die Empore gekommen. Als er Milly entdeckte, mit dem Rücken an den Orgelpfeifen, offenem Mund und verzücktem Lächeln, hatte er die Miene eines Exorzisten im Angesicht des Teufels angenommen. Jo hatte aufgehört zu spielen, und als der Pfarrer ihn gefragt hatte, wer diese junge Frau neben ihm sei, hatte er derart gestammelt, dass seine Erklärungen nicht zu verstehen waren.

Milly hatte dem Pfarrer die Hand gereicht und mit einer Dreistigkeit, die Jo verblüffte, behauptet, sie sei seine Schwester. Mit hochgezogenen Augenbrauen hatte der Pfarrer die fünfunddreißig Dollar für Jo auf eine Bank gelegt und sie gebeten, die Kirche zu verlassen.

Auf dem Vorplatz hatte Jo, der damals noch Jonathan hieß, Milly zum Mittagessen eingeladen.

Zehn Jahre später legten sie noch immer am Jahrestag ihrer ersten Begegnung einen Tulpenstrauß auf das Grab von Mrs. Ginguelbar.

Milly hatte ein großes Abenteuer erlebt, das sie Jo nähergebracht hatte. Es war mit ihrer Arbeit verbunden.

Der Server des Campus war gehackt worden. Den Rektor hatte der Verdacht beschlichen, dass etwas nicht normal sei, als die Studenten ungewohnt entspannt zu ihren Semesterprüfungen erschienen waren. Noch ungewöhnlicher war, dass die Professoren keine Prüfungsarbeit mit weniger als achtzig von hundert Punkten benoten konnten. Sehr schnell stellte sich heraus, dass jemand vorab Zugang zu den Prüfungsaufgaben gehabt haben musste.

Der juristische Dienst der Universität hatte bislang nur triviale Angelegenheiten zu bearbeiten gehabt, Überprüfungen von Versicherungspolicen, Anträge über verschiedene Bescheinigungen, Abfassung administrativer Rundschreiben jeglicher Art. Der Direktor hatte eine Vorliebe für Rundschreiben, die das Verhalten der Studenten auf dem Campus regelten, insbesondere für solche, die Verbote aussprachen. Daher hatte sein aufsehenerregender Auftritt im Justiziariat und die Ankündigung, die Universität werde das erste Mal in ihrer Geschichte Anzeige erstatten, noch dazu eine strafrechtliche, den Blutdruck von Mrs. Berlington zu einem Höchstwert getrieben, der den Durchschnittsnoten der Studenten bei Weitem überlegen war.

Für die Erstellung der Anzeige hatte Mrs. Berlington nur einen halben Tag benötigt und Milly noch einmal genauso lange, um sie abzutippen. Beide – vor allem Mrs. Berlington – hätten es vorgezogen, dass diese Arbeit sie noch etwas länger beschäftigen würde, für eine Zeitspanne, die in den Augen des Direktors der Schwere der Tat entspräche.

In stillschweigendem Einvernehmen hatten sie daher noch einige Tage gewartet, bis sie ihn darüber informierten, sie hätten ihre Aufgabe erfüllt und der juristische Dienst sei bereit, alle Register zu ziehen und mit allen Mitteln gegen die gewissenlosen Hacker vorzugehen, die das System angegriffen hatten.

Im Lauf dieser so außergewöhnlichen Woche hatte Milly jedes Mal, wenn sie dem Direktor auf dem Flur begegnete, die Miene einer gramvollen Angestellten aufgesetzt, die voll und ganz Anteil nahm an der dramatischen Situation, in der sich die Universität befand, was ihr schließlich ein kleines Lächeln eingebracht hatte, ein zerknirschtes zwar, aber doch immerhin ein Lächeln. Halleluja!

Und während Mrs. Berlington sich insgeheim wieder ihrer normalen Arbeit zuwandte, hatte Milly, die sich zunehmend langweilte, beschlossen, ihre eigenen Ermittlungen anzustellen.

Jo Malone war ein Poet und würde künftig die Art Professor sein, die sich jeder Student wenigstens einmal während seines Studiums erträumte. Er verstand es aber auch, geschickt mit verschiedenen Tastaturen umzugehen: der einer Orgel, eines Klaviers oder Cembalos und der eines Computers. Wenn irgendjemand in Millys Umfeld – das, um ehrlich zu sein, nur Mrs. Berlington, den Direktor der Universität, Mrs. Hackermann, ihre Nachbarin in der Flamingo Road, und Jo umfasste – ihr helfen konnte, die Identität der Person herauszufinden, welche die Prüfungsaufgaben gestohlen hatte, war es Jo, ihr einziger und wahrer Freund.

An dem Dienstag, der auf die Entdeckung der Untat folgte, hatten Milly und Jo sich auf eine nächtliche Expedition gewagt, die zwar nicht ganz legal war, jedoch im Rahmen einer Ermittlung erfolgte, die im Erfolgsfall der Universität nutzen würde.

Als Jo um 22 Uhr 30 seinen Dienst beendete, erwartete Milly ihn in ihrem Oldsmobile auf dem Parkplatz des Campus. Er war zu ihr gekommen, und sie hatte ihm erlaubt, eine Zigarette im Auto zu rauchen, bei geschlossenem Dach, aber offenem Fenster. Sie hatten eine halbe Stunde in tiefstem Schweigen ausgeharrt, bevor sie die

Straße betraten, die an der Bibliothek entlangführte und von allen am schlechtesten beleuchtet war. Dank ihres Ausweises konnten sie problemlos das Verwaltungsgebäude betreten, in dem sich der Computerraum befand. Jo hatte beschlossen, vor Ort tätig zu werden. Falls die Polizei die Anzeige ernst nahm und ihre eigenen Ermittlungen veranlasste, würde jeder Zugriff auf den Server von außen leicht zu verfolgen sein. Es kam also nicht infrage, von seinem eigenen Computer aus zu operieren, auch nicht von einem der Internetcafés in der Stadt, die aus Gründen der nationalen Sicherheit inzwischen alle mit Überwachungskameras ausgestattet waren.

Jo, dessen Scharfsinn Milly immer wieder imponierte, hatte den Verdacht, der Hacker könnte die gleichen Überlegungen angestellt haben wie er. Bei solchen Cyberangriffen war der beste Weg, sich nicht schnappen zu lassen, sich direkt auf das Tier zu konzentrieren, dessen Blut man abzapfen wollte, etwa nach Art der Zecken, die bekanntlich auch einen Hund einer Computerfestplatte vorziehen.

Bei Nacht über den Gang im Erdgeschoss zu laufen, machte ihnen große Angst. Sie mussten leise sein und sich zwischen 21 Uhr und 21 Uhr 30 ans Werk machen, denn in dieser halben Stunde war die Putzkolonne in den oberen Stockwerken.

Eine Taschenlampe zwischen die Zähne geklemmt, hatte Jo die Tür des Server-Racks geöffnet, sich eingeloggt und begonnen, auf der Tastatur zu klackern. Er hatte sich den Speicher des Servers angesehen, Tag und Stunde des Einbruchs festgestellt und den unwiderlegbaren Beweis gefunden, dass jemand hier eingedrungen war. Der Hacker musste gestört worden sein und sich seither in großer Sorge befinden, denn er hatte seinen Bluetooth-Stick zum Senden zurückgelassen. Die Prüfungsaufgaben waren mit Bluetooth-Sender vom Server auf einen USB-Stick übertragen worden. Jo hatte sich über die Inkompetenz der Fakultätsinformatiker lustig gemacht, die dies nicht vor ihm entdeckt hatten.

»Sie waren mindestens zu zweit. Einer hier und der andere draußen, wahrscheinlich direkt unter dem Fenster, denn dieses Ding hat keine große Reichweite«, hatte er geflüstert, während er das Corpus Delicti herausnahm.

Milly hatte daraus geschlossen, dass der Hacker zwangsläufig Fingerabdrücke hinterlassen haben musste; Jo müsste nur auf den Server der Polizei zugreifen, um seine Identität herauszufinden. Er hatte sie nicht ohne Verwunderung angeschaut und dabei angelächelt, gerührt, weil sie ihm eine solche Heldentat zutraute. Mit einem einfacheren Plan im Kopf hatte er den Stick in seine Tasche geschoben, auf die Uhr geblickt und seiner Freundin bedeutet, dass es Zeit war, zu verschwinden.

Auf dem Rückweg mussten sie sich plötzlich in das Zimmer retten, in dem Milly arbeitete, und sich unter dem Schreibtisch von Mrs. Berlington verstecken. Eine Reinigungskraft der Putzfirma hatte ihre Routinerunde geändert und bearbeitete das Linoleum im Flur mit einer Poliermaschine, sodass sie die Örtlichkeit nicht verlassen konnten. Zusammengekauert hielten die beiden Freunde den Atem an. Doch das war nicht mehr möglich, als Milly hinter ihrem Rücken einen Gegenstand hervorzog, der in ihr Kreuz gedrückt hatte, und dabei entdeckte, dass es sich um einen Filzpantoffel handelte. Das Bild von Mrs. Berlington mit ihrer schulmeisterlichen ernsten Miene und Filzpantoffeln an den Füßen löste bei Milly einen Lachanfall aus, den Jo nur mit größter Mühe mit der Hand ersticken konnte. Es war das einzige Mal, dass die Stimmung zwischen ihnen getrübt wurde. Das war in der Vergangenheit nicht passiert und sollte sich auch nie wieder ereignen. Aber Jo spürte, wie die Zunge seiner besten Freundin entlang der Lebenslinie seiner Handfläche glitt. So tauschten sie im Halbdunkel unter Mrs. Berlingtons Schreibtisch einen überraschten Blick, bis Milly plötzlich sagte, sie höre kein Geräusch mehr im Flur und sie könnten sich nun davonmachen.

Als sie wieder bei Milly waren, hatte Jo besagten Stick in seinen Computer geschoben und ihn mit Algorithmen traktiert, bis ihm schließlich das Passwort seines Eigentümers preisgegeben wurde. Daraufhin hatte er Milly voller Stolz verkündet, er werde die Identität der Schuldigen bald aufdecken.

Als Joe am nächsten Tag mit dem Corpus Delicti hinter seiner Theke stand, löste er jedes Mal, wenn ein Student das Café des Kambar Campus Center betrat, von seinem Handy eine Verbindungsanfrage aus. Da die meisten mindestens einmal am Tag kamen, dauerte es nicht lange, bis er zu der Erkenntnis kam, dass Frank Rockley einer der Hacker war. Jo unterdrückte ein Lächeln und genoss seine Entdeckung. Frank Rockley war Kapitän der Baseballmannschaft der Universität, und Jo war neugierig, was der Rektor wohl tun würde, wenn er den Namen des Schuldigen erfuhr – und das drei Monate vor der Meisterschaft der Universitätsmannschaften, die so wichtig für das Ansehen und die finanzielle Situation der Einrichtung war.

Er hatte sich gewundert, dass diese Enthüllung bei Milly keinerlei Freude hervorrief. Er hatte eher mit einem Lachanfall gerechnet, aber sie sah traurig aus, als sie ihm zuhörte, und er konnte es sich nicht verkneifen, sie nach dem Grund zu fragen.

Da vertraute Milly ihm ein Geheimnis an, das ihr zu schaffen machte. Obwohl sie diesen auf Sport fixierten Typen, die sie, womöglich zu Unrecht, als Ignoranten betrachtete, nur Geringschätzung entgegenbrachte, hatte sie für Frank Rockley Gefühle entwickelt.

»Es sind seine Augen«, gestand sie auf einer Bank, auf der sie Platz genommen hatten. »Da ist etwas in seinem Blick, der Abglanz einer traurigen Kindheit. Ich habe gehört«, fügte sie hinzu, »dass sein Vater ihn drängte, Karriere zu machen, während er sich lieber einer Nichtregierungsorganisation angeschlossen und sich aufgemacht hätte, die Welt zu entdecken.«

»Und woher weißt du das?«, fragte Jo sie und beglückwünschte sich, kein Wort über die Erregung verloren zu haben, die er am Vorabend unter Mrs. Berlingtons Schreibtisch empfunden hatte.

»Als ich eines Abends in mein Auto stieg, ist er gekommen und hat mir gesagt, dass er es elegant findet. Es war dieses Wort aus seinem Mund, das mich hellhörig gemacht hat. ›Elegant‹ ist ein hübsches Wort, nicht wahr? Wir haben uns unterhalten, ich glaube, er war an diesem Abend bedrückt. In der folgenden Woche bin ich ihm im Sekretariat begegnet, wir haben uns angelächelt. Wir haben einen Kaffee getrunken …«

»Aber nicht bei mir«, unterbrach Jo.

»Nein«, antwortete Milly, »es war vormittags, wir sind ins Tuttleman gegangen, kurz und gut, er hat mir seine Geschichte erzählt, und ich habe gemerkt …«

»Dass er dir gefällt?«

»So in etwa, ja.«

»Hast du mit ihm darüber gesprochen?«

Milly versetzte Jo einen kleinen Stoß. »Das war nur vorübergehend, kein Grund, Aufhebens darum zu machen.«

Jo fragte sie, ob sie vorhabe, Frank zu verraten, und Milly erinnerte ihn daran, dass weder er noch sie Polizist waren. Außerdem würden sie große Schwierigkeiten haben, dem Direktor zu erklären, wie sie seinen Hacker aufgestöbert hätten.

»Möchtest du wissen, wer sein Komplize war?«

»Kennst du ihn?«

»Ich kenne *sie*«, stellte Jo klar.

»Ach!«, flüsterte Milly und stand auf.

»Wenn es dich so wenig interessiert, warum haben wir dann überhaupt den ganzen Aufwand getrieben?«

Als Antwort dankte sie Jo mit einem Kuss auf die Wange, versicherte ihm, sie habe einen super Abend verbracht, ihre nächtliche Eskapade bliebe eine ihrer schönsten Erinnerungen. Dann verabredete sie sich, als wäre nichts geschehen, für einen Kinobesuch am nächsten Abend, was im Grunde völlig unnötig war, da sie ohnehin jeden Samstag gemeinsam ins Multiplex am West Ridget Pike gingen.

Als er Milly nachschaute, dachte Jo wieder an den Tag, an dem er sie in der Kirche zum ersten Mal gesehen hatte.

Die Freundschaft, die Jo und Milly seit zehn Jahren verband, lebte von vertraulichen Mitteilungen, Kinobesuchen am Samstagnachmittag, langen Gesprächen auf dem Mäuerchen am Wasserreservoir, aber auch von einvernehmlichem Schweigen. Im Winter, wenn die ersten Flocken fielen, stiegen sie auf das Dach von Millys Haus, um zuzusehen, wie der Schnee die Fichten und Silbertannen weiß werden ließ. Sie rauchten ein paar Zigaretten und plauderten, bis die Kälte sie zwang, wieder ins Haus zu gehen.

Milly verriet Frank Rockley nicht, ebenso wenig wie seine Komplizin, auch wenn sie dies überlegt hatte, als sie deren Romanze entdeckte: Sie hatte die beiden im Kino gesehen, als sie sich so leidenschaftlich küssten, dass man hätte glauben können, sie leckten sich das Gesicht ab. Milly hatte daraus geschlossen, dass Stephanie Hopkins in einem früheren Leben ein Frosch gewesen sein musste, um den Mund so weit aufreißen zu können. Da Milly von optimistischem Naturell war, hatte sie es tröstlich gefunden, dass Frank verlegen schien, dabei überrascht zu werden. Ein Mann zeigt sich unter solchen Umständen nur verlegen, wenn er sich seiner Gefühle nicht sicher ist. Wenn Frank erst einmal das Gesamtpaket von Busen und Po seines Froschs genossen hatte, würde ihre Geschichte nur noch eine Erinnerung sein.

Frank brauchte dafür zwei Monate. Immerhin hatte Hopkins Körbchengröße 90 C.

Eines Morgens sah Milly ihn, wie er im Tuttleman an

einem Tisch saß, vertieft in die Lektüre eines Jura-Lehrbuchs. Sie näherte sich mit schelmischer Miene, legte den Stick auf den Tisch, den Jo ihr anvertraut hatte, und entfernte sich, ohne sich noch einmal umzusehen. Dabei rechnete sie im Geist, wie lange Frank brauchen würde, um hinter ihr herzulaufen und sie einzuholen. Doch er tat nichts dergleichen, es war wirklich kein Zufall, dass er Mannschaftskapitän war, und dies hatte die Gefühle, die Milly für ihn hegte, nur noch verstärkt. Sie rächte sich, als sie sich erneut begegneten und er sie zum Abendessen einladen wollte.

Sie antwortete ihm, sie werde darüber nachdenken.

Dieser Zirkus hätte noch länger so weitergehen können, aber Jo mischte sich ein und las ihr die Leviten. Hätte er das Glück, dass Betty Cornell sich für ihn interessierte, ginge er nicht das Risiko ein, sich kindischen Spielchen hinzugeben. Milly gab ihm recht und verbrachte am folgenden Samstag den Abend und die Nacht mit Frank.

Die Jahreszeiten fliegen nur so dahin, selbst im Stadtrandgebiet von Philadelphia. Frank ist nicht mehr Mannschaftskapitän; nach Abschluss seines Studiums trat er in die Anwaltskanzlei seines Vaters ein, deren Büros sich in der Stadtmitte befinden. Milly und er sind noch immer ein Paar. Noch sind sie nicht so weit, zusammenzuziehen, aber es ist ein Thema, mit dem sie sich befassen, ebenso wie mit dem Gedanken, eines Tages zu heiraten. Frank arbeitet viel und spielt zum Ausgleich jeden Samstag Baseball. Milly nützt die Gelegenheit, um mit Jo ins Kino zu gehen. Nach der Vorstellung bummeln sie durch das Einkaufszentrum und unterhalten sich lange. Wenn sie sich etwas zum Anziehen kauft, schenkt sie ihm gelegentlich ein T-Shirt oder ein Hemd und lädt ihn zum Essen ein.

Wenn dann der Winter kommt, steigen sie auf das Dach von Millys Haus und beobachten Seite an Seite, wie der Schnee fällt.

Meistens ist Milly mit ihrem Leben glücklich und zufrieden. Auch wenn es einen Touch von Routine hat mit der Arbeit auf dem Campus, wo Mrs. Berlington ihr inzwischen die freie Formulierung der Berichte anvertraut, die sie ihr früher diktiert hat, den fünf Nächten pro Woche, in denen Frank bei ihr übernachtet, und den Samstagen mit Jo, sagt es ihr doch voll und ganz zu.

An manchen Abenden findet Frank Milly mit abwesendem Blick vor, dann erzählt er ihr von seinen Träumen, von seiner Lust, sich von seinem Vater zu befreien, sich in einer Nichtregierungsorganisation zu engagieren und mit ihr zusammen auf Reisen zu gehen. An solchen Abenden denkt Milly wieder an ihr Schicksal, an das sie immer geglaubt hat, wobei sie sich gelegentlich fragt, ob es tatsächlich irgendwann an ihre Tür klopfen wird.

Am ersten Frühlingstag, als sich Milly um 16 Uhr 06 in ihr Oldsmobile setzt, das auf dem Parkplatz steht, kann sie nicht ahnen, dass ihr Schicksal bald an ihre Tür klopfen wird.

Kapitel 2

Diese Nacht sollte die letzte sein, die sie hier verbringen würde, das hatte sie sich geschworen. Und während sie ihren Plan gedanklich noch einmal durchging, fragte sie sich, wie das Leben wohl draußen sein mochte. So vieles war ihr entgangen. Fernsehen und Presse boten zwar eine Art Verbindung zur modernen Welt, doch seit Langem interessierte sie das nicht mehr sonderlich, und so flüchtete sie sich lieber in die Lektüre der Bücher aus der Bibliothek. Sie wusste nichts oder so gut wie nichts von der Welt, in die sie zurückkehren wollte.

Sie schloss ihr Tagebuch und versuchte, sich zu erinnern, wann sie die ersten Zeilen geschrieben hatte. Es war an einem Morgen nach Heiligabend gewesen, vor neun oder zehn Jahren vielleicht, wie sollte sie das noch wissen? Durch diesen öden Alltag, diese stupide Routine beginnt sich am Ende alles zu verwischen. Ihr Leben hatte sich nach ihrer Verlegung verbessert, und dieses Weihnachtsessen war fast ein wenig wie ein Fest. Es wurde ein leicht mit Rum durchtränkter Kuchen gereicht, ein Gebäck, das einen komischen Namen hatte – ähnlich wie Bobo oder Baba –, aber sie hatte ihn vergessen. Sie hätte die Seiten datieren sollen, ihr Gedächtnis ließ nach, obwohl sie es jeden Abend vor dem Einschlafen zu trainieren versuchte.

Durch das vergitterte Fenster sah sie den orangefarbenen Lichtschein der Laternen, die den Hof erleuchteten, und stellte sich vor, eine jener Romanfiguren zu sein, die aus der Vergangenheit auftauchen, um in einer Gegenwart aufzuwachen, die ihnen unbegreiflich ist. Die Vorstellung amüsierte sie, und sie lachte still in sich hinein.

Sie schob das Heft unter ihre Matratze, wusch sich und legte sich mit einem Roman ins Bett, mit dessen Lektüre sie erst am Vortag begonnen hatte. Sie wartete auf den allgemeinen Befehl *Licht aus*. Sie, die in ihrer frühen Jugend so stolz auf ihren umfangreichen Wortschatz gewesen war, wurde jetzt mit so vielen Begriffen konfrontiert, deren Sinn sich ihr nicht erschloss. Was konnte »twittern« anderes bedeuten als das Zwitschern eines Spatzen? Und warum sollte die Heldin eines Romans, als sie das Restaurant verließ, das Vogelzwitschern nachahmen, um von einem Dinner mit einem Politiker zu erzählen, der sich wie ein Rüpel benommen hatte. Das ergab überhaupt keinen Sinn. Und dann noch ein Foto von dem Typen in Facebook zu veröffentlichen – wahrscheinlich ein neues Magazin –, kaum dass sie zu Hause war, hatte ebenfalls weder Hand noch Fuß.

Als der Schlafsaal im Dunkeln lag, hielt sie die Augen geöffnet, zählte die Sekunden – verzählte sich nie – und hörte bei Zehntausendachthundert auf. Das Licht wurde um 21 Uhr gelöscht, es war jetzt also Mitternacht, die Stunde des Schichtwechsels. Sie zog den Sack mit schmutziger Wäsche, in dem sie ihre Sachen versteckt hatte, unter dem Bett hervor, zögerte, ob sie den Roman mitnehmen sollte, und erhob sich geräuschlos. Auf Zehenspitzen lief sie bis zur Tür, drehte den Griff gerade so weit, dass sie sich öffnen ließ, und trat vorsichtig auf den Gang. Jetzt nur noch fünfzig Meter bis zu der Nische mit dem Springbrunnen.

Sie drückte sich hinein, hielt den Atem an, bis die Aufseherin ihre Runde beendet hatte, und setzte dann ihren Weg fort.

Die diensthabende Krankenschwester ging zu Bett, als das Licht gelöscht wurde. Eines Nachts hatte sie nicht mehr zurück in ihr Zimmer können, nachdem sie eine Gefangene versorgt hatte, die sich die Pulsadern aufgeschnitten hatte, und so schloss sie die Tür nicht mehr ab. Den Schlüssel hatte Agatha damals entwendet, sie war in solchen Dingen besonders geschickt. Wenn eine Patientin vor Schmerzen so laut schreit, dass einem fast das Trommelfell platzt, gibt eine gewissenhafte Krankenschwester nicht mehr auf ihren Schlüsselbund acht. Agatha vermochte alle möglichen Krankheiten zu simulieren, um etwas mehr Zeit auf der Station zu verbringen, sie konnte auch vortäuschen, dass sie die Tabletten schluckte, die man ihr gab.

Sie betrat den Raum, schloss die Tür hinter sich und legte sich auf den Fußboden. Das Licht des Lämpchens, das den verglasten Medikamentenschrank erleuchtete, reichte weit. Sie robbte bis zum Gitter vor dem Lüftungsschacht, das nicht mehr richtig befestigt war, seitdem Agatha im Lauf ihrer sechs Besuche die Schrauben eine nach der anderen entfernt hatte. Die Schwester ließ sie immer noch ein

Weilchen allein auf der Pritsche liegen, nachdem sie ihr ein Beruhigungsmittel verabreicht hatte.

Sie ließ sich in den Lüftungskanal gleiten, der auf der anderen Seite der Mauer in den Technikraum führte, in dem die Hausmeister ihre Geräte aufbewahrten. Wie oft hatte sie sich mit der Krankenschwester den Spaß erlaubt, ihre Gespräche zu belauschen. Sie selbst hatte ihr erklärt, woher die Stimmen kamen.

Im Technikraum angekommen zog sie den Pyjama aus und schlüpfte in ihre Kleider, kletterte in den Container, in den Papier, Kartons, Plastikflaschen und anderer trockener Müll geworfen wurde, und bedeckte sich damit. Dann zählte sie die Sekunden weiter bis halb eins.

Als sich die Tür des Raums öffnete, begann ihr Herz wie wild zu schlagen. Die Räder des Containers, in dem sie sich versteckte, quietschten auf dem Linoleum des Gangs. Der Reinigungsmann, der ihn schob, blieb kurz stehen, um sich die Nase zu putzen, und setzte seinen Weg fort. Agatha hörte, wie sich der Schlüssel im Schloss der Tür drehte, die auf den Hof führte. Der Mann schnäuzte sich erneut, hob den Deckel, um das Papiertaschentuch wegzuwerfen, und schob den Container bis zur Laderampe. Danach Stille.

Eintausendachthundert Sekunden später vernahm sie das Motorgeräusch eines Lkw, das Schrillen des Rückfahralarms und den Lärm der Spindelgriffe, die Richtung Tonne aufgefahren werden, um den Müllcontainer hochzuheben.

Agatha hatte sich diesen sicher gefährlichsten Augenblick wohl schon hundert Mal vorgestellt. Sie rollte sich zusammen, hob die Arme über den Kopf und entspannte die Muskeln. Sie hatte schon schwierigere Akrobatikakte absolviert, doch hatte ihr Körper weniger Spannkraft, ihre Gelenke waren nicht mehr so beweglich. Die Scharniere des Deckels begannen zu klappern, sie fühlte, wie sie rutschte, und bemühte sich, nicht dagegen anzukämpfen und ihre Kräfte lieber für das Folgende aufzubewahren. Die Neigung wurde zunehmend stärker, und plötzlich wurde sie in einem Wust von Papier, Kartons und Flaschen in das gähnende Maul des Müllwagens geschleudert.

Die Kiefer des Kompressors gingen nieder, um den Abfall in den Bauch des Müllbehälters zu schieben. Agatha streckte die Arme aus, stützte sich mit den Beinen ab und hielt sich am Rand des Fülltrichters fest, während der Container selbst auf die Straße zurückgesetzt wurde. Die Bestie schien gesättigt, die Kinnbacken wichen zurück und boten Agatha die Gelegenheit, sich unter den Kartons zu verkriechen, die das Gemetzel überstanden hatten.

Der Lkw setzte sich endlich in Bewegung, die Gangschaltung knirschte, er verlangsamte das Tempo, während das Hofgitter in seinen Schienen zur Seite rollte, und fuhr dann hinaus auf die Straße.

Ein Fahrzeug folgte ihnen nicht, es fiel kein Scheinwerferlicht in ihr Versteck. Agatha hob den Kopf und sah den Asphalt hinter sich vorüberziehen. Auf beiden Seiten der Straße ragten große silbern glänzende Nadelbäume in den Himmel. Die Luft war warm, und sie wusste, dass sie diese mit dem Duft der Freiheit gewürzte Nacht niemals vergessen würde.

Der Lkw durchquerte den Wald, ein Dorf, dann ein weiteres und erreichte schließlich die Vorstadt. Sie zögerte herauszuklettern, als er bei der ersten roten Ampel an der Stadtgrenze anhielt. Die Kreuzung war leer, aber für ihren Geschmack zu hell erleuchtet. Der dritte Stopp sagte ihr zu, es war düster und weit und breit kein Mensch zu sehen. Sie sprang aus dem Abfallcontainer, blieb aber dahinter sofort stehen, damit der Fahrer sie nicht im Rückspiegel ausmachen konnte. Als der Lkw wieder anfuhr, begann sie ruhig zu gehen wie jemand, der gerade die Straße überquert. Falls der Fahrer sie gesehen hatte, fiel ihm sicher nur ein Fußgänger in der Nacht auf.

Als sie den Bürgersteig erreichte, lief sie mit gesenktem Kopf weiter. Der Lkw verschwand, und sie musste sich zusammenreißen, um nicht einen lauten Freudenschrei auszustoßen. Es war aber noch zu früh, in Jubel auszubrechen. Sie marschierte gute zwei Stunden, ohne ein einziges Mal stehen zu bleiben. Ihre Beine schmerzten, ihre Ohren dröhnten, die Lunge brannte, Kopf und Schultern fühlten sich sehr schwer an. Je länger sie voranschritt, desto mehr griff der Schmerz nach ihrem ganzen Körper, und sie befürchtete fast, es nicht zu schaffen.

Völlig außer Atem hob sie den Kopf. Sie, die längst nicht mehr an Gott glaubte, begann, ihn anzuflehen. Dreißig Jahre Buße hatten ihm nicht genügt. Was wollte er noch? Was hatte sie getan, was so schrecklich war, dass sie diese Strafe verdient hätte?

»Du konntest mir alles nehmen, und du hast es getan, meine Würde aber nicht, darauf werde ich nie verzichten!«, schwor sie mit erhobener Faust.

Eine Reklametafel hoch oben an einer Stange verwies

auf ein Einkaufszentrum einige Straßen weiter. Bis dorthin wollte sie es schaffen, und sei es mit letzter Kraft.

Als sie den riesigen verlassenen Parkplatz überquerte, erfasste sie ein Schwindelanfall, und sie musste sich an der Kühlerhaube eines Autos abstützen, um nicht zu straucheln.

Endlich entdeckte sie eine Telefonzelle. Seit sie auf den Beinen war, hatte sie sich ständig gefragt, ob es auf der ganzen Welt keine Kabinen mehr gab. Sie suchte in den Tiefen ihrer Tasche, fand Geld, das sie der Krankenschwester entwendet hatte – einige Dollars und ein Dutzend Münzen, die in Papier eingewickelt waren, damit sie nicht klimperten –, schob zwei davon in den Schlitz des Apparats und wählte eine Nummer.

»Ich bin's«, hauchte sie. »Du musst mich abholen.«

»Hast du's geschafft?«

»Glaubst du, ich würde dich sonst um diese Tageszeit anrufen?«

»Wo bist du?«

»Ich habe nicht die leiseste Ahnung, in einem Einkaufszentrum, dem Newton Square Shopping Center. Ich stehe vor einem chinesischen Restaurant auf dem Alpha Drive. Ich flehe dich an, beeile dich.«

Der Mann, mit dem sie sprach, tippte die Adresse in seinen Rechner ein.

»Ich bin in zehn, höchstens fünfzehn Minuten dort, ein Chevy Volt, bleib da und warte auf mich.«

Er legte auf, und Agatha hängte seufzend den Hörer ein. Was zum Teufel ist ein Chevy Volt?, fragte sie sich.

Sie hatte kein Wort gesprochen, seit sie ins Auto gestiegen war. Sie hatte nur das Fenster geöffnet und auf die Landschaft hinausgeblickt.

»Es wäre besser, du machst das nicht. Es gibt überall Videokameras, die dich erkennen könnten«, sagte der Fahrer besorgt.

»Welche Kameras? Sind wir in Amerika oder in Orwells Welt?«

»Beides, mein Liebling«, erwiderte er.

»Nenn mich nicht so, das mag ich nicht.«

»Möchtest du jetzt, da du frei bist, lieber Hanna genannt werden?«

»Lass mich bloß in Ruhe, Max, ich bin frei und müde.«

»Dann lass das Fenster rauf, wenn du es bleiben möchtest.«

»Sie werden vor sechs Uhr morgens überhaupt nichts merken. Ich glaube auch nicht, dass sie gleich sämtliche Polizisten auf mich hetzen werden, ich bin für niemanden mehr besonders interessant.«

»Wenn das der Fall wäre, würde ich nicht mitten in der Nacht durch die ganze Stadt fahren«, meinte Max.

Agatha wandte sich ihm zu und schaute ihn an.

»Du bist alt geworden«, sagte sie.

»Seit meinem letzten Besuch?«

»Nein, seitdem wir uns das letzte Mal auf der Flucht in einem Auto befunden haben. Aber beim letzten Mal hörte man den Motor, und du bist deutlich schneller gefahren.«

»Damals gab es kein Radar, und das Auto fuhr mit Benzin, dieses hat einen Elektromotor.«

»Autos fahren heute elektrisch? Zum Kuckuck, es wird

schwer, sich anzupassen. Wo bringst du mich eigentlich hin?«

»Nicht zu mir, zu gefährlich. Wegen der Besuche bei dir werden sie mich wahrscheinlich zuerst vernehmen.«

»Ich dachte, du bist unter falschem Namen gekommen?«

»Ja, aber es gab auch im Besuchszimmer Videoaufzeichnung. Da werden sie die Verbindung schnell hergestellt haben.«

Agatha seufzte.

»Die Zeiten haben sich geändert, Hanna, dafür kann ich nichts.«

»Doch, wir können alle etwas dafür, denn wir sind gescheitert. Mir wäre es lieber, du nennst mich Agatha. Hanna gibt es nicht mehr, nicht auf dieser Welt zumindest.«

»Wir sind alle älter geworden, wie du schon sagtest. Ich habe ein kleines Chalet in der Nähe des Valley Forge. Wir sind bald da.«

Die Straße führte durch Gestrüpp, nach wenigen Meilen folgte ein Waldweg, an dessen Ende das Fahrzeug zum Stehen kam. Max stieg als Erster aus, öffnete Agatha die Tür und half ihr beim Aussteigen. Er schaltete eine Taschenlampe ein, und sie stützte sich auf seinen Arm.

»Es ist nicht weit, gerade mal dreißig Meter. Hier hast du es gut, und wenn du wieder zu Kräften gekommen bist in ein paar Tagen, dann schauen wir weiter.«

Der Strahl der Taschenlampe beleuchtete die Fassade eines typischen Holzchalets. Max holte den Schlüssel aus der Tasche und lud Agatha ein, einzutreten. Er schaltete das Licht ein, und eine an einer Kette angebrachte Deckenlampe flammte auf. Die Höhe des Raums war beeindruckend. Zwei Chesterfield-Sessel standen auf einem dicken Teppich rechts und links eines gewaltigen Kamins. An der gegenüberliegenden Seite ein Esstisch aus Kirschbaum, rundherum acht Stühle aus dem gleichen Holz, ein Mahagonischreibtisch und ein Ledersessel, auf dem eine dicke Wolldecke lag. An der Wand entlang führte eine Treppe zu einem Zwischengeschoss.

»Die Schlafzimmer sind oben«, sagte Max und wandte sich zur Küche.

Agatha folgte ihm.

»Es ist wirklich schön bei dir«, flüsterte sie.

»Es hat einen gewissen Charme«, erwiderte Max und bot ihr ein Glas Wein an.

»Es wirkt vornehm, hat dich bestimmt eine Stange Geld gekostet.«

»Ich habe die Hütte für einen Apfel und ein Ei bekommen, aber das Renovieren war schon teuer.«

»Hast du so viel Geld verdient, während ich in der Zelle fast verrottet wäre?«

»Ich bin zurechtgekommen. Wäre es dir lieber gewesen, ich hätte unter den Brücken gelebt?«

»Ich wollte gar nichts, Max. Ich bin froh, dass du entkommen konntest. Danke für den Wein, ich trinke ihn später, ich möchte mich jetzt frisch machen.«

»Das Bad ist oben«, erklärte Max.

Agatha stieg die Treppe hinauf, betrachtete dabei die Fotos an der Wand. Sie blieb vor dem Bild stehen, auf dem Max das Gesicht an die Stirn einer jungen Frau gelegt hatte.

»Wie alt ist deine Tochter?«, fragte Agatha.

»Dreißig«, murmelte Max. »Die Tür links geht zum Schlafzimmer, rechts ins Bad.«

»Gibt es nur ein Schlafzimmer?«

»Das Bett ist sehr breit und bequem, du wirst darin schlafen wie im Himmel.«

»Und du, fährst du zu deiner Tochter?«

»Hast du Hunger?«, erkundigte sich Max und hob den Blick.

»Ich bin ausgehungert«, erwiderte Agatha, bevor sie im Bad verschwand.

Es war so lange her, dass sie eine Badewanne gesehen hatte, dass sie sich ihr so vorsichtig näherte, als wäre es eine kostbare Reliquie. Sie setzte sich auf den Rand, schloss den Abfluss und strich über die Armaturen, bevor sie sie betätigte und die Klarheit des Wassers bestaunte.

Auf einem in eine Mauernische eingelassenen Regal fand sie eine Karaffe mit Badesalz, zog den Stöpsel, um daran zu riechen, und ließ fast den ganzen Inhalt in die Wanne rieseln. Der Pfirsichduft rührte sie fast zu Tränen.

Im Lauf der ersten zwanzig Jahre ihrer Gefangenschaft hatte sie so viele Opfer bringen müssen, nur um ein Stück Seife für sich allein zu bekommen, ganz zu schweigen von den Rangeleien, um sie zu behalten.

Sie zog sich aus und betrachtete sich nackt im Standspiegel. Ihre Haut war noch straff, ihre Brüste kräftig und rund, ihre Hüften stabil, ihre Schamhaare schwarz, und als sie sich umdrehte, um ihr Hinterteil zu begutachten, war sie stolz, ihren Körper in all den Jahren so gut gepflegt zu haben. Sie lächelte und dachte, dass sie einigen Männern noch den Kopf verdrehen könnte.

Das Bad war zu heiß, doch sie tauchte bis zum Hals ein. Sie hatte vergessen, wie herrlich dieses Gefühl des Schwebens war. So herrlich, dass sie sich ab heute für jeden Tag ein Bad versprach, so oft und so lange sie wollte. Sie hatte ihre Schuld getilgt und sehr viel mehr als das. Niemand durfte ihr noch etwas verbieten, und keine Vorschriften konnten sie zwingen zu tun, was sie nicht tun wollte.

Eine kleine Stimme im Hinterkopf rief sie zur Vernunft: Sie war diese Risiken nicht eingegangen und hatte nicht so lange gewartet, um sich in einem Bad zu rekeln, sondern wegen eines sehr viel wichtigeren Versprechens. Und dieses Versprechen würde sie um jeden Preis halten.

Sie vertrieb die Benommenheit, rieb sich mit einem Handtuch ab, stieg aus der Badewanne und schlüpfte in einen verblüffend weichen Bademantel.

Nachdem sie ihr Haar zurechtgemacht und über dem Handwaschbecken etwas Rouge gefunden und aufgetragen hatte, ließ sie das Wasser ablaufen und kehrte ins Wohnzimmer zurück, aus dem ein Duft von Zucker und Crêpes aufstieg.

Max hatte den Tisch gedeckt und servierte ihr einen Teller mit kleinen Pfannkuchen, überzogen mit Ahornsirup.

Er rückte einen Stuhl heran, forderte Agatha auf, sich zu setzen, und musterte sie.

»Du bist nicht gealtert«, sagte er und ergriff ihre Hand.

Agatha machte sich über den Stapel Pfannkuchen her.

»Wenn du mit mir schlafen willst, habe ich nichts dagegen, aber erspar mir deine idiotischen Komplimente. Früher warst du auch direkter.«

»Wir konnten freier über unseren Körper verfügen als heute.«

»Haben sich denn die Dinge auch in dieser Hinsicht geändert?«

»Oh ja …« Max seufzte. »Die Puritaner sind wieder voll im Trend, und Aids ist auch ein Thema. Jeremy, Celia, Francis und Bernie sind daran gestorben, und einige habe ich sicher vergessen.«

»Wer lebt denn noch?«, fragte Agatha.

»Du, ich, Lucy, Brian, Raoul, Vera, Quint, Dunkins, ich weiß nicht, ob du dich an ihn noch erinnerst, David, Bill, ein knappes Dutzend von uns.«

»Was ist aus ihnen geworden?«

»Akademiker, Schriftsteller, Journalisten, gutbürgerliche Oberschicht die meisten.«

»Wie du?«

»Ich tue wenigstens nicht so.«

»Das wäre ja auch schwierig mit so einem Haus.«

»David ist noch im Gefängnis, Quint züchtet Pferde in Arkansas.«

»Quint, Züchter? Da verschlägt es mir die Sprache.«

»Er hat sich von uns allen am besten geschlagen, er ist reich geworden wie Krösus. Sein Gestüt erstreckt sich über Hunderte Hektar.«

»Erzähl mir von David.«

»Er wird nie rauskommen, er hat fünfundsiebzig Jahre bekommen … Warum bist du ausgebrochen, du hattest doch nicht mehr viel abzusitzen?«

»Sechzig Monate hinter Gittern, das ist nicht wenig, glaube mir. Ich konnte nicht mehr, das habe ich dir schon gesagt, ich muss ein paar Dinge regeln, bevor es zu spät ist.«

»Und das konnte keine fünf Jahre mehr warten?«

Agatha strich mit dem Daumen über den Teller und leckte ihn ab.

»Hast du das, worum ich dich gebeten habe?«

»Ja, aber nicht hier, ich bin überstürzt losgefahren, um dich abzuholen. Deine Stimme klang wie aus dem Grab. Ich bringe es dir morgen oder besser gesagt nachher mit und auch Lebensmittel. Bis dahin findest du Eier, Brot und Milch im Kühlschrank. Das Telefon benutzt du besser nicht, und ruf mich unter keinen Umständen an, das ist sicherer. Ich bin wahrscheinlich wieder zurück, bevor du aufwachst.«

Max stand auf, beugte sich zu Agatha und küsste sie auf die Lippen, bevor er ging.

Kaum war er weg, schaute sie sich im Zimmer um, durchwühlte die Schreibtischschubladen, hatte jedoch keine Vorstellung, was sie eigentlich suchte. Ihr wurde klar, dass sie diesen Tick würde ablegen müssen.

Sie trat hinaus auf die Veranda, der Himmel hatte schon die Farbe der Morgenröte angenommen. Wenn ihre Flucht noch nicht entdeckt worden war, würde das nun bald passieren. Ein Schauer überlief ihren Körper, sie ging hinein und legte sich schlafen.

Als sie aus einem tiefen Schlaf erwachte, streckte sie sich, stieg aus dem Bett, zog den Bademantel über und ging hinunter ins Wohnzimmer.

Tageslicht drang durch die Jalousien. Agatha blickte sich um. Keines der Fotos an den Wänden, kein Gegenstand auf dem Schreibtisch, nicht der geringste Nippes auf dem Buffet zeugte von der Vergangenheit, die sie und ihre Freunde gemeinsam erlebt hatten. Sie zuckte die Achseln und ging in die Küche.

Nachdem sie ein Paket geschnittenes Brot und ein Glas Konfitüre aus dem Kühlschrank genommen hatte, öffnete sie auf der Suche nach Kaffee sämtliche Schränke und entdeckte schließlich einen Glasbehälter mit Aluminiumkapseln. Sie nahm eine genauer in Augenschein und riss den Deckel auf.

Wie kommt man auf so eine blöde Idee, Kaffee in Kapseln zu packen?, fragte sie sich.

Sie fand aber weder Filter noch Kaffeekanne, gab deshalb das Pulver in eine Tasse und heißes Wasser darüber.

Dann nahm sie ihr Frühstück mit und ließ sich an dem großen Tisch im Wohnzimmer nieder.

Sie hatte das Gefühl, der Tag ginge bereits zu Ende. Sie kehrte in die Küche zurück und schaute auf die Uhr des alten Gasherds, die 17 Uhr zeigte. Sie machte sich Sorgen, dass Max noch nicht zurückgekehrt war.

Ein Geräusch draußen auf dem Weg verunsicherte sie noch mehr. Es war nicht Max, der sich dem Haus näherte. Seit ihm ein Schlagstock das Knie zertrümmert hatte, hinkte Max ein wenig. Die Schritte auf der Veranda klangen jedoch eher leichtfüßig, es konnte nicht Max sein.

Agatha sprang mit einem Satz auf und stürzte zur Tür. Sie hielt die Luft an und warf sich dem Eindringling entgegen. Die junge Frau, die mit einem Weidenkorb auf dem

Arm eintreten wollte, fand sich plötzlich auf dem Fußboden wieder. Sie stieß einen Schrei aus, wandte sich um und entdeckte die Angreiferin.

»Agatha?«

»Wer sind Sie?«, fragte diese.

»Helen. Max sagte, Sie wären total müde und erschöpft.«

»Das war gestern.«

Agatha erkannte das Gesicht wieder, das neben Max auf dem Foto an der Treppenwand lächelte.

»Sie sind seine Tochter.«

»Nein, seine Frau!«

»Das beruhigt mich«, meinte Agatha und half ihr beim Aufstehen. »Manche Dinge haben sich in dieser seltsamen Welt wohl doch nicht geändert.«

»Er konnte nicht kommen«, griff Helen das Gespräch wieder auf, während sie ihren Korb samt Inhalt aufsammelte. »Ein Polizeiwagen fuhr heute Morgen vor seinem Haus auf und ab. Er hatte Angst, man könnte ihm folgen.«

»Kennen die denn dieses Chalet etwa nicht?«

»Nein, es läuft auf meinen Namen, es gehörte meinem Vater.«

»Der alte Angeber!«

»Max? Was hat er Ihnen denn erzählt?«

»Nichts«, erwiderte Agatha. »Es tut mir leid, Sie umgestoßen zu haben … alte Gewohnheiten.«

»Ich weiß.«

»Nein, Sie wissen gar nichts«, unterbrach Agatha sie. »Wenn die Bullen heute bei Ihnen waren, dann dauert es keine zwei Tage, bis sie diesen Ort hier entdecken.«

»Max denkt das auch, deshalb hat er mich geschickt, um Sie abzuholen.«

»Das überrascht mich nicht. Er hat immer schon Operationen lieber geleitet, als in erster Linie zu kämpfen. Ich mache ihm keinen Vorwurf, so hat er es ja weit gebracht.«

»Urteilen Sie nicht über ihn, er hat auch seinen Anteil Leid erlebt, er ist ein mutiger Mann.«

»Wenn wir mehr Zeit hätten, würde ich Ihnen erzählen, was Leiden wirklich bedeutet. Was ist in diesem Korb?«

»Alles, was Sie von Max verlangt haben. Ich mache uns jetzt einen Kaffee, und dann fahren wir los«, sagte Helen und ging in die Küche.

»Ihr Kaffee ist ekelhaft, und ich habe auch keinen Filter und keine Kaffeekanne gefunden.«

Helen nahm eine Kapsel aus dem Behälter, schob sie in die Maschine auf der Theke, stellte eine Tasse unter den Hahn und drückte auf einen Knopf. Agatha sah zu, wie der Kaffee in ihre Tasse strömte, ohne sich ihre Verwunderung anmerken zu lassen.

»Haben Sie miteinander geschlafen?«, fragte Helen und reichte ihr die Tasse.

»Sie sind aber sehr direkt! Warum fragen Sie?«

»Weil Sie nackt in meinem Bademantel herumlaufen.«

»Er ist sehr weich, so einen habe ich noch nie getragen. Nein, ich habe nicht mit Ihrem Mann geschlafen.«

»Wir sind nur verlobt.«

»Mach dir keine Sorgen. Sieh uns doch mal an. Du bist mindestens zwanzig Jahre jünger als ich.«

»Sie sind eine sehr schöne Frau, und er hat Sie ja auch oft besucht.«

»Einmal im Jahr ist nicht gerade oft, aber er war der Einzige, der gekommen ist.«

»Er hat Sie sehr geliebt.«

»Damals liebte jeder jeden. Aber sei beruhigt, zwischen uns hat es nie eine ernsthafte Beziehung gegeben, nur Freundschaft und Kameradschaft.«

»Würde es Ihnen etwas ausmachen, sich anzuziehen? Mir wäre es lieber, wenn wir hier nicht länger herumbummeln.«

Agatha beugte sich über den Korb. Sie sah zwei Umschläge, einer enthielt zwei Bündel Hundertdollarscheine, die sie nachzählte – zehntausend insgesamt. Der andere etwas größere Umschlag enthielt Dokumente, die sie rasch durchblätterte und dann wieder zurückschob.

Anschließend ging sie zur Treppe.

»Machen Sie einfach den Schrank im Schlafzimmer auf und bedienen Sie sich«, rief Helen. »Wir dürften etwa die gleiche Größe haben. Im Regal finden Sie eine Reisetasche. Nehmen Sie, was Sie benötigen, Wäsche ist in der Kommode. Welche Schuhgröße haben Sie?«

»Neununddreißig.«

»Wie ich. Die Schuhe stehen ebenfalls im Schrank.«

Agatha ging hinauf, blieb aber auf halbem Weg stehen und schaute zu Helen. »Warum machst du das?«, fragte sie.

»Weil ich mehr Sachen besitze, als ich tragen kann. Und damit hätte ich einen guten Grund, mir neue zu kaufen.«

»Das beantwortet meine Frage nicht. Wieso gehst du diese Gefahr für eine Unbekannte ein?«

»Sie sind für mich keine Unbekannte. Max hat mir so

viel von Ihnen erzählt, dass Sie längst Teil meines Lebens geworden sind, weit mehr, als Sie sich das vielleicht vorstellen.«

»Tu doch nicht so blöd. Wenn du in meiner Gesellschaft erwischt wirst, bist du Mittäter bei einem Ausbruchsversuch.«

»Dann beeilen Sie sich, wir reden auf der Fahrt weiter.«

Kurz darauf kam Agatha mit der Reisetasche in der Hand wieder herunter. »Ich habe nur das Notwendigste genommen«, sagte sie. Sie ging zum Korb, schob den Umschlag mit dem Geld in eine Tasche des Parkas, den sie ausgeliehen hatte, und den anderen in ihre Handtasche. »So, ich bin fertig.«

Als sie auf die Veranda trat, betrachtete Agatha die junge Frau, während sie die Tür abschloss.

»Was ist denn los?«, fragte Helen.

»Nichts, Sie beide haben ein schönes Leben.«

»Wir haben auch unsere Probleme«, erwiderte Helen und ging auf dem Weg voraus.

Beim Wagen angelangt, bedeutete sie Agatha, sich ans Steuer zu setzen.

»Bist du verrückt, ich bin seit dreißig Jahren nicht mehr Auto gefahren.«

»Das ist wie beim Schwimmen, man verlernt es nicht.«

Agatha setzte sich auf den Fahrersitz und streckte die Hand hinüber.

»Der Schlüssel?«

»Er ist im Handschuhfach.«

»Dann gib ihn mir, wenn du willst, dass ich fahre.«

»Nicht nötig, es ist ein Elektroauto. Du brauchst nur auf diesen Knopf zu drücken.«

Das Armaturenbrett leuchtete auf, man vernahm ein leichtes Rauschen unter der Kühlerhaube.

Agatha betrachtete das Fahrer-Display, auf dem die Reichweite der Batterien in Farbdiagrammen angezeigt wurde.

»Sieht aus wie in einem Raumschiff, wirklich skurril! Fährt man diese Maschine noch immer mithilfe eines Lenkrads? Und wenn wir kontrolliert werden, habe ich keine Papiere. Es wäre doch blöd, wegen einer solchen Dummheit erwischt zu werden.«

»Jetzt hören Sie endlich auf zu mosern und fahren Sie los! Es ist fast schon dunkel, wir werden nicht kontrolliert, wenn Sie die zulässige Geschwindigkeit nicht überschreiten.«

Das Fahrzeug folgte dem Waldweg und kam an die Kreuzung zur Straße.

»Rechts«, sagte Helen.

»Welche Probleme?«, fragte Agatha.

»Was meinen Sie?«

»Vorhin auf der Veranda hast du gesagt: ›Wir haben auch unsere Probleme.‹«

»Das geht Sie nichts an.«

»Du wirst mich in Kürze am Straßenrand absetzen und siehst mich dann nie wieder. Wenn du also deinen Sorgensack bei jemandem erleichtern möchtest, der zuhören kann, ohne zu verurteilen, dann tu es jetzt oder nie.«

Helen zögerte und seufzte. »Sie schwören mir, dass Sie nicht miteinander geschlafen haben?«

»Jetzt ist aber Schluss! Wofür hältst du mich? Willst du mich ärgern?«

»Sie kommen aus dem Gefängnis. Ich weiß, Sie sagen mir jetzt, dass Libido wie Appetit funktioniert, je weniger man isst, umso geringer der Hunger.«

»Nein, so einen Blödsinn hätte ich dir nicht erzählt. Klappt es mit Max so schlecht?«

»Manchmal ist es ziemlich kompliziert. Ihr seid nicht gerade einfache Menschen.«

»Da irrst du dich gewaltig. Wir waren mehr als normal und unkompliziert, Bauernjungen und -mädchen, Arbeiterkinder, Geschäftsleute, Studenten. Ja, es waren natürlich auch ein paar Kinder reicher Eltern dabei, sogar die Tochter eines Senators – ihre Seele ruhe in Frieden. Ungewöhnlich war eher das, was wir gelebt haben, und vor allem waren wir total verrückt. Soweit ich verstehe, haben die meisten klein beigegeben, zumindest diejenigen, die davongekommen sind wie Max.«

Helen öffnete das Handschuhfach und nahm einen Revolver heraus, den sie Agatha auf die Knie legte.

»Jedem seine Definition von gewöhnlich. Er hat mich gebeten, Ihnen das hier zu geben.«

»Leg ihn dorthin zurück, wo du ihn gefunden hast«, befahl Agatha.

»Wie habt ihr beide euch kennengelernt?«, fragte Helen und nahm die Waffe wieder an sich.

»Das wollte ich dich auch schon fragen«, erwiderte Agatha. »Wir sind uns das erste Mal bei einer Demo über den Weg gelaufen, die irgendwie eskaliert ist. Max war eben mit einem Schlagstock verdroschen worden, sein

Bein war zertrümmert. Er blutete sehr stark, der Bulle wollte gerade wieder zuschlagen, und wenn ich mich nicht dazwischengeworfen hätte, wäre Max draufgegangen. Ich habe dem Polizisten einen Fußtritt verpasst, sodass er das Gleichgewicht verlor. Dann habe ich Max in eine Seitenstraße gezogen. Das war dumm, denn es war eine Sackgasse. Wäre uns der Bulle nachgekommen, wären wir beide dran gewesen. Doch an diesem Tag hatten wir Glück. Wir blieben hinter den Mülltonnen versteckt, ich drückte Max' offene Wunde ab, damit er nicht verblutete, und er wollte wahrscheinlich besonders hartgesotten tun und erzählte mir die ganze Zeit blödsinnige Geschichten, aber sie waren zumindest lustig. So sind wir uns nähergekommen. Als sich die Situation draußen beruhigt hatte, habe ich ihn mitgenommen und verarzten lassen. So, jetzt weißt du es.«

»Er hat mir nie gesagt, wofür Sie verurteilt wurden.«

»Wechseln wir das Thema. Jetzt bist du dran.«

»Ich brauchte einen Anwalt, Freunde hatten mir Max empfohlen, seine Honorare waren nicht übertrieben, und es hieß, er sei auf seinem Gebiet sehr kompetent.«

»Auf welchem Gebiet?«

»Zivilsachen, Eheverträge, Scheidungen, Erbangelegenheiten.«

»Und inwieweit betraf es dich?«

»Ich wollte heiraten …«

»… und du bist in seinem Bett gelandet? Das ist nicht schlecht.«

»Das Leben ist voller Überraschungen. Als ich in sein Büro kam, kreuzten sich unsere Blicke, es war, als schwebte ich in der Luft. Beim Verlassen des Büros wusste ich überhaupt nicht mehr, wo mir der Kopf stand.«

»Bei der Abfassung deines Ehevertrags! Wie aufregend.«

»Auf meiner Seite schon«, gestand Helen ein.

»Auf seiner nicht?«

»Männer brauchen immer etwas länger. Ich musste ihn den Vertrag zehn Mal überarbeiten lassen, bevor er mich endlich fragte, ob ich denn wirklich heiraten wolle. Als ich ihm antwortete, das hinge davon ab, wen, hat er endlich kapiert.«

»Ich habe es dir doch gesagt, Max gehört nicht gerade zu den kühnsten Männern, aber er hat andere Qualitäten.«

»War es bei Ihnen anders?«

»Aber wer hat dir denn diese Idee in den Kopf gesetzt? Ich sage es noch einmal, wir waren nur Freunde.«

Helen wühlte in ihrer Handtasche und holte ein Polaroidfoto heraus, das sie sichtbar aufs Armaturenbrett legte. Max und Agatha lagen mit nacktem Oberkörper eng umschlungen auf einer Wiese.

»Freunde, die sich sehr nahestehen, aha!«

Agatha warf einen flüchtigen Blick auf das Foto, bevor sie wieder auf die Straße schaute.

»Ach, das hat Verena gemacht, es erinnert mich an glückliche Tage. Die ganze Truppe hatte den Nachmittag im Central Park damit zugebracht, die Welt zu verbessern. Außerdem haben wir viel geraucht und noch mehr gelacht. Wo hast du das Bild gefunden?«

»In Max' Sachen, er hatte eine ganze Sammlung.«

»Er hätte sie verbrennen sollen.«

»Das habe ich für ihn erledigt, er war außer sich vor Wut und hat zwei Wochen lang kein Wort mit mir geredet.«

»Wie lange ist deine nicht zustande gekommene Hochzeit eigentlich her?«

»Ende des Sommers feiern Max und ich unser Zehnjähriges.«

»Und wie alt warst du, als er dich vom Baum der Unschuld gepflückt hat?«

»Ungefähr so alt wie Sie auf diesem Foto, zweiundzwanzig.«

»Aber er war damals schon viel älter, und das hatte es dir wahrscheinlich angetan. Hast du solche Angst vor mir?«

»Was wollen Sie denn damit sagen?«

»Weiß Max, dass wir beide gemeinsam in diesem Auto sitzen?«

»Natürlich.«

»Aber deine Großzügigkeit und deine Bereitwilligkeit, mir bei der Flucht zu helfen, haben doch damit zu tun, dass du meine Anwesenheit hier fürchtest.«

»Vielleicht«, erwiderte Helen.

»Du hast ihm verboten zu kommen, oder?«

»Max lässt sich nichts verbieten, ich habe ihn gefragt, und er hat es akzeptiert.«

»Es gab also gar kein Polizeiauto vor eurem Haus heute Morgen?«

»Nein«, musste Helen zugeben.

»Siehst du, das war jetzt seit unserer Begegnung die erste Sache, die mich betrifft, alles andere betraf nur euch beide. Ich gebe dir einen guten Rat, auch wenn du mich nicht darum gebeten hast: Versuche, ihn zu lieben, und erlaube deiner Eifersucht nicht, ihn zu hassen. Niemand gehört einem anderen Menschen. Mach ihn glücklich, und du wirst ihn nicht verlieren. Jetzt setz mich irgendwo in der Stadt ab und fahr schnell zu ihm zurück.«

»Sie sollen *mich* irgendwo absetzen, das Auto überlasse ich Ihnen. So lauten seine Anweisungen jedenfalls.«

»Ist das Geld in diesem Umschlag seins oder deins?«

»Es ist sein Geld.«

»Okay, dann bin ich einverstanden.«

»Wir kommen bald an ein Einkaufszentrum, dort kann ich am Parkplatz aussteigen und mit dem Taxi nach Hause fahren. Für Sie hat Max auf dem Navi die Koordinaten eines Motels außerhalb der Stadt programmiert, dort können Sie die Nacht verbringen.«

»Und kannst du mir bitte noch sagen, was ein Navi ist?«

Helen lachte laut auf. »Ich zeige es Ihnen.«

Zehn Minuten später hielt Agatha an der Stelle, die ihr Helen anwies. Ihre Mitfahrerin stieg aus und beugte sich noch einmal zu ihr hinab.

»Ich habe mich oft gefragt, ob ich gerne Mitglied eurer Truppe gewesen wäre, die Antwort habe ich nie gefunden. Hier ist meine Handynummer, es ist vertragsfrei, also anonym. Wenn Sie etwas brauchen, irgendetwas, dann rufen Sie an. Ich wünsche Ihnen viel Glück.«

Agatha hatte keine Ahnung, was ein Prepaidhandy ist, sie nahm aber den Zettel entgegen, den Helen ihr hinhielt.

»Vielen Dank euch beiden. Richte Max aus, dass ich ihm das nicht vergesse und wir nun quitt sind. Morgen sage ich dir, wo du das Auto wieder abholen kannst. Danach wirst du nie mehr von mir hören.«

Agatha fuhr wieder auf die Straße hinaus. Nach einigen Meilen blieb sie am Seitenrand stehen, leerte die Trommel des Revolvers bis auf eine Kugel, warf die anderen aus dem Fenster und fuhr dann weiter. Wenn die Stimme aus dem Navi ihr den nächsten Richtungswechsel mitteilte, zuckte sie jedes Mal zusammen und fluchte. Aber als sie vor dem Motel eintraf, konnte sie es sich nicht verkneifen, ihr zu danken, wie sie es bei einem realen Menschen auch getan hätte.

Sie bezahlte ihr Zimmer bar; es war unpersönlich, aber sauber. Schließlich zog sie den von Helen geliehenen Pullover über und ging zum Essen. Sie hatte nur das Frühstück am frühen Nachmittag zu sich genommen und musste sich jetzt stärken. Sie entschied sich für das Restaurant auf der gegenüberliegenden Straßenseite.

Sie ging davon aus, dass inzwischen eine Fahndung herausgegeben wurde, morgen wäre ihr Bild sicher auf der ersten Seite aller Zeitungen zu sehen, vielleicht zeigte man es auch im Fernsehen. Und so war sie etwas nervös, als sie den Speisesaal betrat, in dem es nach Bratfett roch.

Niemand achtete auf sie. Die Teller waren übervoll. Sie setzte sich in eine Nische und bedeutete der Kellnerin, die Speisekarte zu bringen.

Sie träumte von einem guten ausgiebigen Essen und bestellte ein wahres Schlemmermenü, einschließlich Nachschlag beim Schokoladenkuchen.

»Sie haben aber wirklich Appetit«, bemerkte die Kellnerin, als sie den Kaffee servierte.

»Können Sie mir sagen, wo ich eine Karte dieser Region kaufen könnte?«

»Von woher kommen Sie denn?«

»Von der Westküste«, log Agatha, auch wenn es – abgesehen von den dreißig Jahren, die dazwischen lagen – nur eine halbe Lüge war.

»So etwas dürften Sie an der Tankstelle finden, sie liegt etwas weiter unten an der Straße. Sie schlafen im *Flamingo*, nicht wahr?«

»Das *Flamingo*?«

»Das Motel gegenüber nennen wir wegen seiner rosa Fassade so«, antwortete die Kellnerin.

»Ja, dann ist es wohl dieses Motel. Woher wussten Sie das?«

»Wir haben hier vor allem Stammgäste, Leute, die in der Gegend arbeiten oder wohnen, neue Gesichter sind meist Durchreisende, die eine Nacht im *Flamingo* verbringen. Was hat Sie denn zu uns geführt?«

»Nichts, ich bin auch auf der Durchreise.«

»Na, dann wünsche ich Ihnen einen schönen Abend«, sagte sie und legte die Rechnung auf den Tisch.

Agatha nahm das angebotene Minzbonbon aus der Schale, steckte es in die Tasche ihres Parkas und holte den großen Umschlag heraus, den sie aus dem Motelzimmer mitgenommen hatte. Sie las den von Max getippten Bericht aufmerksam und prüfte die Fotos, die er beigefügt hatte. Sollte seine Laufbahn als Anwalt einen Knick erleben, würde er als Detektiv auch zurechtkommen. Sie faltete die Blätter zusammen, bezahlte und kehrte ins Motel zurück.

Im Bett schaltete sie das Fernsehgerät ein und wechselte so lange die Kanäle, bis sie auf die Nachrichten des Abends stieß, die sie bis zum Ende anschaute.

Der Sprecher hatte nichts von ihrem Ausbruch gesagt, was sie beunruhigte. Sie sah nur einen Grund, warum ihre Flucht geheim gehalten wurde: Nicht die Polizei war ihr auf den Fersen, sondern das Federal Bureau of Investigation. Eine Mitgefangene hatte ihr erzählt, wenn ein Häftling durch das FBI in den Knast käme, würde er diesem bis zum Ende seiner Strafe »gehören« – egal, wie lang sie war. Macht nichts, sagte sie sich. Sie hatte ihnen das Leben nicht leicht gemacht, und das würde jetzt nicht anders sein. Dieses Mal würde es keine Kapitulation geben.

Sie schaltete das Gerät aus, bedauerte, sich kein Buch gekauft zu haben, und machte dann die Nachttischlampe aus.

Kapitel 3

Tom Bradley stieg todmüde aus dem Bus – im Lauf der zweitägigen Reise hatte er vier Mal umsteigen müssen. Der erste Bus hatte ihn von Ironwood nach Saint Ignace in Michigan gebracht, wo er vorgestern Abend angekommen war. Von dort nahm er einen Greyhound und reiste die ganze Nacht bis Bay City. Auf der sechsstündigen Fahrt hatte er ein wenig schlafen können. Im Morgengrauen ging es dann weiter in Richtung Detroit und von dort aus nach Pittsburgh, wo er am frühen Nachmittag eintraf. Er hätte gerne in einer Bar etwas zu sich genommen, aber die Zeit drängte.

Er sah auf die Karte am Bahnsteig des Busbahnhofs. Der Überlandbus würde ihn zwei Meilen von seinem Ziel entfernt absetzen. Er schaute auf die Uhr und schätzte, dass er es noch vor Einbruch der Nacht erreichen würde.

So landete er schließlich mit dem Reisegepäck in der Hand vor einem gutbürgerlichen Einfamilienhaus, umgeben von einem schmalen Streifen Rasen und einer perfekt getrimmten Geißblatthecke.

Er erklomm die drei Stufen der Freitreppe und betätigte den Klopfer.

»Ich hatte dich schon früher erwartet!«, sagte Richter Clayton, als er die Tür öffnete.

»Ich wohne nicht direkt nebenan, und ich habe seit Langem kein Auto mehr«, erwiderte Tom.

»Aber zu Fuß bist du doch wohl nicht gekommen?«

»Fast, ich habe den Bus genommen.«

»Aus dem Norden von Wisconsin? Du weißt schon, dass es auch Flugzeuge gibt?«

»Ich verliere nicht gerne die Bodenhaftung. Lässt du mich rein, oder sollen wir dieses Gespräch hier draußen fortsetzen?«

»Fang schon mal mit einer Dusche an«, befahl der Richter. »Das Bad ist im ersten Stock. Du stinkst wie ein Schafbock und siehst schrecklich aus. Ich warte im Wohnzimmer.«

Tom tat wie geheißen und kam eine Viertelstunde später frisch gekleidet herunter. Richter Clayton erwartete ihn auf der Couch. Er hatte Tee und Kekse hergerichtet.

»Ich gehe mal davon aus, dass der Brief, den ich dir geschickt habe, etwas mit deinem Besuch zu tun hat«, sagte er und bedeutete ihm, gegenüber Platz zu nehmen.

»Ich habe ihn vorgestern erhalten und mich am nächsten Tag auf den Weg gemacht.«

»Was für eine Idee, sich so weit entfernt zu vergraben. Wünschst du dir nicht ein Leben mit etwas mehr Komfort?«

»Mir gefällt mein Leben«, erwiderte Tom. »Ich bin dort oben völlig frei.«

»Mitten unter den Wölfen?«

»Jeder hat sein Territorium, wir respektieren uns. Es sind

Tiere mit ganz außergewöhnlicher Intelligenz, manchmal mehr, als bei Menschen anzutreffen ist. Bei ihnen gibt es keine Mörder, sie töten nur, um zu überleben.«

»Du warst einer der besten Spürhunde, die ich je gekannt habe. Du hättest einen anderen Ruhestand verdient.«

»Was weißt denn du schon? Ist es deine Vorstellung von Glück, deine alten Tage in diesem Einfamilienhaus zu verbringen? Komm mich doch nächsten Winter mal besuchen, du würdest ein bisschen von deiner Jugend wiederfinden. Ich habe vielleicht nach Schafbock gestunken, als ich ankam, aber bei dir riecht es alt und muffig. Wie weit reicht dein Horizont, wenn du morgens deine Fenster öffnest? Ein Quadrat Rasen und eine geschnittene Hecke? Ich habe den ganzen Wald, die Jahreszeiten als Kalender und die Sonne als Uhr.«

»Du lebst wie ein Einsiedler, und es ist nicht gut, allein alt zu werden. Und außerdem haben wir uns nicht hier zusammengefunden, um unsere alten Streitgespräche fortzuführen, sondern um über deinen Schützling zu sprechen.«

Tom griff nach der Teetasse und stand auf. Er trat zum Fenster und drehte dem Richter den Rücken zu. »Wann ist sie ausgebrochen?«, fragte er.

»Vor zweiundsiebzig Stunden. Als ich es erfuhr, habe ich dir sofort die Unterlagen geschickt, die mir deine alten Kollegen ausgehändigt haben.«

»Warum hat sie das gemacht? Und vor allem, warum jetzt?«, fragte Tom.

»Aus Trotz, das würde zu ihr passen. Was wirklich dumm war. Sie hätte nur noch fünf Jahre abzusitzen gehabt. Mit einer Bewährung zum Vollzugsende konnte sie damit rechnen, in zwei Jahren rauszukommen…« Der Richter seufzte.

»Vielleicht hat sie einfach zu lange gewartet und die Hoffnung verloren. Wie oft wurde ihr der Straferlass schon verweigert? Wie oft hat sie eine Umwandlung in eine Bewährungsstrafe erhofft?«, brauste Tom auf.

»Ich darf dich daran erinnern, dass ich vor zehn Jahren ihren Transfer in ein Correctional Center veranlasst habe, wo die Haftbedingungen deutlich leichter sind. Keine Zelle mehr, sie konnte sich frei bewegen. Das wird mir eine Lehre sein!«

»Sich auf einem von Mauern umgebenen Hof bewegen, das soll Freiheit sein! Was für ein Leben, zum Teufel.«

»Sie hat es so gewollt.«

»Was soll das denn heißen?«, rief Tom.

»Das weißt du genauso gut wie ich. Deshalb fürchte ich ja, dass sie ein bestimmtes Ziel verfolgt. Deshalb habe ich dich vorgewarnt. Ich habe meine ganze Autorität eingesetzt, um ihren Ausbruch geheim zu halten, aber ich konnte nur eine kleine Frist herausschinden.«

»Wie viel Zeit?«, fragte Tom.

»Fünf Tage, das ist alles, mehr konnte ich nicht erreichen. Anschließend nehmen sie die Verfolgung auf.«

»Sie wird sich nicht ergeben, nicht noch einmal.«

»Davon bin ich auch überzeugt. Deshalb habe ich dich aus deinem Fuchsbau geholt.«

»Sag lieber, dass du nicht möchtest, dass ein Gemetzel deine Dienstakte so wenige Monate vor der Pensionierung beschmutzt, und noch weniger, dass man ihren Fall wieder aufrollt. Dabei könntest du nur verlieren. Deshalb hast du mich aus meinem Fuchsbau geholt, wie du es nennst.«

»Alle Risiken bin ich aus Freundschaft zu dir eingegangen. Jetzt bist du gewarnt und kannst frei entscheiden, was du für richtig hältst.«

Tom schaute den Richter lange an. »Ich brauche etwas Ruhe, um klarer zu sehen«, sagte er schließlich.

»Du glaubst aber schon, dass du es schaffst, oder?«

»In den Papieren, die ich von dir bekommen habe, befand sich ein Tagebuch, das sie unter ihrer Matratze zurückgelassen haben soll. Es enthält bestimmt eine Spur, ein paar Hinweise. Ich habe sie noch nicht entdeckt, aber ich bin sicher, dass es diesbezüglich Andeutungen gibt.«

»Die sie zurückgelassen hat? Da habe ich aber große Bedenken, es sei denn, sie wollte uns in die Irre führen.«

»Meine Nase sagt mir das Gegenteil.«

Der Richter zog Tom zu seinem Schreibtisch, setzte sich in den Sessel, öffnete eine Schublade und reichte ihm zwei beschriebene Seiten. »Hier ist deine Vollmacht, die es dir erlaubt, rechtswirksam zu handeln, das andere Dokument ist für den USMS[1], das haben sie mir erst heute geschickt. Unterzeichne, und du bist wieder in den Dienst aufgenommen.«

Tom las das erste Dokument schnell durch und nahm

---

1 Der United States Marshals Service ist eine Behörde des Justizministeriums der USA. Die Marshals schützen die Bundesgerichte, gewährleisten die Suche von Flüchtigen und den Transport von Gefangenen innerhalb des jeweiligen Gerichtsbezirks sowie die Sicherheit von Zeugen. Sie sind ebenfalls zuständig für gepfändete Vermögenswerte bei der Zerschlagung illegaler Geschäfte.

den Füllfederhalter, den ihm der Richter reichte. »Haben sie die Verbindung gar nicht bemerkt?«, fragte er.

»Nein, ich habe nur gesagt, dass ich deine Unterstützung benötige.«

»Und da haben sie sich nicht gewundert?«

»Ich möchte dich nicht beleidigen, Tom, aber niemand erinnert sich an dich. Ich habe dieses Formular verlangt, und sie haben es mir gegeben, das ist alles.«

»Wahrscheinlich ist es eine große Dummheit«, brummte Tom und unterzeichnete. »Aber ich verspreche dir, dieses Mal ist wirklich das allerletzte.«

Der Marshal nahm die Vollmacht, steckte sie ein und schlug dem Richter vor, zum Essen zu gehen.

Clayton war ein Mann mit Gewohnheiten. Eine lange Schlange von Gästen wartete vor der Tür, doch sie wurden sofort bei ihrer Ankunft an einen Tisch geführt.

Sie gaben ihre Bestellung auf und setzten ihr Gespräch fort, als sich der Kellner entfernte.

»Wo wirst du denn anfangen?«, fragte Clayton.

»Sie hat noch keine Papiere, keine Kreditkarte und erst recht kein Geld. Wie lange kann sie es so, auf sich allein gestellt, aushalten? Wir sind nicht mehr im Jahr 1970.«

»Vielleicht hatte sie irgendwo Geld versteckt.«

»Denk doch an die Umstände ihrer Festnahme! Sie hat keine Chance, und da sie alles, nur nicht dumm ist, wusste sie das auch vor ihrem Ausbruch.«

»Du meinst, sie hatte draußen einen Helfer?«

»Einen oder mehrere, denn ohne Hilfe wird sie es nicht weit schaffen.«

»Denkst du an eine bestimmte Person?«

»Noch nicht, ich muss mir eine Liste ihrer alten Freunde besorgen, diejenigen, die noch am Leben und in Freiheit sind.«

»Du könntest sie leicht bei deinen Vorgesetzten bekommen.«

»Ich arbeite allein und bin niemandem Rechenschaft schuldig. In fünf Tagen gebe ich dir mein Abzeichen zurück, dies ist mein letzter Fall. Und wenn ich diese Liste bei den Marshals anfordere, werden sie den Braten doch gleich riechen. Früher oder später sucht jemand nach dem Grund meines erneuten plötzlichen Einstiegs. Und wenn sich diese Person an mich erinnern sollte, obwohl du mir so feinfühlig das Gegenteil erklärt hast, könnte auch die Verbindung zwischen …«

»Es ist gut, ich habe verstanden«, unterbrach ihn Clayton.

»Ich brauche sie morgen, am späten Vormittag.«

Tom schlug dem Richter vor, den Abend etwas früher zu beenden. Er musste sich ausschlafen und ein Hotel suchen. Clayton bot ihm das Zimmer an, das sein Sohn schon lange nicht mehr bewohnte.

Der Rückweg verlief schweigend.

Als Richter Clayton am nächsten Morgen ins Wohnzimmer kam, war Tom Bradley schon aufgebrochen.

Agatha hatte ihren Vormittag mit der Lektüre von Max' Bericht zugebracht und sich dann in das Navi-Handbuch vertieft, das sie im Handschuhfach entdeckt hatte. Die Bedienung dieses Geräts war für sie zur Herausforderung geworden. Am Nachmittag gelang es ihr endlich und unter Mühe, die Stimme zu beherrschen, die unaufgefordert im Wagen sprach. Sie zögerte, die Koordinaten ihres Zielorts einzugeben, versuchte, den Zündschlüssel ins Schloss zu stecken, fluchte wieder und drückte schließlich den Starterknopf.

Sie hätte Bedenken haben können, als sie sah, dass sich die Ladestandanzeige der Batterie im roten Bereich befand, aber sie hatte nur noch etwa fünfzehn Meilen zurückzulegen und ging davon aus, dass auch ein Elektroauto über eine Sicherheitsreserve verfügte.

Sie fuhr auf die Autobahn, hielt sich an die Geschwindigkeitsbegrenzungen, fand die 76 Richtung Philadelphia, doch als sie fast angekommen war, verloren die Anzeigen im Armaturenbrett zunächst an Leuchtkraft und begannen dann zu blinken. Die Stimme des Navis ließ deutliche Ermüdungserscheinungen erkennen, sie wiederholte in einem apathischen Tonfall, der Zielort liege auf der rechten Seite, und schließlich gab der Motor gar kein Geräusch mehr von sich.

Agatha schaltete in den Leerlauf, und es gelang ihr, bis zur Ausfahrt zu rollen. Die Tankstelle, die sie erreichen wollte, lag etwas abschüssig auf der anderen Seite der Kreuzung. Als die Ampel an der Kreuzung auf Rot sprang, rief sie ihren Glücksstern an, der sie ja weiß Gott lange genug vernachlässigt hatte. Agatha, die sich vor der Alternative sah, die Kreuzung mit geschlossenen Augen und ohne Hupe zu überqueren oder den Wagen am Straßenrand abzustellen, entschied sich für die vorsichtige Variante.

So kurz vor dem Ziel eine Panne zu haben, war entweder

ein Wink des Schicksals oder ein glücklicher Zufall, doch Agatha hatte der Gefahr oft genug ins Auge geblickt und war deshalb nicht weiter überrascht.

Für den Fall, dass die Dinge nicht nach Plan verlaufen würden, beschloss sie, zu Fuß zu holen, was nötig war, um das Fahrzeug wieder zu starten. Gleichzeitig fragte sie sich, wie wohl ein Kanister Elektrizität aussehen mochte und wie man damit den Tank befüllte.

Und vor allem durfte ihr auch keine vorbeifahrende Polizeistreife Hilfe anbieten. Deshalb schob sie das Auto bis zum Bürgersteig.

Der Tankwart erklärte ihr, dass Tankstellen definitionsgemäß nur Benzin verkauften, Elektrofahrzeuge zu Hause geladen wurden. Sicher gab es in der Stadt einige Stromsäulen, doch wo genau, das wusste er nicht. Ansonsten könnte er einen Abschleppwagen rufen. Agatha verdrehte die Augen und kehrte um.

Sie überquerte die Straße, setzte sich ans Steuer und wartete.

Da sie die Scheibe nicht runterlassen konnte, öffnete sie die Tür, um einen Passanten nach der Uhrzeit zu fragen, und begann wieder einmal, die Sekunden zu zählen.

Wenn sich Max' Angaben als richtig erwiesen, würden etwa sechshundert Sekunden bis zur Ausführung des ersten Teils ihres Plans vergehen. Eines Plans, den sie sich jeden Abend vor dem Einschlafen und jeden Morgen beim Aufwachen ausgemalt hatte – und das seit fünf Jahren.

Kapitel 4

Milly schloss ihre Schreibtischschublade ab, verabschiedete sich von Mrs. Berlington und verließ das Büro. Sie hatte wieder länger gearbeitet, aber das Projekt zur Erweiterung eines Universitätsgebäudes brachte so viel Papierkram mit sich, dass kein Ende abzusehen war. Seit Anfang des Monats arbeitete sie ununterbrochen und musste schon zwei Mal auf ihren wöchentlichen Kinoabend verzichten, um die Anforderungen ihrer Vorgesetzten zu erfüllen. Ihre einzige Entspannung war die Fahrt auf der Autobahn in ihrem Oldsmobile, und auch diese dauerte nicht lang.

Als sie über den Rasen des Campus lief, bedauerte sie, den Schirm, den ihr Mrs. Berlington zu Weihnachten geschenkt hatte, nicht mitgenommen zu haben. Trotz Frühling präsentierte sich der Himmel in einem düsteren Grau mit hartnäckigem Sprühregen.

Milly stieg in ihren Wagen, überlegte, ob sie Frank eine Überraschung bereiten und ihn vom Büro abholen sollte, entschied sich aber dagegen, weil sie ihn am nächsten Morgen wieder zurückbringen müsste. Sobald sie zu Hause wäre, wollte sie sich von ihrem Lieblingschinesen ein Abendessen liefern lassen. Sie fuhr zur Tankstelle, reihte sich in die Schlange vor der Zapfsäule ein, tankte zwei Gallonen und ging in den kleinen Supermarkt, um sich eine Dose Limonade zu kaufen.

Nach einigen Minuten kam sie wieder heraus, setzte sich ans Steuer und stieß einen spitzen Schrei aus. Im Rückspiegel blickte sie in das lächelnde Gesicht einer Frau.

»Motor anlassen und losfahren«, befahl Agatha.

»Wie bitte?«

Milly sah die Waffe in der Hand ihrer blinden Passagierin.

»Das ist jetzt vielleicht nicht der beste Einstieg, aber tu, was ich dir sage, und alles wird gut.«

»Wenn Sie es auf mein Auto abgesehen haben, müssen Sie mich zuerst erschießen.«

Agatha kicherte. »Dein Auto ist sehr schön, es ruft wunderbare Erinnerungen wach. Du bist sicher überrascht, wenn ich dir erzähle, dass ich als Kind oft in einem solchen Oldsmobile gesessen habe. Die waren damals hochmodern. Aber jetzt fahr endlich los!«

Milly hätte versuchen können, sie zu entwaffnen oder die Tür aufzureißen und um Hilfe zu rufen, doch ein Schuss konnte sich zu schnell lösen.

»Fahren? Wohin genau?«, fragte sie und versuchte, ruhig zu bleiben.

»Nach Westen.«

»Was wollen Sie eigentlich von mir?«

»Nichts Persönliches, mein Auto hat eine Panne, und ich muss unbedingt mein Ziel erreichen.«

»Sie brauchen mich nicht mit der Waffe zu bedrohen. Es hätte gereicht, mich höflich zu bitten.«

»Okay, dann bitte ich dich jetzt höflich, den Gang einzulegen und loszufahren.«

»Der Westen ist groß«, meinte Milly mürrisch und ließ den Motor an.

»Das stimmt, warum sollte man nicht höflich sein, wenn es sich anbietet? Bitte fahre mich nach San Francisco«, erwiderte Agatha.

»In Kalifornien?«

»Ein anderes kenne ich nicht.«

»Das ist jetzt nicht Ihr Ernst?«

»Ich habe einen Revolver in der Hand, entscheide selbst.«

»Aber San Francisco ist mindestens dreitausend Meilen entfernt. Da brauchen wir ja …«

»Zweitausendachthundertachtzig Meilen auf der Autobahn, aber wir werden nicht die Autobahn nehmen. Ich habe genug Zeit, und ich fahre nicht gerne schnell.«

Milly verließ die Tankstelle und bog in den Highway 76 ein in der Hoffnung, ihre Beifahrerin noch zur Vernunft zu bringen. Ohne ihren Revolver hätte sie die Frau fast sympathisch gefunden. Sie strahlte Elan aus und hatte offensichtlich Mut, für solche Eigenschaften war Milly sehr empfänglich.

»Wenn wir Tag und Nacht fahren«, sagte sie, »brauchen wir vier bis fünf Tage. Das ist doch Wahnsinn!«

»Manchmal ist ein bisschen Wahnsinn gar nicht so übel. Wenn nichts mehr passiert, langweilt man sich zu Tode. Ich würde eher fünf Tage ansetzen, sonst ist es für dich zu anstrengend. Du kannst nicht ohne Pause fahren und, ehrlich gesagt, möchte ich auch ein wenig die Landschaft genießen.«

»So lange kann ich nicht fehlen, ich verliere meinen Arbeitsplatz.«

»Ist es eine schöne Arbeit?«, fragte Agatha.

»Im Augenblick stapeln sich die Akten, aber sonst ist es angenehme Routine.«

Reden lassen, dachte Milly, ihr Spiel spielen, sie nicht brüskieren, nicht zu viel sagen, um sie zu beschwichtigen, damit kein Zweifel aufkommt.

»Du bist ungefähr dreißig, stimmt's?«, fragte Agatha.

»Mehr oder weniger.«

»Und in deinem Alter gibst du dich mit einer angenehmen Routine zufrieden?«

»Ich habe einen Job, das ist in der heutigen Zeit gar nicht so schlecht.«

»Ich verstehe«, sagte Agatha und nickte. »Na ja, dann erzählst du deinem Chef eben, dass du eine schwere Grippe hast. Man schmeißt die Leute nicht raus, wenn sie krank sind.«

»Doch, die Stellen werden dann mit gesünderen Leuten besetzt. Mrs. Berlington würde das nicht tun, aber sie würde eine Krankschreibung verlangen.«

»Ich schreibe dir eine.«

»Sind Sie Ärztin?«, fragte Milly.

»Nein, aber Mrs. Berlington muss das ja nicht wissen.«

»Frank wird sich Sorgen machen, ich kann doch nicht einfach so verschwinden.«

»Bist du verheiratet?«

»Noch nicht, aber in ein, zwei Stunden kommt er zu mir, und wenn ich kein Lebenszeichen von mir gebe, ruft er die Polizei.«

»Dann wollen wir Frank nicht unnötig beunruhigen. Kennt er diese Mrs.?«

»Er kannte sie damals, als er noch studierte, aber das ist lange her.«

»Hast du so ein Taschentelefon?«

»Ein Handy?«

»Genau, ein Handy! Ruf ihn an, sag ihm, dass du ihn heute nicht treffen kannst. Wegen der vielen Akten musst du länger im Büro bleiben.«

»Und morgen?«

»Morgen schauen wir weiter.«

Milly holte ihr Mobiltelefon aus der Jeanstasche und betete, Frank möge abnehmen. Während es läutete, suchte sie nach Worten, die ihm zu verstehen geben könnten, dass etwas nicht stimmte.

Agatha nahm ihr das Telefon weg und legte die Hand aufs Mikro.

»Liebling, ich werde heute noch bis in den späten Abend arbeiten, wir sehen uns dann morgen. Gute Nacht, mein Süßer, mein Häschen und alles, was du sagen willst. Aber nicht ein Wort mehr, ist das klar?«

Milly warf ihr einen wütenden Blick zu und übernahm das Telefon gerade noch rechtzeitig, um das Piepsen der Mailbox zu hören. Sie hinterließ mehr oder minder die Botschaft, die ihr Agatha diktiert hatte.

»Finde ich gut, dass du ihn beim Vornamen nennst«, sagte sie und nahm ihr das Handy weg. »Ich hasse Kosenamen. Ich habe einmal einen Mann verlassen, der sehr gute Eigenschaften hatte, nur weil er mich ›mein Flöhchen‹ nannte. Sehe ich aus wie ein Floh? Nein? Na also!«

»Und heute Abend wie weit noch?«, murmelte Milly ratlos. Sie spürte, dass sie die erste Runde verloren hatte.

»So weit wie möglich Richtung Philadelphia. Wir halten an, wenn du müde bist«, erwiderte Agatha.

Kurz vor Mittag ging Tom mit seiner Vollmacht zum Hauptkommissariat. Vom Büro eines der Inspektoren aus rief er den Richter an, der ihm die am Vorabend angeforderte Liste gefaxt hatte.

Er prüfte sie aufmerksam und erhielt von seinem Kollegen die Genehmigung, einige Recherchen auf dessen Computer durchzuführen.

Von den zehn Personen, die auf dem Fax standen, wohnte nur eine in der Region um Philadelphia. Tom lieh sich einen Zivilstreifenwagen, und der Inspektor brachte ihn zum Parkplatz.

»Allzu weit fahren Sie nicht, oder?«, fragte er, als er ihm die Schlüssel gab.

»Ich glaube nicht«, erwiderte Bradley.

»Die Staatsgrenzen sollten Sie nicht überschreiten, mehr verlange ich nicht.«

Tom versprach es. Als der Inspektor wieder in seinem Kommissariat verschwunden war, nahm er seine Reisetasche, legte ein Sandwich und eine Straßenkarte auf den Beifahrersitz und fuhr los.

Die Durchsagen der Zentrale an die Patrouillenfahrzeuge rauschten und knisterten im Funkgerät. Tom schaltete es aus und biss hungrig in sein Sandwich.

Fünf Stunden später erreichte er Philadelphia. Er wollte einen gewissen Robert Grafton besuchen, einen fünfzig

Jahre alten Mann mit einer langen Liste an Vorstrafen. Das letzte Mal war er vor einigen Monaten auffällig geworden. Nach einer Streiterei in einer Bar festgenommen, hatte er vierundzwanzig Stunden in einer Ausnüchterungszelle verbracht, bevor er in letzter Sekunde durch Zahlung einer Kaution in Höhe von fünftausend Dollar, die der Staatsanwalt für den verursachten Schaden gefordert hatte, einer Haftstrafe entging.

Sein letzter bekannter Wohnsitz lag in einem schäbigen Gebäude am Rande der Stadt. Tom parkte am Straßenrand, stieg aus und näherte sich zwei Burschen, die an einer Mauer lehnten und zweifellos Schmiere standen für den Häuserblock, in dem Tag und Nacht Drogen und Geld die Besitzer wechselten.

Er zog eine Zwanzigdollarnote aus der Tasche, zerriss sie in zwei Teile, hielt eine Hälfte hoch und versprach, die andere nachzureichen, wenn bei seiner Rückkehr sein Auto immer noch im selben Zustand an derselben Stelle stand.

Mit der Pistole im Gürtel betrat er den Eingangsbereich. Das Treppenhaus stank nach Urin, die Wände waren mit Graffiti beschmiert, auf den aufgebrochenen Briefkästen konnte man die Namen der Bewohner oder die Wohnungsnummer gerade noch erahnen. Während er die Treppe hinaufstieg, fragte sich Tom, wie ein Mieter einer derartigen Bruchbude so viel Geld für seine Kaution aufbringen konnte.

Er erreichte das oberste Stockwerk und ging einen dunklen Flur entlang.

Die Tür der Wohnung 5D stand einen Spalt offen. Er schob sie mit dem Fuß auf, die Hand am Abzug. Grafton schlief in einem Sessel. Er war in einem erbärmlichen Zustand, das Hemd offen, die Hose zerlumpt. Tom trat näher, tippte ihm auf die Schulter und hielt ihm die Pistole unter die Nase.

Der Mann schreckte auf, hielt die Arme schützend vors Gesicht, und seine Augen flehten um Gnade. Dieser hilflose Blick, der Zustand des Zimmers mit dem abgewetzten Sessel, einem kleinen Tisch und einer Matratze auf dem Boden – nichts als Hoffnungslosigkeit und Selbstaufgabe.

»Ich habe zwei Fragen an dich«, sagte Tom, »obwohl ich die Antwort der ersten Frage wohl schon kenne. Wirst du aggressiv, wenn du nüchtern bist?«

Grafton schüttelte den Kopf.

Tom senkte die Waffe. »Die zweite Frage ist noch einfacher.« Er zog ein Foto von Agatha aus der Tasche. »Kennst du sie?«

»Nein, nie gesehen.«

In seiner ganzen Laufbahn hatte Bradley nie einen am Boden liegenden oder gefesselten Mann geschlagen. Gewalt war nicht seine Sache.

Er half Grafton beim Aufsetzen und reichte ihm die Brille, die auf dem Tisch neben leeren Bierflaschen lag. Nach der dicken Schicht Klebeband zu urteilen, das die Gläser zusammenhielt, war das Gestell schon viele Male repariert worden.

»Schau genau hin«, forderte Tom ihn auf, »und beantworte meine Frage.«

»Ja«, brummte Grafton und setzte umständlich die Brille auf. »Ich kenne sie, aber das ist ewig her. Soweit ich weiß, ist sie im Knast.«

»Hast du sie nie besucht?«

»Wir waren nicht sehr eng befreundet, sind uns manchmal auf Versammlungen begegnet, das ist alles. Aber hier habe ich sie noch nie gesehen.«

»Weißt du, ob sie Freunde in dieser Gegend hat?«

»Ich habe mit dieser Welt und der Welt insgesamt gebrochen. Und jetzt lassen Sie mich in Ruhe!«

Grafton schien ehrlich zu sein. Tom warf einen Blick aus dem Fenster. Die beiden Burschen standen noch immer Schmiere. Erleichtert sah er, dass sein Auto noch auf vier Rädern stand. Das war aber auch schon das einzig Gute, er hatte auf das falsche Pferd gesetzt und wertvolle Zeit verloren.

»Wer hat deine Kaution bezahlt?«

»Mein Cousin. Es war das erste Mal, und er hat geschworen, auch das letzte. Aber auch das hat er nicht zum ersten Mal gesagt.«

»Womit verdient er sein Geld, dieser Cousin, dass er dich so großzügig unterstützen kann?«

»Das ist seine Sache. Lassen Sie mich in Ruhe!«

Tom bedankte sich bei Grafton und ging.

Auf der Straße bezahlte er seine Aufpasser und setzte sich ans Steuer.

Er holte die Akte Grafton aus seiner Tasche und las sie gründlich durch. Vielleicht war die Entscheidung, nach Philadelphia zu fahren, doch nicht ganz falsch gewesen.

»Warum San Francisco?«, fragte Milly.

»Ich werde zu einem Abendessen mit Freunden erwartet«, erwiderte Agatha.

»Sie haben Nerven! Mit dem Flugzeug ginge es viel schneller.«

Agatha deutete auf die Pistole.

»Heute ist es angeblich nicht so einfach, mit diesem Ding hier an Bord zu kommen.«

Ein Fahrzeug der Highway Patrol näherte sich, fuhr einen Moment auf gleicher Höhe neben ihrem Wagen, während der Polizist sie vorwurfsvoll ansah. Agatha warf rasch einen Blick auf den Tacho und befahl Milly, sofort langsamer zu fahren. Sie bedachte den Beamten mit einem freundlichen Lächeln, der sie mit einem Nicken grüßte und weiterfuhr.

»Ich vermute, seit ich mich als Mitfahrerin eingeladen habe, zerbrichst du dir den Kopf, wie du mich am besten wieder loswirst. Ich mache dir keinen Vorwurf, das würde ich an deiner Stelle genauso tun. Du fragst dich bestimmt auch, ob ich wirklich auf dich schießen würde. Ganz ehrlich, ich weiß es nicht. Aber ich bin mir sicher, dass ich nicht zögern würde, mein ganzes Magazin auf dein Armaturenbrett, die Türen und den Boden zu verschießen. Hast du eine Ahnung, welchen Schaden eine solche Pistole anrichten kann? Ich kann's dir sagen, die macht Löcher, die so groß sind, dass du das Dach nicht mehr zu öffnen brauchst, um deine Haare im Wind flattern zu lassen. Eine neue Innenausstattung für diesen Oldsmobile findest du sicher nicht so leicht. Ich bezweifle übrigens, dass es die überhaupt noch gibt. Und wenn sie nicht original ist, dann verliert das Auto natürlich sein Flair. Also vergiss gefährliche Initiativen. Denk einfach, wir machen einen netten Ausflug und dass du in fünf Tagen wieder bei deinem Frank und deiner angenehmen Routine sein wirst. Und mach dir keine Sorgen wegen des Budgets, ich bezahle das Benzin. Einverstanden?«

Milly ließ ihr Haar offen auf die Schultern fallen und sah Agatha an. »Einverstanden. Ich gebe Ihnen fünf Tage, aber nur unter einer Bedingung.«

»Ich glaube nicht, dass du dich in einer Situation befindest, in der du Bedingungen stellen kannst. Aber ich höre!«

»Sie sagen mir die ganze Wahrheit, was Sie hier machen und warum Sie mit einer Pistole nach San Francisco wollen. Wenn Sie vorhaben, jemanden abzuknallen, dann müssen Sie mich schon davon überzeugen, dass es sich um den schlimmsten aller Dreckskerle handelt, sonst bringe ich Sie nicht dorthin.«

Agatha schaute sie verdutzt an. »Ich glaube, wir beide werden uns gut verstehen!«, sagte sie und lachte laut auf.

Tom fuhr durch ein Wohnviertel. Blühende Kirschbäume und gepflegte Gärten, dahinter elegante zwei- oder dreistöckige Häuser.

Er bog auf die Merwood Lane ein und wartete mit ausgeschalteten Scheinwerfern.

Er musste an die Wölfe denken. Würden sie seine Abwesenheit nutzen und um seine Hütte streunen?

»Fünf Jahre! Hättest du nicht warten können? Warum jetzt? Und was hast du vor?«, murmelte er.

Hinter einem der Fenster, die er beobachtete, schob jemand den Vorhang zur Seite. Er wurde unruhig und meinte, einen vertrauten Schatten erkannt zu haben. Getrieben von

Pflichtbewusstsein war er einfach losgefahren, ohne weiter nachzudenken. Aber war er wirklich bereit, ihrem Blick standzuhalten, ihre Stimme zu hören? Und was würde er tun, wenn sie sich hier versteckte?

Gegen 22 Uhr öffnete sich eines der beiden Garagentore neben dem Haus. Ein Mann mit einem Müllsack in der Hand erschien. Er wollte ihn wohl in den Container im hinteren Teil des Gartens werfen. Tom trat zu ihm. Der Mann bemerkte seine Anwesenheit und drehte sich um.

»Kann ich etwas für Sie tun?«, fragte er.

»Das hoffe ich«, erwiderte Tom und zeigte seine Dienstmarke. »Ich möchte Ihnen einige Fragen stellen.«

»Ist es nicht ein wenig spät?«

»Ich kann morgen mit einer Anordnung zurückkommen, wenn es Ihnen lieber ist.«

»Einer Anordnung für was?«

»Für die Durchsuchung Ihrer Wohnung, Ihres Büros, ich kann Ihre Bankkonten unter die Lupe nehmen.«

»Und mit welcher Begründung würden Sie eine solche Anordnung bekommen?«

»Mithilfe bei einem Ausbruch aus einem Bundesgefängnis, Mister Pyzer. Oder soll ich Sie mit Mister Reiner ansprechen, Ihrem früheren Nachnamen? Ich bin Marshal, Sie sind Anwalt. Sie wissen, dass die Richter uns wohlgesonnen sind.«

»Ich bin kein Strafrechtler und weiß nicht, worauf Sie hinauswollen.«

Tom zeigte ihm Agathas Foto, Max betrachtete es eingehend.

»Ist sie geflohen?«

»Ich hoffe, Sie sind überzeugender, wenn Sie vor Gericht plädieren.«

»Sie sehen ja, ich komme ganz gut zurecht«, erwiderte Max.

»Genau! Sie führen ein schönes Leben, das Sie mit einer hübschen Frau teilen. Da wäre es doch dumm, sich hinter Gittern wiederzufinden, weil Sie einen Bundesbeamten belogen haben.«

Max warf Tom einen vernichtenden Blick zu, der zeigte, was er von ihm hielt.

»Kommen Sie morgen mit Ihrer Anordnung zurück. Ich habe nichts zu verbergen und lasse mich nicht einschüchtern.« Er wandte sich ab und ging.

»Wie oft waren Sie bei ihr im Gefängnis?«, rief Tom ihm nach.

Max hielt inne und drehte sich erneut um.

»Überlegen Sie sich Ihre Antwort gut. Morgen habe ich die Besucherliste dabei. Dann wissen wir, wer bei ihr war.«

»Auf dieser Liste werden Sie mich nicht finden. Ich habe nicht nur mein Leben geändert, sondern auch meinen Namen. Das alles ist längst Vergangenheit.«

»Die Videoaufzeichnungen des Besuchsraums beweisen vielleicht das Gegenteil«, erwiderte Tom. »Ich kenne Ihre gemeinsame Vergangenheit, soll ich genauer darin herumwühlen? Was Sie beide angeht, gibt es keine Verjährung.«

»Wieso kenne ich Ihr Gesicht?«, fragte Max und ging einen Schritt auf Tom zu.

»Weil es ein Allerweltsgesicht ist, das ist das Drama meines Lebens. Viele Leute glauben, mich zu kennen, obwohl ich sie nicht kenne.«

»Soll ich Ihnen die Wahrheit sagen?«, fragte Max. »Ich hatte nicht die leiseste Ahnung, dass sie ausgebrochen ist. Mein Gesichtsausdruck sollte nur meine Freude verbergen, als Sie mich über ihren Ausbruch informierten. Es ist die beste Nachricht seit Langem. Auch wenn ich irgendetwas wüsste, ich würde es Ihnen nicht verraten. Ja, ich habe sie besucht … Was beweist das schon? Ich hoffe von ganzem Herzen, dass sie Ihnen entkommt. Sie wollten doch die Wahrheit, das ist die reine Wahrheit. Und nun verschwinden Sie endlich, gehen Sie, wohin Sie wollen. Ich lege mich jetzt ins Bett, dort wartet meine Frau schon auf mich. Gute Nacht, Marshal.«

Max entfernte sich. Hinter ihm schloss sich das Garagentor.

Nachdenklich stieg Tom wieder ins Auto. Er hatte einen Hinweis erhalten, dessen eigentliche Bedeutung ihm jedoch noch nicht ganz klar war.

Kurz darauf suchte er sich ein Restaurant weiter unten auf derselben Straße und genehmigte sich ein reichhaltiges Abendessen. Anschließend setzte er sich mit dem Laptop auf dem Schoß ins Auto und durchforstete eine Stunde lang alle Informationen über Max, die in der Datenbank der Bundesbehörde gespeichert waren. Schließlich ließ er die Rückenlehne herunter und versuchte zu schlafen.

Gegen zwei Uhr morgens weckte ihn das Rumpeln eines Lastwagens. Plötzlich wusste er, welcher Hinweis ihm entgangen war.

Er setzte sich ans Steuer und beendete die Nacht auf der Merwood Lane.

Stunde um Stunde verging, ohne dass sie miteinander sprachen. Jede hing ihren eigenen Gedanken nach. Agatha beschränkte sich darauf, Milly hin und wieder den Weg zu weisen.

»Ich habe Hunger«, verkündete Milly schließlich. »Und da bin ich sicher nicht die Einzige.«

Agatha warf einen Blick auf die Tankanzeige. »Das hat noch Zeit«, entschied sie.

»Die Nadel ist nicht sehr zuverlässig, und wenn der Tank leer ist, schädigt das Gas die Metallwände. Ich tanke jeden Tag voll, um genau das zu vermeiden.«

»Ich habe noch nie gehört, dass sich jemand in deinem Alter Gedanken wegen der Ermüdung von Metall macht. Suchen wir uns eine Tankstelle.«

Als sie die nächste Tankstelle erreichten, staunte Agatha, dass Milly nicht anhielt, sondern zehn Meilen weiter an einer 7-Eleven-Station stehen blieb.

Während Milly tankte, nahm Agatha den Schlüssel und bezahlte an der Kasse.

Als sie mit einer großen Papiertüte in den Armen zurückkam, saß Milly schon wartend am Steuer.

»Das war nicht nötig.«

»Ich dachte, du hast Hunger?«

»Ich meine, dass Sie den Schlüssel abziehen«, entgegnete sie und hielt ein Täschchen mit dem Zweitschlüssel hoch. »Ich habe gesagt, dass ich Sie begleite, und ich halte mein Wort. Nun ist es an Ihnen, auch das Ihre zu halten.«

»Ich habe dir nichts versprochen. Außerdem ist die Geschichte sehr lang.«

»Wir haben noch mehrere Tage vor uns, und Gespräche

über das Wetter sind nicht gerade spannend. Ich habe schon verstanden, dass Sie die Route genau geplant haben.«

»Ich habe nicht gelogen, als ich von meinen Freunden erzählt habe – abgesehen davon, dass nicht alle in San Francisco leben und dass ich nicht weiß, ob sie noch meine Freunde sind. Aber ich möchte sie gerne besuchen.«

»Mit einer Pistole?«, fragte Milly.

Agatha nahm die Waffe und legte sie ins Handschuhfach. »Siehst du, ich vertraue dir, zumindest versuche ich es.«

»Hätten Sie sich nicht ein Auto mieten können?«

»Mein Führerschein ist schon eine Ewigkeit abgelaufen. Du stellst aber auch Fragen! Fahr noch ein Stück und such uns einen schönen Platz, wo wir die Sandwiches essen können. Du magst doch Pute, oder?«

Als sie das Stadtgebiet hinter sich gelassen hatten, kamen sie durch eine ländliche Gegend mit weit verstreuten kleinen Dörfern. Mühsam kämpfte sich der Oldsmobile einen Hang hinauf. Oben angekommen, bog Milly in eine Nebenstraße ein und hielt neben einer stillgelegten Eisenbahnstrecke. Sie stellte den Motor ab, stieg aus und folgte den Schienen bis zu einer alten Brücke, die ein Tal überspannte.

Agatha nahm die Einkaufstüte und folgte ihr. Milly hatte sich an eine Stelle gesetzt, an der das Geländer fehlte, und ließ die Beine baumeln. Sie nahm das Sandwich, das ihr Agatha hinhielt, und biss voller Appetit hinein.

»Morgen muss ich unbedingt Frank anrufen und mich

auch bei Mrs. Berlington für mein Fehlen entschuldigen«, sagte sie mit vollem Mund.

»Was willst du ihnen denn sagen?«, fragte Agatha.

»Das weiß ich noch nicht. Vielleicht, dass ich in meinem Heimatort dringend was zu erledigen habe.«

»Wo ist denn dein Zuhause?«

»Santa Fe, New Mexico.«

»Die werden sicher wissen wollen, warum.«

»Das bezweifele ich, Frank ist nicht der Typ, der viele Fragen stellt.«

»Warum denn nicht? Interessiert er sich nicht für dich?«

»Doch, natürlich!«, protestierte Milly. »Es ist nicht seine Schuld. Ich rede nicht gerne und vor allem nicht über mich. Außerdem vertraut er mir. Er wird sich ein wenig sorgen, sagen, ich solle vorsichtig fahren und bald zurückkommen.«

»Und Mrs. Berlingot?«

»Mrs. Berlington!«, korrigierte Milly und ließ amüsiert das R rollen. »Ich werde ihr erklären, dass ich nach dem Tod meiner Mutter eine dringende Angelegenheit zu regeln hatte. Sie ist zwar schon vor fünf Jahren gestorben, aber Mrs. Berlington weiß davon nichts.«

»Das tut mir leid«, erwiderte Agatha.

»Mir auch.« Milly seufzte. »Meine Mutter war ein bisschen Rock'n'Roll. Das Leben war für sie nicht immer einfach, aber Langeweile kannten wir nicht. Sie war eine ausgesprochene Frohnatur.«

»Umso besser für sie«, antwortete Agatha.

»Haben Sie Kinder?«, fragte Milly.

»Nein, keine Zeit gehabt.«

»So beschäftigt waren Sie?«

»Ja, das kann man wohl sagen. Und du? Möchtest du welche?«

»Im Augenblick möchte ich vor allem das Sandwich essen und den Blick genießen.«

»Es wird schon dunkel«, sagte Agatha, »und man sieht nicht mehr viel.«

»Doch, dahinten sieht man die Lichter einer Ortschaft und direkt darunter ein ausgetrocknetes Flussbett, das während der Schneeschmelze sicher zu einem reißenden Wildwasser wird.« Mit der Hand fuhr sie zärtlich über die rostige Eisenbahnschiene, auf der sie saß. »Ich mag die alten Bahngleise«, fügte sie hinzu. »Eigentlich weiß ich nicht, warum, aber im Grunde mag ich alles, was alt ist.«

»Ich habe es geahnt, als ich dich und dein Auto sah.«

»Alte Sachen haben eben Geschichte …« Milly seufzte erneut.

»Das denkst du hoffentlich nicht über mich?«

»Nein, nein! Sie sind nicht alt. Meine Mama war ungefähr in Ihrem Alter.«

»Du bist nicht verpflichtet, freundlich zu sein«, gab Agatha trocken zurück.

Der Ton überraschte Milly. »Ich habe mich nicht verpflichtet gefühlt. Dann sind wir eben still, wenn Sie keine Lust zum Reden haben.«

Schweigend saßen sie nebeneinander und ließen den Blick in die Ferne schweifen.

»Ich wollte nicht abweisend sein«, nahm Agatha den Faden wieder auf und warf die Verpackung ihres Sandwiches in die Tiefe.

»Nehmen Sie überhaupt keine Rücksicht auf die Natur?«, entrüstete sich Milly.

»Doch, schon, aber heute Abend nicht. Es ist schon spät, gehen wir schlafen.«

»Unten im Tal finden wir sicher ein Zimmer.«

»Heute Nacht werden wir beide in deinem schönen Auto schlafen. Mir reicht es mit der Fahrerei, und da ich die Natur mehr zu schätzen weiß, als du ahnst, würde es mir sehr gefallen, unter freiem Himmel zu nächtigen.«

Agatha stand auf und ging zum Oldsmobile. Milly blieb einen Augenblick allein und starrte in die Tiefe zu ihren Füßen. Sie warf einen Stein in den Abgrund und zählte die Sekunden bis zum Aufschlag.

Dann kehrte auch sie zum Auto zurück. Agatha hatte den Kopf an die Scheibe gelehnt und schien schon zu schlafen.

Milly griff nach dem Handschuhfach.

»Denk nicht einmal dran«, murmelte Agatha.

Aber Milly gehorchte nicht.

»Was suchst du denn?«

»Das Päckchen Zigaretten von Jo. Er lässt immer eines im Handschuhfach.«

»Wer ist Jo?«

»Das ist auch eine lange Geschichte«, erwiderte Milly.

Sie ließ den Motor an und drückte auf einen Knopf. Geräuschvoll öffnete sich das Autodach.

»Sie wollten doch unter freiem Himmel schlafen? Hier kommt der Sternenhimmel, nur für Sie«, sagte sie und zündete sich eine Zigarette an.

Agatha senkte die Rückenlehne, schob die Arme unter

den Nacken und betrachtete das Schauspiel, das sich ihr bot. »Du kannst dir nicht vorstellen, wie viele Nächte ich davon geträumt habe, das zu sehen«, sagte sie.

»Wie viele?«

»Zehntausendneunhundertdreiundfünfzig.«

Milly, die mit Zahlen immer schon gut zurechtkam, rechnete zurück.

»Wo waren Sie in dieser ganzen Zeit?«

»Wir reden morgen darüber. Jetzt sei still, ich möchte den Himmel bewundern.«

Kapitel 5

Tom wachte bei Tagesanbruch auf. Er träumte von einem Kaffee und schaute auf die Uhr, in der Hoffnung, nicht lange warten zu müssen.

Gegen 8 Uhr parkte ein Taxi auf der Merwood Lane ein. Helen kam aus dem Haus und stieg ein.

Etwas später öffnete sich das Garagentor. Als er Max in einer Limousine davonfahren sah, konnte sich Tom ein Grinsen nicht verkneifen, er war zufrieden, dass seine Beobachtungsgabe nicht nachgelassen hatte.

Als Max am Vorabend zurück ins Haus gegangen war, hatte er bemerkt, dass einer der beiden Plätze in der Garage frei war.

In einer Wohngegend wie dieser, wo kein Bus fuhr und innerhalb von fünf Meilen keine Einkaufsgelegenheit bestand, war ein Auto unverzichtbar. Helens Wagen mochte in der Werkstatt sein, aber Tom glaubte nicht an Zufälle.

Eine Überprüfung in der Kennzeichendatei bestätigte, dass Max Pyzer sehr wohl zwei Fahrzeuge besaß.

Tom hätte über den Polizeifunk Kontakt zur Zentrale aufnehmen können, doch er achtete die Vorschriften und wandte sich an den Inspektor mit der Bitte, eine Fahndung auszuschreiben, mit der klaren Anweisung, dass der schwarze Chevy weder angehalten noch sein Fahrer festgenommen werden durfte.

Sobald er aufgelegt hatte, schaltete er das Funkgerät ein und verfolgte die Durchsage der Nachricht.

Nach knapp zwei Stunden hatte die Patrouille den Chevy auf einem Bürgersteig am Highway 76 gefunden. Tom fuhr sofort hin.

Die Durchsuchung des Fahrzeugs brachte nichts, was er schon geahnt hatte. Er durfte keine Zeit verlieren. Eine polizeiliche Spurensicherung war nicht erforderlich, um zu bestätigen, dass Agatha hinter dem Lenkrad gesessen hatte. Er spürte ihre Präsenz so deutlich, als wäre sie noch da.

Max zu erzählen, man habe den Chevy gefunden und Fingerabdrücke genommen, würde ihn vielleicht gesprächiger machen, aber überzeugt war Tom davon nicht. Er hatte das unangenehme Gefühl, auf der Stelle zu treten, was er im Augenblick auch tat, indem er sich um die eigene Achse drehte und den Blick in die Runde schweifen ließ.

Was wollte sie hier? In der Umgebung gab es nur eine Tankstelle und ein paar kleinere Geschäfte, die er nacheinander aufsuchte und ein Foto von Agatha vorzeigte. Aber er erntete jedes Mal nur Kopfschütteln. Friseur, Reinigung oder Bekleidungsgeschäft konnten sich an diese Frau nicht erinnern, auch der Tankwart nicht.

Tom versuchte nachzuvollziehen, warum Agatha ihr Fluchtfahrzeug an einem Ort stehen gelassen hatte, an dem es keine öffentlichen Verkehrsmittel gab. Aus reinem Pflichtbewusstsein rief er das örtliche Taxiunternehmen an und ließ sich bestätigen, dass an dieser Adresse oder in der näheren Umgebung kein Fahrgast aufgenommen worden war. Dann ging er zur Tankstelle, kaufte sich den heiß ersehnten Kaffee und leistete sich bei dieser Gelegenheit auch einen Muffin. Als er zahlte, fiel sein Blick auf drei Monitore hinter der Kasse. Auf dem einen konnte man die Umgebung der Kasse beobachten, auf dem anderen die Eingangstür des kleinen Supermarkts. Der dritte erlaubte einen Blick auf die weitere Umgebung, vielleicht sogar auf den Chevy weiter vorn auf dem Bürgersteig.

»Zeichnen diese Kameras auf?«, fragte Tom den Angestellten und zeigte ihm seine Dienstmarke.

»Ja, wir wechseln die Bänder nach jeder Schicht, heben sie vierundzwanzig Stunden auf und verwenden sie dann wieder. Nach drei bewaffneten Überfällen im letzten Jahr forderte die Versicherung die Anbringung der Überwachungskameras.«

»Ich muss die Kassetten ansehen«, erklärte Tom bestimmt.

Der Angestellte führte ihn in den hinteren Bereich und schloss die Tür zu einem kleinen Raum auf.

»Wir wollen nicht, dass die Übeltäter mit den Kassetten verschwinden«, erklärte er, stolz auf das Sicherheitssystem und seinen Einfallsreichtum.

Er ließ Tom auf einem Hocker vor den Monitoren Platz nehmen und übergab ihm die Bänder.

Tom sah sich als Erstes die Außenaufzeichnung im Schnelldurchlauf an und schaute gleichzeitig auf die Zeitangabe am unteren Rand des Bildschirms.

Als auf dem Monitor ein schwarzes Auto erschien, das von einer Person von der Ausfahrt auf den Bürgersteig geschoben wurde, begann sein Herz, schneller zu schlagen. Und es schlug noch schneller, als diese Person auf dem Weg zur Tankstelle deutlich zu erkennen war. Sobald sie unter das Vordach trat, verschwand sie jedoch vom Bildschirm.

»Erinnern Sie sich an diese Frau?«, fragte Tom den Tankwart.

»Ehrlich gesagt, viel kann ich nicht ausmachen. Die Auflösung der Aufnahme ist sehr schlecht. Aber mit den modernen Geräten der Polizei können Sie die Bildschärfe sicher deutlich verbessern, stimmt's?«

Tom zeigte ihm die Sequenz noch einmal.

»Ach, vielleicht doch!«, rief er aus. »Ich glaube, sie hat um Hilfe gebeten, als ich gerade einen Kunden bediente. Ihr Auto hatte eine Panne, und sie wollte, dass ich einen Kanister Elektrizität abfülle. Ich dachte zuerst, sie wollte sich über mich lustig machen, aber sie meinte es völlig ernst. Ich kann Ihnen sagen, es gibt Leute, da könnte man glauben, sie kämen vom Mond.«

»Sie sind vielleicht gar nicht so weit von der Wahrheit entfernt. Und was hat sie dann gemacht?«

»Keine Ahnung«, erwiderte der Tankwart. »Ich habe ihr vorgeschlagen, einen Abschleppdienst zu rufen. Sie hat jedoch abgelehnt und ist wieder gegangen.«

Dies bewiesen die Bilder, die vor Tom über den Monitor liefen. Aber warum blieb Agatha im Auto?, fragte er sich.

Er ließ die Aufzeichnung weiterlaufen und riss überrascht die Augen auf, als sie zwei Stunden später wieder ausstieg, zur Tankstelle zurückging und erneut unter dem Vordach verschwand. Aber dieses Mal tauchte sie nicht wieder auf.

Er zog die Kassette aus dem Gerät und legte die aus dem Supermarkt ein. In der Hoffnung, Agatha durch die Tür treten zu sehen, spulte er sie bis zum selben Zeitpunkt vor.

Er wollte es sich nicht eingestehen, aber er hoffte mehr als alles andere, in ihr Gesicht zu blicken, ihre Züge zu erkennen.

Leider war die einzige Person, die auf den Aufzeichnungen deutlich zu sehen war, eine jüngere und deutlich größere Frau als Agatha. Sie hatte eine Limonadendose in der Hand, bezahlte und ging.

»Das ist eine Stammkundin, eine eigenartige Frau. Sie kommt jeden Abend fast zur selben Zeit, gönnt ihrem Auto zwei Gallonen und sich eine Cola, dann verschwindet sie wieder.«

»Ist sie allein weggefahren?«

»Sind Sie hier der Bulle oder ich? Sie war allein, als sie ging, danach habe ich nicht mehr auf sie geachtet.«

Tom spulte zurück, sah sich die Sequenz drei Mal an, wechselte die Kassette, wiederholte das Ganze noch einmal und prüfte vor allem die Außenbilder. Zwischen dem Moment, in dem die junge Frau den Kassenraum verließ, und dem, als das Fahrzeug wieder im Blickfeld auftauchte, waren sieben Minuten verstrichen. Die Fahrerin hatte vielleicht telefoniert, im Rückspiegel ihr Make-up erneuert oder beides. Es sei denn, dachte er, etwas anderes hatte sie aufgehalten.

Zwar war das Kennzeichen nicht lesbar, aber das Fahrzeugmodell so selten, dass Tom hoffen konnte, die Eigentümerin rasch ausfindig zu machen.

»Hat sie mit einer Kreditkarte bezahlt?«, wollte Tom wissen.

»Für zwei Gallonen Benzin und eine Cola? Bar«, meinte der Tankwart und lachte, »und kein Trinkgeld. Sie tankt nie voll.«

Tom gab ihm die Kassetten zurück und ging.

Im zentralen Fahrzeugregister Pennsylvania war kein roter Oldsmobile verzeichnet. Ohne das Marshal-Büro einzuschalten, war es schwierig, seine Recherche auf andere Bundesstaaten auszudehnen. Dieses Risiko wollte Tom nicht eingehen. Auf den letzten Bildern der Aufzeichnung entfernte sich das Fahrzeug Richtung Highway 76.

Als Milly die Augen öffnete, blickte sie in die von Agatha, die sie eingehend betrachtete. Sie streckte sich und gähnte ausgiebig.

»Beobachten Sie mich schon lange?«

»Du schienst so friedlich zu schlafen.«

»Das ist seltsam, ich habe nämlich geträumt, ich wäre von einer Unbekannten entführt worden«, erwiderte Milly schlagfertig.

»Ich habe dich nicht entführt, ich habe dich um einen Gefallen gebeten.«

»Mit einer Pistole? Nennen Sie es, wie Sie wollen.«

»Hättest du denn zugestimmt?«

»Um das herauszufinden, hätten Sie mich fragen müssen. Und wenn ich mich jetzt weigere weiterzufahren und Sie stattdessen, weil ich ja weichherzig bin, am nächsten Bahnhof absetzen würde? Dort gibt es keine Sicherheitsschleusen. Sie könnten mit Ihrem Spielzeug in der Tasche einfach einsteigen und sich einen Platz suchen.«

»Und wenn ich dich zu einem schönen Frühstück einlade, bevor wir über unsere gemeinsame Zukunft entscheiden?«

Milly antwortete nicht und ließ den Motor an.

Die alte Eisenbahnbrücke verschwand bald im Rückspiegel.

»Die Route 30 wird nie den Ruhm der Route 66 erlangen. Das ist ungerecht, denn sie war die erste, die durch das ganze Land führte«, sagte Agatha, um das Schweigen zu brechen.

Eine Kutsche gezogen von einem trabenden Pferd tauchte vor ihnen auf.

»Jetzt befinden wir uns wohl im Land der Amischen«, fügte Agatha hinzu.

Aber Milly blieb still. Sie durchquerten eine ländliche Gegend und ein kleines Dorf. Plötzlich hatte Milly den Eindruck, sich in einer Zeit zu befinden, die mindestens dreihundert Jahre zurücklag. Auf einem Feld arbeitete ein Bauer mit einem Ochsengespann, weit und breit gab es keine Strommasten vor den Häusern, keine Antennen auf den Dächern. Die Wäsche an den Leinen brachte keinen Farbtupfer in die Landschaft, und die Kleidung der Dorfbewohner ließ vermuten, dass die gesamte Bevölkerung Trauer trug.

»Wie kann man in unserer Zeit nur so leben?«, sagte Milly und seufzte.

»Indem man sich weigert, sich an unsere Welt anzupassen, die erste und wichtigste ihrer Regeln. Ich hatte eine ähnliche Überzeugung, allerdings etwas anders. Mit zwanzig hatte ich Ideale, die sich von den ihren hier nicht viel unterschieden. Bei den Amischen muss jeder arbeiten, aber alle können sich satt essen. Ihr Lebensstil ist bescheiden, doch er schützt sie vor Ungerechtigkeit. Es sind ebenso sittenstrenge wie großzügige Menschen.«

»Kann schon sein, aber die Samstagabende sind hier bestimmt nicht sehr lustig.«

»Was weißt du schon«, gab Agatha zurück. »Haben sie dich schon einmal zum Essen eingeladen?«

Milly überholte die Kutsche und gab Gas. Die nächste Kurve brachte sie wieder in ihr eigenes Jahrhundert zurück. Neben den Geschäften, in denen handwerkliche Produkte der Amischen verkauft wurden, befanden sich moderne Läden und mehrere Restaurants. Agatha bat Milly, auf dem Parkplatz eines Diners anzuhalten.

Der Raum war voll, platzte schier vor Leben. Keesha Lyndon, die Kellnerin, deren Name auf die rosa Schürze gestickt war, führte sie zu einer freien Nische.

Agatha schaute nicht auf die Speisekarte, sondern bestellte für beide Rühreier mit Bratkartoffeln und Toast. Milly hatte nur noch die Wahl zwischen Kaffee und Tee. Sie entschied sich für Kaffee und schaute verschmitzt zu den Männern am Tresen.

»Ich bin sicher, dass einer dieser Kerle Sie gerne am Bahnhof absetzen würde. Vielleicht hätte einer sogar Zeit und Lust, Sie bis San Francisco zu bringen.«

Agatha nahm Millys Hand und schaute ihr direkt in die Augen. »Sag, hast du dich auch nur eine Sekunde mit mir gelangweilt? Oder bist du mit deinem schönen Auto schon mal durch ein so beeindruckendes Dorf gefahren?«

»Vor ein paar Jahren bin ich schon einmal durch dieses Land gefahren, von Santa Fe bis Philadelphia.«

»Über die Autobahn!«

Milly blickte zu Boden.

»Hast du schon einmal Gelegenheit gehabt, etwas Großes zu tun, etwas, das Überwindung kostet? Etwas, wobei dein persönlicher Einsatz gefragt ist und du etwas teilen musst, das du am meisten und dringendsten selbst brauchst? Diese Reise ist das Ziel und der Höhepunkt meines Lebens. Seit vielen Jahren habe ich jede Nacht davon geträumt. Ich schlage dir vor, mich dabei zu begleiten. Ich biete dir die Gelegenheit, Menschen zu begegnen, die du sonst niemals kennenlernen würdest, Menschen, die vielleicht dein Schicksal verändern. Glaubst du an das Schicksal?«

Dieser Satz traf ins Schwarze. Schicksal! Milly hatte so lange darauf gewartet, dass sie schließlich nicht mehr glaubte, überhaupt eines zu haben. In ihren Ohren klangen Agathas Worte wie der Sturm der Freiheit.

»Geben und nehmen?«, erwiderte sie. »Zuerst will ich die Wahrheit hören. Warum die Pistole? Warum ist diese Reise so wichtig für Sie? Danach werde ich mich entscheiden.«

»Genau, geben und nehmen«, meinte Agatha. »Du triffst deine Entscheidung zuerst, dann sage ich dir die Wahrheit.«

Milly musterte sie eingehend und nickte.

»Sobald wir wieder auf der Straße sind, erzähle ich es dir«, fügte Agatha hinzu, während die Kellnerin ihr Frühstück auf den Tisch stellte.

»Sind Sie gekommen, um das Land der Amischen zu besuchen?«, fragte Keesha.

»Ja«, antwortete Milly lakonisch.

Keeshas Haar war rotorange gefärbt, und sie trug ein grelles Make-up.

»Hier bei uns in Pennsylvania haben sich damals die ersten niedergelassen. Die meisten kamen im achtzehnten Jahrhundert und stammen aus dem Elsass. Deshalb sprechen sie untereinander Deutsch, und weil sie so zahlreich sind, haben wir auch Deutsch gelernt, um überhaupt mit ihnen kommunizieren zu können.«

Sie warf ihrem Mann, der hinter dem Tresen beschäftigt war, einen verliebten Blick zu, und erzählte, sie hätten sich das erste Mal in der Schule geküsst. Ihrer beider Eltern waren Bauern, und als sie jung waren, mussten sie bei Einbruch der Dunkelheit oft sieben Meilen laufen, um sich zu sehen. Durch fleißige Arbeit war es ihnen gelungen, genügend Geld zur Seite zu legen. Dann hatten sie dieses Restaurant gekauft, mussten allerdings noch zwanzig Jahre die Schulden abtragen. Aber Lyndon Diner war ihr Leben.

»Es schmeckt wunderbar«, kommentierte Agatha mit vollem Mund.

»Woher kommen Sie?«

»Aus Philadelphia«, antwortete Milly.

»Ist das Ihr Auto da draußen?«, fragte Keesha und zwinkerte Agatha zu.

»Es gehört mir«, korrigierte Milly.

»Damit haben Sie bei den Männern bestimmt großen Erfolg! Zumindest fallen Sie auf jeden Fall damit auf.«

Keesha legte die Rechnung auf den Tisch, drehte sich um und unterhielt sich mit anderen Gästen.

Milly wischte sich den Mund ab, warf die Serviette auf

den Tisch und stand auf. »Lassen Sie sich Zeit. Ich kaufe mir eine Zeitung und warte in meinem Nuttenauto«, sagte sie verstimmt und entfernte sich.

Agatha beeilte sich mit dem Bezahlen der Rechnung. Das Letzte, was sie jetzt gebrauchen konnte, war, dass Milly ihre Identität auf der Titelseite einer Tageszeitung entdeckte.

Als sie das Restaurant verließ, sah sie gerade noch, wie Milly den benachbarten Kiosk betrat. Eilig folgte sie ihr und stellte sich neben sie. »So empfindlich?«, fragte sie in gleichgültigem Ton, während sie einen Armbandanhänger betrachtete.

»Haben Sie gesehen, wie mich diese Ziege behandelt hat?«

»Du bist aber zartbesaitet! Ich glaube nicht, dass sie dich kränken wollte. Aus ihrem Mund klang es eher wie ein Kompliment.«

»Was für ein Kompliment? Habe ich Frank mit meiner tollen Karosse bezirzt? Hat er sich von meinem Auto und nicht von mir verführen lassen?«, imitierte Milly die schrille Stimme der Kellnerin.

»Stellt sie diese Frage oder du? Fest steht jedenfalls, dass er nicht auf deine Kleidung geflogen ist.«

»Was soll das jetzt heißen? Überlegen Sie sich Ihre Antwort genau. Wir sind noch lange nicht in Kalifornien!«

»Mit deinen abgetragenen Jeans und dem ausgeleierten Pullover bringst du deine Figur nicht gerade zur Geltung.«

»Zumindest ein deutlicher Kontrast zu meinem Auto!«

Milly verzichtete auf die Zeitung und machte auf dem Absatz kehrt. Sie ging zur Kasse, entschied sich für zwei

Schokoriegel und ein Päckchen Chips, zahlte und verließ den Laden.

Agatha konnte sich ein Lächeln nicht verkneifen. Sie folgte ihr zum Oldsmobile, dessen Motor bereits lief. »Nimm die Straße Richtung Gettysburg«, sagte sie und schaltete das Radio ein, das Milly sofort wieder ausschaltete.

»Ich höre!«, erwiderte sie und fädelte sich in den Verkehr ein.

Agatha seufzte. »Wo soll ich anfangen?«

»Mit dem Anfang, wir haben alle Zeit dieser Welt.«

»Ich habe das Land vor dreißig Jahren verlassen und war seitdem nicht wieder hier.«

»Haben Sie deshalb Ihren Führerschein nicht verlängern lassen?«

»Ja«.

»Wo um alles in der Welt haben Sie denn gelebt?«

»Auf einer einsamen Insel.«

»In welchem Ozean?«

»Willst du mich alle zwei Sekunden unterbrechen? Und schau auf die Straße, verstanden?«

Milly überholte eine Kutsche, die von einem jungen Amischer gelenkt wurde. Sie winkte ihm zu, worauf er mit einem Lächeln und Antippen seines Huts reagierte.

»Hübscher Junge!«, meinte Agatha und stieß einen Pfiff aus.

»Ich höre! Warum sind Sie so weit weggegangen?«

»Ich dachte, ich könnte vergessen. Jahrelang habe ich es mir eingeredet, aber ich habe mich geirrt. Wenn man alle Brücken hinter sich abbricht, vergisst man sich selbst. Kehrst du ab und zu nach Santa Fe zurück?«

»Nein«, versicherte Milly, »bis auf ein einziges Mal, zur Beerdigung meiner Mutter.«

»Warum?«

»Zu viele Erinnerungen, und nicht nur gute.«

»Hattest du keine glückliche Kindheit?«

»Fröhlich, ja. Glücklich? Keine Ahnung. Ich träumte von einem anderen Leben, davon, in einer Großstadt auf die Welt gekommen zu sein, meinen Vater gekannt zu haben, mit gebildeten Leuten befreundet zu sein. Ich mochte die Schule und ich hasste die Ferien. Der Sommer war für mich gleichbedeutend mit Langeweile. Ich weiß, Sie denken jetzt bestimmt, ich habe nicht alle Tassen im Schrank. Und wenn ich Ihnen jetzt noch sage, dass ich als kleines Mädchen davon träumte, einen Professor zu heiraten …«

»… einen Arzt?«

»Nein«, Milly lachte, »ich kann kein Blut sehen, und bei meiner Mutter hatte ich genug mit Krankheiten zu tun.«

»Ist deine Mutter an einer Krankheit gestorben?«

»Sie ist bei einem Unfall ums Leben gekommen. Aber sie war ein Hypochonder und hatte immer irgendeine merkwürdige Krankheit. Mit dem, was uns ihr Guru und ihre Heiler gekostet haben, hätte ich in Harvard studieren können! Ich war fürchterlich verliebt in meinen Englischlehrer. Mister Richard war der geduldigste Mann, den ich kenne. Ich war zehn, er vierzig. Da mir bewusst war, dass das Alter ein ernsthaftes Hindernis zwischen uns darstellte, habe ich mir geschworen, eines Tages einen Mann wie ihn zu heiraten.«

»Ist Frank Lehrer?«

»Rechtsanwalt.«

»Aha!«, rief Agatha.

»Mandela und Gandhi waren Anwälte.«

»Ich wollte nicht urteilen. Auch ich habe einmal einen großartigen Anwalt gekannt.«

»Unter welchen Umständen?«, fragte Milly.

»Eines Tages wirst du ihn kennenlernen«, murmelte Agatha. »Jetzt weiß ich nicht mehr, wo ich stehen geblieben war.«

»Auf Ihrer Insel inmitten eines unbekannten Ozeans. Wieso haben Sie beschlossen, zurückzukehren?«

»Freunde, die wir besuchen werden.« Agatha klappte die Sonnenblende herunter und betrachtete sich in dem kleinen Spiegel. »Vorhin habe ich dich kritisiert, aber das Gleiche gilt ebenso für mich. Weißt du, wo ich gerne anhalten würde? An einem Drugstore. Ich könnte Make-up gebrauchen, das habe ich seit sehr langer Zeit nicht getragen, abgesehen von vorgestern, aber das war nur ein wenig Rouge.«

»Wollen Sie sich schön machen, weil wir bald bei einem Ihrer Freunde sind?«

»Nein, noch lange nicht. Aber man macht sich ja nicht nur für andere hübsch.«

»Wenn es auf Ihrer Insel keine Schminksachen gab, hätte ich auch dort leben können. Ich benutze solche Dinge nicht.«

»Solltest du aber.«

»Frank liebt mich so, wie ich bin.«

»Warte ein paar Jahre, dann wirst du verstehen …«

Agatha unterbrach sich mitten im Satz und starrte mit offenem Mund auf ein großes Reklameschild für ein National Christmas Center, wo antike Accessoires zum Thema Weihnachten ausgestellt waren.

»Ist Ihnen die Jungfrau Maria begegnet?«, fragte Milly.

»Das möchte ich unbedingt besuchen«, flüsterte Agatha mit bebender Stimme.

»Wir haben März, Weihnachten ist erst in neun Monaten!«

»Das nächste schon, aber die letzten dreißig?«

Agathas Gesichtsausdruck hatte sich von einem Moment zum nächsten verändert. Milly hatte den Eindruck, auf dem Beifahrersitz den Schatten des kleinen Mädchens zu sehen, das Agatha einmal gewesen war. Ihre Züge waren so weich geworden, dass Milly regelrecht verwirrt war.

Sie meinte, auch ohne Worte zu verstehen, was Agatha ihr sagen wollte. Aus Gründen, von denen sie, Milly, nichts wusste, hatte diese Frau auf Dinge verzichtet, die ein Leben erfüllen.

Auch Milly hatte mehrere Weihnachten verpasst. Nicht, dass ihre Mutter sie vergessen hätte, sondern weil sie, ehrlich gesagt, in manchen Jahren so wenig Geld hatten, dass es besser war, so zu tun, als sei es ein ganz normaler Abend wie jeder andere. »Nächstes Jahr machen wir ein großes Fest. Dann habe ich auch Geschenke für dich«, hatte sie versprochen.

Millys Blick wanderte zwischen Straße und Agathas Gesicht hin und her. Sie erinnerte sich an das Gesicht ihrer Mutter, die so talentiert und tapfer gewesen war.

Wenn es beim Weihnachtsessen weder Familie noch eingewickelte Geschenke gab, hatte Milly sie in den Arm genommen und geschworen, dass es völlig ausreiche, eine

Mutter wie sie zu haben. Dann erwiderte ihre Mutter, Milly bedeute für sie die ganze Welt und es sei nicht wichtig, wie viele Winter vergingen, solange sie zusammen waren. Aber in Wahrheit war das einzige Geschenk, wonach sich Milly so sehr gesehnt hatte, die Liebe eines Vaters.

Sie setzte den Blinker und bog in einen Weg ein, der sie zu dem Versprechen bringen sollte, verlorene Weihnachten wiederzufinden. Agatha sah glücklich aus.

Sie stellten das Auto auf dem Parkplatz ab und betraten das seltsame, in einer Scheune untergebrachte Zentrum.

Ein Rundgang, der mit girlandenumwundenen Geländern abgesteckt war, führte sie an Tischen, Schränken und Regalen vorbei, die vor altem Spielzeug überquollen. Christbaumkugeln in allen Farben, abgenutzte Weihnachtsmänner, Holzsoldaten in roten Tuniken und schwarzen Perücken, alte Trommeln und Rohrpfeifen, Dutzende Puppen. Milly blieb vor der Miniatur einer Achterbahn stehen. Ein kleiner Wagen kroch die Steigung hinauf, oben angekommen raste er hinunter, nahm eine scharfe Kurve und folgte einer Geraden, bevor er an einem winzigen Kassenhaus, vor dem vier Bleifiguren auf die nächste Fahrt warteten, zum Stehen kam. Dann griff ein Haken unter der Schiene nach dem Wagen und zog ihn unter regelmäßigem Klicken wieder nach oben.

Während Milly das automatische Spielzeug bewunderte, stand Agatha vor einem kleinen Metallauto aus den 1950ern. Mit seiner zerbeulten Karosserie und der stellenweise abgeblätterten Farbe sah das Fahrzeug nicht sehr hübsch aus. Aber es war ein glückliches Spielzeug gewesen, eines derjenigen, die zu lächeln scheinen.

Auf dem Weg zur Kasse ließ sie es unauffällig in ihre Tasche gleiten. Dann blieb sie vor einem Karussell stehen, drehte den Schlüssel einmal herum und schaute zu, wie sich die kleinen Holzpferde bewegten.

»Als Kind habe ich auch ein solches Spielzeug besessen, daran erinnere ich mich genau. Kaum zu glauben«, sagte sie verwundert zu Milly, die mit einer Schachtel in der Hand zu ihr kam.

»Was hast du gekauft?«

»Ein sehr hübsches, naturgetreues Modell von Dickens Büro.«

»Hattest du als Kind viel Spielzeug?«, fragte Agatha und bewunderte weiterhin das Karussell.

»Ich war ein Einzelkind«, erwiderte Milly, »Mama hatte nur mich zu verwöhnen.«

»Ist das ein Geschenk für dich?«

»Nein, für Jo. Ich weiß nie, was ich ihm zu Weihnachten schenken soll. Er wird begeistert sein. Dieser kleine Umweg war eine gute Idee.«

»Ich bin auch begeistert«, rief Agatha, »Stunden könnte ich hier verbringen, aber wir haben noch einen langen Weg vor uns.«

Sie verließen die Scheune und gingen zum Auto. Milly legte ihre Schachtel in den Kofferraum und setzte sich ans Steuer. Agatha schloss die Tür und kurbelte die Scheibe hinunter.

»Wer ist dieser Jo?«, erkundigte sie sich, als sie wieder auf der Straße waren.

»Mein bester Freund.«

Kapitel 6

Tom fuhr sehr schnell. Eine Stunde zuvor hatte er entgegen seinen Vorsätzen einen Funkspruch abgesetzt, in der Hoffnung, einer Patrouille wäre ein roter Oldsmobile 1950 in der Gegend aufgefallen. Und tatsächlich hatte ein Polizist, der sich für Oldtimer interessierte, auf der Route 30 an der Stadtgrenze zu York ein solches Modell gesehen.

Mit etwas Glück befand sich Agatha noch dort.

Während ihn die Landstraße durch einen dichten Wald führte, überkam Tom ein fast übermächtiges Verlangen, nach Norden zu rasen, sein Versprechen, keine Staatsgrenzen zu überqueren, zu missachten und einfach nach Hause zurückzukehren. Jetzt war die schönste Zeit des Tages, die er für gewöhnlich nutzte, um auf seiner Veranda zu sitzen und die Stille des Tals zu genießen, das sich zwischen imposanten Bergen erstreckte.

»Mist«, brummte er. »Du musst ein bisschen mehr Mut beweisen! Sie muss dich anhören, auch wenn sie nicht bereit ist, dir zu verzeihen. Finde zumindest die Kraft, ihr in die Augen zu schauen! Deshalb hast du dich doch auf den Weg gemacht, oder etwa nicht?«

Ein Anruf des Inspektors brachte ihn in die Realität zurück. Als die Batterien wieder geladen waren, hatte das Elektrofahrzeug eine interessante Information geliefert. Die letzten in das Navigationsgerät eingegebenen Koordinaten bezeichneten exakt die Stelle, wo der Wagen gefunden worden war.

Diese Nachricht machte Tom nachdenklich. Warum war Agatha in die Nähe dieser Tankstelle gefahren? Außerdem fragte er sich, ob sie nicht absichtlich in die Kamera geblickt hatte, verwarf die Theorie jedoch als völlig unsinnig.

In York würde er Geschäftsinhaber und die örtliche Polizei befragen und hoffte auf eine Zeugenaussage, die ihn auf ihre Spur führen würde. Er warf einen Blick auf seine Armbanduhr. In etwa einer Stunde könnte er dort sein.

»Heute Abend möchte ich in einem Bett schlafen, und zwar allein«, kündigte Milly an.

»Ja, und ich möchte gerne ein Bad nehmen und in guter Gesellschaft einschlafen. Vielleicht hätte ich bei dem Kassierer des Weihnachtsgeschäfts etwas hartnäckiger sein sollen. Er war zwar kein Grünschnabel mehr, aber sehr verführerisch.«

»Ist das Ihr Ernst?«

»Warum nicht?«, erwiderte Agatha.

Ein Verkehrsschild zeigte an, dass es noch fünfundzwanzig Meilen bis nach Gettysburg waren.

»Ich habe Ihre Geschichte noch immer nicht verstanden. Weder die Gründe Ihrer Abreise noch die Ihrer Rückkehr. Sie sind doch nicht wirklich wegen Ihrer Freunde so weit fortgegangen. Und warum diese Geheimniskrämerei? Wo lag denn diese Insel? Sind Sie vor etwas davongelaufen?«

»Nicht vor etwas, vor jemandem. Mit zwanzig macht man aus lauter Liebe oft merkwürdige Dinge.«

»Mehr als mit fünfzig?«

Agatha lachte laut auf. »Das hoffe ich doch. Aber ich bin erst seit zwei Tagen wieder da, lass mir noch ein wenig Zeit.«

»Wer war denn diese große Liebe?«

»Ein Mann von seltener Schönheit. Das ist vielleicht nicht der richtige Ausdruck. Sagen wir, dass er mit seiner Haltung und seinen eleganten Bewegungen eine natürliche Männlichkeit verkörperte, ganz das Gegenteil eines Machos. Typen, die an ihrer Virilität zweifeln, lassen oft die Muskeln spielen. Er dagegen besaß ein sicheres, natürlich maskulines Auftreten und hatte das nicht nötig.«

»Waren Sie verlobt?«

»Manchmal, wenn ich dich reden höre, frage ich mich, welche von uns beiden dreißig und welche fünfzig Jahre alt ist. Ich war verrückt nach ihm und glaubte natürlich, es beruhe auf Gegenseitigkeit.«

»Und das war nicht so?«

»Wirklich erfahren habe ich es nie. Unsere Beziehung war ziemlich kompliziert.«

»Was machte er denn beruflich?«

»Was wir alle machten – studieren.«

»Was?«

»Ehrlich gesagt weiß ich es nicht mehr. Als wir uns kennenlernten, gingen wir nur zum Demonstrieren auf den Campus und hatten andere Gesprächsthemen als unsere Vorlesungen.«

»Und wogegen haben Sie demonstriert?«

»Gegen den Vietnamkrieg und für ein Ende des Gemetzels, für eine neue Welt, in der Menschlichkeit und soziale Gerechtigkeit herrschen. Leider hat sich unser Aufstand zu einer Utopie entwickelt. Ich war damals sehr jung, zu jung, und schloss mich der Bewegung erst an, als der Traum fast ausgeträumt war. Aber unsere Ideen waren wunderbar! Wir brauchten keine Gesetze, wir waren frei und euphorisch«, schwärmte Agatha, und ihr Blick verlor sich in der Ferne. »Das war unser Motto. Wir waren Students for a Democratic Society, Mitglieder einer Bewegung, die sich ›Studenten für eine Demokratische Gesellschaft‹ nannte. Hunderttausende junger Leute gehörten ihr an. Wir glaubten an eine unmittelbar bevorstehende Revolution.«

»Waren Sie ein Hippie?«, erkundigte sich Milly mit leicht spöttischem Unterton.

»Nein, eher Beatnik, denn wir gehörten zur Beatgeneration. Literatur und Jazz standen im Mittelpunkt unseres Lebens. Sex und Drogen auch, was schließlich alles kaputt gemacht hat. Du weißt von dieser Zeit bestimmt nichts.«

»Jo wäre verdammt eifersüchtig, wenn er wüsste, dass ich mit jemandem wie Ihnen zusammen bin«, fügte Milly plötzlich ganz aufgeregt hinzu.

»Und warum?«, fragte Agatha belustigt.

»*Ich sah die besten Köpfe meiner Generation vom Wahn zerstört, hungernd hysterisch nackt, die sich im Morgengrauen durch die Negerstraßen schleppten auf der Suche nach einem wütenden Schuss …*«, trug Milly leidenschaftlich vor. »›Howl‹ – ›Das Geheul‹ – ist sein Lieblingsgedicht, er hat es mir mindestens ein Dutzend Mal vorgetragen. Ginsberg und Kerouac sind seine Götter. Er könnte Ihnen *Naked Lunch* von Burroughs auswendig aufsagen.«

»Ich wusste gar nicht, dass die beiden heutzutage noch Bewunderer haben. Es ist beruhigend zu wissen, dass sich nicht alle jungen Leute mit einem angenehmen Berufsalltag zufriedengeben. Er gefällt mir sehr, dein Jo.«

Milly steckte den kleinen Seitenhieb weg.

»Wer hätte sich je vorgestellt, dass ein Gedicht ganz Amerika entflammen könnte?«, fuhr Agatha fort. »Niemand hatte mit der verheerenden Explosivität dieses Textes gerechnet, damit, dass ein paar verbotene Sätze einen Konformismus, der den Geist mundtot gemacht hatte, sprengen könnten. Sein Aufschrei hat uns alle in der einen oder anderen Weise erreicht. Und dann kam es zum Prozess in San Francisco. Versetz dich in das Jahr 1957. Zwei Zivilstreifen vom Jugendschutz betreten eine Buchhandlung, kaufen ein Exemplar von *Howl and other poems* und verhaften den Inhaber Ferlinghetti unter dem Vorwand, er verkaufe unsittliche Bücher. Heutzutage wäre so ein Vorgehen unvorstellbar, zumindest hier. Aber damals? Der Prozess nahm nationale Ausmaße an. Plötzlich sah man an der Seite der Verteidigung bedeutende Literaturkritiker und in den Rängen der Staatsanwälte glühende Befürworter des Puritanismus. Diese Idioten gingen sogar so weit, die ›obszönen‹ Wörter in dem Gedicht zu zählen. Na, das war ein Spaß! Noch nie in der Geschichte der Justiz war das Wort ›Fuck‹ so oft im Gerichtssaal ausgesprochen worden. Zum Glück kam der Richter zu dem Schluss, das Gedicht habe eine soziale Bedeutung, und lehnte die Anträge ab. Zensoren und Verteidiger der moralischen Ordnung waren erschüttert. Ginsberg wurde ein Star und machte die Beatgeneration zu einer unumgänglichen Gegenkultur. Hat dir deine Mutter nie von dieser Zeit erzählt? Es war doch auch ihre Jugend.«

»Doch, sie sagte mir, die Beatgeneration habe es gar nicht gegeben, sie habe nur aus einer Handvoll Jugendlicher und naiver Dichter bestanden, die davon träumten, bekannt zu werden.«

»Jedem seine eigene Sichtweise«, gab Agatha nüchtern zurück. »Was mich betrifft, hat dieses Gedicht mein ganzes Leben verändert. Hätte ich es nicht gelesen, wäre es sicher anders verlaufen.«

»Inwiefern?«

»Wir waren nicht sehr reich, und die Anzahl meiner Studiensemester hing davon ab, ob das Geld reichte, aber es reichte nie. Ich hätte auch Sekretärin oder Bibliothekarin werden können, denn ich habe immer sehr gerne gelesen.«

»Aber was haben Sie denn in den ganzen Jahren gemacht?«

Agatha schaute aus dem Fenster und seufzte.

»Ich bin gereist«, murmelte sie.

Dann schwieg sie bis Gettysburg, den verlorenen Blick auf den Asphalt gerichtet, den der Oldsmobile mit brummendem Motor hinter sich ließ.

»Haben Sie auch mal Drogen ausprobiert?«

»Ich habe viele nicht empfehlenswerte Dinge genommen. Aber ich hatte das Glück, mit beiden Beinen im Leben zu stehen, und mochte das Gefühl nicht, die Kontrolle zu verlieren. Außerdem habe ich so viele Freunde erlebt, die von dieser Reise nicht zurückgekehrt sind, dass ich schon bald wieder aufgehört habe. Dagegen hätte ich den Sex gern ein wenig mehr ausgekostet. Diese entsetzlichen

Drogen haben die Entstehung einer neuen Welt und den schönsten Studentenaufstand aller Zeiten zum Scheitern gebracht.«

»Haben Ihre Freunde mitgemacht?«

»Ja, und es sind nur ein knappes Dutzend übrig geblieben.«

»Was ist aus den anderen geworden?«

»Die meisten sind durch LSD oder Alkohol gestorben, manche sind in der Gosse gelandet oder ermordet worden.«

»Von wem?«

»Von der Polizei und vom FBI auf Anweisung der Regierung.«

»Aber warum?«, fragte Milly ungläubig.

»Weil wir ihnen große Angst eingejagt haben. Vier von zehn Studenten dachten, ein Aufstand sei unvermeidlich und notwendig. Wir haben Arbeiterkommunen und Frauengruppen gegründet, die ersten Schwulen- und Lesbenwohngemeinschaften eingerichtet. Aber das Schlimmste war, dass wir die Ordnung der führenden Klassen infrage gestellt haben, eine Kampfansage, die ihnen unerträglich war. Wenn wir in Gettysburg ankommen, werden wir durch die Schlachtfelder fahren, auf denen sich der Bürgerkrieg abgespielt hat. Ende der 1960er-, Anfang der 1970er-Jahre hätte das Land fast einen weiteren erlebt, und die strafrechtliche Verfolgung war brutal und blutig.«

»Sie haben friedliche Studenten umgebracht?«

»Zu Dutzenden! Aber nicht alle waren Pazifisten, manche haben sich dem bewaffneten Kampf angeschlossen. Straßenschlachten, Sabotage oder Bombenattentate folgten Schlag auf Schlag und gingen in die Hunderte.«

»Haben Sie auch welche begangen?«

»Einige«, erwiderte Agatha und seufzte abermals.

»Und, hatten Sie Blut an den Händen?«

»Nein, aber im Gesicht, als wir Prügel mit Schlagstöcken bezogen.«

Agatha beugte sich zu Milly, schob zwei Haarsträhnen beiseite und zeigte ihr, nicht ohne einen Anflug von Stolz, eine lange Narbe.

Das Auto kam von der Straße ab, die Reifen schlitterten in den Seitenstreifen. Milly riss das Steuer herum und konnte gerade noch Schlimmeres verhindern.

»Ich habe dir doch gesagt, du sollst nach vorn schauen!«, schrie Agatha verärgert. »Komisch, auf einmal fällt es mir wieder ein. Ich bin ihm auf dem Campus begegnet. Er spazierte ständig mit einer Super-8-Kamera in der Hand herum und verbrachte seine Zeit mit Filmen. Er studierte Journalismus und wollte auch in diesem Beruf arbeiten. Vielleicht wollte er auch zum Film, ich weiß es nicht mehr genau.«

»Hat Ihre Beziehung lange gedauert?«, wollte Milly wissen.

»Nimm die Straße nach Hagerstown, wir sind gleich in Virginia.«

Verwundert bemerkte Milly Agathas Gesichtsausdruck, als wäre sie erleichtert, die Grenzen des Bundesstaates zu passieren.

»Wir waren einander zwei Jahre lang sehr verbunden«, fügte sie hinzu. »Deine Mutter hatte vielleicht nicht ganz unrecht, uns für naiv zu halten, denn ich habe nie aufgehört, an ihn zu denken.«

»Was genau meinen Sie mit ›verbunden‹?«

Diese scheinbar harmlose Frage frischte Agathas Erinnerungsvermögen auf und ließ tief vergrabene Bilder auftauchen wie jene Albträume, die man gleich nach dem Aufwachen wieder vergisst.

Sie hörte Studenten vor Schmerz aufheulen, als im Tränengasnebel Schlagstöcke auf sie niederprasselten, sah Tränen über die Wangen ihrer Freunde laufen, durchlebte erneut jene Morgen im Januar, Februar und März, an denen sich der Schnee unter langen Trauerzügen schwarz färbte, sah die leeren Blicke der Eltern, gebrochen durch Kummer und Gram, unfähig, den Kampf ihrer Kinder zu begreifen, die sich von ihnen abwandten, anstatt ihre Wut und ihren Zorn gegen diejenigen zu richten, die sie ermordet hatten.

Manche ihrer Freunde hatten ihre Familien zehn Jahre lang weder gesehen noch mit ihnen telefoniert, so wie sie selbst ihre Mutter nie mehr wiedergesehen hatte. Ihre Genossen waren in jugendlichem Leichtsinn in den Untergrund gegangen und hatten die Ihren mit der unlösbaren Frage zurückgelassen: Warum hatten sie sich ausgerechnet im Land der unbegrenzten Freiheiten für die Finsternis entschieden?

»Weil diese Freiheiten in den Mauern gefangen waren, die ihre Generation zugelassen hatte«, murmelte Agatha mit zitternder Stimme. »Mauern, hinter denen Minderheiten kaum Rechte besaßen, Mauern unserer Gefängnisse, die von Farbigen überquollen, Mauern unserer Colleges und Universitäten, die Musterschüler für die Wirtschaft hervorbrachten, Mauern der Arbeitswelt, die diese jungen genügsamen, leicht zu manipulierenden Menschen ausnutzten. Unsere Eltern hatten nicht den Mut, diese Welt infrage zu stellen – eine Welt der Homophobie und des Sexismus. Sie haben stattdessen in ihren komfortablen Vorstädten eine Idealgesellschaft errichtet, mit teuren Autos und Fernsehgeräten, in der sich unsere Mütter mit Valium vollstopften, während sie ihren Männern nachblickten, wenn sie im grauen Anzug am frühen Morgen das Haus verließen, und in der sich unsere Väter abends mit Whisky volllaufen ließen.«

»Agatha?«, unterbrach Milly besorgt. »Wovon sprechen Sie?«

Agatha rang nach Fassung und schüttelte den Kopf. »Er war anders«, sagte sie leise.

»Anders als wer?«

»Als alle. Aber so ist es immer, wenn man verliebt ist. Ich vermute, dein Frank ist auch ganz anders, stimmt's?«

»Ja«, erwiderte Milly.

»Und wodurch unterscheidet er sich?«, fragte Agatha ruhig.

»Er gibt mir ein Gefühl von Sicherheit, und er ist sehr liebenswert …«

»Ich hätte große Lust, dich wie einen Pflaumenbaum zu schütteln, um dich aus dieser verdammten Routine zu reißen! Du teilst doch dein Leben nicht mit einem Menschen, weil er liebenswert ist, sondern weil er dich zum Vibrieren bringt und zum Lachen, weil er dich mitreißt und du dich nicht dagegen wehren kannst, weil er dir fehlt, obwohl er nur im Nebenzimmer ist, weil sein Schweigen dir genauso viel bedeutet wie seine Gespräche, weil er deine Fehler und Schwächen ebenso liebt wie deine guten Eigenschaften, weil dir abends vor dem Einschlafen allein der Gedanke an seinen Blick, an die Wärme seiner Hände die Angst vor dem Tod nimmt. Deshalb baut man ein Leben mit jemandem auf, und wenn er noch dazu liebenswert ist, umso besser, das ist ein Pluspunkt, aber nur einer!«

»Bravo für die fantastische Belehrung. Allerdings lebe ich seit drei Jahren in einer Beziehung, aber Sie sind allein! Und vielen Dank, ich werde Ihren Rat befolgen, Wort für Wort, und eine der glücklichsten Frauen sein, wenn ich einmal so alt bin wie Sie.«

Diesmal nahm Agatha die Retourkutsche ohne Protest hin.

Sie erreichten die Staatsgrenze zu Virginia und fuhren weiter nach Harrisonburg. Die nächsten dreißig Meilen sprachen sie kein Wort, nur die klassische Musik aus dem Radio erfüllte die Stille.

Eine große Werbetafel am Straßenrand machte auf ein Restaurant aufmerksam: »Einzigartiger Preis bei Ryan – All You Can Eat! Eine Gratismahlzeit für jeden, der einen neuen Rekord aufstellt!«

»Ich möchte wissen, ob das mal jemand ausprobiert hat«, sagte Agatha und kicherte.

»Sollen wir?«, schlug Milly schelmisch vor.

»Blinker raus! Los geht's! Denen werde ich zeigen, aus welchem Holz ich geschnitzt bin! Was meinst du, wo steht der Rekord?«

»Das werden wir bald wissen«, erwiderte sie und fuhr auf den Parkplatz.

Eineinhalb Stunden später ging Agatha als triumphierende Siegerin hervor. Unter den verblüfften Blicken des Publikums hatte sie ein Stück Fleisch verputzt, das mehr als drei Pfund wog. Milly war in der Rolle des Coachs an ihrer Seite geblieben, hatte ihr Luft zugefächelt, ihr den Mund abgewischt, ihr in kleinen Schlucken zu trinken gegeben, damit die Happen besser rutschten. Fast hätte sie das Handtuch geworfen, als sich das Gesicht ihres Schützlings gelblich verfärbte. Doch Agatha bedachte sie mit einem vernichtenden Blick und nahm nach einer kurzen Erholungspause den Kampf wieder auf. Milly forderte den Saal auf, die mutige Rekordanwärterin zu unterstützen. Die Gäste ließen sich auf das Spiel ein, schrien und applaudierten bei jedem Bissen und verlangten kurze Pausen. Nach dem letzten hoben sie Agatha mitsamt dem Stuhl hoch und trugen sie unter lautem Gejohle einmal durch den ganzen Saal, wobei Millys Hurra-Rufe alle anderen übertönten.

In der Hand ihre Trophäe – eine vergoldete Plakette mit dem Namen des Restaurants –, ließ sich Agatha neben dem Besitzer fotografieren und nahm das Angebot eines wohlverdienten Verdauungsschnapses an. Dann winkte sie den Zuschauern zu wie eine Schauspielerin, bevor der Vorhang fällt, und ging.

»Ich bin nicht sicher, ob ich heute Abend noch etwas essen kann«, meinte sie, als sie über den Parkplatz schwankte.

Milly half ihr auf den Beifahrersitz, verstaute die Trophäe im Kofferraum und setzte sich ans Steuer.

»Das war ein Spaß, was?«

»Ja. Sie sind zwar total verrückt, aber auch sehr amüsant. Wo haben Sie denn gelernt, so viel zu essen?«

»Leider bin ich jetzt nicht mehr zu einem Gespräch in der Lage. Außerdem bin ich dran, Fragen zu stellen. Erzähl mir von diesem Jo, der ›Howl‹ auswendig kann.«

»Er ist mein bester Freund. Das ist jedoch nicht schwierig, denn er ist mein einziger.«

»Ich glaube eher das Gegenteil. Wenn er dein einziger Freund ist, dürfte es nicht so leicht sein, dein Freund zu werden.«

»Ja, vielleicht …«

»Und er? Was unterscheidet ihn von anderen?«

Im Tal von Shenandoah stieg ein leichter Nebel auf, sodass Milly die Straßenbegrenzung nicht mehr genau erkennen konnte und sich ganz aufs Fahren konzentrieren musste.

»Ich weiß nicht, aber mit ihm ist alles widersprüchlich. Wenn er Musik macht oder mir seine Gedichte vorträgt, bin ich ein anderer Mensch, als wäre ich in meinem Heimathafen angekommen, einem friedlichen Ort voller Leben, wo alles unbekannt und doch vertraut ist. Nach einem Kinobesuch diskutieren wir stundenlang über den Sinn einer Szene oder die Rolle eines Schauspielers und sind uns nie einig. Bei Büchern geht es uns genauso. Und wenn wir uns über Politik unterhalten, ist ein Tag viel zu kurz. Ich habe den Eindruck, dass er der Bruder ist, den ich nie hatte. Ich glaube, er teilt dieses Gefühl. Da sind sich zwei echte Einzelgänger begegnet.«

»Und du bist sicher, dass es nichts weiter als ›Brüderlichkeit‹ ist?«

»Aber natürlich!«, meinte Milly und lachte.

»Keine Zweideutigkeit oder ein winziges Begehren?«

»Niemals!«

»Nun gut, wenn du das sagst! Schau mal«, sagte Agatha und zeigte auf ein Schild. »Die Luray Caverns! Die wollte ich immer schon mal besichtigen. Lass uns hinfahren«, bat sie.

»Wenn wir dauernd anhalten, erreichen wir das Ziel nie«, protestierte Milly.

»Früher oder später kommt man immer ans Ziel«, erklärte Agatha.

Sie holte ein Stück Papier aus der Tasche und tat so, als würde sie aus einem Fremdenführer vorlesen.

»Die Luray Caverns, eines der schönsten Höhlensysteme des Landes, ist das größte im Osten Amerikas. Es wäre schade, das zu verpassen. Und angeblich ist das Echo in der Grotte so stark, dass die eigene Stimme bis zu zwölf Mal von den Wänden zurückgeworfen wird. Ist das nicht lustig?«

»Einverstanden«, gab Milly nach, »aber das ist die letzte Besichtigung für heute. Danach müssen wir uns unbedingt ein Hotel suchen. Ich bin müde, möchte duschen, und mein Auto braucht auch eine Pause.«

»Versprochen«, sagte Agatha und steckte den Zettel weg.

Am Höhleneingang kaufte Agatha zwei Eintrittskarten. Man konnte auf eigene Faust hinabsteigen oder sich einer Führung anschließen, die jede halbe Stunde stattfand. Die nächste begann in zehn Minuten, und Agatha beschloss zu warten.

Milly nutzte die Zeit für ein Telefonat. Sie sehnte sich nach Franks Stimme. Aber sie erreichte nur die Mailbox.

Sie versuchte es in seinem Büro und erfuhr, dass er gerade im Gespräch mit einem wichtigen Klienten sei. Sie hinterließ eine Nachricht beim Empfang mit dem Versprechen, es am Abend noch einmal zu versuchen.

Agatha winkte aufgeregt, weil die Führung begann. Als Milly bei ihr war, mischten sie sich unter die Touristen und betraten die Höhle.

Ihr Führer unterschied sich kaum von seiner Umgebung. Er trug eine alte Kakihose und ein abgetragenes Hemd. Sein Einsiedlerbart reichte über den halben Oberkörper, und seine Haut war fast so faltig wie die Höhlenwände. Mit kehliger Stimme breitete er vor der Besuchergruppe sein Wissen aus, forderte sie auf, den Kopf zu heben, um die weißen, roten, gelben und schwarzen Gesteinsformen zu bewundern.

»Die Grotte liegt achthundertsechsundachtzig Fuß unter dem Meeresspiegel«, erklärte er stolz, als sei er dafür verantwortlich. Riesige, vom hohen Gewölbe herabhängende Stalaktiten trafen auf ebenso enorme, aus dem Boden wachsende Stalagmiten, ein Feuerwerk der Farben und Formen. Rund um die zahlreichen Becken boten funkelnde geriffelte Säulen ein wundervolles Schauspiel. Doch Milly hatte nur Augen für eine außergewöhnliche Orgel in einer der Höhlen. Von einem Organisten bedient, schlugen kleine gummiüberzogene Hämmer auf unterschiedlich große Stalaktiten und erzeugten Töne, die wie Kirchenglocken klangen. Milly trat näher und lehnte sich mit dem Rücken an die Höhlenwand. Seltsamerweise durchströmte nicht der wundervolle Klang ihren Körper, sondern ein Gefühl der Traurigkeit.

Zehn Minuten später forderte der Führer die kleine Gruppe auf, sich wieder zum Ausgang zu begeben.

Agatha, die jetzt an der Spitze ging, ließ ihn nicht aus den Augen und schien jedes seiner Worte in sich aufzusaugen.

»Ich möchte noch ein wenig bleiben«, flüsterte sie Milly zu. »Du kannst draußen auf mich warten, wenn du willst.«

Das war Milly nur recht, die plötzlich das dringende Bedürfnis hatte, wieder ins Freie zu kommen.

Sie verließ die Grotte und eilte zu ihrem Auto.

Jo war auf seinem Posten im Café des Kambar Campus Center. Millys Anruf war das Highlight seines Tages.

»Wo bist du?«, fragte er. »Ich habe mir schon Sorgen gemacht. Ich war bei dir im Büro, und Mrs. Berlington hat mir erklärt, deine Mutter sei gestorben und deshalb müsstest du einige Tage wegfahren.«

Millys Herz schlug schneller.

»Du hast ihr doch hoffentlich nichts gesagt?«

»Wofür hältst du mich?«

»Ich lüge nicht gern«, murmelte Milly, »aber ich musste einfach weg.«

»Warum hast du mir nichts gesagt?«, entrüstete sich Jo.

»Es war nicht geplant. Ist eine komplizierte Geschichte. Ich erkläre es dir später.«

»Ist alles in Ordnung?«

»Ja, ja. Ich komme bald zurück, und wenn du willst, schauen wir uns zwei Filme hintereinander an. Und du? Wie geht es dir?«

»Ich bin nicht gut drauf…« Jo seufzte. »Ich habe wieder eine Absage von einem Verleger erhalten. Niemand will meine Gedichtsammlung herausbringen. Vielleicht sollte ich alles verbrennen und einfach aufgeben.«

»Ich verbiete dir, daran auch nur zu denken, Jo! Deine Gedichte sind wunderschön. Nur weil irgendwelche Dummköpfe nichts davon verstehen, darfst du nicht an dir zweifeln.«

»Diese Dummköpfe, wie du sie nennst, sind einhellig derselben Meinung.«

»Begriffsstutzige Gemüter sind in der Überzahl, was macht das schon!«

»Einverstanden«, sagte Jo. »Reg dich nicht auf, ich ärgere mich schon selbst genug. Bist du allein unterwegs?«

»Nein, ich fahre eine Freundin nach Kalifornien«, entschlüpfte es ihr.

»Seit wann hast du eine Freundin? Und ich kenne die nicht?«

»Eine alte Bekannte aus Santa Fe, die ich seit meinem Weggang nicht mehr gesehen habe«, log Milly und biss sich auf die Unterlippe.

»Eine alte Bekannte, die du ewig nicht gesehen hast, taucht auf, und du gehst gleich mit ihr auf Reisen und lügst deshalb deine Chefin an? Du bist wirklich putzig.«

»Sag das nicht, Jo, ich mag dieses Wort nicht. Ich konnte nicht anders, das ist alles.«

»Was ist denn mit deiner Freundin, dass du für sie das ganze Land durchquerst?«

»Das ist allein ihre Sache«, erwiderte Milly.

»Wie du willst, schließlich geht es nur dich etwas an, aber mir gefällt der Klang deiner Stimme nicht.«

»Meiner Stimme geht es gut. Ich bin bloß müde, bin viel gefahren.«

»Wo bist du?«

»Irgendwo in Virginia. Es ist schön hier, würde dir gefallen. Gerade haben wir unsere Fahrt unterbrochen und eine Höhle besichtigt. Da gab es einen Organisten, der in der Höhle auf einer Orgel spielte. Der Klang war unglaublich.«

Jo schwieg.

»Er spielte hundsmiserabel«, fuhr Milly fort und grinste.

»Pass auf dich auf und melde dich wieder. Versprochen?«

»Versprochen«, antwortete sie und legte auf.

Die Sonne ging schon unter. Die letzte Touristengruppe fand sich am Eingang ein. Milly fragte sich, was Agatha wohl so lange machte.

Der Führer nutzte die Zeit für eine Pause in einer Nische.

Agatha trat auf ihn zu. »Mit diesem Bart hätte ich dich fast nicht erkannt«, sagte sie.

»Verzeihung?«, sagte der Führer.

»Ich bin es, Brian … Hanna.«

Er riss die Augen auf und fing an zu stottern, als hätte er einen Geist gesehen. »Hanna? Was machst du denn hier?«, fragte er mit zitternder Stimme.

»Ich war gerade in der Gegend und wollte dich nur kurz begrüßen.«

»Ich dachte, du bist …«

»Im Knast? Deine Annahme war richtig. Da war ich bis vorgestern. Jetzt bin ich draußen.«

»Haben sie dich endlich freigelassen?«

»Ich bin getürmt. Es wurde auch Zeit.«

»Zeit wofür?«, fragte er beunruhigt.

»Zeit für die Wahrheit. Hätte ich gewartet, bis sich einer von euch darum kümmert, wäre ich hinter Gittern gestorben. Das hätte euch gut gepasst, nicht wahr?«

»Sag so etwas nicht, Hanna. Von den anderen weiß ich nichts, aber ich konnte nichts tun. Ich habe mich zehn Jahre lang versteckt, bevor ich wieder aufgetaucht bin. Aufgetaucht ist wohl nicht das richtige Wort«, fügte er hinzu und ließ den Blick über die Gewölbedecke schweifen. »Es war viel schwieriger, als du glaubst.«

»Viel schwieriger als für mich kann es auch nicht gewesen sein, Brian. In dreißig Jahren hat mich kein Einziger von euch besucht, außer Max.«

»Für ihn war das auch nicht gefährlich, für uns aber schon. Verdammt, Hanna! Schau dir doch an, wie ich lebe! Ich verbringe meine Tage wie ein Maulwurf unter der Erde.«

»Aber abends kommst du raus, machst Spaziergänge an der frischen Luft. Du entscheidest, was du isst, und schläfst in deinem eigenen Bett. Das alles hatte ich nicht!«

»Meine Pause ist zu Ende. Ich muss die nächste Gruppe holen, sonst bekomme ich Ärger.«

»Deine Touristen können sich ein paar Minuten gedulden. Ich habe dreißig Jahre gewartet.«

»Was willst du eigentlich, Hanna?«

»Lucy wiedersehen, das Tagebuch finden. Max hat mir erzählt, dass sie in diese Gegend gezogen ist. Leider wusste er weder ihre Anschrift noch ihre neuen Namen. Erzähl mir nicht, ihr hättet euch nicht wiedergesehen!«

»Und wie hast du mich gefunden? War es Max?«

Agatha nickte.

»Wir alle haben uns neue Namen zugelegt. Etwas anderes blieb uns gar nicht übrig. Max hat leicht reden, er ist der Einzige, der mit einer reinen Weste aus der Sache herausgekommen ist. Soweit ich weiß, hat er dich aber nicht aus dem Gefängnis geholt.«

»Nein, aber er hat mich zumindest besucht, mir Pakete geschickt und Neuigkeiten berichtet. Neuigkeiten über euch!«

»Max war immer schon ein Schnüffler, der andere gerne manipuliert.«

»Ich bin nicht hergekommen, um ihn zu kritisieren oder zu verteidigen, sondern nur, damit du mir sagst, was ich wissen will. Es sei denn, es ist dir lieber, ich erzähle in dieser Grotte von deinen Großtaten. Das Echo soll ja umwerfend sein.«

»Red keinen Blödsinn. Ich habe einen Sohn, bin geschieden, und das Leben ist nicht einfach. Glaubst du, es macht mir Spaß, achthundert Fuß unter der Erde den Deppen zu spielen?«

Brian starrte Agatha einen Moment an und senkte dann den Blick.

»Lucy Garbel heißt jetzt Lucy Wise. Sie betreibt mit ihrem Mann ein Bed and Breakfast an der Abfahrt nach Roanoke, knapp eine Stunde von hier. Du kannst es gar nicht verfehlen, es liegt direkt an der 11.«

»Siehst du, war doch gar nicht so schwer! Und wie lautet dein neuer Vorname?«

»Ronald.«

»Klingt ziemlich hässlich, passt aber zu dir.«

»Sag Lucy nicht, dass ich dir ihre Adresse gegeben habe.«

»Du hast dich überhaupt nicht verändert. Hinter diesem langen Bart verbirgt sich immer noch derselbe erbärmliche und jämmerliche Junge. Keine Sorge, ich werde nichts sagen. Ich bin keine Verräterin. Genau aus diesem Grund habe ich dreißig Jahre lang gesessen.«

»Das ist nicht unsere Schuld. Diese dreißig Jahre hast du gesessen, weil …«

»Halt die Klappe, Brian, bevor ich es mir anders überlege und zu schreien anfange.«

Agatha drehte sich um und ging, doch der Fremdenführer ergriff ihren Arm.

»Lass die Dämonen der Vergangenheit ruhen. Genieße deine Freiheit und zerstör nicht, was jeder von uns sich mühsam aufgebaut hat.«

Agatha musterte ihn von oben bis unten, riss sich los und verließ die Höhle, ohne sich noch einmal umzudrehen.

Milly lehnte gelangweilt an ihrem Auto. »Haben Sie die Stalaktiten gezählt? Ich habe schon geglaubt, Sie kommen nicht mehr wieder«, sagte sie.

»Nun, hier bin ich«, antwortete Agatha trocken. »Steig ein.«

»Probleme?«

»Keineswegs. Wir sind beide ziemlich müde. Lass uns irgendwohin fahren, wo wir uns ausruhen können.«

»Dann sind wir uns ja einig. Am erstbesten Hotel halten wir an.«

»Nein, nimm die Route 11. In etwa einer Stunde haben wir unser Ziel erreicht.«

»Das Haus Ihrer Freunde?«

»Ja.«

»Wissen sie Bescheid, dass wir kommen? Sie haben mir ein Bett versprochen. Heute Nacht schlafe ich nicht auf der Rückbank oder auf einem Sofa.«

»Mach dir keine Sorgen. Sie führen ein kleines Hotel. Wir bekommen jede ein eigenes Zimmer.«

Milly fuhr los, ohne das Ende des Satzes abzuwarten.

Tom durchquerte York, ohne ein einziges Mal anzuhalten. Kurz zuvor hatte ein Motorrad der Autobahnpolizei den Oldsmobile entdeckt, als er die Grenze nach Virginia passierte, was für ihn ein größeres Problem darstellte, denn sein Fahrzeug sollte den Bundesstaat eigentlich nicht verlassen. Er blieb am Straßenrand stehen und konsultierte seinen Bordcomputer. Das nächstgelegene Büro des US-Marshals-Service befand sich in Chambersburg. Er schaltete das Blaulicht ein und gab Gas.

Er betrat das Marshal-Büro, zeigte seine Dienstmarke und seine Vollmacht und bat den diensthabenden Polizeibeamten um ein Fahrzeug. Gleich darauf rief er das Hauptkommissariat von Philadelphia an und gab die Adresse an, wo sie ihr Fahrzeug wieder abholen konnten.

»Ich hätte einen Tipp für Sie«, meinte der Inspektor am Telefon. »Der Tankwart, den Sie vernommen haben, hat sich bei uns gemeldet. Ein junger Mann hat heute Morgen sein Motorrad vollgetankt. Und ihm ist plötzlich wieder eingefallen, dass er den Mann schon einmal in Begleitung der Besitzerin des Oldsmobile gesehen hat.«

»Und Sie haben so lange gebraucht, um mir das mitzuteilen?«

»Ich hatte heute nicht nur mit Ihrem Fall zu tun. Und wenn Sie mich ausreden lassen, könnte ich Ihnen auch berichten, dass der junge Mann seinen Treibstoff mit einer Kreditkarte bezahlt hat. Wir kennen also seinen Namen und seine Adresse. Soll ich eine Streife losschicken und ihn festnehmen lassen?«

»Nein, das würde ihn nur verschrecken. Außerdem hat er nichts Strafbares getan, zumindest bis jetzt.«

Tom überlegte, wie er an diesen Jonathan Malone herankommen könnte, ohne ihn zu überfallen. Er hatte keine Zeit umzukehren, um ihm einen Besuch abzustatten.

»Haben Sie vielleicht eine Telefonnummer, unter der ich ihn erreichen könnte?«

»Ich habe seine Handynummer. Wollen Sie sie aufschreiben?«

Tom fand einen Bleistift auf dem Schreibtisch des Polizeibeamten, der das Formular für die Aushändigung des Fahrzeugs ausfüllte, und notierte die Nummer.

»Trotzdem vielen Dank«, knurrte der Inspektor, bevor er auflegte.

Wenn er von Jonathan Malone die Personalien der Fahrerin des Oldsmobile erhielte, könnte er endlich das Kennzeichen herausfinden. Doch Tom war ein leidenschaftlicher Jäger und wusste, dass er seiner Beute nicht nachzulaufen brauchte, um sie zu erlegen. Er musste nur den Ort vorausahnen, an dem sie vorbeikommen würde.

Je länger er darüber nachdachte, umso mehr war er davon überzeugt, dass er erst wissen musste, was Agatha vorhatte, bevor er ihre Flucht beenden konnte.

Er öffnete seine Reisetasche, legte seinen Kollegen die

Liste vor, die ihm Richter Clayton besorgt hatte, und bat um Unterstützung. Gemeinsam durchsuchten sie die Bundesdatenbank nach den Orten, um herauszufinden, wo die zehn Personen lebten. Zwei waren spurlos verschwunden, von sieben war die Anschrift bekannt, und den letzten hatte Tom in einem Vorort von Philadelphia aufgesucht, aber ohne nennenswerte Ergebnisse.

Tom bat die Kollegen um eine Straßenkarte. Ein Polizeibeamter fand eine im Büro nebenan.

Er kreuzte die Orte an, an denen Agathas frühere Freunde gemeldet waren, und strich drei aus, weil sie an der kanadischen Grenze lagen, also in der entgegengesetzten Richtung der Route, die der Oldsmobile bisher verfolgt hatte.

Die erste Person hatte ihren Wohnort in einem winzigen Dorf im Shenandoah-Tal, die zweite kurz vor Nashville in Tennessee. Als Tom die verbleibenden Kreuze miteinander verband, entstand eine Route, die von Ost nach West durch sechs weitere Bundesstaaten führte. Sein Gesicht erhellte sich: Er hatte die Fährte seiner Beute aufgenommen und wusste nun, wo er sie aufspüren konnte.

Er faltete die Straßenkarte so sorgfältig zusammen, als enthielte sie die Koordinaten zu einem Schatz, rückte die Waffe an seinem Gürtel zurecht, bedankte sich bei den Kollegen und nahm den Schlüssel des neuen Dienstfahrzeugs entgegen. Es blieben ihm nur noch drei Tage, danach würde sich das FBI an Agathas Fersen heften, und er hätte keinen Einfluss mehr auf ihr Schicksal.

Brians Informationen erwiesen sich als korrekt. Ein kleines Schild wies den Weg zu einem Guesthouse an der Ausfahrt Roanoke auf der Route 11.

John Wise, der Inhaber des Hotels, empfing sie begeistert und war glücklich, dass endlich Gäste an seine Tür klopften, obwohl die eigentliche Saison noch nicht begonnen hatte. Im Grunde waren sie die Ersten seit Beginn des Winters. Er nahm Agatha die Tasche ab und wandte sich an Milly. »Haben Sie kein Gepäck?«

»Nein«, erwiderte sie und warf ihrer Begleiterin einen finsteren Blick zu.

»Eine Reisetasche für zwei«, erklärte Agatha, »aber getrennte Zimmer, bitte.«

John brachte sie in den oberen Stock und zeigte ihnen die vier Zimmer des Gästehauses. Agatha wählte das Zimmer am Ende des Flurs, denn das Badezimmer hatte eine Wanne. Milly entschied sich für das Zimmer an der Treppe, weil ihr die Farbe so gut gefiel.

»Ich wollte gerade zu Abend essen«, sagte John. »Nichts Besonderes, nur eine Suppe und ein gutes Omelett. Die Eier sind von unseren eigenen Hühnern und das Gemüse aus unserem Garten. Wollen Sie sich zu mir setzen und mitessen?«

»Eine Suppe würde mir schon genügen«, sagte Agatha.

»Ich würde gerne Ihr Omelett probieren«, meinte Milly, »aber erst möchte ich duschen.«

»Lassen Sie sich Zeit. Kommen Sie herunter, wenn Sie so weit sind«, sagte der Mann und zog sich zurück.

Agatha ging in ihr Zimmer, und Milly folgte ihr.

»Ich dachte, du wolltest getrennte Zimmer?«

»Und ich dachte, wir gehen zu Ihren Freunden?«

»Seine Frau ist eine alte Freundin von mir. Ich kannte ihren Mann überhaupt nicht und wundere mich, dass sie nicht da ist.«

»Fragen Sie ihn doch!«

»Das tue ich beim Essen, bis dahin halt bitte den Mund. Ich wollte sie überraschen und möchte es nicht vermasseln.«

»Mit Ihnen ist es wirklich nicht einfach. Sie haben einen Hang zum Geheimnisvollen!«, murrte Milly und verdrehte die Augen. »Morgen müssen wir unbedingt Kleidung zum Wechseln für mich kaufen. Ich will nicht dieselben Klamotten bis San Francisco tragen müssen.«

Jetzt verdrehte Agatha die Augen. Sie öffnete ihre Reisetasche, nahm eine Hose, einen BH, einen Pullover mit V-Ausschnitt heraus und warf alles Milly zu. »Hier, das tut's bis morgen! Jetzt verzieh dich, damit ich mein Bad nehmen kann.«

Als sie hinuntergingen, wartete John schon im Speiseraum mit drei Gedecken und einer dampfenden Suppenterrine auf sie.

Milly lobte die Suppe bereits nach dem ersten Löffel. Im Lauf des Essens lenkte Agatha das Gespräch geschickt auf das Thema, das sie interessierte, und erfuhr, dass die Dame des Hauses am frühen Nachmittag weggefahren war, um sich mit einer Freundin zu einem Einkaufsbummel und anschließendem Abendessen zu treffen. Sie würde erst spätnachts oder am frühen Morgen zurückkehren. Agatha und Milly boten ihrem Gastgeber an, ihm beim Abräumen und

Abspülen zu helfen. John bat sie jedoch, alles stehen zu lassen, und schlug ihnen stattdessen etwas Interessanteres vor. In Roanoke, auf dem Gipfel des Mill Mountain, stand der größte künstliche Stern der Welt, erleuchtet durch etwa sechshundertfünfzig Meter Neonröhren, die siebzig Meilen weit sichtbar waren. Die Idee gefiel Agatha so sehr, wie sie Milly missfiel, die eigentlich nur davon träumte, ins Bett zu kommen. Doch die Einladung schien ihrem Gastgeber so viel Freude zu bereiten, dass Milly nicht den Mut fand, abzulehnen. Schmollend stieg sie in seinen Pick-up und fand sich eingezwängt zwischen John und Agatha wieder, die beide vor Freude strahlten.

Nach etwa dreißig Serpentinen erreichten sie schließlich den Gipfel. Milly musste zugeben, dass der Anblick dieses gigantischen elektrischen Sterns in der Tat beeindruckend war.

Wie ein kleines Kind vor dem Eingang eines Erlebnisparks sprang Agatha aus dem Lieferwagen. »Der ist ja gewaltig!«, rief sie aus. »So etwas habe ich noch nie gesehen.«

»Das ist doch nichts weiter als eine Menge Neonröhren. Ich möchte nicht wissen, wie viel Strom der Stern frisst«, murmelte Milly.

»Siebzehntausendfünfhundert Watt«, verkündete John stolz. »Der Umweg hat sich doch wohl gelohnt, oder?«

»Ja, ganz bestimmt!«, bestätigte Agatha begeistert.

»Ihr scheint es nicht zu gefallen«, flüsterte John mit einem Seitenblick auf Milly, die sich immer noch im Hintergrund hielt. »Was hat euch beide hierhergebracht?«

»Mein Patenkind ist momentan ein wenig depressiv. Um ihren Eltern einen Gefallen zu tun und sie auf andere

Gedanken zu bringen, habe ich ihr diese kleine Reise geschenkt. Ich kann Ihnen sagen, nicht jeder Tag ist lustig«, log Agatha dreist.

»Sie hat wirklich Glück, eine Patentante wie Sie zu haben. Was stimmt denn mit ihr nicht?«, fragte er in vertraulichem Ton.

»Sie wissen schon … Die heutige Jugend! Bei der geringsten Enttäuschung bricht gleich eine Welt zusammen.«

»Ich glaube, wir waren auch nicht anders«, flüsterte er und lächelte.

»Vielleicht, ich erinnere mich nicht mehr. Kommen Sie, fahren wir nach Hause, die Kleine ist müde.«

Sie kehrten um. Die Hände tief in den Taschen vergraben folgte ihnen Milly.

Als sie die Tür des Pick-ups aufmachte, drehte sich Milly diskret zu Agatha um und sagte: »Ich werde so tun, als hätte ich euer kleines Gespräch nicht gehört.« Als sie auf den Vordersitz kletterte, trat sie ihr absichtlich auf den Fuß und warf ihr ein spöttisches Lächeln zu.

Zurück im Gästehaus verschwanden beide in ihrem Zimmer, ohne sich eine gute Nacht zu wünschen.

Milly legte sich sofort ins Bett und wollte gerade einschlafen, als ihr Handy vibrierte. Eilig nahm sie das Gespräch entgegen.

»Frank?«

»Jo!«

»Ich habe deine Nummer auf dem Display nicht erkannt.«

»Ich rufe aus einer Telefonzelle an.«

»Was ist denn los?«

»Diese Frage müsste ich dir stellen! Vorhin bekam ich einen seltsamen Anruf. Ein Marshal hat mich über den Oldsmobile beziehungsweise seine Eigentümerin ausgefragt.«

»Ein Marshal?«, wiederholte Milly ungläubig und mit klopfendem Herzen.

»Eine Frau, nach der er sucht, wurde von einer Überwachungskamera gefilmt, als sie an der 7-Eleven-Tankstelle um dein Auto schlich. Er befürchtete, sie sei bei dir eingestiegen. Hat deine Freundin zufällig Ärger mit der Justiz?«

»Nein, nein«, stammelte Milly. »Aber warum hat er gerade dich angerufen?«

»Der Tankwart hat mich erkannt, als ich heute Morgen meine Maschine vollgetankt und mit meiner Kreditkarte bezahlt habe. Es ist schon verrückt, heutzutage kann man nicht einmal mehr anonym tanken.«

Die besagte Tankstelle war weit weg von Jos Wohnung. Milly wollte lieber nicht wissen, warum ihr bester Freund einen solchen Umweg für eine Tankfüllung in Kauf genommen hatte.

»Was hast du ihm gesagt?«

»Ich habe ihm ein Lügenmärchen aufgetischt, das er mir wahrscheinlich nicht geglaubt hat. Ich habe erzählt, dass wir uns manchmal treffen, ich dich aber nicht wirklich kenne, nur deinen Vornamen weiß, den ich natürlich erfunden habe, dass du nicht aus der Gegend bist und ich dich schon lange nicht mehr gesehen habe.«

»Ich muss schon sagen, das ist wirklich schwer zu glauben.«

»Ich weiß, aber etwas Besseres ist mir gerade nicht eingefallen. Deshalb rufe ich dich lieber aus einer Telefonzelle an. Er schien sich wirklich Sorgen zu machen. Pass auf dich auf, Milly. Ich weiß besser als jeder andere, was eine Freundschaft wert ist, aber lass dich nicht in Schwierigkeiten bringen. Wenn deine Freundin von einem Marshal gesucht wird und nicht von der Polizei, dann hat sie höchstwahrscheinlich ernste Probleme. Das sind Bundesbeamte, da hört der Spaß auf.«

»Jo, ich versichere dir, es ist purer Zufall«, erwiderte Milly mit fester Stimme und staunte über sich selbst.

Kaum hatte sie die Worte ausgesprochen, fragte sie sich, ob sie gerade nur Jo belogen hatte oder auch sich selbst.

»Wo bist du?«

»In Virginia. Ich habe einen riesigen Neonstern gesehen, den größten der Welt. Er ist so groß, dass man ihn noch in sechzig Meilen Entfernung sehen kann. Stell dir das mal vor!«

»Ist er schön?«, fragte Jo.

»Eher hässlich«, meinte Milly.

»Gut, dann lasse ich dich jetzt in Ruhe. Mir ist es lieber, wir beenden unser Gespräch mit der Wahrheit. Ich rufe dich morgen wieder an. Und wenn du mich brauchst, bin ich da.«

»Ich weiß«, murmelte Milly.

Doch Jo hatte schon aufgelegt. Obwohl sie müde und erschöpft war, brauchte Milly lange, bis sie einschlafen konnte.

Kapitel 7

Agatha erwachte im Morgengrauen. Leise zog sie sich an und packte ihre Sachen. Nachdem sie durch die Bodendielen Stimmen hörte, ging sie nach unten. John machte Feuer im Kamin.

»Schon wach? Sie sind ja eine Frühaufsteherin!«

Kommt ganz drauf an, wie man es sieht, im Gefängnis haben wir um 5 Uhr 30 gegen die Türen getrommelt, sagte sich Agatha, doch sie behielt ihre Gedanken für sich.

»Setzen Sie sich ins Esszimmer, meine Frau ist zurück. Ich sage ihr Bescheid. Kaffee oder Tee?«

»Gerne Kaffee«, antwortete Agatha.

»Schläft Ihr Patenkind noch?«

»Ja, sie braucht Ruhe.«

John ging in die Küche, und Agatha nahm im Esszimmer Platz.

Kurz darauf erschien die Hausherrin mit einem Frühstückstablett.

»John hat mir gesagt, Sie hätten einen netten Abend verbracht. Tut mir leid, dass ich nicht da war. Möchten Sie Eier, Pfannkuchen oder Brot?«, fragte sie, ehe sie den Blick hob.

»Was am einfachsten für Sie ist«, entgegnete Agatha kühl.

Lucy stand mit ihrem Tablett wie erstarrt da und hielt Agathas Blick stand.

Hinter ihr trat John ein.

»Was stehst du so rum? Servier unserem Gast das Frühstück!«

Lucy tat wie geheißen, stellte das Gedeck vor Agatha ab und schenkte ihr Kaffee ein.

»Stört es Sie, wenn meine Frau Ihnen Gesellschaft leistet?«, fragte er und bedeutete Lucy, Platz zu nehmen.

»Ganz und gar nicht.«

»Ich gehe wieder in die Küche, was hätten Sie denn gerne?«

»Rührei, weil ich es gestern nicht probiert habe, und Toast, wenn das nicht zu viel verlangt ist«, sagte Agatha.

John ging und ließ die beiden Frauen allein.

»Was machst du hier?«, flüsterte Lucy.

»Wirklich lustig. Brian schien gestern Morgen ebenso erfreut, mich zu sehen, wie du jetzt. Aber nein, ehrlich gesagt ist das gar nicht lustig.«

»Doch, ich bin glücklich, dich zu sehen, Hanna. Ich bin überrascht, das ist alles.«

»Glücklich, gilt das auch für dein Leben?«, wollte Agatha wissen.

»Wir arrangieren uns. Wie du siehst, ist das hier nicht der große Luxus, und es ist nicht immer einfach, über die Runden zu kommen; vor allem im Winter ist es ein täglicher Kampf, aber wir schaffen es.«

»Es ist recht gemütlich hier, verglichen mit den Orten,

an denen ich die letzten dreißig Jahre verbracht habe. Du kannst dir nicht vorstellen, wie unbequem es in Bedford Hills[2] war!«

Lucy senkte den Blick. »Hast du mit John gesprochen?«, fragte sie dann und rang die Hände.

»Worüber?«

»Über uns.«

»Macht dir das Sorgen?«

»Er weiß nichts von unserer Geschichte. Wir haben uns vor zehn Jahren kennengelernt, und ich habe ihm nie etwas davon erzählt.«

»Verstehe«, erwiderte Agatha, »es wäre vermutlich ein Schock für ihn zu erfahren, dass seine Frau Blut an den Händen hat.«

»Wenn du gekommen bist, um mich zu erpressen – ich habe kein Geld, da brauchst du dich nur hier umzusehen.«

»Wofür hältst du mich, Lucy?«

»Was willst du dann?«

»Eine Freundin besuchen, mit der ich die intensivsten Phasen meiner Jugend geteilt habe, ist das nach deiner Meinung nicht Grund genug? Gibt es denn nicht einen in unserer Gruppe, der mich mit offenen Armen empfängt, mir etwas Fürsorge entgegenbringt oder Gewissensbisse zeigt? Du zumindest nicht, denn sonst wärst du mich besuchen gekommen … Aber denk dir nichts, die anderen haben es auch nicht getan.«

---

2 Bedford Hills Correctional Facility ist im Staat New York das einzige Hochsicherheitsgefängnis für Frauen.

»Weil der Erste, der gekommen wäre, im Besuchszimmer verhaftet worden wäre. Aber ich habe mich nach dir erkundigt und dir Päckchen geschickt.«

»In den ersten fünf Jahren zu Weihnachten.«

»Anschließend konnte ich nicht mehr, Hanna. Es war viel zu gefährlich. Wenn du Hilfe brauchst, um dich wieder ins Leben einzufügen, ich bin zwar nicht reich, aber ich kann ...«

»Das Einzige, was ich brauche, ist das Notizbuch meiner Schwester. Gib es mir, und ich verlasse dein Haus ebenso plötzlich, wie ich gekommen bin.«

»Ich habe keine Ahnung, wovon du sprichst.«

»Sie hat mir nur einmal geschrieben, einen Monat nachdem meine Haftstrafe verlängert wurde, um mir zu sagen, sie habe die Wahrheit in einem Notizbuch festgehalten. Einige handgeschriebene Seiten, auf denen sie erzählt, was wirklich geschehen ist. In diesem Brief steht, sie habe es einem von euch anvertraut. Aber sie hat den Namen nicht genannt, wahrscheinlich, um ihn vor den Wärtern geheim zu halten, die unsere Post kontrollierten, oder um mich von einem Fluchtversuch abzubringen – in erster Linie aber, um sich selbst zu schützen. Sie hat es weitergegeben, für den Fall, dass ihr etwas passieren würde. Und jetzt muss der oder die, dem sie ihr Vertrauen geschenkt hat, dieses Heft den Behörden aushändigen, damit ich entlastet und endlich freigesprochen werde. Ich muss gestehen, ich habe oft gebetet, dass ihr etwas passiert. Darauf bin ich nicht stolz, aber so ist es. Auf alle Fälle ist sie seit nunmehr fünf Jahren tot, und ihr Testamentsvollstrecker hat ihren letzten Willen respektiert.«

»Und warum sollte sie es ausgerechnet mir gegeben haben?«

»Sie war alles andere als blöd. Gegen Anton Kieffer und Andrew liefen Ermittlungen, sie hätten es also auf der Stelle verbrannt, um nicht das Risiko einzugehen, dass diese Enthüllungen dem FBI in die Hände fallen. Verbrechen, für die die Bundesbehörde, das heißt das FBI, zuständig sind, verjähren nicht. Brian war immer ein Vagabund, der kaum in der Lage war, sich um sich selbst zu kümmern. Glaub mir, Lucy, ich hatte Zeit nachzudenken, viel Zeit. Es gab nur sechs Personen, denen sie es hätte geben können, und da meine Schwester eng mit dir befreundet war, bist du die ideale Kandidatin.«

»Aber ich schwöre dir, dass ich es nicht habe. Nach deiner Verhaftung habe ich deine Schwester nie wiedergesehen und auch die anderen Freunde nicht, Brian ausgenommen. Er wohnt hier in der Gegend, und eines Tages haben wir uns zufällig auf dem Markt getroffen. Von Zeit zu Zeit bringe ich ihm Eier und Gemüse, er muss wirklich mit dem strikten Minimum auskommen.«

Als John mit zwei Tellern eintrat, verstummten die beiden abrupt.

»Alles in Ordnung?«, fragte er.

»Aber ja«, antwortete Agatha. »Ihre Frau hat mir eben erzählt, wie Sie Ihr kleines Hotel aufgebaut haben, und gerade bevor Sie hereinkamen, habe ich gesagt, dass ich ausgezeichnet geschlafen habe.«

»›Hotel‹ ist ein großes Wort, es sind ja eher Gästezimmer mit Frühstück. So, und jetzt probieren Sie mal die Eier, die haben die Hühner gestern gelegt.«

»Ihr Kaffee ist köstlich, könnte ich noch ein bisschen haben?«

»Gerne, wenn er Ihnen schmeckt«, sagte John und verließ das Esszimmer.

»Vergiss die Sache mit dem Heft«, sagte Lucy leise, nachdem sie sich überzeugt hatte, dass ihr Mann in der Küche beschäftigt war. »Wenn ich es hätte, würde ich es dir geben, verdammt! Du konntest dich immer auf mich verlassen, wie kannst du mir jetzt so etwas zutrauen? Und außerdem, was würde das ändern, jetzt, wo du frei bist?«

»›Frei‹ ist auch ein großes Wort, ich bin geflohen.«

»Oh, verdammt!«, flüsterte Lucy. »Aber wer ist dann die junge Frau, die dich begleitet?«

»Eine Unbekannte, die ich als Geisel genommen habe. Was hätte ich machen sollen, ich konnte kein Auto mieten.«

»Bist du verrückt?«, stammelte Lucy, der die Angst ins Gesicht geschrieben stand.

»Ganz und gar nicht. Gilt dein Angebot, mich für ein paar Tage zu beherbergen, noch immer?«

Lucy starrte Agatha mit offenem Mund an, bis diese schließlich in Gelächter ausbrach.

»Du solltest dein Gesicht sehen«, meinte sie und ergriff Lucys Hand. »Nein, sie hat mich als Tramperin mitgenommen, und wir fahren ein Stück zusammen.«

»Was ist denn da so lustig?«, fragte Milly, die in diesem Moment eintrat.

Hinter ihr erschien John.

»Freut mich, dass Sie sich so gut verstehen. Lucy beklagt sich dauernd, dass es ihr in diesem verlorenen Kaff an

Gesellschaft fehlt. Was hätten Sie gerne zum Frühstück?«, fragte er Milly und bedeutete ihr, Platz zu nehmen.

»Mir reicht ein Kaffee.« Dann wandte sie sich an Agatha: »Wenn Sie Ihr Wiedersehen genossen haben, würde ich gerne nicht zu spät fahren, außer Sie wollen lieber hier bei Ihrer Freundin bleiben. Wir haben heute eine lange Strecke vor uns.«

»Kennt ihr euch denn?«, fragte John verwundert.

»Ganz und gar nicht«, erwiderte Agatha. »Ich denke, Milly spielt auf unser Alter an. Wir haben gerade über die Jugendsünden gelacht.«

»Welche Sünden?«, wollte John neugierig wissen.

»Mädchengeschichten, die Jungs nichts angehen. Milly hat recht, es ist Zeit, aufzubrechen, ich hole unsere Tasche.«

»Darum kümmere ich mich«, sagte John. »Lucy macht Ihnen die Rechnung fertig. Die Buchhaltung ist ihr Bereich.«

Lucy erhob sich und ging zum Flur, gefolgt von Agatha. Milly, die die beiden nicht aus den Augen gelassen hatte, blieb allein am Tisch zurück und trank ihren Kaffee.

»Was bin ich dir für die Nacht schuldig?«, fragte Agatha.

»Nichts«, erwiderte Lucy.

Agatha zog einen Hundertdollarschein aus der Tasche und steckte ihn ihrer Freundin zu. »Das dürfte für Essen und Schlafen reichen … Keine Widerrede. Du brauchst es dringender als ich.« Sie hielt Lucys Hand in der ihren und sah sie an. »Denkst du manchmal abends beim Einschlafen noch daran?«

»Jede Nacht«, versicherte Lucy.

»Und bedauerst du etwas?«

»Ja, dass wir gescheitert sind.«

Agatha lächelte traurig. »Nein«, murmelte sie, »du bist nicht gescheitert. Du lebst mit jemandem, der dich liebt.«

»Wenn du wüsstest, wie gerne ich mit dir kommen würde, in dieses Auto steigen und wieder losfahren.«

Agatha seufzte. »Und wohin?«

Milly stellte ihre Tasse ab und verließ das Esszimmer. Am Fuß der Treppe traf sie John, der sich anschickte, das Gepäck in den Kofferraum des Oldsmobile zu tragen.

Auf dem Parkplatz verabschiedeten sie sich, John und Lucy warteten, bis der Wagen außer Sichtweite war.

»Ihr scheint euch ja gut verstanden zu haben«, bemerkte er.

»Wir haben kurz gedacht, wir hätten uns damals an der Uni gekannt, aber das ist nicht der Fall«, erklärte Lucy.

»Schade, das wäre sicher schön gewesen.«

»Ja, wahrscheinlich«, meinte Lucy lakonisch.

Es gab so gut wie kein Auto auf der Straße. Sie hatten den Mont Mill und den größten Stern der Welt hinter sich gelassen, der im blassen Morgenlicht recht fahl wirkte.

»Warum haben Sie John belogen?«, fragte Milly plötzlich. »Warum wollen Sie endlose Kilometer zurücklegen, um Freunde zu treffen, mit denen Sie dann nur ein paar Worte wechseln?«

»Ich habe nichts gesagt, weil sie mich nicht erkannt hat.«

»Sie scheinen sich aber bestens amüsiert zu haben.«

»Sie hat Scherze gemacht, und ich habe aus Höflichkeit so getan, als ob.«

»Als ob was?«

»Als ob mich das nicht schmerzen würde.«

»Warum haben Sie nichts gesagt?«

»Wozu? Man lebt mit jemandem, man engagiert sich für eine gemeinsame Zukunft, man schläft im selben Bett, man teilt die intimsten Dinge, und wenn man einmal getrennt ist und sich dann zufällig auf der Straße trifft, tauscht man, peinlich berührt, ein paar Banalitäten aus. Was für eine Heuchelei! Da ist es doch besser, die Straßenseite zu wechseln, findest du nicht?«

»Hatten Sie ein Verhältnis mit ihr?«

»Natürlich nicht, du Dummkopf, aber Freundschaft ist dasselbe, nur ohne Sex.«

»Aber ich glaube, Sie haben nicht Ihre Freundin gemeint, stimmt's? Gehört auch dieser Mann, der Ihnen so wichtig war, zu denen, die wir aufsuchen wollen?«

»Vielleicht.«

»Ich bin sicher, dass er Sie erkennen wird. Und außerdem bin ich nicht Ihrer Meinung, Freundschaft und Liebe sind nicht dasselbe. Warum haben Sie ihn nie wiedergesehen?«, fragte Milly schließlich.

»Weil meine Insel weit entfernt, zu wild, brutal und gefährlich war, nicht der richtige Ort, um sich zu lieben und eine Familie zu gründen.«

»Das beantwortet nicht meine Frage, warum Sie sich getrennt haben.«

»Was geht dich das an?«

»Ich möchte es verstehen.«

»Weil er mich betrogen hat.«

»Und das haben Sie ihm nie verziehen?«

»Ich war nicht in der Lage dazu.«

»Ich dachte, zu Ihrer Zeit wäre es modern gewesen, dass jeder mit jedem schläft.«

»Er war nicht jeder, und ich habe keine Lust, darüber zu reden.«

»Sie sind nach dreißig Jahren noch immer in ihn verliebt und haben ihm dennoch nicht verziehen?«

»Na und? Nach meinem Empfinden ist das kein Widerspruch.«

»Doch, es passt überhaupt nicht zusammen und ist außerdem völlig unsinnig.«

»Für mich nicht.«

»Und was hatte er, seine Eleganz ausgenommen, so Besonderes?«

»Ich hatte nicht die geringste Ahnung, wie die Jungen und Mädchen meines Alters lebten, was sie liebten oder verabscheuten, davon, wie sie einen Teil ihrer Identität verleugneten, um einer Gruppe anzugehören. Ich war kein Rebell, ich litt nur unter Einsamkeit. Ich wollte nicht unbedingt anders sein, denn ich wusste ja gar nicht, was die Normalität dieser jungen Leute war, die so entschlossen, ruhig und selbstsicher wirkten und die eine gutbürgerliche Erziehung genossen hatten. Vielleicht war ich ihnen ja sogar manchmal ähnlich, vielleicht fühlten sie sich bisweilen ebenso unwohl in ihrer Haut wie ich, aber woher sollte ich das im Land des Unausgesprochenen wissen? Wenn ich mit ihm zusammen war, war ich nicht mehr unsichtbar, ich existierte. Wir waren kein Paar, ein Mal, nur ein einziges Mal haben wir uns geküsst – aber was für ein unvergesslicher Kuss! Weißt du, manchmal reicht ein Funke aus, um ein Leben zu entflammen. Das ist so, und eine andere Erklärung gibt es nicht. Ich wusste, dass er der Richtige war, er und sonst niemand. An dem Tag, an dem er mich in die Arme genommen hat, schlug die Tür meiner Kindheit hinter mir zu, und ich war eine Frau.«

»Warum haben Sie sich nur ein Mal geküsst?«

»Scham? Angst? Wir trafen uns von Zeit zu Zeit bei Studentenversammlungen, das war der Hauptgrund, warum ich überhaupt hingegangen bin. Wir sahen uns ständig an, blieben aber auf Distanz, das heißt vor allem er. Vielleicht war ich ihm zu jung, und er hatte Angst, mit einem Mädchen zu schlafen, das noch keine zwanzig war. Dafür konnte man damals ins Gefängnis kommen. Oder er wollte uns Zeit lassen, damit wir uns erst richtig kennenlernen, weil er mich respektierte. Ich nehme an, all diese Gründe haben eine Rolle gespielt, und mir war das egal, ich war bereit, so lange zu warten wie nötig. Dann hat meine Schwester mitbekommen, dass sich da etwas anbahnte. Sie war älter als ich und das genaue Gegenteil – ich war zurückhaltend und unscheinbar, sie überschwänglich, entschlossen, kämpferisch, unglaublich provokant, eine wahre Rebellin. Im Übrigen hat sie innerhalb der Gruppe schnell eine Führungsrolle übernommen, sie beherrschte die Diskussionen, entschied über Aktionen. Ihre Überzeugungskraft faszinierte mich, und ich bewunderte sie. Sie war zwei Jahre älter als ich und hübscher, und sie hat es darauf angelegt, ihn zu verführen. In diesem Alter sind zwei Jahre viel. Kurz, eines Abends hat sie ihr Ziel erreicht. Ich glaube, ich war wirklich dumm und habe mich total geirrt. Wenn das Leben sich so viel Mühe gemacht hat, uns zu trennen, dann gehörten wir auch nicht zusammen.«

»Und hat die Beziehung zwischen den beiden lange gehalten?«

»Eine einzige Nacht! Sie hat ihn sich nur ins Bett geholt, um mich zu ärgern, aus Eifersucht und auch, um ihren Einfluss auf mich zu festigen.«

»Was für ein Miststück!«

»Du sagst es.«

»Wie sah er aus?«

»Fahr jetzt links«, rief Agatha.

»Auf der Autobahn kämen wir viel schneller voran, doch dann müssten wir jetzt rechts abbiegen.«

»Aber wir würden zwischen Lastern fahren, und du würdest dich am Steuer langweilen. Und wenn du uns etwas Luft machen würdest? Es ist ziemlich warm.«

An der nächsten Kreuzung öffnete Milly das Dach.

»Mit Ihnen braucht man kein Navi«, bemerkte sie, als sie wieder anfuhr. »Sie scheinen den Weg im Schlaf zu kennen.«

»Das ist nicht schwer, ich hatte mehr als genug Zeit, ihn mir einzuprägen.«

»Ich würde gerne in der nächsten Stadt anhalten. Ich muss Frank anrufen.«

»Hast du das nicht gestern Abend getan? Ich hatte den Eindruck, dich in deinem Zimmer telefonieren zu hören.«

»Das war Jo.«

»Was wollte er?«

»Nichts, nur hören, wie es mir geht«, antwortete Milly. »Und haben Sie Ihrer Schwester verziehen?«

»Alles andere wäre einem Eingeständnis gleichgekommen, wie viel mir der Mann bedeutete, den sie mir ausgespannt hat. So zu tun, als wäre nichts gewesen, war die schlimmste Rache, denn so konnte ich ihr ihren Sieg nehmen. Außerdem waren wir zusammen unterwegs, und ich hatte es ihr zu verdanken, dass ich mich von unserer Mutter emanzipiert hatte und nun frei war. An dem Tag, als sie mir sagte, sie würde von zu Hause weggehen, habe ich sie angefleht, mich mitzunehmen. Unsere Mutter hat getobt, uns unsere Sachen ins Gesicht geworfen und sich mit ausgebreiteten Armen vor die Tür gestellt, um uns den Weg zu versperren. Meine große Schwester hat mich bei der Hand genommen, unsere Mutter beiseitegeschoben und mich mitgezogen. Ich muss gestehen, ich habe wunderbare Jahre mit ihr erlebt. Durch sie habe ich Dinge entdeckt, von denen ich nie gehört hätte, wenn sie mich zurückgelassen hätte. Unser Vagabundenleben hat uns zusammengeschweißt, jetzt waren wir wirklich wie zwei Schwestern. Sie war eine ganz unglaubliche Nummer, ich habe nie ganz verstanden, was ihr durch den Kopf ging. Kann man wirklich so idealistisch sein? Sie träumte von Brüderlichkeit, kämpfte gegen Armut, Rassismus und für die Rechte der Frauen, und das zu einer Zeit, zu der ein solches Engagement oft gefährlich war.« Agatha lachte leise.

»Was ist denn so lustig?«, fragte Milly.

»Nichts, ich musste nur gerade an eine unserer Dummheiten denken. Im College hat ein Lehrer während des Unterrichts eine rassistische Bemerkung gemacht, ich weiß nicht mehr, was, irgendeinen schlechten und feigen Scherz. Wir lebten in einem Dorf im Süden, und es gab kein einziges schwarzes Kind an unserer Schule, also ging der Lehrer auch kein großes Risiko ein. Meine Schwester war zwar stinkfaul, aber sie war begabt und somit immer unter den Ersten. Am nächsten Tag ist sie mit einer Afro-Perücke und einem T-Shirt, auf das sie Martin Luther Kings Porträt gemalt hatte, zum Unterricht erschienen. Stell dir mal das Gesicht des Lehrers vor, als er in die Klasse kam. Aber damit nicht genug, sie hat auch noch ›Summertime‹ geträllert. Meine Schwester war ein Luder, aber ein geniales Luder, wie also hätte ich ihr nicht verzeihen sollen?«

»Hatten Sie keinen Vater?«

»Oh doch! Er war ein außergewöhnlicher Mensch, ein verträumter Schreiner, den der Krieg schwer mitgenommen hatte, doch hinter den Narben verbarg sich ein strahlendes Wesen. Er war liebenswürdig und wohlwollend, immer für andere da und hilfsbereit. Er beklagte sich nie und war ein genialer Handwerker. All unser Spielzeug hat er selbst gemacht. Er hat Stunden in seiner Werkstatt verbracht, um uns ein riesiges Puppenhaus zu bauen. Zu jedem Geburtstag und jedem Weihnachtsfest bekamen wir neue Möbelstücke, die naturgetreu und mit unglaublichen Details versehen waren. Seine Frau und seine Kinder waren sein Ein und Alles, auch wenn ich oft vermutet habe, dass er meine Schwester vorzog, weil sie die Erstgeborene war. Nach seinem Tod hat sich unser Leben verändert. Mummy war untröstlich, denn sie haben sich wirklich sehr geliebt. So sehr, dass meine Schwester und ich uns oft über ihr Geturtel lustig gemacht haben. Wir Kinder waren der einzige Anlass zum Streit zwischen den beiden, Dad ergriff stets für uns Partei, und das machte Mummy ganz verrückt. Wäre er nicht so früh von uns gegangen, hätten meine Schwester und ich ein anderes Schicksal erfahren.«

»Für mich war mein Vater der Mann meines Lebens«, warf Milly ein, »das ist völlig absurd, weil ich ihn gar nicht gekannt habe. Ich weiß nicht einmal, wer er ist, das hat meine Mutter mir nie sagen wollen.«

»Warum?«, fragte Agatha.

»Wenn ich das wüsste! Wie oft habe ich in schlaflosen Nächten nach ihm gerufen, und wie viele Monologe waren ihm gewidmet. Ich vermutete ihn überall, in den Lehrern, in den Vätern meiner Freundinnen, und einmal habe ich mir eingebildet, es wäre der Hauptmann der Feuerwehr, die wir mit unserer Schulklasse besucht hatten. Im nächsten Jahr dachte ich, es wäre der Kinobetreiber, weil er meine Mutter gerne mochte und sie nie für mich bezahlen musste. In der Folge kam dann noch der Lebensmittelhändler dran, weil er unsere Schulden nicht eintrieb, wenn Mummy keine Arbeit hatte. Und schließlich habe ich mir gesagt, dass er vermutlich gestorben war, wenn sie sich so strikt weigerte, über ihn zu sprechen. Also habe ich ihn in den Wolken, in den Baumwipfeln und Pfützen gesehen. Ich war regelrecht besessen von dem Thema. Ich war Einzelkind, und mein Vertrauter war ein Schatten. Das hatte den Vorteil, dass er mir nie widersprach. Aber irgendwann reichte es mir. Und ich beschloss, das Leben für das zu lieben, was es mir bot, statt es für das zu hassen, was es mir nicht geben wollte. Was bleibt, ist die Leerstelle, die sich nicht füllen wird, und die Frage: Hätte er mich geliebt?«

»Wie dumm du bist, natürlich hätte er dich geliebt!«

»Warum ist er dann vor meiner Geburt verschwunden?«

»Hat dir deine Mutter das erzählt?«

»Ja, sie hat gesagt, er wollte weder sie noch mich.«

Plötzlich kündigte ein pfeifendes Geräusch eine Reifenpanne an. Der Wagen geriet leicht ins Schleudern, doch Milly hatte ihn fest im Griff, bis sie ihn zum Stehen gebracht hatte.

Agatha verdrehte die Augen und biss sich auf die Unterlippe.

»Die Felge ist nicht beschädigt, und ich glaube, den Reifen kann man reparieren«, erklärte Milly, die neben dem Oldsmobile kniete und das Ausmaß des Schadens in Augenschein nahm. »Ich habe einen Reservereifen im Kofferraum, den ziehe ich auf, und an der nächsten Tankstelle halten wir an.«

Doch die Operation erwies sich als schwierig. Auch wenn Milly sich mit ihrem ganzen Gewicht auf den Schlüssel stemmte, bewegten sich die Schrauben keinen Millimeter. Sie lief mit ihrem Handy hin und her, um einen Abschleppwagen zu rufen, doch sie hatte kein Netz.

Und so mussten sie eine Stunde mitten im Nirgendwo warten, bis schließlich ein Lieferwagen am Horizont auftauchte. Milly sprang auf und stellte sich auf die Straße, um den Fahrer zum Anhalten zu zwingen.

Die beiden Männer, die ausstiegen, schienen aus einem Nachbarort zu kommen. Sie trugen karierte Hemden, geflickte Jeans, Cowboyhüte, und ihre Gesichter zeugten von den Alkoholmengen, die sie am Vorabend zu sich genommen hatten.

Milly fragte sie, ob sie die verdammte Schraube aufbekämen, sie hätte leider nicht genügend Kraft. Aber für zwei Typen ihres Schlages wäre das sicher kein Problem.

Einer der beiden trat näher, strich über die Tür des Oldsmobile und pfiff vulgär durch die Zähne. Der andere legte die Hand auf Millys Schulter und zeigte ein zahnloses Lächeln.

Er spuckte seinen Kaugummi aus und kam noch näher.

»Natürlich können wir Ihnen helfen, aber was wäre denn die Belohnung?«, meinte er und zog sie an sich.

Plötzlich spürte er den kalten Lauf von Agathas Waffe im Nacken.

»Das überlege ich mir noch«, meinte sie spöttisch. »Aber jetzt wechselt erst mal den Reifen, wir haben euch höflich darum gebeten. Dann sehe ich mal, ob ich dich mit deinen beiden Eiern abziehen lasse. Und sag deinem minderbemittelten Freund, er soll sich an die Arbeit machen, wenn er heute noch nach Hause will.«

Sollte er den geringsten Zweifel an der Entschlossenheit der Frau haben, die ihn in Schach hielt, so verflog der beim Anblick des verängstigten Gesichtsausdrucks seines Kumpels.

»War ja nur ein Scherz, M'am, regen Sie sich doch nicht gleich so auf«, stammelte er.

»Das ist ja wirklich sehr lustig«, meinte Agatha und ohrfeigte ihn mit ihrem Revolver, »sieh nur, wie viel Spaß wir miteinander haben!«

Der Mann strauchelte und führte die Hand an seine blutende Wange.

»Aber Sie sind ja völlig verrückt!«

»Los, beeil dich, bevor ich dir beweise, wie verrückt ich bin!«, sagte sie und versetzte ihm eine zweite Ohrfeige.

Der Schmerz in seinem Kiefer brach den letzten Widerstand, und sein Freund bat ihn zu helfen, damit sie endlich verschwinden könnten.

Als die Arbeit getan war, befahl Agatha Milly, sich ans Steuer zu setzen, und den beiden Männern, hundert Schritte zurückzutreten.

Dann stiegen sie in den Oldsmobile und fuhren mit quietschenden Reifen davon.

Milly umklammerte das Lenkrad so fest, dass ihre Knöchel weiß hervortraten, und man sah ihr an, wie wütend sie war.

»Denen habe ich ganz schön Angst eingejagt«, sagte Agatha schließlich.

»Nicht nur ihnen! Und was glauben Sie, wie lange es dauert, bis sie uns eingeholt haben und Autoskooter mit uns spielen?«

»Eine ganze Weile«, meinte Agatha schelmisch und warf den Schlüssel des Lieferwagens aus dem Fenster.

»Wer sind Sie, dass Sie so gewalttätig sein können?«, fragte Milly noch immer zornig.

»Jemand, der dir gerade eine schlimme Viertelstunde erspart hat.«

»Hätte es nicht gereicht, ihn in Schach zu halten, musste Sie ihn unbedingt auch noch zwei Mal schlagen?«

»Hätte er mir Gelegenheit zu einem dritten Schlag gegeben, hätte ich ihm den mit Freuden verpasst. Ich ertrage solche Brutalos nicht, die ihre Macht ausnutzen, nur weil sie über körperliche Stärke verfügen. Diese Idioten haben nur bekommen, was sie verdient haben. Dadurch zögern sie vielleicht beim nächsten Mal, bevor sie eine Frau belästigen. Denk an all die, die sie schon missbraucht haben.

Die habe ich gerächt. Trotzdem warten wir vielleicht, bis wir etwas weiter sind, um den Reifen reparieren zu lassen.«

Als die Straße auf einem langen Stück geradeaus führte, nutzte Milly die Gelegenheit, um sich an Agatha zu wenden. »Wo genau war Ihre Insel, und warum sind Sie so lange dortgeblieben?«

»Mir scheint, ich habe dir schon geantwortet.«

»Warum hat Jo dann einen Anruf von einem Marshal bekommen, der Sie sucht?«

»Dein Jo? Wann hat er den Anruf bekommen?«, fragte Agatha ungerührt.

»Gestern, aber was ändert das?«

»Einiges«, gab Agatha verunsichert zurück.

»Diesmal will ich die Wahrheit hören, sonst werfe ich Sie im nächsten Dorf raus, und Sie können Ihre Reise alleine fortsetzen, das schwöre ich Ihnen!«

Millys Ton ließ keinen Zweifel zu.

»Meine Insel hieß Bedford Hills, es ist keine Insel, sondern ein Hochsicherheitsgefängnis im Norden von New York. Das schlimmste überhaupt. Ich habe dort zwanzig Jahre abgesessen, bevor ich in eine andere Haftanstalt verlegt wurde, aus der ich vor einigen Tagen ausgebrochen bin.«

»Sie sind auf der Flucht? Sie haben mich also nicht nur belogen«, rief Milly und schlug wütend auf das Lenkrad, »sondern ich mache mich auch der Mithilfe schuldig. Wissen Sie, was ich damit für ein Risiko eingehe?«

»Gar keins, denn ich habe dich ja als Geisel genommen.«

»Eine ziemlich gefügige Geisel!«

»Das stimmt. Aber keine Sorge, sie schnappen uns nicht,

und falls doch, sage ich, du hättest mich als Anhalterin einsteigen lassen, ohne irgendetwas über mich zu wissen.« Agatha legte die Waffe ins Handschuhfach und wandte sich seufzend an Milly: »Es stimmt, ich habe nicht das Recht, dich zu gefährden, du hast schon viel für mich getan, also setz mich ab, wo du willst, ich komme schon klar.«

Milly war hin- und hergerissen zwischen Angst, Ungläubigkeit, Neugier und Erregung, die sie in einen solchen Aufruhr versetzten, dass sie gar nicht bemerkte, wie schnell sie fuhr.

»Du solltest lieber etwas vom Gas gehen«, sagte Agatha. »Ich darf dich daran erinnern, dass wir einen alten Reifen haben, der lange nicht benutzt wurde. Außerdem wäre es schade, wegen einer dummen Geschwindigkeitsübertretung von einem Sheriff angehalten zu werden.«

»Welches ist die nächste Etappe?«

»Nashville«, erwiderte Agatha. »Und wenn du weiter so rast, sind wir am frühen Nachmittag dort.«

Die nächsten fünfzig Meilen legten sie schweigend zurück. Auch als sie in einer Werkstatt den Reifen reparieren ließen, wechselten sie kein Wort miteinander. Und eine Stunde später waren sie noch immer stumm.

»Gut«, sagte Milly plötzlich, »ich fahre Sie nach Nashville, und dort trennen sich unsere Wege.«

»Wie du willst«, antwortete Agatha, den Blick in die Ferne gerichtet. »Aber zuerst wäre es gut, wenn du rechts fahren würdest, dort liegt nach fünfzehn Meilen ein Musiktempel, in dem es die größte Gitarre der Welt gibt, und es wäre schade …«

»Vorbeizufahren, ohne ihn zu besichtigen? Das ist doch wohl nicht Ihr Ernst?«

»Oh doch!«

»In einem Punkt hatten die beiden Typen vorhin recht, Sie sind total verrückt.«

»Ich war zweiundzwanzig, als man mich eingesperrt hat, jetzt bin ich dreißig Jahre älter. Dreißig Jahre, in denen mein Alltag durch Befehle geregelt war. Aufstehen, duschen, essen, in der Wäscherei arbeiten, Hofgang. Zehntausendneunhundertfünfzig Tage meines Lebens, die man mir gestohlen hat. Ich weiß nicht, wie lange ich auf freiem Fuß bleibe, aber ich versichere dir, dass ich in dieser Zeit alles tun will, was ich noch nicht getan habe, so dumm es auch sein mag. Und nachdem du in meinem Alter vor allem nicht so sein willst wie ich, warte nicht dreißig Jahre, um alles zu erleben. Denk zumindest darüber nach! Denn selbst wenn du seit vorhin sauer bist, musst du doch zugeben, dass wir beide uns blendend amüsieren. Erinner dich nur an die beiden Idioten, die noch immer ihren Autoschlüssel suchen.«

»Wir sind nicht Thelma und Louise.«

»Kenn ich nicht, sind das Freunde von dir?«

»Vergessen Sie's«, meinte Milly und bog seufzend nach rechts ab.

Auf dem Parkplatz angekommen musste Milly gestehen, dass sie so etwas noch nie gesehen hatte. Der linke Teil des Gebäudes war drei Stockwerke hoch, und das gewölbte Dach bildete den Resonanzkörper einer riesigen Gitarre. In der Mitte gab es eine große runde Öffnung, die an das

Schallloch erinnerte. Die andere Seite des Baus war niedriger und stellte den Hals dar. Schmale Fenster symbolisierten die Bundstäbe und längs gespannte Elektrokabel die Saiten.

»Du musst zugeben, das ist wirklich außergewöhnlich«, rief Agatha, als sie ausstieg.

Milly öffnete die Tür zu dieser seltsamen Halle und entdeckte ein völlig unerwartetes Dekor. Hinter zwei staubigen Vitrinen mit Gitarren lag im Halbdunkel der verlassene Saal einer Country-Bar. Vor der Bühne, auf der ein Barhocker und ein chromglänzendes Mikro standen, waren Tische und Stühle aufgebaut.

Agatha hob den Deckel einer Vitrine und nahm eine Gibson heraus.

»Sie wollen sie doch wohl nicht klauen?«, flüsterte Milly.

Statt einer Antwort ging Agatha zur Bühne. Unter Millys verdutztem Blick nahm sie auf dem Hocker Platz, strich über die Saiten, stellte die Wirbel ein und schlug die ersten Akkorde einer Melodie an.

Dann begann sie, mit rauer Stimme einen bekannten Folksong zu singen.

If you miss the train I'm on, you will know that I am gone.
You can hear the whistle blow a hundred miles,
A hundred miles, a hundred miles, a hundred miles,
a hundred miles
You can hear the whistle blow a hundred miles

Lord I'm one, Lord I'm two, Lord I'm three, Lord I'm four
Lord I'm 500 miles from my home

500 miles, 500 miles, 500 miles, 500 miles
Lord I'm five hundred miles from my home

Not a shirt on my back, not a penny to my name.
Lord I can't go a-home this a-way
This a-away, this a-way, this a-way, this a-way
Lord I can't go a-home this a-way.

If you miss the train I'm on, you will know that I am gone.
You can hear the whistle blow a hundred miles.

Ein Mann trat aus dem Schatten, näherte sich Milly von hinten und blieb neben ihr stehen, um Agatha zuzuhören.

Milly wollte etwas sagen, doch er legte die Finger auf die Lippen und bedeutete ihr zu schweigen. Auf der Bühne sah er nicht Agatha, sondern die Gestalt einer jungen Frau, die aus der Vergangenheit auftauchte.

Er wischte sich mit dem Handrücken über die Augen und applaudierte, als sie fertig war. Zuerst langsam, dann immer vehementer.

»Das ist wirklich eine gelungene Überraschung!«, rief er und lief auf sie zu. Er schloss sie in die Arme und wirbelte sie durch die Luft. Plötzlich hielt er inne, hob den Blick zum Zwischengeschoss und schrie: »José, schaltest du jetzt endlich das verdammte Licht ein, wo wir ausnahmsweise mal eine große Dame auf der Bühne haben? Wofür bezahle ich dich eigentlich!«

Man vernahm Flüche und das Geräusch von Schritten, die sich einen Weg durch das Durcheinander bahnten. Dann flammten Scheinwerfer auf.

»Ich wäre lieber im Halbdunkel geblieben«, flüsterte Agatha. »Und setz mich wieder ab, Raoul, du erdrückst mich.«

»Lass dich anschauen! Mein Gott, bist du schön!«, rief der Mann mit einem starken mexikanischen Akzent aus.

»Mein Gott, bist du blöd, Raoul, aber ich habe dich trotzdem unendlich gern.«

»Du hast mich gern, aber du wolltest mich nie. Dabei habe ich dir wirklich den Hof gemacht. Aber weißt du, es ist nicht zu spät. Ein Wort von dir reicht, und ich verlasse meine Schafe und folge dir bis nach Venezuela.«

»Was hat denn Venezuela damit zu tun?«, sagte sie und lachte. »Und was soll der mexikanische Akzent?«

Raoul flüsterte ihr in perfektem Amerikanisch zu: »Pst, José weiß nicht Bescheid, ich gebe mich seit dreißig Jahren als Venezolaner aus. Das war die ideale Tarnung, auch die Bullen in der Gegend sind davon überzeugt.«

Agatha biss sich auf die Unterlippe. »Verstanden. Und ich heiße jetzt Agatha.«

»*Mi beldad Agatha!*«, rief Raoul aus. »Hast du Hunger? Und wer ist die Kleine da?«

»Eine Freundin.«

»Eine Freundin!«, schrie Raoul. »Und hat die Freundin Hunger? Natürlich hat sie Hunger, sie ist ja ganz mager und blass. Oh, là là, höchste Zeit für Raouls Einsatz.«

»José!«, brüllte er mit durchdringender Stimme. »Mach sofort das verfluchte Licht aus, du siehst doch, dass die Dame nicht mehr singt! Warte kurz, José … Noch eine kleine Darbietung, Agatha? Das eben war wirklich super!«, fügte er hinzu und deutete auf das Mikro.

»Die Idee mit dem Essen gefällt mir ganz gut.«

»José, das Licht! Mein Gott, ist der schwer von Begriff!«

Raoul legte den Arm um Agathas Schultern, die neben diesem Koloss zerbrechlich wirkte.

»Hat sie Ihnen von mir erzählt?«, fragte er Milly und legte den anderen Arm um sie. »Hat sie Ihnen erklärt, dass ich, als ich jung war – obwohl ich jetzt natürlich auch nicht alt bin –, also, als ich jung war, ganz verrückt nach ihr war? Achtung«, sagte er und führte die beiden zur Tür, »ich bin immer noch verrückt nach ihr. Von einer solchen Frau ist man nie geheilt.«

Milly zog es vor, nicht zu antworten. Sie verschlang Raouls Worte, dessen Energie und Humor unglaublich waren.

Auf dem Parkplatz erstarrte er vor dem Oldsmobile. »Ist das deiner?«, fragte er.

»Nein, er gehört der Kleinen.«

»Ich bin einunddreißig Jahre alt, vielleicht könnten Sie mich bei meinem Vornamen nennen?«

»Sie hat recht!«, erklärte Raoul. »Wenn ich dich damals ›die Kleine‹ genannt hätte, hätte ich mir direkt eine gefangen. Wie ist Ihr Vorname? Agatha, nun stell sie mir doch mal vor.«

»Milly«, erklärte die, um die es ging.

»Raoul Alfonso de Ibanez«, säuselte der Riese und verbeugte sich, um ihre Hand zu küssen. »Kann ich ihn mal fahren?«

»Nein«, sagte Milly, »das ist ein sehr spezieller Wagen …«

»Milly, Autos wie das deine gibt es in Havanna dutzendweise, ich habe schon mit fünfzehn am Steuer gesessen. Etwas anderes findet man dort unten gar nicht.«

»Du bist doch Venezolaner, oder?«, korrigierte Agatha.

»Kuba, Venezuela … damals war das alles gleich.«

Agatha gab ihm nicht die geringste Chance, doch Milly reichte ihm den Schlüssel und nahm auf der Rückbank Platz.

»Also auf zu einer kleinen Spritztour … Kann man das Radio anmachen?«

Noch ehe Milly antworten konnte, schaltete er es ein.

»Was ist denn das?«, fragte er verblüfft, als er ein Adagio hörte.

»Brahms«, erklärte Milly.

Raoul stöhnte auf. »Bist du gekommen, um mir zu sagen, dass jemand gestorben ist? Wer denn?«

Agatha antwortete mit einem verschwörerischen Lächeln.

»Ach, ich hatte schon Angst.«

Dann wechselte er den Sender, bis Miles Davis' Trompete zum Aufbruch blies.

Tom war schon lange davon überzeugt, dass man mehr erfuhr, wenn man jemanden dazu anregte zu erzählen, als wenn man ihm zum Sprechen zwang. Also zog er es vor, Brian zu Hause aufzusuchen, statt ihn an seinem Arbeitsplatz zu befragen.

Nachdem er sich nach allen Seiten umgewandt hatte, stellte er fest, dass an der angegebenen Adresse am Ende eines Weges auf einer Anhöhe lediglich ein ausrangierter Schulbus zu sehen war, der auf Steinen aufgebockt war.

Wäre nicht ein dünner Rauchfaden aus dem Rohr im Dach gedrungen, hätte er nie vermutet, dass dort jemand wohnte. Er näherte sich lautlos.

Man betrat dieses seltsame Nest durch eine Art Falttür. An der Stelle des Fahrersitzes befand sich eine Tonne, in der das Regenwasser aufgefangen wurde. Es wurde über eine Rinne zugeleitet, die durch ein Loch in der Scheibe in den Behälter mündete. Hinter dieser improvisierten Zisterne stand ein am Boden verschraubter Ofen, der zum Heizen und Kochen diente. Die Sitze waren an den Wänden entlang aufgereiht. Das restliche Mobiliar stammte vom Sperrmüll und bestand aus einem Feldbett, das am Ende des Busses aufgestellt war, einem Resopaltisch, einem Ledersessel, einem Metall- und einem Speiseschrank sowie aus Stapeln von Büchern.

Brian, der in seine Lektüre vertieft war, hob den Kopf und sah den Mann an, der bei ihm eindrang.

Statt sich vorzustellen, öffnete Tom nur seine Jacke, sodass seine Dienstmarke am Gürtel zu sehen war. Er bat sein Gegenüber, ihm einige Fragen zu beantworten.

Man hätte Brian nicht gerade als mutig bezeichnen können, aber er hatte Prinzipien. Mit seinem geringen Verdienst als Touristenführer wäre er ohne Lucys Hilfe nicht über die Runden gekommen. Ihrer Großzügigkeit hatte er es zu verdanken, dass er nie hatte betteln müssen, um sich ausreichend zu ernähren oder im Winter zu kleiden. Lucy war immer für ihn da gewesen, und er wollte ihr keine Scherereien machen. Er erwähnte ihren Namen nicht und schwor bei allen Heiligen, keinen Kontakt mehr zu den ehemaligen Genossen zu haben, man brauchte sich ja nur umzusehen, um zu bemerken, in welcher Einsamkeit er lebte. Nachdem Tom die Strafen aufgezählt hatte, die auf Beihilfe zur Flucht standen, gab er zu, dass Agatha ihm einen Besuch abgestattet hatte. Aber er stritt ab, auch nur die geringste Ahnung zu haben, wohin sie fahren wollte. Ihr Gespräch hatte nur wenige Minuten gedauert. Sie war auf der Suche nach einem Heft, von dessen Existenz oder Inhalt er nichts wusste. Etwas anderes hatte sie ihm nicht sagen wollen und war dann ebenso plötzlich verschwunden, wie sie aufgetaucht war.

Tom betrachtete den Mann, der ihm einen gewissen Respekt einflößte – vielleicht weil der Lebensstil nicht so weit von seinem eigenen entfernt war.

»Ich kann Ihnen nicht viel anbieten«, sagte Brian. »Auf dem Ofen brutzelt ein Hasenragout. Ich fange sie mit einer Drahtschlinge, das ist zwar nicht ganz legal, aber die Bullen in der Gegend haben anderes zu tun, als sich um Wilderer zu kümmern. Wenn Sie Hunger haben – es reicht auch für zwei.«

In der Welt, in der er lebte, kam es einer Beleidigung gleich, eine Einladung zum Essen abzulehnen. Also nahm Tom auf einer der Sitzbänke Platz und griff nach dem Blechteller, den Brian ihm reichte.

In der folgenden halben Stunde bewahrheitete sich seine Theorie, denn Brian erzählte etwas mehr über das Heft, das Agatha suchte.

Als sie fertig waren, bedankte sich Tom, ging zu seinem Wagen und fuhr Richtung Nashville.

Im ersten Ort hielt er an, trank einen Kaffee und rief den Richter.

»Ich hoffe, du hast gute Nachrichten für mich«, sagte Clayton.

»Ich habe mich nicht getäuscht, sie hat Kontakt mit einem der alten Freunde aufgenommen. Ich bin auf dem Weg zum nächsten auf der Liste und komme gut voran, das ist schon mal was.«

»Ich hingegen habe keine besonders guten Neuigkeiten zu vermelden«, antwortete Clayton. »Der Leiter der Haftanstalt verliert die Geduld. Er will das Geheimnis nicht länger wahren.«

»Warum hat er seine Meinung geändert?«

»Aus demselben Grund, der ihn zuvor zum Schweigen bewogen hat – er fürchtet um seine Karriere. Ich hatte ihm versprochen, dass wir ihm die Gefangene in einem bestimmten Zeitraum zurückbringen würden. Leider hat er alles seiner Frau erzählt, die ihn dazu überredet hat, kein Risiko einzugehen. Ich habe ihn beruhigen können, aber ich fürchte, dass die gute Frau heute Abend nachlegt und seinen letzten Widerstand bricht. Im besten Fall gebe ich uns noch maximal zwei Tage.«

»Wenn ich mich beeile, müsste ich Nashville erreichen, bevor sie wieder abfährt.«

»Dann los, mein Junge, die Tage, bis das FBI sich einmischt, sind gezählt.«

»Ich werde ihnen immer einen Zug voraus sein.«

»Lass dich bloß nicht auf dieses Spiel ein! Wenn du nicht mit ihnen zusammenarbeitest, bekommst du ernsthafte Schwierigkeiten, und ich könnte dich nicht mehr decken, das wäre zu gefährlich.«

»Sie ist auf der Suche nach einem besonderen Heft.«

Im Hörer waren nur noch die Atemzüge des Richters zu vernehmen.

»Hast du gelesen, was sie unter ihrer Matratze hinterlassen hat?«

Clayton antwortete nicht.

»Das Heft würde belegen, was sie in ihrem Tagebuch geschrieben hat. Ich denke, wenn es wirklich existiert, wäre es besser, dass ich es finde.«

»Willst du mich unter Druck setzen?«

»Wenn das meine Absicht wäre, Euer Ehren, würden Sie sich nicht die Frage stellen. Sieh zu, dass du diesen Idioten beruhigst, und wenn er nicht durchhält, setz deine ganze Autorität ein, um die Meute im Zaum zu halten. Ich muss aufhören, habe noch einen langen Weg vor mir.«

Tom verließ das Café und trat in den feinen Regen, der mit der einbrechenden Dunkelheit fiel. Er setzte sich ans Steuer, rieb sich das Gesicht, um die Müdigkeit zu vertreiben, und fuhr los.

Agatha hatte Milly versprochen, ihr Kleidung zum Wechseln zu schenken, doch sie behielt sich auch das Recht vor, diese selbst auszuwählen.

»Es ist höchste Zeit, dass du deinen Look änderst«, erklärte sie und sah Raoul um Zustimmung heischend an.

»Mein Look gefällt mir aber sehr gut«, widersprach Milly und rief ebenfalls Raoul zu Hilfe.

»Wenn Agatha bezahlt«, erklärte dieser, als sie die Vintage-Boutique betraten, »lass uns sehen, was sie vorschlägt. Dann können wir entscheiden.«

Er ließ den beiden Frauen den Vortritt, blinzelte der Verkäuferin zu und verdrehte dann die Augen.

Agatha schlenderte durch die Auslagen, wählte drei Röcke, mehrere Strumpfhosen in verschiedenen Farben, Bodys, zwei Blusen, drei Schlaghosen – die Raoul ihr sofort wieder aus der Hand nahm – und zwei leichte Pullover mit V-Ausschnitt, legte dann Milly den ganzen Packen in die Arme und zog sie zur Umkleidekabine.

»Kommt gar nicht infrage, dass ich so was anziehe!«, beschied diese, änderte dann aber angesichts von Raouls bittendem Blick ihre Meinung. Mit griesgrämiger Miene nahm sie die Kleidungsstücke und zog den Vorhang hinter sich zu.

Dann hörte man diverse Ausrufe wie: »Super, ich sehe aus wie eine Nutte!«, »Und jetzt wie ein Luxusweibchen!«, »Das ist ja wirklich nicht zu fassen!« – Dazu flogen Röcke, Strumpfhosen und Bodys über den Vorhang. Agatha sammelte sie auf und zeigte sie Raoul, dessen zweifelnde Miene Milly jedes Mal recht zu geben schien.

Sie probierte fast die gesamte Kollektion an. Nach einer Stunde – Raoul war schon am Ende seiner Kräfte – wurde es plötzlich still in der Kabine. Milly, die eine beigefarbene Hose, ein geringeltes T-Shirt und darüber eine Bluse trug, betrachtete ihr Spiegelbild angenehm überrascht.

Agatha fügte die gleichen Modelle – ein blaues für die Hose, ein rotes und weißes für die T-Shirts – hinzu, nahm ungefragt noch zwei Pullover mit V-Ausschnitt und ging zur Kasse. Sie sah Millys Blick, der auf einem Paar Lederstiefeln ruhte.

»Probier sie an!«, sagte sie.

»Nein, die sind bestimmt unheimlich teuer, ich brauche sie nicht.«

Auf ein Zeichen von Agatha eilte die Verkäuferin herbei.

Vor dem Spiegel bewunderte Milly, die jetzt zwei Zoll größer war, ihre Silhouette.

»Die kommen dazu«, beschloss Agatha.

»Nein, das kann ich nicht annehmen.«

»Was du nicht kannst, ist, ein solches Paar stehen lassen. Man lebt nur einmal, also keine Widerrede!«

Raouls erschöpfte Miene setzte der Diskussion ein Ende.

Als Milly strahlend das Geschäft verließ, dachte sie daran, was Frank wohl für ein Gesicht machte, wenn er sie so sehen würde. Sie wollte sich fotografieren lassen und reichte Agatha ihr Handy.

Agatha betrachtete es verständnislos. Raoul ergriff es, und Milly nahm eine provokante Pose ein.

»Und jetzt schickst du das Bild mit diesem kleinen Ding weg?«, fragte Agatha ungläubig.

Milly war weggefahren, um angeblich Familienangelegenheiten zu regeln, nicht um sich zu amüsieren. Die Aufnahme, die sie jetzt betrachtete, bewies das Gegenteil. Sie zögerte kurz, besann sich dann anders, steckte das Handy wieder ein, umarmte Agatha und küsste sie auf die Wange und sagte: »Ich weiß nicht, wie ich Ihnen danken soll.«

»Ich wollte mich damit bei dir für alles bedanken, was du für mich tust. Morgen früh trennen sich unsere Wege, aber jedes Mal, wenn du diese Stiefel anziehst, wirst du an unsere kleine Tour denken und nicht nur schlechte Erinnerungen haben.«

Ehe Milly antworten konnte, deutete Agatha auf ein

Wäschegeschäft, doch Raoul weigerte sich kategorisch, es zu betreten. Er wollte draußen warten.

Als die Einkäufe getätigt waren, räumte er die Tüten in den Kofferraum und setzte sich ans Steuer.

»Ich weiß nicht, wie es euch geht, aber ich sterbe vor Hunger«, sagte er. »Heute Abend essen wir bei Musik und nicht bei irgendwelcher, denn ich führe euch in ein Lokal, das nicht für Touristen ist.«

Milly hatte Countrymusik erwartet, doch in dem Restaurant wurden Charlie Parker und Miles Davis gespielt.

In dem Raum saßen die unterschiedlichsten Gäste, die von koketten Kellnerinnen bedient wurden. Neben der Stammklientel gab es entgegen Raouls Ankündigung auch Touristen. Doch er ignorierte sie, als würde er sie verabscheuen, und deutete auf einen Tisch in der Nähe des ihren, an dem ein Paar in Gesellschaft eines Mannes aß, der eher bedürftig wirkte.

»Siehst du die beiden?«, fragte er Milly. »Sie kommen oft her, und einmal pro Woche laden sie einen Obdachlosen ein. Solche Sachen sieht man nur hier. Was für den Mann zählt, ist nicht so sehr das Essen, sondern vor allem die Zeit und die Aufmerksamkeit, die man ihm widmet. Wenn man bettelt, wird man sozusagen transparent, es ist, als würde man von Tag zu Tag schrumpfen. Die Leute, die an dir vorbeigehen, ignorieren dich, so als wäre Armut ansteckend, und die großzügigsten bedenken dich mit einem mitleidigen Blick, der dir das Einzige nimmt, was du noch besitzt. Die Selbstachtung, an die du dich klammerst, auch wenn du so dreckig bist, dass du fast den Bürgersteig beschmutzt, auf dem du an die Güte derjenigen appellierst, die ein Dach über dem Kopf haben.«

Milly warf Agatha einen fragenden Blick zu und erriet, dass Raoul mit diesem Thema vertraut war.

Der Wirt kam, um sie zu begrüßen. Der Respekt, den er Raoul entgegenbrachte, war nicht zu übersehen, allein schon die Art, wie er ihn fragte, ob er vielleicht etwas singen wollte. Raoul ließ sich zunächst etwas bitten, nahm dann aber gerne an.

Nachdem er sich kurz mit den Musikern abgesprochen hatte, sang er, begleitet von einer gestopften Trompete und einem Kontrabass, mit seiner tiefen Stimme eine Bluesmelodie.

Milly bemerkte sofort, dass sich etwas an ihm verändert hatte. Es war nicht mehr der liebenswürdige Mann, der da vor ihr sang, sondern einer, in dessen Augen man sah, dass er früher ein anderes Leben gekannt hatte. Agatha beugte sich zu Milly und erzählte ihr seine Geschichte.

Raoul war im Alter von fünfzehn Jahren in einem Lastwagen gekommen, der die meist aus Mexiko stammenden Erdbeerpflücker nach Kalifornien brachte. Es waren zwar nicht die Baumwollfelder des Südens, aber die Bedingungen dieser Männer waren nicht viel besser. Als Transportarbeiter, Lastwagenfahrer, Park- und Nachtwächter, Türsteher in Clubs und Hotels war er im ganzen Staat herumgereist, bis er eines Tages einem Musikprofessor auffiel, der an der Berkeley University unterrichtete. Herriman ließ sich »Meister« nennen. Er war ein hochgewachsener magerer, blonder und steifer Mann, der die Gesellschaft hübscher Jungs schätzte und ihr Talent zu erkennen vermochte. Raoul hatte Haltung, Aussehen und Stimme eines Bluessängers, und wenn man die Augen schloss, konnte man sich vorstellen, er wäre in New Orleans geboren. Wie Raoul es geschafft hatte, seinen Akzent loszuwerden, war für alle ein Rätsel – außer für ihn selbst. Er hatte ein unglaublich musikalisches Ohr und konnte alles imitieren, was er hörte. Seine bevorzugte Art, Mädchen zu imponieren, bestand darin, sich als unglaublich gebildet auszugeben und sie glauben zu machen, er beherrsche praktisch alle Sprachen. Nachdem er in den Straßen von San Francisco einem Chinesen beim Verkauf lackierter Enten geholfen hatte, sprach er eloquent Chinesisch – nur am Vokabular mangelte es. Seine angeblichen Deutschkenntnisse hatte er von Herriman gelernt, dessen germanische Abstammung eindeutig war. Sein Französisch hatte einen Quebec-Akzent und resultierte aus dem Flirt mit einem der hübschesten Mädchen überhaupt, die vor dem Schnee in Montreal geflohen war und lieber in der Sonne Orangen pflückte.

Herriman hatte seinen neuen Schüler in einem Jazzclub entdeckt, als Raoul gegen Ende des Abends alles vertrank, was er verdient hatte.

Zu jener Zeit schlief Raoul selten zwei Nächte am selben Ort. Es gehörte zu seinen täglichen Sorgen, ein Bett zu finden, und als der Musikprofessor ihm ein Dach über dem Kopf und eine Ausbildung anbot, hatte er seine Chance mit der Geschwindigkeit eines Schnellzugs heranrauschen sehen. Herrimans Vorlieben waren ihm zwar nicht entgangen, doch da der Professor nie die mindeste zweideutige Geste machte, war Raoul schließlich zu dem Schluss gekommen, dass sein Musiklehrer gar keine sexuellen Bedürfnisse hatte. Seine Droge war es, seine Jugend zu verlängern, indem er sich mit Menschen umgab, die noch im Besitz dieses Gutes waren. Herriman war ein seltsamer Kauz, der es sich zur Mission gemacht hatte, Seelen zu retten und ihre Schicksale zu verändern. Mit bewundernswerter Hartnäckigkeit war er oft gescheitert und hatte manchmal Erfolg gehabt. In Berkeley verdankte ihm ein gutes Dutzend junger Menschen ein neues Leben. Raoul war einer von ihnen. Herriman hatte ihn gelehrt, sich zu kleiden, zu kämmen, korrekt zu sprechen und vor allem, sein Talent zu etwas anderem zu nutzen, als Mädchen zu verführen. In den zwei Jahren, die er bei dem Professor verbracht hatte, hatte Raoul eine Art Läuterung erfahren und weder Brüste noch Hinterteile gestreichelt, ausgenommen vielleicht von Zeit zu Zeit mit den Blicken, aber das zählte nicht.

Agatha hatte ihn durch Max an der Uni kennengelernt, und sofort war eine enge Freundschaft zwischen beiden entstanden.

Raoul absolvierte kein Studium im eigentlichen Sinne, aber er besuchte eifrig Herrimans Kurse, in denen er brillierte, und auch die einiger seiner Kollegen, die ein Auge zudrückten und den Schützling des Meisters in ihrer Klasse duldeten.

Obwohl er Amerika alles verdankte, hatten ihn die Lebensumstände während seiner Jugend empfindsam für die Unterdrückten gemacht. Gegen Krieg, imperialistische Repression und Diskriminierung zu kämpfen, war für ihn ein notwendiges Engagement, und seine tiefe, klangvolle Stimme hatte ihn bei Streiks und Demonstrationen in die vorderste Reihe gebracht. Schnell war Raoul in die Grauzone des Gesetzes geraten und hatte die Grenze überschritten, sobald es darum ging, einem von der Polizei Misshandelten zu helfen. Und so hatte er im Lauf der Aktionen schließlich in den Untergrund abtauchen müssen. Wie die meisten seiner Freunde war er im ganzen Land unterwegs gewesen. In New York hatte er mal in der Bronx, mal in den Armenvierteln von Manhattan von kleinen Jobs gelebt. Hauptsache, er hatte einen Schlafplatz und Arbeit, wo, war ihm eigentlich egal. Doch auch zehn Jahre später sehnte sich Raoul noch immer nach dem Süden mit seinem strahlenden Licht. Zehn Winter am Hudson River waren für ihn eine wahre Strafe gewesen. Durch kleine Ersparnisse und ein paar Diebstähle hatte er genug Geld, um aus dem Schatten zu treten. Und eines Morgens, als die Temperaturen in Tribeca so stark gesunken waren, dass die Straßen auch ohne Schnee weiß waren, packte Raoul seinen Koffer. Den Schlüssel zu seinem Zimmer gab er einem Freund, der ihm versprach, sein Cousin würde in San Antonio einen Job für ihn finden, und lief dann dreißig Blocks zu Fuß, um am Bahnhof an der 34th Street den Bus zu nehmen.

In seinem Herzen war Herriman ein Platz vorbehalten, den niemand anders einnehmen würde. Während die Landschaft hinter den Fenstern des Greyhound-Busses vorüberzog, dachte er nach, wie er ihn ehren könnte. Diese Überlegungen hatten ihn die beiden ersten Nächte beschäftigt, sodass er keinen Schlaf gefunden hatte. Als er ein Schild sah, das auf Nashville verwies, kam ihm plötzlich die zündende Idee. Er wollte das, was Herriman für ihn getan hatte, jetzt selbst für andere tun. Raoul wollte Künstleragent werden, und wo konnte er diese neue Karriere besser beginnen als im gelobten Land der Musikliebhaber?

Er mietete ein Grundstück und funktionierte den Schuppen, der darauf stand, in einen Veranstaltungssaal um. Dann besuchte er die umliegenden Bars, um sich Freunde zu machen, und gab allen Musikern, die bereit waren, bei ihm zu spielen, Hoffnung auf eine Zukunft. Doch sein wahrer Geniestreich bestand darin, dass er eine Truppe mexikanischer Arbeiter anheuerte, die gegen kostenlose Konzerttickets und Getränke bereit waren, den Schuppen umzubauen und zu streichen, bis er einer riesigen Gitarre glich. Raoul hatte nie ein Wunderkind entdeckt und seine Musikhalle nie die Ehre gehabt, Moody Blues oder Village Vanguard zu empfangen, doch durch ihre originelle Form war sie schließlich in der Gegend berühmt geworden.

»Siehst du«, schloss Agatha ihre Erzählung, »dieser Mann dort auf der Bühne hat mir zu jedem Geburtstag geschrieben und nicht einen einzigen vergessen.«

Milly sah zu, wie Raoul unter tosendem Beifall das Mikrofon zurücklegte, und fühlte sich seltsamerweise in seiner Gesellschaft privilegiert, sie war stolz darauf, dass er der Auswahl ihrer Kleidung so viel Beachtung geschenkt hatte. Als sie daran dachte, was ein gewisser Musikprofessor geleistet hatte, schwor sie sich, eines Tages mit Jo hierher zurückzukehren, damit er Raoul seine Klavierkompositionen vorspielen könnte.

Raoul setzte sich wieder zu ihnen. »Nachher«, sagte er zu Agatha, »singen wir zusammen.«

»Ganz bestimmt nicht!«, antwortete sie.

»Wenn du mir das abschlägst, nachdem ich dich in meinem Club gehört habe, trage ich dich auf die Bühne.«

»Müsstest du nicht überhaupt heute Abend in deinem Club sein?«

»Da geht es im Moment eher gemächlich zu. José kommt allein zurecht, und außerdem bist du heute da.«

An dem Schweigen, das folgte, spürte Milly, dass die beiden Freunde, die sich so lange nicht gesehen hatten, Dinge zu besprechen hatten, die nur sie angingen. So gab sie vor, Frank anrufen zu wollen, entschuldigte sich und verließ das Lokal.

Raouls Blick folgte ihr, bis sie an der Tür war. »Unglaublich, wie ähnlich sie ihm sieht«, meinte er dann. »Vorhin im Club war es zu dunkel, als dass ich es bemerkt hätte, aber als wir draußen waren, habe ich einen richtigen Schock bekommen.«

»Ich war darauf vorbereitet, Max hatte mir Fotos gezeigt. Aber als ich mich dann in ihr Auto gesetzt habe, fühlte ich mich dreißig Jahre zurückversetzt und hatte den Eindruck, sein Phantom zu sehen.«

»Weiß sie Bescheid?«

»Nein, sie weiß gar nichts, nur dass ich ausgebrochen bin, und das hat sie sehr schlecht aufgenommen. Sie will zurückfahren. Ich muss sie überzeugen, bei mir zu bleiben.«

»Erzähl ihr doch einfach alles. Ich bin sicher, sie wird ihre Meinung ändern.«

»Das kommt nicht infrage. Was sie selbst betrifft, darf sie nichts wissen, es ist noch zu früh.«

»Und wie hast du sie erwischt?«

»Mit viel Geduld und Beobachtungszeit.«

»Bleib bei mir, bis sich alles beruhigt hat.«

»Es ist eigentlich viel zu ruhig. Sie haben nicht einmal über meine Flucht berichtet, und auch in den Zeitungen habe ich keine Zeile gelesen.«

»Vielleicht haben sie beschlossen, dich endlich in Ruhe zu lassen.«

»Das bezweifele ich. Ich sehe nur eine mögliche Erklärung: Sie wollen mich in eine Falle locken.«

»Hast du irgendjemandem gesagt, wohin du wolltest?«

»Das wusste ich selbst nicht, bevor ich Max getroffen habe.«

»Dann bleib hier, das wäre das Beste.«

»Du hast mir in deinen Briefen geschrieben, sie würden dich früher oder später verhören. Diesem Risiko will ich dich nicht aussetzen.«

»Wenn sie mich hätten schnappen wollen, hätten sie es schon lange getan. Außerdem bin ich jetzt Venezolaner«, spöttelte Raoul.

»Nein, sie haben dich in Ruhe gelassen, weil sie keine Beweise gegen dich und außerdem eine Schuldige gefunden hatten. Ich habe für alle bezahlt.«

»Hanna, du hast für Agatha bezahlt und für diejenigen, die diesen Wahnsinn mit ihr geplant haben. Deine Idee, ihren Namen anzunehmen, grenzt an Masochismus. Außerdem war es nicht für die ganze Bande, sondern nur für einige. Die, die nichts dafür konnten, mussten fliehen und jahrelang im Untergrund leben. Das ist natürlich nichts im Vergleich zum Gefängnis, aber für uns war es oft auch nicht einfach.«

»Ich weiß, Raoul, das habe ich deinen Briefen entnommen.«

»Was kann ich für dich tun, Hanna? Du kannst alles von mir verlangen.«

»Nenn mich weiterhin Agatha, vor allem vor ihr.«

Dann erzählte sie ihm von dem Heft, das sie suchte, und erklärte: »Ich bin gekommen, weil sich dir immer alle anvertraut haben …«

»Meine Liebe, wenn ich gewusst hätte, dass irgendjemand etwas in der Hand hat, das dich entlasten kann, hätte ich es ihm abgenommen, wenn es sein muss, mit einem Baseballschläger. Dann wärst du schon lange aus dem Gefängnis raus, und zwar durch die Vordertür. Aber jetzt, da du es mir erzählt hast, werde ich meine Nachforschungen anstellen. Warum hätte Agatha ihr Geständnis jemandem anvertrauen sollen?«

»Damit ich, falls ihr etwas zustößt, rauskomme und ihre Arbeit fortsetzen kann. Aber wem auch immer sie ihr Vertrauen geschenkt hat, hat ihren letzten Willen nicht ausgeführt.«

»Was meinst du mit Arbeit fortsetzen?«

»Die Kleine!«

Raoul musterte seine Freundin lange schweigend. »Wenn du mich geliebt hättest, wäre all das nicht passiert«, sagte er schließlich.

»Ich weiß, schuld ist das Pech, dass ich einen anderen geliebt habe.«

»Jetzt sag aber bloß nicht, das wäre noch immer der Fall.«

»Bitte sprich nicht einmal seinen Namen aus.«

»Weißt du, was aus ihm geworden ist?«

»Nein, wie hätte ich es erfahren sollen?«, fragte Agatha. »Er muss gealtert sein wie wir alle ... Aber er hat wahrscheinlich eine Familie gegründet.«

»Ich habe nie wieder von ihm gehört, wenn es das ist, was du wissen willst.«

»Vielleicht nicht einmal ...« Agatha seufzte.

»Und was hast du jetzt vor?«

»Wenn es mir gelingt, das Heft zu finden, bevor sie mich fassen, stelle ich mich und warte auf die Revision meines Urteils.«

»Und wenn du es nicht findest?«

»Ich gehe nicht ins Gefängnis zurück. Max hat mir einen Revolver gegeben, ich habe nur eine Kugel behalten, und die ist für mich.«

Raouls Blick drückte Bedauern vermischt mit Zärtlichkeit aus. »Ich tue alles, was ich kann«, murmelte er. »Und du hör auf, Unsinn zu reden. Bleib zumindest hier, solange ich meine Nachforschungen anstelle.«

»Danke, doch das muss ich selbst tun. Ich muss die anderen finden. Und nenn es Instinkt oder Paranoia, aber ich wittere eine Gefahr und bleibe lieber in Bewegung.«

»Das ist keine gute Idee, du gehst nur ein noch größeres Risiko ein. Die Zeiten haben sich geändert, heutzutage ist es ein Kinderspiel, jemanden zu lokalisieren, alles wird überwacht und abgehört. Eine E-Mail, eine Zahlung mit Kreditkarte, ein Handy.«

»Ich bitte dich, Raoul, übertreibst du da nicht ein bisschen? Das FBI ist immerhin nicht die Stasi, und soweit ich weiß, haben wir auch noch keine Diktatur.«

Raoul sah sie bedauernd an. »Unsere Identität, unser Werdegang, unsere Meinung, unser Geschmack, unsere Wahl, was wir gekauft, im Fernsehen angeschaut haben, welchen Film wir besucht, welchen Artikel oder welches Buch wir gelesen haben – unser ganzes Leben ist in allen Einzelheiten erfasst. Die NSA sammelt mehr Informationen, als sie verarbeiten kann. Heute würde Orwell als Staatsverräter angeklagt und verfolgt.«

Auf Agathas Gesicht zeichneten sich Ungläubigkeit und Abscheu ab. »Das kann ich nicht glauben«, sagte sie. »Wie habt ihr, die ihr in Freiheit wart, das zulassen können?«

»Die Methoden entwickeln sich, aber die Rechtfertigung ist immer dieselbe. Man kultiviert die Angst vor dem anderen, vor Chaos und unsichtbaren Feinden. Erinnert dich das an nichts? Früher war es unsere Bewegung, die Angst vor dem Kommunismus oder der Atombombe, heute ist es Geldwäsche, Drogenhandel, Extremismus, allgegenwärtige Gewalt – und da es sich um reale Bedrohungen handelt, beruhigt man das Gewissen, indem man behauptet, wer sich nichts vorzuwerfen hätte, hätte auch nichts zu befürchten. Das trifft allerdings auf dich nicht zu, und so musst du lernen, allem zu misstrauen und ständig auf der Hut zu sein, und zwar viel mehr als damals. Du musst denken wie sie, ganz so, wie sie versuchen, so zu denken wie du und so dein Verhalten vorauszusehen.«

Agatha wandte plötzlich beunruhigt den Kopf zur Tür. »Was macht sie denn? Sie ist schon lange weg.«

Raoul nahm seine Jacke und erhob sich. »Lass uns nachsehen, es ist sowieso Zeit zu gehen.«

Milly erwartete sie, an ihr Auto gelehnt, auf dem Parkplatz. »Mehr hattet ihr euch nicht zu sagen?«, fragte sie und drückte ihre Zigarette aus.

Agatha und Raoul wechselten einen verwunderten Blick.

»Was macht ihr denn für Gesichter, stimmt was nicht?«

»Alles in Ordnung«, antwortete Raoul, »außer dass es heute Nacht regnen wird.«

Tom hatte erneut anhalten müssen. Er war zu müde, es waren noch gut einhundert Meilen bis Nashville, und einmal dort angekommen, musste er klarsichtig sein, um richtig zu handeln.

Er sah auf die Landkarte und überlegte, wie er es anstellen sollte, Agatha festzunehmen. Sie war in Begleitung, aber ihm war wichtig, sie alleine zu stellen. Eine Frage beschäftigte ihn immer wieder: Warum war die Besitzerin des Oldsmobile bereit, sie durch das ganze Land zu fahren? Kurz dachte er daran, Agatha hätte sie als Geisel nehmen können, und es kam ihm jetzt albern vor, dass er einfach so losgestürmt war, ohne vorher darüber nachzudenken.

Wenn Agatha bewaffnet war, veränderte das alles. Es war jetzt mehr als notwendig, dieser Eskapade ein Ende zu bereiten.

Er öffnete die Thermoskanne, schenkte sich Kaffee ein und ließ den Motor an. Am Himmel, der ganz schwarz geworden war, grollte Donner. Wenn er vorsichtig fuhr, hätte er in zwei Stunden sein Ziel erreicht.

Raoul warf Milly die Autoschlüssel zu. Er hatte das Wiedersehen mit Agatha etwas zu sehr gefeiert. Milly setzte sich ans Steuer, das Duo nahm auf der Rückbank Platz und stimmte freudig einen anderen Song von Peter, Paul und Mary an. Zum ersten Mal seit Anfang der Reise sah Milly Agatha so gelöst. Sie hätte gerne mitgesungen, aber sie kannte den Text nicht.

Vor Raouls Club parkte noch etwa ein Dutzend Autos. Er bat Milly, in die Garage zu fahren, die hinter dem Schuppen lag. Er hatte heute Abend keine Lust, José zu begegnen, und die Blitze, die über den Himmel zuckten, kündigten starken Regen an.

Nachdem sie den Wagen abgestellt hatten, führte Raoul seine Gäste in die Wohnung. Über eine Treppe gelangten sie in das große Loft, das er sich über dem Club eingerichtet hatte. Er hatte nur zwei Schlafzimmer, sein eigenes, das er Agatha gab, und das für Freunde und Musiker, das Milly bekam. Er selbst würde auf dem Sofa schlafen, das wäre nicht das erste Mal.

Milly ging zu Bett und ließ Agatha und Raoul im Wohnzimmer zurück.

»Gibt es keine Frau in deinem Leben?«, fragte Agatha, als Raoul ihnen ein letztes Glas einschenkte.

»Es hat viele gegeben, und dann eine, aber die ist gegangen. Seither bin ich allein. Ich habe so viele Mädchenherzen gebrochen, dass es mir nur recht geschieht, wenn man es mir mit gleicher Münze heimzahlt.«

»Wer war sie?«

»Eine wundervolle Musikerin und außergewöhnliche Künstlerin, die in einer Bar gesungen hat. Es war Liebe auf den ersten Blick. Wir haben schöne Jahre miteinander verbracht, aber sie hatte zu viel Talent, um hierzubleiben. Du magst mich für verrückt halten, aber ich war derjenige, der sie gedrängt hat zu gehen. Ich habe sie fast vor die Tür gesetzt. Ich habe sie so sehr geliebt, dass ich morgens, wenn ich in den Spiegel schaute, nur den Mann sah, der ihr Leben versaute. Sie war zwanzig Jahre jünger als ich und hatte mir schon viel gegeben.«

Agatha nahm Raoul das Glas aus der Hand, stellte es ab, streichelte seine Wange und zog ihn ins Schlafzimmer.

»Komm«, sagte sie, »du und ich, wir sind fast gleich alt.«

Die Tür fiel hinter ihnen ins Schloss.

Milly lugte kurz ins Wohnzimmer und lächelte, als sie sah, dass es leer war. Durch die Fußbodendielen hörte sie, wie die letzten Gäste den Club verließen und José Tische und Stühle aufräumte. Kurz darauf erlosch das Licht an der Fassade, und alles war still.

Der heulende Ton einer Hupe riss Tom aus dem Dämmerschlaf. Von den Scheinwerfern eines Lastwagens geblendet, riss er das Lenkrad herum und kam von der Straße ab. Erst als sich die Reifen in einer Wiese festfuhren, gelang es ihm, den Wagen wieder unter Kontrolle und zum Stehen zu bringen. Er stieg aus und versuchte, sich zu beruhigen. Donnergrollen ließ ihn den Blick heben, er sah die ersten Tropfen fallen, und bald prasselte ein heftiger Regenschauer herunter, der ihn zwang, wieder ins Auto zu flüchten.

Das Wasser schlug gegen die Windschutzscheibe, und es war nichts anderes mehr zu hören als das Prasseln auf der Karosserie. Tom ließ den Motor an und versuchte, wieder auf den Asphalt zu kommen, den er kaum erkennen konnte.

Doch der Boden war aufgeweicht, und die Räder drehten im Matsch durch. Der Wagen brach aus, und der Geruch nach verbranntem Gummi verhieß nichts Gutes. Wenn er so weitermachte, wäre die Kupplung kaputt, bevor er die Straße erreicht hätte. Tom fügte sich in sein Schicksal. Selbst wenn er einen Abschleppdienst erreichen würde, wäre er nicht in der Lage, seine Position durchzugeben.

Er würde erst am nächsten Tag aus dem Schlammloch herauskommen.

Kapitel 8

Die Morgenluft war noch feucht. Milly, die als Erste auf den Beinen war, ging nach draußen. Sie war froh, dass ihr Auto die Nacht in der Garage verbracht hatte. Plötzlich tauchte Raoul hinter ihr auf.

»Frühaufsteher?«, fragte er.

»Immer«, erwiderte sie und fügte mit einem Lächeln hinzu: »Haben Sie gut geschlafen?«

»Wie ein Engel«, erwiderte Raoul verschmitzt. »Kaffee?«

»Gerne. Ist Agatha schon wach?«

»Noch nicht. Ich habe dich nach unten gehen hören. Komm, wenn es dir recht ist, laufen wir ein paar Schritte.«

»Sie ist schon eine seltsame Frau, oder?«

»Nein, sie ist einfach anders, du kennst sie nur noch nicht gut genug.«

»Ich fahre zurück nach Hause«, erklärte Milly.

»Ich weiß, und ich verstehe dich, du hast nichts mit der Sache zu tun.«

»Ich muss wieder zu Frank, zu Jo und zu meiner Arbeit.«

Raoul nickte.

»Eines Tages stelle ich ihn Ihnen vor.«

»Frank oder Jo?«

»Jo. Er ist ein ganz besonderer Pianist, er ist wirklich begabt, aber das ist ihm nicht bewusst.«

»Leute, die Talent haben, bemerken das oft selbst erst als Letzte.«

»Das trifft auf Jo zu, er hat kein Selbstvertrauen, weder bei seiner Poesie noch bei seiner Musik.«

»Und Frank?«

»Der hat keine solchen Probleme.«

»Na, dann wirst du dich sicher mit ihm langweilen. Entschuldige, wenn ich das so offen ausspreche.«

Milly lachte laut auf. »Wenn ich Ihnen als Kind begegnet wäre, hätte ich mir sicher eingebildet, Sie wären mein Vater.«

»Komische Idee, warum das?«

»Weil ich es gerne gehabt hätte, dass er so etwas zu mir sagt, dass er mich aufrüttelt, mir widerspricht, Dinge behauptet, die ich nicht hören will, dass ich als Jugendliche wütend auf ihn hätte sein können.«

»Dann kann ich dir nur raten, ein paar Tage mit Agatha zu verbringen, denn was Widersprüche angeht, ist sie Weltmeister.«

»Sie wären ein großartiger Vater gewesen.«

»Ach ja?«

»Ja, denn ich habe Sie nicht um Ihren Rat gefragt.«

»Und ich hätte es schrecklich gefunden, eine Tochter wie dich zu haben.«

»Wirklich?«, wunderte sich Milly.

»Nein«, rief Raoul und legte ihr einen Arm um die Schultern.

Sie folgten dem Weg, der hinter dem Schuppen am Waldrand entlangführte.

»Ich möchte Sie um einen Gefallen bitten. Bevor ich fahre, möchte ich ihr ein Geschenk machen. Darüber habe ich vor dem Einschlafen nachgedacht, und ich glaube, das hat mich auch heute Morgen so früh aus dem Bett getrieben«, erklärte Milly und betrachtete ihre Stiefelspitzen. »Ich möchte, dass auch sie eine Erinnerung an mich hat.«

»Und wie kann ich dir helfen?«

»Gestern, als sie allein auf der Bühne in Ihrem Club gesungen hat, war ich ebenso berührt, wie wenn Jo mir in der Kirche etwas auf der Orgel vorspielt.«

»Und nicht, als du mich gestern in dem Lokal gehört hast?«

»Doch, das war sehr schön, aber es war nicht dasselbe. Ist diese Gitarre, die sie aus der Vitrine genommen hat, teuer?«

»Eine Gibson, die Springsteen gehört hat? Nicht der Rede wert.«

»Wollen Sie mich auf den Arm nehmen? Sie haben Bruce Springsteen gekannt?«

»Magst du seine Musik?«

»Soll das ein Scherz sein? Und er hat auf dieser Gitarre gespielt?«

»Es war nicht nur seine Gitarre, sondern er hat sie mir geschenkt, weil ich ihm einen Gefallen getan habe. Ich habe ihm geschworen, nie darüber zu reden. Aber was soll's, dir kann ich die Geschichte ja ruhig erzählen. Zu einer Zeit, da er ebenso arm war wie ich, hat er eine Weile in meinem Zimmer geschlafen. Ich weiß, das klingt verrückt, aber auch die ganz Großen waren einmal zwanzig, und in diesem Alter haben die meisten von ihnen ein armes Künstlerdasein gefristet. Kurz, eines Abends, als ich nach Hause kam, habe ich Geräusche in meinem Zimmer gehört und gedacht, er hätte ein Mädchen dabei, das fand ich lustig. Also habe ich die Tür geöffnet und nachgesehen, ob die Kleine es wert war, dass ich auf dem Sofa – wenn man das Ding so nennen will – pennte, und ich habe ihn in meinem Bett gefunden, die Gitarre unter der Bettdecke und im Arm, als wäre sie seine Geliebte. Am nächsten Tag hat er sich entschuldigt und gesagt, sie hätte eine wirklich ruhige Nacht gebraucht.«

»Und das ist die Gitarre, die er Ihnen geschenkt hat?«

»Nein, aber Jahre später ist er durch Nashville gekommen. Ich weiß bis heute nicht, ob ihn der Zufall in meinen Club geführt hat oder ob er wusste, dass er mich dort antreffen würde. Auf alle Fälle ist er mit einigen Freunden hereingekommen. Als er mich gesehen hat, hat er mich in die Arme genommen, als hätten wir uns am Vorabend zum letzten Mal getroffen, wir haben ein paar Gläser zusammen getrunken, und dann ist er auf die Bühne gegangen. Das Lustigste war, dass die Gäste fanden, der Typ, der da sang, würde Springsteen zu sehr nachahmen und hätte keinen persönlichen Stil. An diesem Abend hätte mein Club berühmt werden können, aber ich habe nichts gesagt. Ich wusste, dass es ihm, wie schon früher, große Freude machte, inkognito aufzutreten. Wir haben die ganze Nacht über getrunken, geraucht und gespielt – bis zur Erschöpfung. Als ich vor der Bühne aufgewacht bin, war er schon weg. Aber er hat diese Gitarre, die du kaufen willst, zurückgelassen und einen kleinen Zettel unter die Saiten geklemmt: ›Sie braucht eine wirklich ruhige Nacht, kümmere dich gut um sie!«

»Die Geschichte haben Sie sich ausgedacht, die ist doch nicht wahr, oder?«

»Und ob, sonst hätte ich sie dir nicht erzählt. Und jetzt möchte ich dich um einen Gefallen bitten. Bleib bei Agatha, zumindest noch ein bisschen. Wenn du das tust, schenke ich dir die Gitarre.«

Milly hob den Blick und musterte Raoul lange. »Ich bin nicht käuflich, aber wenn Sie mir versprechen, Jo an dem Tag, wenn ich zu ihm zurückkehre, anzuhören, dann will ich Agatha gerne bis zur nächsten Etappe fahren.«

»Abgemacht«, sagte Raoul.

Milly zog einen Hundertdollarschein aus der Tasche und reichte ihn ihm.

»Was soll das?«

»Das, was ich Ihnen für die Gitarre schuldig bin. Wenn sie wirklich Bruce Springsteen gehört hätte, würden Sie sie nicht in einer staubigen unabgeschlossenen Vitrine herumliegen lassen, und Sie hätten sich nie von ihr getrennt.«

»Klug und geschäftstüchtig, aber ich beuge mich«, antwortete Raoul. »Agatha macht sich wahrscheinlich gerade fertig. Also hol sie und sag ihr, dass du bei ihr bleibst. Und wir sind uns einig: Ich habe nichts mit deiner Entscheidung zu tun.«

»Das haben Sie auch nicht«, versicherte Milly.

»Sehr gut, ich fahre inzwischen den Wagen aus der Garage, lege die Gitarre in den Kofferraum und mache endlich den Kaffee, den ich dir vorhin versprochen habe. Wir sehen uns an der Bar.«

Milly lief eilig zum Club zurück, um es sich nicht anders zu überlegen.

Tom erwachte im Morgengrauen. Er ging zur Straße, die näher war, als er in der Nacht vermutet hatte. Ein Bauer, der auf seinem Traktor vorbeikam, half ihm. Der Wagen war bis zu den Türen dreckbespritzt, aber die Mechanik hatte keinen Schaden genommen. Nachdem sich Tom herzlich bei seinem Retter bedankt hatte, fuhr er schnell weiter und benutzte zum ersten Mal die Sirene. Es war sechs Uhr morgens, Nashville nur noch zwanzig Meilen entfernt, und die Tachonadel zeigte weit über hundert.

Milly wartete am Steuer. An der Tür umarmte Raoul Agatha und wirbelte sie erneut durch die Luft.

»Setz mich ab, du Idiot, du erstickst mich ja.«

»Wenn ich könnte, würde ich dich so fest drücken, dass du ohnmächtig wirst, um dich in meinen Armen behalten zu können.«

»Sag mir, dass du heute Nacht die Augen geschlossen hast«, flüsterte sie ihm zu.

»Warum hätte ich das tun sollen?«

»Damit nur deine Hände mich angeschaut haben.«

»Dann habe ich sie geschlossen, weil ich mir gesagt habe, wenn ich dich nicht sehe, siehst du mich auch nicht.«

»Danke für alles, Raoul.«

»Ich bin derjenige …«

Doch Agatha brachte ihn zum Schweigen, indem sie ihm den Finger auf den Mund legte.

»Ist die Frau, die du geliebt hast, schon lange fort?«

»Am Ende des Monats werden es drei Jahre.«

»Weißt du, wo sie wohnt?«

»In Atlanta.«

»Dann hol sie, du Dummkopf, denn ich bin sicher, dass sie sich seit drei Jahren mit Männern ihres Alters langweilt, und nach der Nacht, die ich mit dir verbracht habe, kann ich dir versichern, dass sie sich jeden Abend nach dir zurücksehnen muss.«

»Ich finde heraus, wer das Heft hat, verlass dich auf mich.«

»Aber geh diskret vor, Raoul, ich will nicht, dass es vernichtet wird, bevor ich es bekomme. Ich rufe dich so bald wie möglich an.«

»Nur aus einer Telefonzelle, fass dich kurz, und wenn wir fertig sind, verschwindest du schleunigst.«

»Jetzt muss ich gehen«, sagte sie und senkte den Blick auf die Hand von Raoul, der die ihre nicht loslassen wollte.

Er umarmte sie und begleitete sie zum Wagen. »Seid vorsichtig«, rief er zur Tür gebeugt.

Der Oldsmobile fuhr über den Parkplatz, bog in die Straße ein und verschwand.

Raoul trat in den Club, schloss die Vitrine und legte sich seufzend schlafen.

»Ich habe einen Bärenhunger«, sagte Agatha, »du nicht?«

»War wohl alles anstrengend, was?«, meinte Milly.

»Ich habe nicht viel geschlafen.«

»Das habe ich begriffen, und mehr will ich gar nicht hören.«

»Das solltest du aber, da könntest du etwas über die Vorzüge des reifen Alters lernen.«

»Ist die nächste Etappe noch weit?«, fragte Milly verärgert.

»Wir erreichen sie vor Mitternacht. Fahr in nördliche Richtung, am Ortsausgang von Clarksville sind wir in Kentucky.«

»Und ist Kentucky gut?«

»Wenn du Pferde magst, schon. Was mir gefällt, ist, so oft wie möglich den Bundesstaat zu wechseln.«

In Murray, einem Ort, der fast nur aus seiner Universität zu bestehen schien, machten sie Pause.

Ohne zu zögern, parkte Milly vor einem Restaurant, auf dessen Fassade geschrieben stand: »Campus Bar«.

»Fehlt dir das Leben auf dem Campus so sehr?«, meinte Agatha, während sie die Speisekarte studierte.

»Woher wissen Sie, dass ich auf einem Campus arbeite? Ich erinnere mich nicht, es Ihnen erzählt zu haben.«

Agatha legte die Karte beiseite und musterte Milly. »Siehst du, das ist doch ungerecht, mit dreißig nennt man es Zerstreutheit und findet es nett, fünfundzwanzig Jahre später macht sich das Umfeld Sorgen, dass man den Kopf verliert. Woher sollte ich es wissen, wenn du es nicht gesagt hättest? Habe ich vielleicht auch Miss Berlingot erfunden?«

»Berlington! So viel ich auch nachdenke, ich weiß nicht, wann ich davon gesprochen haben sollte.«

»Dann habe ich es erraten, ich habe eine Gabe dafür, wenn dir das lieber ist.«

»Warum waren Sie im Gefängnis?«

»Sollen wir darüber wirklich in einem Café sprechen?«

»Wann kommen wir an?«

Agatha wandte den Blick zur Decke und schien nachzudenken. »Ich würde sagen, zwischen sieben und acht – ohne Essens- und Pipi-Pausen mitzurechnen. Heute Abend bist du mich los, außer es gäbe viel Verkehr, und das kann ich dir nicht sagen, denn auch wenn es dich enttäuschen sollte – meine hellseherischen Fähigkeiten haben ihre Grenzen.«

»Ich möchte, dass Sie mir Ihre ganze Geschichte erzählen, ohne irgendetwas auszulassen. Und Sie können gleich damit anfangen. Hier belauscht uns niemand.«

Agatha ließ ihren Blick durch das Lokal wandern und beugte sich dann zu Milly vor. »Hat dir schon mal jemand gesagt, dass du einen unglaublichen Dickschädel hast?«, fragte sie.

»Nie, ganz im Gegenteil!«

»Dann ist deine Umgebung nicht ehrlich.«

»Hören Sie auf zu flüstern, das nervt unglaublich.«

Agatha vertilgte schweigend ihre Eier mit Speck, nur einmal befahl sie Milly zu essen und bat sie, ihr das Salz zu reichen.

Sie beglich die Rechnung und ging dann entschlossen zum Wagen, Milly lief ihr nach.

»Was den Sex angeht, so habe ich keine Ahnung, aber was den Charakter betrifft, so scheint sich der im Alter nicht gerade zu bessern.«

Agatha stieg in den Oldsmobile, ohne zu antworten. Milly setzte sich ans Steuer, und erst am Ortsausgang von Murray war Agatha bereit, ihr die Tore zur Vergangenheit zu öffnen.

»Meine ganze Kindheit über habe ich schöne Vorträge

über die Demokratie, die Gleichheit der Menschen und die Größe unseres Landes gehört. Aber im Alltag sah ich nichts als Armut, Sexismus, Diskriminierung und Polizeigewalt. Wenn ich meine Schwester in die Meetings über Bürgerrechte begleitete, fand ich dort mehr Menschlichkeit als in den Straßen des Weißenviertels, in dem wir lebten. Von der Zuschauerin wurde ich zur Kämpferin.«

»Gegen was haben Sie gekämpft?«

»Gegen alles ...« Agatha kicherte. »Gegen die imperialistische Politik in Südamerika, das Grauen in Vietnam und Kambodscha, all die Kämpfe, welche die Regierungen führten, um Freiheitsbestrebungen der Völker zu unterdrücken. Die Urheber der Bürgerrechtsbewegungen stellten schnell einen Zusammenhang zwischen unserem Kampf außerhalb der Grenzen und den Repressalien in unserem Land her, und so wurde die Solidarität mit den Schwarzen zur Priorität. Ich gehörte zu jenen, die niemanden nach seiner Hautfarbe beurteilten. Meine Lieblingsmusik war die der Schwarzen, und ich wehrte mich gegen jene unsichtbaren Grenzen, die es uns verboten, eine geeinte und multikulturelle Jugend zu bilden. Ich war in der ersten Generation nach der Shoah geboren, mein Vater war am Omaha Beach gelandet und hatte sich bis nach Berlin vorgekämpft. Wie sollten seine Kinder da irgendeine Form von Rassismus und Völkerunterdrückung akzeptieren? In der zweiten Hälfte der 1960er-Jahre, noch ehe ich mich der Gruppe angeschlossen hatte, kam es in den schwarzen Gettos unseres Landes zu Aufständen. Der im Watts-Viertel in Los Angeles hat fünfunddreißig Menschen das Leben gekostet, und die Polizei hat über viertausend festgenommen. Dann waren

Chicago, Cleveland, Milwaukee und Dayton an der Reihe, und im folgenden Jahr betrafen die Revolten über dreißig Städte. Im Mai 1967 wurden die Demonstrationen in einer schwarzen Universität in Texas zum Albtraum. Sechshundert Bullen waren angerückt, um den Campus zu räumen, und verschossen dabei über sechstausend Patronen auf die Schlafsäle, ein Massaker, das praktisch ganz legal stattfand. Als dann das FBI die Reihen der Studenten und Kämpfer infiltrierte, hat sich alles verändert. Es wurden immer mehr Aktivisten erschossen. Hast du je von Huey Newton gehört?«

»Was mich interessiert, ist Ihre persönliche Geschichte, nicht die allgemeine«, protestierte Milly.

»Wie soll ich die erzählen, ohne dir vorher den Zusammenhang zu erklären, in dem sie begonnen hat?«

Milly konnte nicht wissen, dass Agatha im Grunde das Plädoyer eines Prozesses hielt, auf den sie kein Anrecht gehabt hatte, weil sie einen Kompromiss mit dem Staatsanwalt eingegangen war. Fünf Jahre Gefängnis, wenn sie ein Geständnis unterschrieb. Gegen das Risiko, lebenslänglich zu bekommen, wenn sie sich dem Geschworenengericht stellte. Wer wäre mit zweiundzwanzig ein solches Risiko eingegangen?

»Huey Newton und Bobby Seale waren Studenten am Merritt College und hatten eine Selbstverteidigungsgruppe, die Black Panther Party, gegründet, die schnell bekannt wurde und umstritten war. Sie schufen soziale Programme für die schwarze Bevölkerung: Selbstverteidigungskurse, politische Bildung, kostenlose ärztliche Behandlung, Nahrungsmittel für die Ärmsten – das war eine

Revolution im Land, die weltweite Aufmerksamkeit erfuhr. Ein Erfolg, den das FBI als eine Gefahr für die innere Sicherheit wertete. Also haben sie Huey mit seinem Wagen in einen Hinterhalt gelockt und festgenommen. Es kam zu einer Schießerei, bei der ein Polizist getötet wurde, und sie beschuldigten Huey, obwohl dieser nach einer Verletzung das Bewusstsein verloren hatte und nicht einmal bewaffnet war. Als sie ihn ins Gefängnis gesteckt haben, wurden im ganzen Land Stimmen laut, die seine Freilassung forderten. Wir schrien auf den Straßen ›Lasst Huey frei!‹, und daraus entstand ein Zusammenschluss aller militanten linken Gruppen.«

»Und da haben Sie sich auch engagiert?«

»Nicht gleich, aber es dauerte nicht lange. Die ersten Veteranen kehrten aus dem Vietnamkrieg zurück und erzählten von den Gräueltaten, die sie miterlebt und verübt hatten. Die pazifistischen Bewegungen begrüßten diese Enthüllungen, die ein ganz anderes Gewicht hatten als die der Studenten, die ihr Wissen nur aus den offiziellen Informationen bezogen. Ich erinnere mich an einen Tag, der die Nation erschüttert hat. Ein furchtbarer Tag, wie ein Elektroschock für alle, die ihr Land liebten, und wir kämpften ja, weil wir es liebten. Tausend Veteranen hatten ihre Auszeichnungen auf die Stufen des Capitols geworfen. Du kannst dir nicht vorstellen, wozu der damals herrschende Rassismus die Menschen trieb. Sammy, der in der Navy gekämpft hatte, wurde in Alabama erschossen, weil er die Toilette für Weiße benutzt hatte. Ist dir klar, welche Fortschritte wir innerhalb der letzten vierzig Jahre gemacht haben? Verstehst du jetzt, warum so viele Menschen Freudentränen vergossen haben, als Obama gewählt wurde? Ich habe im Gefängnis nie ferngesehen. Aber als er vereidigt wurde, habe ich eine Ausnahme gemacht, und auch ich habe geweint, als ich daran dachte, dass die Freunde, die gestorben sind, keine weltfremden Träumer waren. Die Proteste nahmen weiter zu, die Aufstände wurden immer größer, das Land war kurz davor, zu implodieren. Wir versuchten vor allem, andere Weiße gegen den Rassismus zu mobilisieren. Zu dieser Zeit war es unmöglich, humanistische Ideen zu verteidigen, ohne als Kommunist abgestempelt zu werden. Je größer die Bewegung wurde, desto unerbittlicher reagierten die Behörden. Der Chef des FBI bezeichnete uns als die ›größte Bedrohung nach der Sowjetunion‹. Aktivisten wurden ermordet, sogar in ihren Betten. Dabei waren wir nur junge Menschen, die das Bewusstsein aufrütteln wollten, wobei einige von uns auch das System ernsthaft erschüttern wollten. Später habe ich mich ihnen angeschlossen. Die Dinge sind, wie so oft, wenn man mit dem Feuer spielt, außer Kontrolle geraten. Im Namen eines wunderbaren Ideals haben wir den größten Blödsinn gemacht. Wenn man überzeugt ist, auf der richtigen Seite zu stehen, auf der von Recht und Gerechtigkeit, hält einen nichts auf, und man ist fähig, furchtbare Dinge zu tun.[3]«

---

3 Diesen Satz hat David Gilbert gesagt, Mitglied der Weather Underground, der noch immer inhaftiert ist. Die Weather Underground war eine amerikanische radikal-revolutionäre Jugendbewegung. Die meisten ihrer Mitglieder sind in den 1970er-Jahren in den Untergrund gegangen.

»Welche?«

»Dinge, die über zivilen Ungehorsam hinausgehen und Schlechtes hervorbringen. Die Gewalt ist ein Gift, und wenn man es einmal in den Adern hat, ist es wie eine Droge, die das Gehirn zerfrisst, einem aber das Gefühl gibt, das Herz schlage für die richtige Sache.«

»Aber was genau haben Sie getan?«

»Ich war noch keine zwanzig, und die Liebe war das Einzige, was mich meinem harten, trüben Leben entreißen konnte. Also habe ich mit aller Kraft geliebt – Verrückte, Musiker, Maler, Besessene des Worts und der Rhetorik, jene, die wegen einer Nichtigkeit unendliche Diskussionen führten, jene, die ihre Tür mittellosen Globetrottern, dem Freund eines Freundes öffnen, ohne Fragen zu stellen. Ich habe Deserteure geliebt, Vagabunden, die in der Lage waren, einem Zug nachzulaufen und aufzuspringen, ohne sein Ziel zu kennen, Tramps, Trinker, die mit ihrer Familie, dem Gesetz oder aber mit beidem in Konflikt geraten waren, aber glaub mir, sie alle waren wunderbar verrückt. Wir hatten vor nichts Angst und schon gar nicht vor dem anderen. Es waren fantastische Nächte, auch wenn ich morgens oft nicht wusste, wo ich mich befand, und nicht gerade in Form war. Wie oft sind wir in das Gewirr heruntergekommener Viertel geflohen, wo uns in finsteren Straßen herumstreifende Bullen mit ihren Trillerpfeifen und Schlagstöcken jagten. In einen dieser Wahnsinnigen habe ich mich unsterblich verliebt und wäre ihm bis ans Ende der Welt gefolgt. In einem Auto wie dem deinen sind wir nach Wisconsin aufgebrochen, wir fuhren mit fliegenden Haaren Richtung Madison, wo die Studenten zu verhindern versuchten, dass Dow Chemical auf dem Campus Nachwuchs rekrutiert.«

»Warum Dow Chemical?«

»Weil diese Firma das Napalm herstellte, das wir über vietnamesischen Dörfern abgeworfen haben. Es hat Hunderttausende von Zivilisten verbrannt. An diesem Tag wollten wir Barrikaden gegen die Chemiefirma errichten. Nachdem sie die Studenten verprügelt hatten, haben die Bullen sechs festgenommen. Es wäre untertrieben zu sagen, dass wir aufgebracht waren. Wir haben ihren Kastenwagen umzingelt, die Luft aus den Reifen gelassen und ihn hin und her geschaukelt. Dann haben wir uns vor die Räder gelegt.«

»Und was haben sie gemacht?«

»Was sollten sie schon tun? Sie konnten uns ja schlecht überfahren. Sie haben unsere Genossen freigelassen, aber nachdem sie uns zu aufrührerisch fanden, haben sie uns mit Tränengas vergiftet. Es war das erste Mal, dass die Polizei auf einem Campus Tränengas gegen Studenten einsetzte. Du kannst dir nicht vorstellen, was dieses Dreckszeug für eine Wirkung hat. Wir erstickten beinahe, mussten uns übergeben, hatten das Gefühl, unsere Augen wären verbrannt. Man bekam keine Luft mehr, und der Körper wurde von Krämpfen geschüttelt. Die in den ersten Reihen haben ernsthafte Schäden davongetragen. Danach schwoll der Zorn in unserem Lager an. Wir haben Madison verlassen und sind nach Kalifornien zurückgekehrt. In Oakland war der Teufel los, und das wollten wir nicht verpassen. Einen Monat später sind wir erneut durchs Land gefahren, diesmal nach New York. Ich war zum ersten Mal dort, und es war ein Traum. Ehrlich gesagt war dort ein unglaublicher Dreck. Sobald es dunkel wurde, liefen Ratten, lang wie mein Unterarm, durch die Straßen, aber ich hatte noch nie etwas so Schönes wie den Times Square gesehen. Du kannst dir vielleicht vorstellen, was es für ein Mädchen, das in einem verlorenen Kaff aufgewachsen ist, bedeutete, plötzlich mit einer Gruppe von Freunden in New York zu sein. Wir waren elektrisiert von einem Gefühl der Freiheit. In der ersten Woche waren mir Protestbewegung, Rassismus und Krieg ziemlich egal, ich lief von morgens bis abends mit erhobenem Kopf durch die Straßen und bewunderte die Wolkenkratzer. Wenn ich die 5th Avenue entlangschritt, hatte ich das Gefühl, zum Firmament aufzusteigen. Upper East Side war völlig anders als Down Town, dort gab es keine Ratten, sondern nur elegante Menschen, tolle Autos, Portiers in Livree, Geschäfte mit blitzenden Schaufenstern und einen unvorstellbaren Luxus. Das Geld, das ein einziges Kleid kostete, das ich bewundernd betrachtete, hätte uns gereicht, um ein Jahr zu leben, ohne dass wir auf irgendetwas hätten verzichten müssen. Ich erinnere mich an den ersten Hotdog, den ich an einer Imbissbude auf der Straße gekauft habe. Hätte man mir Kaviar serviert, hätte ich das weniger außerordentlich gefunden. Ich habe zwar noch nie welchen probiert, aber ich weiß, dass es Fischrogen ist, und zu jener Zeit hätte ich nichts gegessen, was aus dem Wasser kommt.«

»War dieser Hotdog wirklich so außerordentlich?«

»Eher der Ort, an dem ich ihn gegessen habe, nämlich auf der Treppe der New York Public Library an der Ecke der 40th Street. Ich will ja nicht das Thema wechseln, aber ich höre ein Geräusch im Kofferraum. Ich frage mich, ob der Reservereifen richtig befestigt ist.«

»Ich halte nachher an, um nachzusehen. Was haben Sie in New York gemacht?«

»Wir haben uns mit Raoul, Brian, Quint und Vera getroffen. Wir schliefen abwechselnd in einer kleinen Wohnung im Village. Nachts gingen wir in Jazzclubs, Striptease-Bars und andere Lokalitäten, welche die ganze Nacht über geöffnet sind. Tagsüber suchten wir uns kleine Jobs. Ich habe an der Pen Station auf der Straße Blumen verkauft, als Aushilfe bei Macy's in der Schuhabteilung gearbeitet – wir wurden wie alle prozentual nach dem Umsatz bezahlt –, war Bedienung in einem Diner an der 10th Avenue, Platzanweiserin im Kino und sogar Zigarettenverkäuferin im Fat Cat.«

»Wer war ›wir‹?«

»Brad und ich.«

»War Brad Ihr neuer Geliebter?«

»Wie altmodisch du dich ausdrückst, und das in deinem Alter! Er war nicht mein Geliebter«, erklärte Agatha affektiert, »sondern der Mann, nach dem ich verrückt war. Ich dachte an ihn, wenn ich aufstand, mich anzog, den ganzen Tag über auf die Uhr sah und nur auf den Moment hin fieberte, wenn ich ihn wiedersehen würde. Aber ich nehme an, das kennst du von Frank.«

»Natürlich!«

»Lügnerin!«

»Was erlauben Sie sich!«

»Ich erlaube es mir, ob es dir nun passt oder nicht. Du solltest besser anhalten und nachsehen, woher dieses Geräusch kommt, das geht einem ja wirklich auf die Nerven.«

»Ich halte an, wenn wir tanken. Ich will vor Einbruch der Nacht ankommen, denn ich will so schnell wie möglich zu Frank zurück!«

»Was für ein unglaublicher Dickschädel! Fahr langsamer und dann an der nächsten Kreuzung nach Norden!«

»Wenn Sie irgendwann nach San Francisco kommen wollen, müssen wir den Mississippi überqueren, und die Brücke ist im Süden.«

»Mag sein, aber auf meinem Weg setzen wir mit einer alten Fähre über, das ist viel lustiger als die Autobahn.«

»Jetzt reicht es mir mit den Umwegen!«, protestierte Milly.

»Tu, was ich dir sage, dann erzähle ich weiter. Sonst schweige ich bis Eureka.«

»Fahren wir da hin?«

»Du meinst, ob sich unser Weg dort trennt? Ja, wenn du das noch immer willst, verabschieden wir uns heute Abend in Eureka.«

Milly fügte sich und schlug Agathas Weg ein.

Etwas später kamen sie durch ein Kaff, das die Rezession in ein Phantom-Dorf verwandelt hatte. Die Häuser waren verfallen, die Bürgersteige verlassen und die Schaufenster an der Hauptstraße mit alten Brettern oder Wellblechplatten vernagelt.

»Wo sind die Leute, die hier gewohnt haben?«

»Ich vermute in der Hölle«, meinte Agatha.

»Warum sagen Sie so etwas, die haben Ihnen doch nichts getan.«

»Wie willst du das denn sonst nennen, wenn jemand sein

Haus verliert, seine Möbel in einen Lastwagen lädt und sein Leben zurücklässt, um zu versuchen, seine Familie anderswo durchzubringen?«

»Dieser Ort erinnert mich an den, in dem ich aufgewachsen bin, das macht mich traurig.«

»Dann fahr schneller.«

Die Straße endete an einem Ponton, der am Flussufer befestigt war. Ein blau-weißes Schiff hatte daran festgemacht und wartete auf Autos, die den Fluss überqueren wollten. Seit flussabwärts die Brücke gebaut worden war, transportierte die *Dorena* nicht mehr viel, aber ihr Besitzer, ein gutmütiger Fährmann, der seine Arbeit liebte, machte ihnen lebhaft Zeichen, so als wäre der Platz so voll, dass es besonders diffiziler Manöver bedurfte, um an Bord zu gelangen.

»Das ist kaum zu glauben!«, rief Agatha. »Vor dreißig Jahren haben wir diese Überfahrt gemacht, und nichts hat sich verändert, außer dass man damals zwei Stunden warten musste, um an Bord zu kommen.«

Der Fährmann sagte Milly, sie solle die Handbremse anziehen und den Motor ausschalten. Er holte die Brücke ein, lichtete den Anker und ging ins Steuerhaus.

Die Fähre erzitterte und glitt dann über das schimmernde Wasser. Der Mississippi führte alles mögliche Treibgut mit.

Agatha stieg aus und öffnete den Kofferraum. Lange betrachtete sie den Inhalt und ging dann zur Reling. Milly trat zu ihr und musterte sie. Agathas Blick ruhte auf den Fluten, aus denen Bilder der Vergangenheit zu erstehen schienen.

»Genau hier haben auch Brad, Raoul, Lucy, meine Schwester und ich gestanden …« Sie seufzte. »Meine Güte, wie gerne ich die Uhr zurückdrehen würde.«

»Was ist aus Ihrer Schwester geworden?«

»Sie ist tot. Ich dachte, das hätte ich dir schon gesagt.«

»Das tut mir leid.«

»Wir haben uns nicht mehr sehr gut verstanden, als wir uns getrennt haben.«

»Warum sind Sie dann so traurig?«

»Ich bin nicht traurig, sondern gerührt. Wegen Raoul. Nicht das Reserverad hat dieses Geräusch verursacht, sondern die Gitarre, auf der ich gestern gespielt habe und die jetzt im Kofferraum liegt. Er hat vermutlich gewusst, dass ich ein solches Geschenk nicht annehmen würde. Diese Gibson hat einen unglaublichen Wert, und er hing an ihr. An dem Tag, als Bruce Springsteen sie ihm geschenkt hat, war er so glücklich, dass er mir auf der Stelle einen Brief ins Gefängnis geschrieben hat.«

Jetzt starrte Milly gedankenverloren aufs Wasser. »Wenn er sie Ihnen geschenkt hat«, sagte sie schließlich, »dann, weil es ihm Freude macht.«

»Alles, was wir getan haben, als wir jung waren, all die Jahre des Kampfs, der Flucht, des Lebens im Untergrund, das war im Namen *einer anderen Art von Glück*. Und ich habe es geschafft, am Wesentlichen vorbeizuleben. Hätte ich Raoul geliebt, hätte ich ein schönes Leben gehabt.«

»Vor wenigen Tagen saßen Sie noch hinter Gittern, sehen Sie sich die Landschaft an. Wir fahren über den Mississippi, und Sie haben noch viel Zeit vor sich, *eine andere Art von Glück* zu leben.«

Agatha zögerte kurz und legte Milly dann einen Arm um die Schultern. »Deine Mutter wäre stolz auf die Frau, die du geworden bist«, sagte sie, »was nichts daran ändert, dass du einen unglaublichen Dickschädel hast.«

Der Kapitän betätigte das Nebelhorn, das Westufer näherte sich. Als die Fähre anlegte, stiegen Agatha und Milly wieder in den Oldsmobile.

Raoul zog sich aus und legte sich aufs Bett. Das Kopfkissen verströmte noch den Duft von Agatha und einer trunkenen Nacht. Er presste es an sich, stöhnte und schlief ein.

Als die Glocke ertönte, öffnete er ein Auge. Er sah auf seinen Wecker. Unmöglich, dass dieser Faulpelz von José vor fünfzehn Uhr auftauchte, und auch der Spirituosen-Lieferant kam nie vor ihm.

Raoul erhob sich, schlüpfte in Hose und Hemd, schlich ins Wohnzimmer und öffnete lautlos die Klappe, die er hatte einbauen lassen, um von oben die Bar sehen zu können. Von seinem Beobachtungsposten aus folgte sein Blick dem Mann, der sich zwischen Tischen und Stühlen hindurch zur Bühne schlängelte. Raoul ergriff einen Baseballschläger und lief leise die Treppe zur Kulisse hinab.

Er verbarg sich hinter dem Vorhang, und als der Fremde an ihm vorbeikam, trat er einen Schritt vor und traf ihn in den Rücken. Der Eindringling schlug der Länge nach hin …

Als Tom wieder zu sich kam, saß er, an Händen und Füßen gefesselt, auf einem Stuhl. Im Kreuz spürte er einen stechenden Schmerz.

»Sie haben Glück, dass ich keine Feuerwaffen mag, sonst wären Sie jetzt tot«, sagte Raoul.

»Und Sie in erheblichen Schwierigkeiten, weil Sie auf einen Marshal geschossen haben.«

»Und meine Tante war Feuerwehrhauptmann«, höhnte Raoul.

»Meine Dienstmarke ist an meinem Gürtel befestigt, Sie brauchen nur meine Jacke anzuheben.«

»Natürlich, damit Sie zu entkommen versuchen! Sonst noch was?«

»Ich bin gefesselt, was sollte ich denn versuchen?«

»Eben nichts! Sie werden hierbleiben, während ich weiterschlafe und über Ihr Schicksal nachdenke.«

»Ich bin Marshal, tun Sie nichts, was Sie später bereuen werden. Der Angriff kann Sie schon teuer zu stehen kommen.«

»Marshal, das bleibt zu beweisen«, antwortete Raoul gutmütig. »Ich weiß, ich brauche nur Ihre Jacke anzuheben, aber dazu habe ich keine Lust. Sie sind bei mir eingebrochen, ohne sich auszuweisen oder einen Durchsuchungsbefehl vorzulegen. Sie müssen zugeben, das ist nicht legal.«

»Die Tür war offen, zum Teufel!«

»Der Vorwand, dass eine Tür nicht abgeschlossen ist, berechtigt Sie nicht, in fremde Häuser einzudringen. Was ist mit dem Respekt des Privateigentums? Haben Sie das in der Marshal-Schule nicht gelernt? Reden Sie keinen Unsinn, Sie haben nicht geklopft und haben bei mir herumgeschnüffelt. Wie viel steht auf Einbruch? Ich werde einen Anwalt anrufen und mich erkundigen. Ich sehe im Telefonbuch nach und komme wieder, außer Sie könnten mir jemanden empfehlen?«

Tom bedachte Raoul mit einem vernichtenden Blick, der diesen gleichgültig ließ.

»Möchten Sie vielleicht ein Glas Wasser? Ich will nicht unhöflich sein.«

»Ich bin im Dienst«, bellte Tom, der die Geduld verlor. »Behinderung der Justiz, darauf stehen zwei Jahre, das können Sie mir aufs Wort glauben.«

»Was für ein Dienst?«, fragte Raoul und nahm ihm gegenüber Platz.

»Wollen Sie sich über mich lustig machen?«

»Ehrlich gesagt ja, und ich wollte dich dasselbe fragen. Denn der Mann, der in meinen Club eingedrungen ist, ist nicht nur einfach ein Marshal, sondern ein alter Bekannter. Glaubst du, mit deinen Falten und den kurzen Haaren hätte ich dich nicht erkannt?«

»Dann hör auf mit dem Quatsch, Raoul. Bind mich los, wir müssen reden.«

»Mit Vergnügen, aber es ist mir lieber, wenn du gefesselt bleibst, weil ich wirklich noch zwei Stunden schlafen muss. Wenn du brav bist, biete ich dir hinterher einen Kaffee an, und wir unterhalten uns.« Raoul erhob sich und ging zur Treppe. Als er den Fuß auf die erste Stufe setzte, wandte er sich zu seinem Gefangenen um. »Wenn du mich aufweckst, weil du dich zu befreien versuchst – was bei diesen Knoten völlig unmöglich ist –, komme ich runter und brate dir so eine über, dass du noch länger schlafen wirst als ich, darauf kannst du dich verlassen.« Dann lächelte er und legte sich in sein Bett.

Oft tauchen in unseren Träumen Bilder aus der Vergangenheit auf. Während ihrer Gefängnisstrafe hatte Agatha das fast als tröstlich empfunden. Die Nacht öffnete ihr die Tür zu einer Freiheit, die ihr tagsüber versagt war. Hätten nicht die Wärter vor Tagesanbruch an die Türen getrommelt, hätte sie ihre ganze Strafe über geschlafen. Wenn sie wach war, lag die einzige Freiheit für sie als Gefangene im Lesen oder Schreiben. Sobald sie zum Stift griff, konnten sie weder Mauern noch Gitter am Reisen hindern.

Ihr Kopf, der am Seitenfenster des Oldsmobile lehnte, rutschte leicht hin und her. Bisweilen wandte Milly den Blick von der Fahrbahn ab und betrachtete die Schlafende. Sie lächelte leicht, und ihre Lippen bewegten sich, als würde sie mit jemandem sprechen, und Milly fragte sich, an wen sie sich wohl wenden mochte.

Brad wartete in einem Café in Tribeca auf sie. Er trug eine offene Matrosenjacke über einem weißen Hemd und eine graue Hose. Er erhob sich, um sie zu begrüßen. Er hatte eine Zigarette zwischen die Lippen geklemmt und verbrannte sich die Finger, als er sie herausnahm, um sie auf die Wange zu küssen. Seine Unsicherheit gefiel Agatha.

Welch eigenartiges Gefühl, wenn sich Freude und Verlegenheit vermischen. Sie empfand dasselbe, und ihn so zu sehen, gab ihr Sicherheit. Sie sprachen beide über die gemeinsame Reise, beschworen Erinnerungen herauf, die noch keine drei Monate alt waren, ohne je den Augenblick zu erwähnen, als Brad während der Überfahrt über den Mississippi, an die Reling gelehnt, den Arm um Agathas

Taille geschlungen hatte. In welchem Moment wirkt die Alchemie, die zwei Menschen verbindet? Worauf beruht sie? Woher rührte jene Scham, die ihr Begehren bremste? Sie dachten beide daran, ohne zu wagen, es einzugestehen. Um Haltung zu wahren, sprach Agatha von den bevorstehenden Aktionen, doch Brad wich dem Thema aus, als wolle er nicht mit ihr darüber reden. Er fragte sie stattdessen nach ihren Vorlieben, ihrer bevorzugten Lektüre und dem, was sie später vorhatte. Sosehr er sich auch bemühte, spürte er doch, dass all das nicht besonders originell war. Er tat es eher, um seine Verwirrung zu verbergen, und sie antwortete ihm auf dieselbe Art.

Als sich Brads Hand der ihren näherte, verschwand das Café in Tribeca in einem dichten Nebel, und seine Stimme verstummte.

Stattdessen tauchten die Ränge des Audimax auf, Agatha saß in der ersten Reihe. Hinter ihr schrien die Studenten, es wurde mit erhobener Hand für eine Fortführung der Besetzung gestimmt. In welcher Universität befand sie sich? Frisco Phoenix, New York? Ein Stuhl war frei zwischen ihr und ihrer Schwester, die so eifrig die Reden mitschrieb, als müsse sie jeden Satz festhalten, jeden Moment der Diskussion, um später einen Artikel zu verfassen. Als Brad aufhörte zu sprechen, strich sie mit verkniffener Miene das Blatt durch und kaute an ihrem Stift.

Die Worte, die sie niederschrieb, schienen direkt aus den Adern zu kommen, die sich unter der zarten Haut an ihrem Hals abzeichneten.

Brad setzte sich wieder, beugte sich zu ihrer Schwester und fragte sie, was sie von seiner Darbietung halte. Diese ungerechtfertigte und plötzliche Verbundenheit verletzte sie. Sie verließ das Audimax und lief über die Gänge.

Hinter den Schließfächern, deren Schubladen sie herausgezogen hatten, um sich vor indiskreten Blicken zu schützen, küsste sich ein Paar.

Etwas weiter saßen drei Mädchen am Boden, die sich unterhielten und aßen. Agatha öffnete die Tür und ging eine Treppe hinab, die ins Untergeschoss führte. Von dort aus konnte man über einen Gang, der zur Kanalisation führte, die Straße erreichen. Den benutzten die Studenten abends, um von der Polizei, die den Campus umstellt hatte, unbemerkt Essen zu holen.

Als sie draußen war, lief sie an der Mauer entlang bis zur Kreuzung, die sie überquerte.

Sie ging zum Supermarkt, doch als sie ihn betrat, befand sie sich in einem gutbürgerlichen Wohnzimmer, in dem in einem Geruch von beißendem Rauch nackte Körper miteinander verschlungen waren. Sie lief weiter und suchte Brad inmitten dieses unwürdigen Gelages. Sie rief ihn, so laut sie konnte, und sah plötzlich, wie er dümmlich lächelnd den Kopf hob. Neben ihm blickte ihre Schwester sie höhnisch lachend an. Sie wollte fragen, warum die beiden sie verraten hatten, doch sie erwachte, bevor er ihr antworten konnte.

»Sie haben fast eine Viertelstunde geschlafen«, sagte Milly.

»Wo sind wir?«, fragte Agatha, als sie die Augen aufschlug.

»In Bakersfield, immer noch in Missouri. Ich hoffe, ich habe den richtigen Weg genommen. Ich muss ohnehin anhalten, um zu tanken und mir die Beine zu vertreten, ich kann nicht länger am Steuer sitzen.«

»Ich muss auch ein paar Schritte laufen.« Agatha seufzte.

»Traum oder Albtraum?«, fragte Milly. »Sie haben ein paar Mal im Schlaf gesprochen.«

»Beides, diesen Traum habe ich öfter, er fängt gut an und hört schlecht auf.«

»Es gab eine Zeit«, meinte Milly, »in der ich mich fürchtete, schlafen zu gehen. Ich kämpfte bis zum letzten Moment, bevor mich die Müdigkeit doch übermannte. Nichts machte mir mehr Angst als dieser Zustand des Halbbewusstseins, wenn im Dunkel das geringste Geräusch zum Echo der eigenen Ängste wird, das Schweigen zur Erinnerung an den eigenen Tod oder schlimmer noch an den eines geliebten Menschen.«

»War das nach dem Tod deiner Mutter?«

»Nein, es war jeden Abend in meiner Kindheit und Jugend.«

»Erzähl mir von deiner Mutter. Warum sollte nur immer ich dir etwas anvertrauen?«

»Mummy war eine Künstlerin, aber ihre Gemälde fanden nicht viele Käufer, und wenn doch, zu bescheidenen Preisen auf den Flohmärkten, die sie selbst im Frühjahr und Sommer organisierte. Zum Überleben schlug sie sich mit kleinen Jobs durch. Entweder half sie der Floristin, die Rosensträucher zurückzuschneiden, Kränze für Beerdigungen oder Buketts für Hochzeiten zu binden, oder sie gab den Kindern in der Nachbarschaft Nachhilfestunden. Gitarre, Englisch, Geschichte, Algebra, alles Mögliche. Im Winter sprang sie oft als Fahrerin ein. Mit einem Pick-up holte sie

Nachbarn ab und brachte sie zum Arzt, zum Friseur, zum Holzholen, zum Lebensmittelladen oder ins Einkaufszentrum von Santa Fe. In den Jahren, in denen wir sehr arm waren, hätte sie bei der Gemeinde Unterstützung beantragen können, doch es war ihr Ehrgeiz, uns ein Dach über dem Kopf zu bieten und nie den Hunger in ihr Haus zu lassen. Wenn ich genug davon hatte, Verständnis zu heucheln, tröstete sie mich, indem sie mir sagte, wir wären eben anders als die anderen und würden uns selbst genügen. Doch mir graute vor dieser Andersartigkeit. Unsere Not blieb nicht unbemerkt, und die herablassende Haltung der Mütter meiner Freundinnen, bei denen ich zum Geburtstag eingeladen war, verletzte mich zutiefst. Ich war immer schlecht gekleidet, die Pullover waren zu groß oder zu klein, und die Schule ist grausam.«

»Das verstehe ich nicht. Als wir im Christmas Center waren, hast du doch erzählt, deine Mutter hätte dich als Kind verwöhnt«, warf Agatha ein.

»Haben Sie nie aus Stolz gelogen? Ich war schon immer stolz, das ist so, und ich kann nichts dafür. Man traut es mir zwar nicht zu«, fuhr Milly fort, »aber im Gymnasium habe ich mich oft mit Mädchen geschlagen, die sich über mich lustig machten.«

»Ich hoffe, du hast diese Zicken ordentlich verprügelt!«

»Manchmal kam meine Großmutter spontan bei uns vorbei, wenn meine Mutter nicht da war, steckte mir ein paar Dollars zu und füllte unseren Speiseschrank auf. Meine Mutter wusste sehr wohl, dass die Konserven nicht von Zauberhand kamen, aber sie tat, als wäre nichts.«

»Haben sich die beiden nicht gut verstanden?«

»Sie haben kaum miteinander gesprochen. Sie waren immer zerstritten, aber ich habe nie herausgefunden, warum. Maninia, so nannte ich meine Großmutter, hatte zwei Töchter, meine Mutter war die Älteste. Die Jüngere ist vor meiner Geburt gestorben. Ich habe nie ein Foto von meiner Tante gesehen. Maninia sagte, der Verlust eines Kindes sei eine Wunde, die nie verheilt, und es war verboten, von der Tochter zu sprechen, die sie verloren hatte. Die wenigen Male, die ich versucht habe, das Thema anzuschneiden, verschloss sie sich wie eine Auster und ging. Ich habe nicht weiter insistiert, ich wollte sie nicht mit meiner Neugier quälen. Eine Großmutter ist sanft, aber auch empfindlich.«

Agatha wandte den Kopf zum Fenster.

»Maninia war meine Komplizin und Vertraute, bei ihr brauchte ich nicht zu lügen«, fuhr Milly fort. »Ihr Verlust war der größte Kummer meines Lebens. Sie hat mir ihr Auto und damit die Freiheit geschenkt. Ich glaube, sie wollte auch nach ihrem letzten Atemzug meiner Mutter noch widersprechen.«

Milly warf einen Blick auf ihre Beifahrerin und sah im Spiegelbild der Scheibe, dass ihr Tränen über die Wangen rannen.

»Sind Sie traurig?«

»Tut mir leid«, sagte Agatha, »die Müdigkeit macht sensibel, in den letzten Tagen habe ich viel erlebt, und daran bin ich nicht mehr gewöhnt.«

»Nein, mir tut es leid. Ich hätte Ihnen das alles nicht erzählen sollen, ich wollte Ihnen nicht wehtun. Und so finster war meine Kindheit nun auch wieder nicht, es gab fantastische Momente. Wir waren zwar arm, aber mit heutigen Augen betrachtet, stimmt es, wir waren anders – im guten Sinne. Mummy war eine geniale Frau, und sie hatte viel Humor, eine eiserne Moral und war wirklich tapfer. Ihr erzwungener Optimismus grenzte oft an Leichtsinn, und dennoch glaube ich, sie hatte recht. Sie gab immer vor, die Leute nicht zu mögen, aber auch das war gelogen. Man konnte sich auf sie verlassen, und diejenigen, die sie wirklich kannten, mochten sie sehr. Sie hätten sich sicher gut mit ihr verstanden.«

»Möglich.«

Milly hielt an einer Tankstelle und tankte voll. Agatha ging bezahlen und kam beladen mit Süßigkeiten zurück.

»Marshmallows, Lakritze oder Schokolade? Ich habe nichts dabei, was weniger als hundert Kalorien hat.«

»Warten Sie hier auf mich«, sagte Milly, »ich will Frank anrufen.«

Statt einer Antwort öffnete Agatha die große Tüte und bediente sich rückhaltlos.

Das Telefon in der Hand entfernte sich Milly ein wenig. Agatha beobachtete sie aus den Augenwinkeln. Das Gespräch dauerte, und als Milly bemerkte, dass Agatha den Blick nicht von ihr wandte, ging sie seufzend ein Stück weiter.

Kurz darauf kam sie zurück, setzte sich ans Steuer und ließ den Motor an.

»Geht es ihm gut?«, fragte Agatha beiläufig.

»Wir sind bald in Eureka, ich habe den Eindruck, dort erwartet uns Regen, der Himmel wird immer dunkler.«

»Wenn das, was ich erzähle, dich langweilt, brauchst du es nur zu sagen.«

»Er arbeitet viel, und er möchte, dass ich nach Hause komme.«

»Damit du dich um ihn kümmerst?«

»Weil ich ihm fehle«, versicherte Milly verärgert.

»Und fehlt er dir auch?«

»Was haben Sie bloß gegen ihn?«

»Gar nichts, ich kenne ihn ja nicht einmal. Im Übrigen würde ich gerne etwas mehr über ihn erfahren. Welche Art Mann ist er? Die einzigen Liebesgeschichten, die ich kenne, stammen aus Romanen.«

Milly berichtete, wie sie Frank kennengelernt hatte, lobte seine Vorzüge, die Sicherheit, die er ihr gab. Ihre Beziehung war nicht von glühender Leidenschaft geprägt, aber ohne Konflikte. Ihr gemeinsames Leben entwickelte sich nach und nach, und es gab weder Auseinandersetzungen noch Lügen, was will man mehr?

Nach einigen Kurven führte die Straße geradeaus in ein weites Tal, das im Westen von einer Hügelkette begrenzt wurde. Hinter den weißen Zäunen, die sich bis zum Horizont erstreckten, grasten Herden von Pferden, die Wiesen waren so riesig, dass man den Eindruck hatte, sie würden in der Wildnis leben.

Drei Meilen weiter führte zwischen den Gattern ein Weg in nördlicher Richtung den Berg hinauf.

»Bieg da ab«, sagte Agatha.

Der Oldsmobile fuhr über die Piste, zwei Pinto-Hengste folgten ihm zuerst mit dem Blick, dann im Galopp. Milly nahm die Herausforderung an und gab Gas, während Agatha mit aufgerissenen Augen ihr im Wind flatterndes Haar zu bändigen versuchte. Milly stieß Schreie aus wie die Cowboys, wenn sie ihre Herden zusammentreiben, doch die Pferde gewannen mit Leichtigkeit das Wettrennen, sie verschwanden in der Ferne, und Milly verringerte das Tempo.

Vor ihnen tauchte ein Gebäude im Kolonialstil auf, das man für eine Kulisse aus *Vom Winde verweht* hätte halten können.

»Ist das das Anwesen Ihres Freundes?«

»Ich habe ganz den Eindruck. Max hat mich gewarnt, aber das übersteigt meine Erwartungen.«

»Glauben Sie, ich darf mal reiten?«

»Kannst du das denn?«

»Ich bin im Süden aufgewachsen, dort gibt es mehr Feldwege als Straßen. Bei uns konnten alle reiten. Mummy war eine hervorragende Reiterin. Ob nun auf einem Pferd oder einem Motorrad, sobald ich querfeldein jagen konnte, war ich glücklich.«

»An dir ist wirklich ein Junge verloren gegangen!«

»Einen Mann musste es ja im Haus geben«, meinte Milly und parkte unter dem Vordach.

Ein Butler erschien auf der Freitreppe. Er musterte die beiden zerzausten und staubbedeckten Frauen mit gerunzelter Stirn.

»Die Stallungen sind auf der anderen Seite des Anwesens«, erklärte er manieriert. »Fahren Sie zurück auf die Straße und dann Richtung Eureka, von dort geht der Weg ab.«

»Sehe ich etwa aus wie eine Pferdepflegerin?«, fragte Agatha und ging auf ihn zu.

Der fassungslose Butler musterte Milly.

»Vielleicht Miss Daisy und ihr Chauffeur?«

»Nein, Miss ›Tritt-in-den-Arsch‹, wenn du weiter so mit mir redest.«

»Tut mir leid, aber wir machen keine Touristenführungen auf unserem Landsitz. Wir kaufen auch nichts von Hausierern oder all den anderen, die uns das Jahr über belästigen. Falls es Ihnen entgangen sein sollte, Sie befinden sich auf einem Privatgelände, also, hopp, hopp, umkehren!«

»Alfred, sagen Sie Ihrem Boss, dass eine alte Freundin vor der Tür auf ihn wartet.«

»Ich heiße Willem, mein Chef ist abwesend, und ich habe für heute keinen Besuch im Terminkalender vermerkt, ich befürchte also …«

»Sagen sie Quint, eine Schwester von Soledad ist zu Besuch gekommen, und beeilen Sie sich etwas, mein Junge. Zum einen gehen Sie mir langsam ernsthaft auf die Nerven, zum anderen waren wir den ganzen Tag unterwegs, also hopp, hopp, wie Sie sagen! Und eine Erfrischung würden wir nicht ablehnen.«

Verdattert angesichts der Entschlossenheit dieser seltsamen Besucherin, wandte sich der Butler ab.

»Sei so nett und hol meine Tasche aus dem Kofferraum«, bat Agatha. »Ich möchte Quint alleine begrüßen.«

Beeindruckt von so viel Unverfrorenheit entfernte Milly sich.

Quint erschien auf der Freitreppe, und seine misstrauische Miene verwandelte sich in ein breites Lächeln, sobald er Agatha erkannte.

Statt einer Begrüßung versetzte sie ihm zwei Ohrfeigen. »Die erste ist dafür, dass du mich so oft im Gefängnis besucht hast, die zweite für dein unverschämtes Verhalten bei unserer letzten Begegnung.«

»Ich wollte gerade sagen: ›Hanna, was für eine wundervolle Überraschung‹«, rief Quint aus und rieb sich die Wange, »aber ich war etwas voreilig.«

»Hanna gibt es nicht mehr, ich heiße jetzt Agatha. Versuch, dir das zu merken, vor allem, nachdem wir nicht allein sind. Und übrigens, jetzt, wo wir quitt sind, kannst du mich auch umarmen und küssen.«

Das tat Quint auf der Stelle und bat sie dann herein.

Milly, die die Szene verblüfft beobachtet hatte, hielt sich mehrere Schritte im Hintergrund.

»Mach den Mund zu, sonst verschluckst du eine Fliege, und steh nicht so dumm rum!«

»Wer ist das?«, fragte Quint.

»Sie hat mich als Anhalterin mitgenommen, und wir haben uns unterwegs angefreundet. Pass auf, was du in ihrer Gegenwart sagst«, fügte sie leise hinzu.

Der Butler wollte ihr die Tasche abnehmen, doch Agatha hielt sie fest und sah ihn böse an.

»Tut mir leid wegen vorhin, Madam«, flüsterte er.

»Es sollte Ihnen nie leidtun, wenn Sie Ihren Job korrekt machen, und ich bin keine Petze«, erklärte sie, während sie über den Gang lief. »Holen Sie meine Freundin. Ich weiß nicht, was mit ihr los ist, sie ist wie versteinert.«

Der Butler, der sich an den vorangegangenen Austausch erinnerte, fragte sie, was sie trinken wolle.

»Irgendetwas Starkes, aber bitte diskret, ich muss auf meinen Ruf achten.«

Der Butler verbeugte sich und ging zu Milly.

Quint führte seinen Gast in den Salon. An den holzvertäfelten Wänden hingen dunkle Gemälde, die wie im Museum von kleinen Lampen erhellt wurden. Die Intarsien-Möbel waren vollgestellt mit Ziergegenständen. Decken, Türen und Fenster waren stuckgerahmt, alles war überladen.

»Bist du in Fort Knox eingebrochen?«, fragte Agatha und ließ sich auf ein weiches Sofa sinken.

»Ich habe es klüger angestellt. Statt mich darauf zu versteifen, das System zu verändern, habe ich von ihm profitiert. Nachdem ich es nicht zerstören konnte, habe ich es herausgefordert. Und ich habe gewonnen.«

»Es sei denn, du wärst, indem du dich zu seinem Diener machst, reich entlohnt worden.«

»Das ist eine Frage der Sichtweise. Aber bei den Summen, die ich monatlich an karitative Vereinigungen überweise, kämpfe ich konkreter gegen die Armut als zu der Zeit, in der wir in dunklen Kellern Flugblätter abzogen.«

»Tust du es für die Armen oder um dein Gewissen zu beruhigen?«

»Warum sollte ich es beruhigen? Weil ich in Wohlstand lebe? Ich habe mich meine ganze Jugend über engagiert, und ich habe nichts vergessen – weder, woher wir kommen, noch, was wir getan haben, und schon gar nicht, warum, aber ich bin davon überzeugt, dass ich meiner Umgebung heute mehr Gutes tue, als wir es gestern konnten. Richte nicht über mich, ohne Bescheid zu wissen. Ich habe dieses System, das wir so sehr gehasst haben, ausgenutzt, und ich gebe einen großen Teil meines Verdiensts weiter. Ich finanziere Schulen, zwei Krankenstationen, zwei Altenheime, ich habe in der Gegend einhundert Arbeitsplätze geschaffen, und ich tue nicht so, als wäre ich ein Heiliger. Das kann man von den meisten Mitgliedern unserer Regierung nicht behaupten.«

»Ich habe dich nicht um Erklärungen gebeten, und ich bin nicht gekommen, um dich zu richten. Du lebst, wie du willst, und umso besser, wenn du anderen hilfst. Ich könnte nicht behaupten, in den letzten dreißig Jahren irgendetwas für meine Nächsten getan zu haben.«

»Dann lass uns das Thema wechseln. Ich habe schon zwei Ohrfeigen bekommen, wir wollen über Angenehmeres reden. Wann haben sie dich freigelassen?«

»Ich habe mich heimlich durch die Hintertür aus dem Staub gemacht«, erklärte Agatha und genoss die Verwirrung, die ihre Worte bei Quint auslösten.

»Du bist auf der Flucht?«

»Ja, und jetzt, wo du es weißt, machst du dich mit jeder Minute der Fluchthilfe schuldig.«

»Inwiefern kann ich dir zu Hilfe kommen, Agatha?«

»Lustig«, entgegnete sie, »ich fand deine Ausdrucksweise schon damals großspurig, und daran hat auch die Tatsache, dass du am Ende der Welt Pferde züchtest, nichts geändert, diese hochtrabende Art ist dir eigen.«

»Ist das ein Kompliment oder eine Kritik?«

»Eine Feststellung. Meine Schwester hat mir gesagt, sie hätte dich besucht, während ich im Gefängnis war.«

»Wäre das der Fall gewesen, wäre ich bestimmt als Erster erstaunt gewesen, und meine Ausdrucksweise hätte die Eloquenz verloren, die du ihr zusprichst. Ich will direkt sein: Die Zeit ist vergangen, und die alten Bettgeheimnisse müssen nicht mehr gewahrt werden. Sie und ich hatten eine Beziehung, die nicht gerade friedlich auseinandergegangen ist. Du warst zu klein, um es wirklich mitzubekommen, aber deine Schwester war damals leicht zu haben und ganz schön durchtrieben. Ich war ein gehemmter junger Mann, der nicht sicher war, ob er sich wirklich zu Frauen hingezogen fühlte, und auch wenn wir die sexuelle Revolution lebten, war es nicht in Mode, sich zu outen. Deine Schwester war anders, eine Kämpfernatur, ein Mann im Körper einer Frau. Ich war verrückt nach ihr, und sie hat mich benutzt. Ich war ihr bewaffneter Arm, ich tat alles, was sie wollte, und für sie bin ich inakzeptable Risiken eingegangen. Hätte sie mir gesagt, ich solle Georges Jackson befreien, hätte ich vermutlich das Gefängnis angegriffen. Ich hielt sie für aufrichtig, aber das war naiv von mir. Während ich ihre Befehle ausführte, schlief sie mit immer anderen Männern.«

»Das reicht, Quint, ich habe genug gehört.«

»Ich bin der Letzte, den deine Schwester besucht hätte, denn sie wusste, dass sie nicht willkommen gewesen wäre.«

Der Butler führte Milly in den Salon. Er servierte Erfrischungen und zwinkerte Agatha zu, als er ein Glas Orangensaft auf den kleinen Tisch neben ihr stellte, dem er eine kräftige Dosis Wodka zugefügt hatte. Dann ging er.

»Milly würde gerne reiten, meinst du, das wäre möglich?«

»Sind Sie eine gute Reiterin?«, fragte Quint.

»Ich komme klar«, erwiderte Milly.

»An Pferden fehlt es hier nicht, ich werde eines für Sie satteln lassen, und einer meiner Männer wird Sie begleiten. Wir haben hier eine sehr schöne Landschaft, die Sonne geht zwar in zwei Stunden unter, aber wenn Sie gleich aufbrechen, haben Sie noch genügend Zeit zu einem hübschen Ausritt.«

Quint griff nach dem Telefon, rief den Butler an und gab ihm Anweisungen. Kurz darauf öffnete sich die Tür, Milly entfernte sich überglücklich und bedankte sich bei ihrem Gastgeber.

»Seien Sie vorsichtig, unsere Pferde sind wild.«

»Keine Sorge«, rief Milly und eilte davon.

»Aber ich mache mir schon Sorgen«, protestierte Agatha und leerte ihr Glas in einem Zug. »Tu mir den Gefallen und gib ihr einen sanften Gaul. Ich will nicht, dass ihr etwas zustößt.«

Quint seufzte ungeduldig. »Jetzt, wo wir alleine sind, sag mir, warum du wissen wolltest, ob deine Schwester hier war.«

»Nachdem sie sich nicht gemeldet hat, ist das bedeutungslos. Können wir über Nacht hierbleiben?«

»Heute Nacht und so lange du willst. Das Haus ist riesig, ich habe sechs Gästezimmer, die nie belegt sind. Vielleicht willst du dich frisch machen, bevor das Essen serviert wird?«

»Gefällt dir meine Frisur nicht?«, fragte Agatha.

»Ehrlich gesagt, meine Liebe, finde ich, dass du unglaublich schmutzig bist. Geh rauf und nimm ein Bad!«

»Ehrlich gesagt, mein Lieber, das klingt wie Rhett Butler, und das ist kein Kompliment.«

Agatha verließ den Salon und stieg die Treppe hinauf, die zu den Gästezimmern führte. Oben angekommen, drehte sie sich um und betrachtete die große Eingangshalle von Quints Landhaus. Als sie die Suite betrat, in der der Butler ihr Gepäck abgestellt hatte, wurde ihr fast schwindelig. Nie in ihrem Leben hatte sie einen solchen Luxus gesehen. In den Marmorboden des Badezimmers war eine riesige Wanne eingelassen. Über einem Lapislazuli-Becken warf ihr ein goldgerahmter Spiegel das Bild des Lebens zurück, für das sie sich entschieden hatte.

Als sie in dem duftenden Schaum lag, zogen verschiedene Bilder an ihrem geistigen Auge vorüber: das Gesicht ihrer Mutter, die ihr befahl, das Haus nicht zu verlassen; ihre Schwester, die sie hinaus in die Nacht zog; Bruchstücke der Reise, die sie gemeinsam durch das Land gemacht hatten; das Gefängnistor, das sich hinter ihr schloss. Der geflieste Raum, in dem man sie ausgezogen und gedemütigt hatte, um ihr dann ihre Sachen abzunehmen; die Nummer auf dem orangefarbenen Overall, der ab jetzt ihre einzige Kleidung sein sollte; der lange Gang, über den sie an Händen und Füßen gefesselt lief; die Wut der Gefangenen, die an ihre Gitter schlugen, um den Neuling zu begrüßen, den man einsperrte; der endlose Korridor, der sie auf den Weg in ihre Gefangenschaft führte. Sie fröstelte, als sie die Geräusche des Gefängnisses hörte. Das Klicken der Schlösser, das Quietschen der Wasserhähne in der Dusche, das dumpfe Murmeln der Gewalt, letzte Rettung vor der Verzweiflung für jene, die nichts mehr zu verlieren hatten. Sie hatte in der Hölle gelebt und fand sich plötzlich in einer paradiesischen Umgebung wieder. Ihre Kehle zog sich zusammen, und es verschlug ihr den Atem. Da sie zu ersticken glaubte, sprang sie aus der Wanne und brach auf dem Boden zusammen.

Es dauerte eine ganze Weile, bis sie sich beruhigt hatte. Als ihr Herz wieder normal schlug und ihr Atem langsamer ging, erhob sie sich, schlüpfte in einen Bademantel und ging sich anziehen.

Auf dem Weg zum Salon traf sie den Butler, der ihr mitteilte, sein Chef erwarte sie draußen, und sie dann zu ihm führte.

Quint saß auf den Stufen der Freitreppe.

»Können wir noch einmal von vorn anfangen?«, fragte er, als er sie kommen hörte.

»Von vorn anfangen? Was denn?«

»Unser Wiedersehen. Mir gefiel dieser Augenblick im Salon überhaupt nicht. Weißt du, hinter meiner Großspurigkeit habe ich mich eigentlich nicht verändert. Es heißt immer, die Fünfziger bringen Selbstvertrauen und Abgeklärtheit, aber zu mir kamen sie mit leeren Händen. Zweifel, Ängste, ein ständiges Gefühl der Niedergeschlagenheit haben mich nie verlassen. Ich denke sehr oft an das, was wir gemeinsam erlebt haben.«

»Hättest du vielleicht eine Zigarette?«, fragte Agatha und setzte sich neben ihn.

»Ich lasse dir eine bringen.«

»Nein, Quint, ich möchte, dass du mir eine holst und dass du mit zwei kühlen Bier zurückkehrst, die wir aus der Flasche trinken. Vielleicht finde ich dann den Mann wieder, den ich einmal kannte.«

Quint gehorchte und tauchte einige Augenblicke später erneut auf. Er hatte seine Samthose und das weiße Hemd gegen eine abgewetzte Jeans und ein schwarzes T-Shirt eingetauscht.

»Besser so?«

»Es sieht dir schon ähnlicher. Na ja, zumindest der Erinnerung, die ich an dich habe.«

Quint schob sich zwei Zigaretten zwischen die Lippen, riss ein Streichholz an, zündete beide an und reichte eine Agatha. Sie nahm einen langen Zug, bevor sie den Rauch hustend ausblies.

»Sag mal, ist da nur Tabak drin?«

»Fast!«, erwiderte Quint und lachte.

»Wie hat es dieser abgerissene Typ, den ich einmal kannte, zu so viel Erfolg im Leben gebracht?«

»Das erzähle ich dir bei Tisch. Da muss ich zumindest nicht jedes Wort auf die Goldwaage legen aus Angst, vor deiner Freundin etwas Verkehrtes zu sagen. Vorhin hätte ich dich ein paar Mal fast bei deinem wahren Vornamen genannt.«

»Pass in ihrer Gegenwart auf, ich flehe dich an!«

»Hältst du mich für blöd, oder ist es nur Zufall? Denn die Ähnlichkeit zwischen dieser Milly und …«

»Ja«, unterbrach Agatha, »Milly ist meine Nichte. Sie weiß es nicht, und so soll es auch bleiben.«

»Ich verstehe. Und du hast dir den Vornamen deiner Schwester ausgeliehen, damit die Dinge noch einfacher werden?«

»Milly war noch nicht auf der Welt, als wir unsere Identitäten getauscht haben. Für sie hat ihre Mutter immer Hanna geheißen. Würde ich meinen wahren Vornamen wieder annehmen, würde sie vielleicht hellhörig.«

»Warum soll sie nichts wissen? Erzähl mir nicht, dass euch der Zufall zusammengeführt hat.«

»Max hat dem Zufall ein wenig nachgeholfen. Ich wusste,

wo und wann ich ihr begegnen konnte. Sie führt ein betrüblich regelmäßiges Leben.«

»Du hast meine Frage nicht beantwortet.«

»Sie hat nicht die leiseste Ahnung, dass es mich gibt, weiß nichts über die Vergangenheit ihrer Mutter und dem, was zwischen uns vorgefallen ist.«

»Sie wusste nicht mal, dass sie eine Tante hatte?«

»Doch, aber man hat ihr gesagt, ich sei vor ihrer Geburt gestorben.«

»So etwas hat deine Schwester zu behaupten gewagt?«

»Noch trauriger, Mum war es, die mich beerdigt hat.«

»Das tut mir leid ...« Quint seufzte. »Diese Nachricht hat sicher sehr wehgetan.«

»Ich hätte es ahnen können, Mum hat mir nie verziehen. Ihrer anderen Tochter übrigens auch nicht. Was Milly betrifft, so wollte ich sie kennenlernen, davon habe ich jahrelang geträumt. Aber ich möchte ihr Leben nicht auf den Kopf stellen.«

»Bist du ihretwegen ausgebrochen?«

»Für sie und andere Dinge, die uns beide betreffen.«

»Was kann ich tun, um dir zu helfen?«

Zwei Reiter näherten sich im Galopp. Agatha staunte, wie sicher Milly ihr Pferd beherrschte.

»Deine Nichte hat eine gute Haltung zu Pferde«, rief Quint begeistert. »Man könnte sogar sagen, dass sie richtig reiten kann.«

Seltsamerweise machte dieses Kompliment Agatha stolz.

»Ich bitte dich, Quint, pass wirklich auf, was du in ihrer Gegenwart sagst.«

»Keine Sorge, ich kann ein Geheimnis hüten.«

»Hast du noch Kontakte zu unserer Truppe?«

»Nein«, erwiderte Quint. »Ich war immer das schwarze Schaf der Gruppe, das man zwar duldet, aber nicht wirklich achtet oder respektiert.«

»Sagst du das wegen deiner Hautfarbe?«

»Natürlich nicht, das war nur eine Analogie.«

»Das hatte ich auch so verstanden, fand es aber trotzdem witzig.«

»Kaum hatte ich den Untergrund verlassen, traf ich einen alten Freund der Black Panthers, mit dem ich damals Kontakt hatte. Später, als ich hier anfing, nahm ich einmal ein Mädchen aus der Studentenbewegung auf, die einen Job und ein Dach über dem Kopf brauchte. Eine gewisse Jennifer, du kanntest sie nicht. Sie kam gut mit den Pferden zurecht. Dann ist sie eines Tages verschwunden, und ich habe sie nie wiedergesehen! Von den anderen habe ich nur gelegentlich etwas gehört, aber schon seit Langem nicht mehr. Und du?«

»Max ist der Einzige, der mich besucht hat, ein Mal im Jahr. Lucy kam anfangs auch, aber dann hörten ihre Besuche auf. Raoul schrieb ein, zwei Mal im Jahr. Von dem Rest nichts als Schweigen. Ich nehme es niemandem übel, vermutlich haben alle nur versucht, ihre Haut zu retten.«

»Ich wünschte, ich hätte es gekonnt, aber ich hatte zu große Angst. Ein Gefängnis betreten, im Besuchszimmer zu sitzen und die Leibesvisitationen über mich ergehen zu lassen, ging über meine Kräfte.«

»Du musst dich nicht rechtfertigen, Quint. Da du Agatha so nahestandest, müsstest du eigentlich auch wissen, zu wem sie Vertrauen hatte.«

»Deine Schwester vertraute niemandem. Sie verstand sich sehr gut mit Vera. Ich glaube sogar, sie schliefen miteinander, aber ich habe es nie beweisen können. Und übrigens auch mit Robert, dem Cousin von Max. Ich weiß nicht, ob du dich an ihn erinnerst, ein kleiner, nicht besonders hübscher Kerl. Und dann war da noch Bill, der lag auch in ihrem Bett. Was möchtest du eigentlich wissen?«

»Ich sag es noch einmal, wem vertraute sie am meisten?«

»Das würde ich dir gerne sagen, aber ich weiß es nicht.«

»Lebt Vera noch in Woodward?«

»Wer hat dir das gesagt?«

»Max hat nie ganz aufgegeben, er ist unser kollektives Gedächtnis. Er weiß, was aus jedem geworden ist. Ohne ihn hätte ich nicht ausbrechen können, und Milly hätte ich auch nicht gefunden.«

»Vera ist Lehrerin und hat einen netten Mann geheiratet. Das letzte Mal traf ich sie zufällig bei einem Pferderennen in Oklahoma. Sie hat sich überhaupt nicht verändert; immer noch so stolz und schön. Willst du sie besuchen?«

»Schon möglich.«

»Und danach, wo willst du dann hin?«

»Ans Meer, wenn ich es bis dahin schaffe. Ich träume seit Jahren von einem Horizont, so weit das Auge reicht, diesen Anblick möchte ich mir gönnen.«

Milly und ihr Begleiter ritten nun Schritt. Vor dem Haus zog sie kurz an den Zügeln, um das Pferd zum Stehen zu bringen. Quint lobte ihre Reitkunst, als sie strahlend und etwas außer Atem abstieg.

»Danke, das war wundervoll.«

»Sie sind eine gute Reiterin«, erwiderte er und tätschelte den Hals des Pintos.

Er bedeutete dem Begleiter, die Pferde in den Stall zurückzubringen. Milly blieb bei ihnen.

»Gehen Sie rasch duschen, wir werden zu Tisch erwartet.«

Das ließ sich Milly nicht zweimal sagen. Sie verabschiedete sich von ihrem Begleiter und verschwand.

Beim Abendessen erklärte sich Quint auf Agathas Bitten hin bereit, aus seiner Vergangenheit zu erzählen.

»Ich bin vor zwanzig Jahren hier gelandet, im Gepäck nur meine dunkle Hautfarbe und mein grenzenloser Zorn. John, der Eigentümer des Anwesens, hatte mich als Anhalter mitgenommen. Er war gerade aus Albuquerque zurückgekommen, wo er seine Frau beerdigen musste. Ich hätte ihn anschwindeln können, aber ich sagte ihm die Wahrheit, warum, weiß ich selbst nicht. Ich war gerade aus dem Gefängnis entlassen worden, wo ich wegen Ladendiebstahls sechs Monate abgesessen hatte. Diese Strafe verdankte ich einem rassistischen Richter, der nicht im Entferntesten ahnte, dass er mich auch für sehr viel schwerere Verbrechen hätte verurteilen können. Ich hatte an verbotenen Demonstrationen teilgenommen, Bullen verprügelt, öffentliche Gebäude in die Luft gesprengt. Aber wegen drei Konserven und zwei Tafeln Schokolade, die ich in einem kleinen Laden geklaut hatte, weil ich vor Hunger fast gestorben wäre, ging ich nun in den Knast. Dieser Richter verstand nie, warum sein Angeklagter bei der Verkündung des Urteils so erleichtert war. Ich hatte Glück und kam ins Distriktgefängnis, das war nicht ganz so schlimm. Allerdings war ich sehr vorsichtig und nahm alle Erniedrigungen, Schikanen und Gewalttätigkeiten vom Aufsichtspersonal oder meinen Mitgefangenen hin, ohne eine Miene zu verziehen. Ich zählte die Tage, immer bestrebt, ja keinen Vorwand für eine Verlängerung der Strafe zu liefern.« Quint betrachtete Milly eingehend. »Willst du wissen, wie für einen Schwarzen ein Tag im Gefängnis aussieht? Die Aufseher fördern Rassenkonflikte und Prügeleien unter den Mitgliedern der verschiedenen Ethnien. Um die Zeit totzuschlagen, schließen sie Wetten ab und geben privilegierten Gefangenen sogar Waffen, den Weißen, wenn es gegen Latinos geht, den Latinos, wenn es gegen uns geht. Um die Gunst der Aufseher zu erringen, musste man die anderen provozieren. Ihre liebste Zerstreuung bestand darin, zu beobachten, wie wir uns gegenseitig umbrachten. Einem Kubaner befahlen sie, seinen Nachttopf in die Zelle eines Schwarzen zu kippen und ihm einen schönen Gruß von Malcolm X zu bestellen. Bei den Weißen behaupteten sie, einer von uns hätte geschworen, ihre Frauen zu vergewaltigen, sobald er draußen wäre. Oder sie zwangen uns, zerstoßenes Glas ins Essen irgendeines Gefangenen zu mischen, nur weil er eine andere Hautfarbe hatte. Nichts erfreute sie mehr, als unter den Gefangenen Hass zu schüren und ein Klima des Terrors zu schaffen, das selbst den aufrechtesten Mann zerstören konnte. Ihr einziges Ziel war es, uns zu vernichten, aber ich habe nie klein beigegeben. Diese Typen in Uniform verdroschen uns den ganzen Tag lang und schlugen sich den Bauch voll, während wir nicht genug zu essen bekamen, weil der Gouverneur des Bundesstaates die Rationen der Gefangenen um die Hälfte gekürzt hatte. Diese Männer, die uns in den Kerker schickten, falls sie uns nicht gleich ungestraft eine Kugel in den Kopf jagten, nur weil wir es wagten, ihnen in die Augen zu schauen, gingen sonntags mit ihrer Familie in die Kirche und flehten den Herrn um Barmherzigkeit an. Durchschnittsmenschen flüchten sich gern in religiösen Eifer, der ihnen das Gefühl vermittelt, dass alles, was sie tun, richtig ist, weil sie Gott auf ihrer Seite haben. Ihre Brutalität kannte keine Grenzen. Aber jedes Mal, wenn es Schläge hagelte, dachte ich an den Napalm-Regen, der in Vietnam auf Kinder fiel, und ich wusste, dass es mich hätte viel härter treffen können. Ich hielt durch, und sie ließen mich frei. – Aber was sollte ich draußen tun? Mich elf Stunden am Tag in einer Fabrik abschuften? Dazu war ich körperlich nicht mehr in der Lage. Eine Uniform anziehen, Portier vor einem Restaurant werden und mich vor Weißen verbeugen, die für eine Mahlzeit mehr Geld ausgaben, als ich in einem Monat verdiente? Ich hätte auch Tellerwäscher in einem Café werden können, doch ich wählte die Landstraße und die Freiheit. Ich bin fünf Tage gelaufen, habe mich bei jedem Auto in den Graben geworfen, aus Angst, man könnte mich wegen Vagabundierens wieder ins Gefängnis werfen. Ich war am Ende meiner Kräfte und so schwach, dass ich es nicht mehr schaffte, mich zu verstecken, als sich Johns Auto näherte. Ich weiß nicht, was mich dazu brachte, diesem Unbekannten, der so freundlich war, mich mitzunehmen, mein Leben zu erzählen. Ich konnte nicht glauben, dass er nur meinetwegen angehalten hatte. Aber John hörte zu, ohne ein Wort zu sagen. Obwohl ich nach kaltem Schweiß stank, machte er nicht einmal das Fenster auf. Der Gestank war tierisch. Als ich ihn höflichst darauf aufmerksam machte und mich entschuldigte, hörte ich zum ersten Mal seine Stimme. Er sagte: ›Mein Junge, ich komme von einer Beerdigung. Nichts Lebendes kann so sehr stinken wie der Tod. Aber wenn dich mein Eau de Toilette stört, kannst du gerne das Fenster herunterdrehen.‹ Er hat mich mit zu sich nach Hause genommen. Allerdings nicht in dieses Haus, sondern in die kleine Siedlung hinter den Ställen. Im Vergleich zu dem, wo ich herkam, war das ein unglaublicher Luxus. Ein Zimmer für mich allein, ein Bett mit frischen Leinentüchern, ein Tisch, ein gepolsterter Stuhl, eine Dusche mit Waschbecken, ein Spiegel und eine saubere Toilette. John ließ mir Kleidung bringen und eine warme Mahlzeit. Er sagte, er käme am nächsten Tag wieder, und wünschte mir eine gute Nacht. Am Morgen klopfte er an und rief, dass er draußen auf mich warte. Ich war misstrauisch, so großzügig konnte niemand sein, ohne eine Gegenleistung zu erwarten. Ich dachte, er wollte mir irgendeine dreckige Arbeit anhängen, vielleicht brauchte er einen Handlanger für einen Racheplan. Schließlich kam er gerade von einer Beerdigung. Während ich mich anzog, gingen mir eine Menge schlechter Gedanken durch den Kopf. Ich ging hinaus, die Sonne stach mir in die Augen. Er saß am Steuer eines Pick-ups. Ich stieg ein, und wir fuhren los. Ich wusste, dass es Weiße gab, denen es Spaß machte, einen Schwarzen wegen einer frei erfundenen Straftat der Polizei auszuliefern, nur um ihre Überlegenheit zu beweisen. Während John fuhr, hielt ich die Hand ständig am Türgriff, bereit, jederzeit hinauszuspringen und davonzulaufen. John war nicht sehr redselig, und sein Schweigen verunsicherte mich. Er hielt vor einem Diner und fragte mich, ob es mir recht wäre, mein Frühstück in seiner Gesellschaft einzunehmen. Man muss sich das Restaurant vorstellen, in das wir jetzt eintraten. Die Leute starrten uns entsetzt und völlig reglos an, als würde die Zeit stillstehen. John war in der Region sehr angesehen, und niemand wagte es, den Mund aufzumachen. Wir setzten uns in eine Nische. Die Kellnerin kam und fragte ihn nach seinen Wünschen. Dann wandte sie sich an mich. ›Und für Sie, Sir, was darf es sein?‹ Dieses ›Sir‹ höre ich heute noch. Das war mir mehr wert als alle Speisen der Welt, es war, als hätte sie mir meine Würde auf einem Silbertablett serviert. Noch nie hatte mich jemand ›Sir‹ genannt. Und ich antwortete: ›Eier und viel Speck, bitte.‹ John rief in den Raum: ›Ruhig ist es heute Morgen. Wird jemand beerdigt?‹ Alle waren befangen, denn er war es ja, der gerade seine Frau zu Grabe getragen hatte. Nach einigem verlegenen Räuspern nahmen die Leute ihre Mahlzeiten und Gespräche wieder auf. John beobachtete mich, ohne etwas zu sagen. Als wir gegessen hatten, fuhr er mit mir in die Stadt, kaufte mir Sachen zum Anziehen, einen Waschbeutel, und ging mit mir zum Friseur. Dort saß ich auf dem Stuhl und fürchtete, der Barbier würde mir ein Grinsen von einem Ohr zum anderen schneiden und ich würde nach der Henkersmahlzeit auf der Stelle verbluten. Im Gefängnis entwickelt man seltsame Vorstellungen. Aber ich wurde fürstlich bedient: Rasieren mit heißer Lavendelserviette und Haarschnitt mit der Schere.

Als wir gingen, meinte John, wenn ich Lust hätte zu arbeiten, würde er mir den Beruf beibringen. Ich antwortete: ›Welchen Beruf?‹ ›Was macht man deiner Meinung nach in Ställen, wenn nicht Pferde züchten?‹, erwiderte er. Als ich ihn fragte, warum er das alles für mich täte, sah er mich an und sagte einen Satz, den ich niemals vergessen werde: ›Ich glaube, die Welt schuldet dir einiges, und einer muss doch mal anfangen, es dir zu geben, oder?‹ Er war mein Mentor und hat mir alles beigebracht: Pferde versorgen und füttern, schon früh die Anlagen der Fohlen als Reitpferd, zum Rinderhüten, für den Almabtrieb oder als Turnierpferd erkennen oder diejenigen, die sich nicht bändigen lassen, für Rodeos auszusortieren. Drei Jahre später begann er, mir die Grundlagen der Buchhaltung beizubringen und mich auf Verkaufsveranstaltungen mitzunehmen. Er behandelte mich immer als Partner. Von Jahr zu Jahr übertrug er mir mehr Verantwortung. Es war nicht immer einfach, sich in dieser Region durchzusetzen. Die Vorstellung, dass ein Farbiger auf einer so großen Ranch immer mehr zu sagen hatte, gefiel nicht allen Leuten. John und ich prügelten uns sogar einmal mit Farmern, die uns beleidigt hatten. Wir haben einiges einstecken müssen, aber diese Bauerntölpel hatten keine Ahnung, wo ich in die Lehre gegangen war. Der eine sucht noch immer sein Ohrläppchen auf dem Maisfeld, und die anderen senken den Blick, wenn sie mir über den Weg laufen. Manchmal stahl man uns Tiere, riss Zäune nieder oder pinselte die drei Ks[4] ans Eingangstor. John wusste sehr wohl, dass es einen Grund für diese Taten gab, doch er biss die Zähne zusammen und

---

4 Abkürzung des Ku-Klux-Klan, rassistischer Geheimbund in den Südstaaten der USA.

ignorierte sie. Mit der Zeit erwarb ich mir den Respekt der Menschen in unserer Gegend und die Wertschätzung der Mitarbeiter auf der Ranch. Als er starb, hinterließ mir John sein Landgut. Er hatte keine Familie, und sein letzter Wille war, auf seinem eigenen Gut beerdigt zu werden. Jeden Tag besuche ich ihn. Er ruht oben auf dem Hügel, über den du vorhin galoppiert bist.«

Quint aß schweigend seinen Teller leer. Beim Dessert schlug Milly vor, auf Johns Andenken anzustoßen. Agatha hob schmunzelnd ihr Glas.

»Wie haben Sie beide sich eigentlich kennengelernt?«, fragte Milly.

»An die genauen Umstände und an den Ort kann ich mich gar nicht mehr erinnern«, gestand Quint.

»Es war in Kent State, Ohio«, antwortete Agatha, »am Tag nach einer großen Demonstration gegen die Invasion in Kambodscha, die aus dem Ruder gelaufen war. Die Nationalgarde hatte das Feuer auf uns eröffnet. Vier Studenten starben im Kugelhagel, neun wurden schwer verletzt. Überall im Bundesstaat wurden Demonstrationen und Streiks und Besetzungen des Campus organisiert. Wir haben uns bei einer Versammlung des Komitees kennengelernt, das über Vergeltungsmaßnahmen entscheiden sollte.«

»Genau«, bestätigte Quint und blickte zu Boden.

»Was ist denn los?«, fragte Milly.

»Nichts«, erwiderte er.

»Einige Tage später haben wir die Kommandozentrale der Nationalgarde in Washington gesprengt.«

»Was haben Sie gemacht?«

»Du hast schon richtig gehört. Aber es hat keine Opfer

gegeben, das kann ich dir versichern. Bei solchen Aktionen wurden immer alle erforderlichen Vorsichtsmaßnahmen getroffen. Wir hatten ausschließlich die Verwaltungsgebäude im Visier, und zwar außerhalb der Bürozeiten. Für den Fall, dass sich noch ein Mitarbeiter darin aufhielt, warnten wir die Behörden so rechtzeitig, dass eine Evakuation vor der Explosion möglich war.«

»Ich hör wohl nicht recht!«, rief Milly. »Sie reden davon, als hätten Sie an einer Tanzpartie teilgenommen.«

Agatha kicherte. »In gewisser Weise war es auch eine.«

»Du hättest ihr das nicht erzählen dürfen«, protestierte Quint.

»Wäre es dir lieber, sie glaubt, wir ließen uns ohne Gegenwehr abschlachten? Am nächsten Morgen erschoss die Polizei in Augusta sechs Schwarze bei einer Demonstration gegen Polizeigewalt, und am darauffolgenden Tag waren zwei weitere Studenten der Universität Jackson in Mississippi dran. Wir haben letztendlich nur auf die staatliche Gewalt reagiert.«

»Mit noch mehr Gewalt!«, empörte sich Milly.

»Ich verstehe, dass du schockiert bist. Auch ich war meistens gegen solche Operationen.«

»Offenbar nicht genügend, um dem Gefängnis zu entgehen!«

Agatha nahm den Schlag hin, ohne mit der Wimper zu zucken.

»Genug«, sagte Quint, »das alles ist längst Vergangenheit. Ich habe keine Lust, euch unter meinem Dach beim Streiten zuzusehen. Sprechen wir über etwas anderes.«

»Aber ja, warum nicht?«, sagte Milly spöttisch. »Vielleicht möchten Sie, dass ich Ihnen Ihre Gitarre hole. Dann könnten Sie uns ›Peace and Love‹ oder ein Lied von Joan Baez vorsingen.«

Agatha legte ihre Serviette beiseite, schob den Stuhl zurück und stand auf.

»Wohin gehen Sie?«, wollte Milly wissen.

»Raoul anrufen, um ihm zu danken. Du hast mich gerade daran erinnert, und auf diese Weise könnte ich deine Unverfrorenheit einfach ignorieren. Wo kann ich ungestört telefonieren?«, fragte sie Quint.

»In meinem Büro, die Tür gegenüber.«

Raoul informierte Agatha, dass ihn unmittelbar nach ihrer Abreise ein Marshal aufgesucht hatte. Als er Agatha erzählte, dass er ihn an einen Stuhl gefesselt hatte, musste sie laut lachen, obwohl die Situation gar nicht komisch war, zumal Raoul ihr wiederholte, was der Marshal ihm gesagt hatte. Derzeit war er noch der Einzige, der sich an ihre Fersen geheftet hatte, aber schon bald würde sich das FBI an der Verfolgung beteiligen. Wenn sie sich nicht in einem Versteck verkriechen würde, hätte sie keinerlei Chance, ihnen zu entkommen.

»Das ist noch nicht alles«, sagte Raoul schließlich. »Dieser Marshal ist uns nicht unbekannt.«

Agathas Herz zog sich zusammen.

»Also stimmte es doch?« Sie seufzte.

»Ja, in diesem Punkt hat deine Schwester nicht gelogen. Ich selbst wollte es auch nicht glauben, doch dieser Tom war ein Spitzel …«

»Hat er es dir gestanden?«

»Ein Protestler um die zwanzig hätte nicht so einfach auf die andere Seite der Barrikaden wechseln können. So sehr verändert man sich nicht.«

»Also hat er uns wirklich verraten?«

»Er beschwört das Gegenteil und dass nicht er es war, der uns verkauft hat.«

»Glaubst du ihm?«

»Keine Ahnung, aber eine Sache verunsichert mich. Als ich ihm die Frage stellte, wollte er gerade gehen. Er war bewaffnet und nicht gezwungen, sich die Zeit für eine Antwort zu nehmen. Aber er kam zurück, um mit mir zu diskutieren, als hoffte er, dass ich das Thema anschneide. Er wollte sich unbedingt rechtfertigen. Und er leugnet nicht nur, uns verpfiffen zu haben, sondern er behauptet, es hätte einen Verräter in unseren eigenen Reihen gegeben.«

»Wer?«

»Er behauptet, es nicht zu wissen.«

»Warum war er dann informiert? Und warum hat er damals nichts gesagt?«

»Genau das habe ich ihn auch gefragt. Er gab zu, das FBI hätte Kontakt zu ihm aufgenommen, schwört jedoch, uns gegenüber loyal gewesen zu sein. Laut seiner Aussage spielte er hin und wieder den Doppelagenten nur, um uns zu schützen. Hätte er es uns offenbart, wäre er erledigt gewesen. Er gibt vor, wir hätten es ihm zu verdanken, dass wir bei der Razzia der FBI-Leute in unserem Versteck in East Village davongekommen sind.«

Agatha erinnerte sich sehr gut an diese Geschichte, die beinahe zu schwerwiegenden Folgen geführt hätte. Die Gruppe hatte sich vorgenommen, zur Vorbereitung des nächsten Schlags zusammenzukommen, für den sie viel später ganz allein die Rechnung bezahlen sollte. Ein mysteriöser Informant hatte das Gerücht in Umlauf gesetzt, dass FBI-Leute sie in dem Haus, in dem ihre Begegnung stattfinden sollte, festnehmen wollten. Es war unmöglich herauszufinden, ob es sich um echte Informationen oder getürkte Nachrichten handelte. Die Regierung setzte alle möglichen Methoden ein, um die oppositionellen Gruppen zu destabilisieren. Es kam oft vor, dass das FBI Gerüchte über angebliche Denunziationen verbreitete und sie glauben machte, dass dieses oder jenes ihrer Mitglieder mit ihnen zusammenarbeitete oder dass es in ihrem Namen gewalttätige Maßnahmen organisierte, um sie in den Augen der Öffentlichkeit in Misskredit zu bringen. Die Leute vom FBI nutzten die gemeinsten Tricks, um in den Reihen der Protestgruppen ein Klima des Misstrauens zu schaffen. Doch diesmal war Vorsicht geboten, und das Treffen wurde abgesagt. Max hatte ein Taxi genommen und war mehrfach vor dem Treffpunkt der Versammlung hin und her gefahren. Dabei fielen ihm zivile Streifenwagen auf, die auf der Straße parkten. Wir haben nie erfahren, wer die Gruppe informiert hatte, aber wir hatten ihm viel zu verdanken. Am Tag nach diesem Zwischenfall haben alle New York verlassen und sich in Sicherheit gebracht – zumindest fast alle.

»Was hat er noch gesagt?«

»Das willst du gar nicht hören.«

»Sag's mir trotzdem!«

»Er hat mich angefleht, dich, falls du Kontakt mit mir aufnimmst, zu überzeugen, aufzugeben.«

»Und was sonst noch?«

»Er weiß über das Heft Bescheid.«

»Hast du mit ihm darüber gesprochen?«

»Natürlich nicht.«

Plötzlich änderte sich Agathas Gesichtsausdruck. Sie lächelte wie ein Angler, dessen Schwimmer an der Wasseroberfläche zu hüpfen beginnt, und hielt den Atem an.

»Wann ist er losgefahren?«

»Ich habe versucht, ihn so lange wie möglich aufzuhalten. Aber ich konnte ihn ja nicht den ganzen Tag gefangen halten, schließlich ist er Marshal. Er ist gegen Mittag aufgebrochen, also ungefähr fünf Stunden nach euch. Seit wann seid ihr bei Quint?«

»Etwas mehr als drei Stunden. Wir haben auf dem Weg getrödelt.«

»Also mach, dass du so schnell wie möglich wegkommst. Verlier nicht eine Minute. Und bitte! Ruf mich morgen an und berichte mir alles.«

»Falls ich es noch kann. Versprochen.«

»Agatha, mach keine Dummheiten mit dem Revolver. Wenn sie dich verhaften, finde ich dieses Heft und hole dich raus. Hörst du mir zu?«

»Nichts beweist, dass das Heft noch existiert, mein lieber Raoul.«

»Dann finde ich denjenigen, der es besessen hat, und lasse ihn ein Geständnis unterschreiben. Hättest du mir nur schon früher davon erzählt, dann hätte ich ihn …«

»Unsere Post wurde von den Aufsehern gelesen, deshalb konnte ich es vor dem Tod meiner Schwester nicht erwähnen. Es ist ziemlich kompliziert, Raoul. Ich hoffe, dir eines Tages alles erklären zu können.«

»Eine letzte Frage beschäftigt mich noch ... Durch welchen Zufall hat man Tom die Aufgabe übertragen, dich wieder im Gefängnis abzuliefern? Zumal du mir selbst sagtest, dass du noch nicht zur Fahndung ausgeschrieben bist?«

»Du glaubst doch nicht etwa an Zufall? Ich verspreche dir, schon sehr bald erzähle ich dir die ganze Wahrheit. Vielen Dank für die Gitarre, das war doch nicht nötig, das ist ...«

»Das war ich nicht. Die Gibson hat dir die Kleine geschenkt. Hat sie es dir nicht gesagt?«

Agatha schwieg.

»Die Zeiten sind schwierig, und ich stecke bis zum Hals in Schulden. Ich konnte den Preis nicht ablehnen, den sie mir geboten hat. Aber mehr sage ich dir nicht. Es ist ein Geschenk. Freu dich daran und nutze es.«

Agatha biss sich auf die Unterlippe, versuchte, ihre Gefühle, die sie fast übermannten, zu unterdrücken.

»Raoul, entschuldige, dass ich dich nicht lieben konnte, als wir noch jung waren.«

»Diese Dinge lassen sich nicht steuern«, erwiderte er und beendete das Gespräch.

Nachdenklich legte Agatha den Hörer zurück und schaute sich in Quints Büro um. Sie stellte ihn sich in dem Sessel vor, auf dem sie gerade saß, wie er seinen Geschäften nachging. Ihr Leben und seines waren tausend Meilen voneinander entfernt. Wovon hing das Schicksal ab, zu welchem Zeitpunkt kippt ein Leben? Ihr Blick ruhte auf einem Bilderrahmen auf dem Schreibtisch. Sie trat näher, um das Foto genauer in Augenschein zu nehmen, und lachte laut auf.

Das Läuten der Pendeluhr brachte sie zurück in die Realität. Es war 22 Uhr 30. Die Zeit wurde knapp. Sie ging ins Wohnzimmer, wo Milly und Quint lebhaft diskutierten.

»Es tut mir leid, dass ich euch unterbrechen muss«, kündigte Agatha an. »Ich muss sofort hier weg.«

»Was ist los?«, fragte Quint besorgt und stand auf.

»Das FBI wird demnächst hier auftauchen.«

»Sie dürfen mein Anwesen vor Tagesanbruch nicht betreten«, protestierte er völlig außer sich.

»Aber bei Tagesanbruch sind wir umzingelt. Beeilen wir uns, bevor es zu spät ist.«

»Einverstanden«, antwortete Quint. »Ich kenne ein Motel hier in der Gegend, wo du die Nacht verbringen kannst. Der Eigentümer ist eine Person meines Vertrauens. Ich hole meine Schlüssel und fahre dich hin.«

»Ich werde Sie hinfahren«, griff Milly ein. »Holen Sie Ihre Tasche. Ich warte draußen, und verlieren Sie keine Zeit.«

Milly stürzte nach draußen. Ihre Hände zitterten, als sie versuchte, den Zündschlüssel ins Schloss zu stecken. Agatha öffnete die Beifahrertür und setzte sich neben sie.

»Ganz ruhig bleiben«, sagte sie, ergriff Millys Hand und führte sie.

Der Motor heulte auf, und der Oldsmobile schoss auf den Weg und wirbelte eine Staubwolke hinter sich auf. Am Ende bog Milly so plötzlich in die Straße ein, dass der Wagen ins Schleudern geriet und im Zickzack davonpreschte.

»Bitte fahr uns nicht in den Graben!«, sagte Agatha.

Dann drehte sie sich um und spähte durch die Heckscheibe. In der Ferne durchbrachen zwei Scheinwerfer die Dunkelheit der Nacht.

»Mach das Licht aus und fahr so vorsichtig, wie du nur kannst.«

Milly umklammerte das Lenkrad und wartete, bis sich ihre Augen an die Dunkelheit gewöhnt hatten.

»Hat Ihnen Quint die Richtung des Motels genannt?«

»Konzentrier dich auf deine Fahrweise und geh vom Gas. Ich weiß nicht, wie du es machst, aber ich sehe nichts.«

»Nur keine Sorge, ich sehe genug, um uns auf der Straße zu halten.«

Agatha drehte sich erneut um und sah, wie die Scheinwerfer des Autos auf den Weg zum Landgut abbogen.

»Da hat nicht viel gefehlt«, hauchte sie.

Vor ihr erklomm die endlose, schnurgerade Straße einen Hügel. Als sie den Gipfel überwunden hatten, bedeutete Agatha Milly, dass sie die Scheinwerfer wieder einschalten durfte.

Eine glückliche Fügung. Denn jetzt schoben sich schwarze Wolken vor den Mond, und ein sintflutartiger Regen ergoss sich über die Landschaft.

Das Verdeck ließ sich schlecht schließen, der wütende Regen ergoss sich durch die Ritzen der Windschutzscheibe auf Agathas Hosenbeine.

Milly verzog das Gesicht.

»Mach dir keine Sorgen wegen deines Autos. Die Sonne wird morgen alles wieder trocknen.«

»Wegen des Autos mache ich mir keine Sorgen. Die Straße ist nass und rutschig, die Reifen sind auch nicht mehr ganz neu und haben nur noch wenig Profil. Unter solchen Voraussetzungen kann ich nicht weiterfahren.«

Sie fanden einen Unterstand in einer stillgelegten Tankstelle. Milly parkte ihr Auto unter dem Vordach, das sie vor dem schweren Regen schützte.

»Ich mache mir Vorwürfe, weil ich dich in diese Flucht verwickelt habe. Ich hätte dich nicht in diese Sache hineinziehen dürfen«, murmelte Agatha.

»Ist es nicht ein bisschen spät, daran zu denken?«

»Nein, es ist nicht zu spät. Wenn der Regen aufgehört hat, setzt du mich im nächsten Kaff ab.«

»Mitten in der Nacht? Was denn sonst noch?«

»Also dann morgen früh.«

»Sie wollen mich jetzt, wo es amüsant wird, loswerden?«

»Ich kann an unserer Situation wirklich nichts Amüsantes finden.«

»Haben Sie uns beide gesehen nach diesem Abendessen bei Ihrem Freund, wie wir in vollem Karacho, ohne Scheinwerfer in die Nacht abgerauscht sind – dieser Freund, von dem ich dachte, er sei einem jener Schwarz-Weiß-Filme entsprungen, die meine Mutter im Fernsehen schaute. Und das alles, um an diesem jämmerlichen Ort zu landen, Sie nass bis auf die Knochen, und ich, die ich noch immer nicht aufhören kann, mit den Zähnen zu klappern. Ich weiß nicht einmal, wie viele Meilen ich von zu Hause entfernt bin, ich habe Frank in wenigen Tagen öfter angelogen als in der ganzen Zeit, die wir zusammen sind, und da spreche ich noch nicht von Mrs. Berlingot, wie Sie sie nennen, deren Namen ich aber niemals wieder aussprechen kann, ohne einen Lachkrampf zu kriegen. Ich sage Ihnen, es ist besser, sich zu amüsieren, als zu versuchen, in diesem Durcheinander irgendeinen Sinn zu finden.«

»Willst du, dass ich dir einen echten Grund zum Lachen gebe? Quint mit seiner affektierten Stimme und seinen vornehmen Manieren ist ebenso wenig Eigentümer des Anwesens, wie ich die First Lady des Landes bin.«

»Was erzählen Sie da?«

Agatha wand sich und zog einen Silberrahmen hervor, den sie hinter ihrem Rücken versteckt hielt.

»Dieser arme John ist ein sehr lebendiger Toter, nachdem er in so entzückender Gesellschaft Silvester feiert. Und dieses Foto stammt aus jüngster Zeit, schau mal selbst.«

Milly riss die Augen auf und sah sich die Aufnahme genauer an. Die junge Frau, die John umarmte, trug eine jener Brillen, auf deren Gestell die Jahreszahl des Silvesterfests abzulesen war.

»Also war Quints ganze Geschichte nur erlogen?«

»Nein«, antwortete Agatha mit sicherer Stimme, »seine Jugend, das Gefängnis, seine Ankunft hier auf dem Landgut, diese Teile sind bestimmt wahr. Dagegen ist sein bewundernswerter Aufstieg wahrscheinlich in dem Augenblick zu Ende gegangen, als der liebe John ihm die Verwaltung seiner Ländereien anvertraute, während er es sich in seinem Ruhestand gut gehen ließ. Was Quint aus seinem Leben gemacht hat, verdient zweifellos Respekt, doch dem Ego der Männer muss man immer ein wenig schmeicheln … und wenn es niemand sonst tut, dann übernehmen sie diese Aufgabe eben selbst.«

Endlich hörte der Regen auf.

Agatha machte ein paar Schritte und kehrte zu Milly zurück. »Bist du müde?«, fragte sie.

»Erschöpft, weil ich heute viel gefahren bin, zu viel zu Abend gegessen habe, und den Rest hat mir dann der Ausritt gegeben.«

»Würdest du mir das Steuer anvertrauen?«

»Ich dachte, Sie haben keinen Führerschein mehr.«

»Das muss aber nicht heißen, dass ich nicht fahren kann. Um diese Zeit besteht kaum Gefahr, einem Polizeifahrzeug zu begegnen. Als ich jung war, bin ich dauernd in einem solchen Auto durchs Land gefahren.«

»In einem solchen Auto oder am Steuer?«, fragte Milly.

»Beides! Vertrau mir, ich bin sehr vorsichtig, wir müssen aber weg von hier.«

»Und Sie fühlen sich in der Lage, weiterzufahren?«

»Ich habe heute über einen guten Teil der Fahrt geschlafen, erinnerst du dich?«

»In Ordnung«, sagte Milly. »Ich bezweifle, dass wir ein Hotel finden, und ich habe keine Lust, die Nacht an diesem finsteren Ort zu verbringen.«

Agatha zog den Fahrersitz nach vorn, drehte den Zündschlüssel um. Milly, die gegen den Schlaf ankämpfte, blinzelte immer wieder nach ihrem Fahrstil, aber nach zehn Meilen verschwand die Straße hinter ihren Augenlidern.

Quint und der Butler waren draußen auf der Freitreppe geblieben und schauten dem Oldsmobile nach, der sich rasend schnell auf dem Weg zur Straße entfernte.

Quint seufzte. »Ich weiß, dass es spät ist«, sagte er, »aber wir müssen jede Spur ihres Aufenthalts so schnell wie möglich entfernen.«

»Kommt der Chef morgen zurück?«, fragte der Butler.

»Nein, erst Ende des Monats wie geplant, aber wir laufen Gefahr, heute Abend noch einmal Besuch zu bekommen.«

»Von wem?«, fragte er.

»Vom FBI. Ich gehe aufmachen. Ich werde ein wenig lügen müssen, und es ist nicht nötig, dich mit hineinzuziehen.«

»Lügen in welcher Hinsicht? Es war seit Tagen niemand hier! Allerdings siehst du viel glaubwürdiger aus, wenn du dir einen Morgenrock überziehst. Ich werde sie begrüßen.«

»Nein, Willem, gehen wir rein. Es wird gleich regnen. Ich kümmere mich schon um sie.«

Im Handumdrehen hatte der Butler abgeräumt, die Tischdecke gewechselt und die Stühle wieder an Ort und Stelle geschoben. Nachdem er aufgeräumt hatte, wirkte der Raum sauber und frisch. Er eilte in den Salon, rückte die Sofas zurecht und inspizierte dann das Büro. Als er gerade den Sessel beiseiteschob, läutete es an der Haustür.

Quint ging in die Eingangshalle und bemühte sich, so zu tun, als hätte man ihn gerade aus dem Schlaf gerissen, allerdings ohne sichtbaren Erfolg.

»Gäste zu begrüßen, gehört zu meinen Aufgaben«, brummte Willem. »Geh rauf und lass mich machen.«

Quint zögerte zuerst, fügte sich aber dann.

Agatha fuhr die ganze Nacht. An ihrer Seite schlief Milly tief und fest, selbst das Rumpeln der Straße konnte sie nicht stören. Wenn die Räder in Schlaglöcher gerieten, sackte ihr Kopf nach vorn, und mit einer vorsichtigen Bewegung hob Agatha ihn jedes Mal wieder hoch.

Der Butler öffnete die Tür und kündigte ohne Einleitung an, sein Arbeitgeber sei im Urlaub.

»Hätten Sie die Freundlichkeit, Quint zu sagen, ein alter Freund bittet für die Nacht um Asyl?«

»Der Verwalter ist bereits zu Bett gegangen. Sollte ich ihn wecken, wen dürfte ich ankündigen?«

»Das habe ich doch gerade gesagt, ein alter Freund«, wiederholte Tom in eisigem Tonfall.

Der Butler ließ ihn eintreten und bat ihn, in der Halle zu warten.

Quint tauchte im Morgenmantel oben an der Treppe auf und gähnte ausgiebig hinter vorgehaltener Hand. »Was ist denn los, Willem?«, rief er und kam herunter.

»Ein Besucher, Sir.«

»Um diese Zeit?«

Tom drängte sich an dem Butler vorbei. Als Quint ihn erkannte, vergaß er seine angebliche Müdigkeit und konnte seine Überraschung nicht verbergen.

»Tom?«

»Hast du jemand anderen erwartet?«

»Ich habe niemanden erwartet«, stammelte Quint.

»Vielleicht gibt es in dieser riesigen Hütte einen komfortableren Ort für meine Begrüßung? Einen Scotch würde ich auch nicht ablehnen, und ein Sandwich wäre sehr willkommen, wenn es nicht zu viel verlangt ist um diese Uhrzeit!«

Mit einer Handbewegung schickte Quint den Butler weg und lud Tom in den Salon ein. Sie nahmen einander gegenüber jeder auf einem Sofa Platz und musterten sich schweigend.

»Wie lange mag es her sein, dass wir uns zuletzt gesehen haben?«, fragte Quint schließlich.

»Gut dreißig Jahre, nachgezählt habe ich noch nicht«, erwiderte Tom.

»Wie hast du mich gefunden?«

»Seit ich in Rente bin, kommen mir die Winter endlos lang vor. Ich wohne in North Wisconsin, dort ist es zu kalt für meine alten Knochen.«

»Aber jetzt ist doch Frühling«, antwortete Quint.

»Ja, und ich werde schleunigst wieder nach Hause fahren. Ich bin gegen Ende des Herbsts durchs ganze Land gereist. Genauer gesagt, hatte ich letztes Jahr Lust, die Freunde aufzusuchen, die noch am Leben sind. Wir haben gemeinsam sehr ungewöhnliche Dinge erlebt, und ich finde es bedauerlich, dass wir uns aus den Augen verloren haben. Ich habe sogar daran gedacht, euch von der Vergangenheit erzählen zu lassen und ein Buch daraus zu machen. Wofür wir gekämpft und uns eingesetzt haben, könnte die junge Generation auch interessieren.«

»Also bist du Schriftsteller geworden?«

»Übertreiben wir nicht. Ich höre mir an, was man mir anvertrauen möchte, und schreibe es auf. Das ist ein Anfang, aber mir gefällt diese Sache.«

»Und was hast du vorher beruflich gemacht?«

»Ich habe viele Jobs gehabt, habe ein Nomadenleben geführt, man musste zurechtkommen, so gut es eben ging. Aber ich stelle mit Freude fest, dass dir dieser Schritt gut gelungen ist. Hut ab.«

Quint lächelte gequält. Der Butler betrat den Raum und stellte ein Tablett vor Tom.

»Ein Scotch und ein Club-Sandwich. Ich hoffe, es entspricht Ihren Wünschen.«

Quint dankte Willem und entließ ihn. Er wartete, bis er den Raum verlassen hatte, bevor er das Gespräch wieder aufnahm.

»Also ist dir nichts anderes eingefallen, als wieder Kontakt zu den alten Genossen herzustellen. Ein Treffen der Kriegsveteranen in einem kleinen Restaurant wäre doch nett. Eine gute Gelegenheit, uns alle zu schnappen, ich bin sicher, die Genossen würden deine Initiative großartig finden.«

»Darum geht es gar nicht, Quint. Es ist ein ganz persönlicher Schritt. Ich fahre durch die einzelnen Bundesstaaten, und da fand ich es dumm, nicht die Gelegenheit zu nutzen, um alte Freunde zu besuchen und Erinnerungen auszutauschen.«

»Für dein Buch! Du würdest die Urheberrechte in die Anzahl der Kapitel aufteilen, aus denen es besteht?«

»Warum nicht? Schließlich ist es die Geschichte jedes Einzelnen von uns, die ich erzählen möchte.«

»Die meine ist packend«, zischte Quint, »daraus kannst du sicher fünfzig Seiten oder mehr machen. Ich will gar nicht verheimlichen, dass ich ziemlich stolz wäre, sie in einer schönen Hülle veröffentlicht zu sehen. Warum fangen wir nicht gleich damit an? Zieh deine Jacke aus, setz dich an den Sekretär, ich gebe dir was zu schreiben und packe aus.«

»Das kann bis morgen warten, es ist schon ziemlich spät heute Abend.«

»Wer hat sich dir schon anvertraut?«

»Robert. Leider spricht er so sehr dem Alkohol zu, dass seine wirren Äußerungen keinen Sinn mehr ergeben. Ich habe Max besucht, er lebt in Philadelphia mit einer sehr hübschen Frau. Brian hat sich in einem alten Schulbus niedergelassen und führt ein eher spartanisches Leben, aber sein Verstand ist intakt. Raoul besitzt einen Jazzclub in Nashville. Ihn wiederzusehen, war ein echtes Vergnügen, er hat wirklich pikante Anekdoten zu erzählen. Und du, wie ist es dir gelungen, ein so gutes Leben aufzubauen?«

»Wen willst du sonst noch besuchen?«

»Hör mal, alter Junge, du unterziehst mich hier einem regelrechten Verhör, aber eigentlich bin ich es doch, der dir Fragen stellen will.«

»Das liegt mir fern, ich finde nur deine Idee von dem Buch sehr interessant. Da hast du meine Neugier geweckt, und je länger ich darüber nachdenke und dir zuhöre, umso mehr finde ich, dass unsere Geschichte es verdient hätte, veröffentlicht zu werden.«

»Deine Begeisterung freut mich. Ich hoffe auch, Vera wiederzusehen«, fuhr Tom fort, der Freude an dem Spiel fand und sich an die Stelle eines Enthüllungsjournalisten mit etwas befremdlichem Naturell versetzte. »Ich hatte immer eine kleine Schwäche für sie. Ich glaube, sie lebt in Oklahoma an der texanischen Grenze.«

»Sie war hübsch, du hast einen guten Geschmack.«

»Und Hanna möchte ich auch besuchen, weiß aber überhaupt nicht, wo sie wohnt.«

»Und wie hast du mich gefunden?«

»Das ist mein Job … Die Schriftstellerei ist ein Spiel, bei

dem man eine Spur verfolgt und das man mit den Personen spielt, die in der Geschichte vorkommen. Ich habe Robert in einer Bar getroffen, er wusste Max' Adresse, der wiederum führte mich zu Brian und so weiter …«

»Und Raoul hat dir meine Adresse gegeben?«

»Genau!«

»Das ist interessant, denn als ich ihn das letzte Mal gesehen habe, war ich noch gar nicht im Gefängnis gewesen. Für jemand, der sich rühmt, glaubwürdig zu sein, hast du noch viel zu lernen. Bist du sicher, dass du es dir nicht bequem machen möchtest?«

Tom schaute Quint lange an, öffnete dann seine Jacke und ließ seine Dienstmarke sehen. »Dann können wir diese Komödie ja jetzt beenden. Hätte ich mich als Marshal präsentiert, hättest du wahrscheinlich einen entsprechenden Durchsuchungsbefehl verlangt, um mich hereinzulassen?«

»Wieso denn das? Ich habe nichts zu verbergen. Ich wäre nur überrascht gewesen, dass ein alter Freund, der einst gegen das System rebelliert hat, auf die Seite der Bullen gewechselt ist. Du musst doch zugeben, das ist ziemlich erstaunlich nach dem, was wir ihnen angetan haben. Es sei denn, du warst damals schon ein Spitzel.«

»Warum bist du denn auf mein Spiel eingegangen, wenn du schon wusstest, mit wem du es zu tun hast?«

»Weil es mir Spaß gemacht hat, zu beobachten, mit welcher Dreistigkeit du lügen kannst, aber das ist jetzt nicht mehr der Fall. Iss dein Sandwich auf, im Namen unserer alten Freundschaft biete ich dir ein Bett für die Nacht, und morgen verlässt du das Anwesen.«

»Sie hat dich hier besucht, nicht wahr?«

»Ich weiß gar nicht, von wem du sprichst, Tom.«

»Von Agatha, auch wenn wir sie damals Hanna genannt haben.«

»Hast du uns damals verpfiffen?«

»Nein, Quint, das kann ich beschwören. Das FBI hat mich angesprochen, ich habe mich ihrer Informationen bedient, um euch zu schützen. Mir habt ihr es zu verdanken, nicht in ihren Hinterhalt geraten zu sein.«

»Es ist sehr unangenehm, dich von ›ihr‹ sprechen zu hören, zumal ich glaubte, du seist einer von ›uns‹. Das ist doch ein sicheres Zeichen, dass du für die gearbeitet hast. Doppelagent, das klingt sehr romantisch, aber entschuldige bitte, dass ich daran nicht glaube.«

»Ich kann dich nicht dazu zwingen, obwohl es die reine Wahrheit ist. Ich habe niemals irgendwen verpfiffen. Ja, ich habe die Seite gewechselt. Als unsere Truppen endlich aus Vietnam abgezogen wurden, sah ich keinen Grund mehr, unseren Kampf fortzusetzen. Ich habe mich gegen die Radikalisierung der Bewegung gesträubt, ich habe für den Frieden gekämpft und nicht, um einen anderen Krieg im Innern des Landes zu führen. Ich bin kein Bulle geworden, sondern Marshal. Mein Leben besteht darin, menschlichen Unrat hinter Gitter zu bringen, Mörder, Drogendealer, Vergewaltiger, Kidnapper, Typen, für die Gewalt die Daseinsberechtigung ist, und ich bin stolz auf meine Karriere. Sie widerspricht in keinerlei Weise den Idealen der Gerechtigkeit, für die ich der Gruppe beigetreten bin. Und wenn du es genau wissen willst, ich habe vielen von uns das Gefängnis erspart. Du siehst, ich habe ›uns‹ gesagt. Wann immer ich Zugang zu Akten hatte, ohne erwischt zu werden, ließ ich sie verschwinden. Einige Genossen konnten auf freiem Fuß bleiben und dank mir anonym weiterleben, manche von ihnen habe ich nicht einmal gekannt.«

»Das ist mies, eigentlich hätten sie dir dafür eine Medaille verleihen müssen.«

»Du kannst gerne sarkastisch sein, wenn es dir Spaß macht.«

»Ich habe den Knast erlebt, davon ist mir ein gewisser Widerwille gegen Autoritäten geblieben. Bitte nimm es mir nicht übel.«

»Und wem hast du es, deiner Meinung nach, zu verdanken, dass der Richter nie etwas über deine Vergangenheit herausgefunden hat?«

»Was willst du, Tom?«

»Hanna finden, bevor es zu spät ist.«

»Auch auf die Gefahr hin, dir wehzutun: Ich fürchte, es ist schon zu spät. Du kannst sie am Friedhof von Santa Fe besuchen, aber ich bezweifle, dass sie dir irgendetwas erzählt.«

»Du weißt nicht alles. Vor dreißig Jahren wurde aus Agatha Hanna und aus Hanna Agatha. Die Ältere kam vor fünf Jahren bei einem Autounfall ums Leben. Ich rede aber von der Jüngeren, die den Vornamen der Schwester angenommen hatte, bevor sie ins Gefängnis ging.«

»Ich erinnere mich an sie, ich mochte sie lieber als ihre ältere Schwester. Aber wie du schon sagst, sie ist seit Jahrzehnten im Knast, wie hätte ich denn …«

»Sie ist ausgebrochen, und ich weiß, dass sie dich hier besucht hat.«

»Da freue ich mich sehr für sie. Aber du überschätzt mich. Warum hast du gesagt ›bevor es zu spät ist‹?«

»Mir bleiben nur noch vierundzwanzig Stunden, um sie zu finden. Danach wird ihr das FBI keine Chance mehr lassen.«

»Und du hast die Absicht, ihr bei der Flucht zu helfen? Willst du sie über die Grenze bringen?«, fragte Quint, den Toms Offenbarungen sichtlich erschütterten.

»Ich will ihr das Leben retten. Sie wird sich nicht ergeben, und ich kenne diejenigen, die sie verhaften wollen. Sie haben den Finger sehr schnell am Abzug. Ich hoffe, sie zur Raison bringen zu können, und habe gute Argumente, die verhindern, dass die wenigen Jahre, die sie noch absitzen müsste, wegen ihres Ausbruchs verlängert werden. Wenn ich sie rechtzeitig zurückbringe, bekommt sie für ihren kleinen Ausflug ein paar Wochen Kerker, mehr aber nicht.«

Quint stand auf, lief hin und her und kämpfte mit einem Dilemma. »Wieso glaubst du, dass sie sich nicht selbst ergeben wird?«, murmelte er.

»Angenommen, du hättest sie in letzter Zeit nicht gesehen, so erinnerst du dich doch an die junge Frau, die sie einmal war? Kannst du auch nur eine Sekunde glauben, dass es ihr beim Anblick derjenigen, die sie verhaften kommen, an Mut fehlen wird?«

»Es ist Zeit, schlafen zu gehen«, sagte Quint. »Ich muss nachdenken.«

»Wenn du irgendwas weißt, dann sag es mir zum Teufel! Tu es für sie, ich flehe dich an. Ich habe nichts davon. Glaubst du etwa, ich bemühe mich in meinem Alter noch um eine Beförderung? Ich habe nicht gelogen, als ich dir sagte, dass ich schon in Rente bin. Und wenn ich meinen Ruhesitz verlassen habe, dann nur wegen ihr. Also denk bitte schnell nach, jede Stunde zählt.«

»Morgen früh zum Frühstück sage ich dir, was ich weiß. Es ist schon spät, du siehst aus wie ein Mann, der lange nicht mehr geschlafen hat, und ich lasse dich heute Abend nicht mehr auf die Straße.«

»Habe ich dein Wort?«

»Du hast meinen guten Willen, und das ist nicht übel.«

Damit forderte Quint Tom auf, ihm nach oben zu folgen. Sie kamen an dem Zimmer vorbei, das Agatha kurzfristig belegt hatte, und Quint bot Tom das nächste an.

»Ich hätte auch eine Frage an dich: Wenn du es nicht warst, der uns verraten hat, wer war es dann?«

»Ich habe nur Vermutungen, aber keinen Beweis.«

»Ein alter Marshal wie du muss doch gelernt haben, seinem Instinkt zu vertrauen.«

»Meine Kontakte sprachen immer von dem Spitzel in der männlichen Form. Er habe an der Operation teilgenommen, die Agatha in den Knast gebracht hat.«

»Was verstehst du unter ›teilnehmen‹? Wir wussten doch alle, was sich da anbahnte.«

»Aber nur vier Leute aus der Gruppe haben die Aktion durchgeführt, und ganz besonders einer hatte großes Interesse, über seine Straffreiheit zu verhandeln, indem er die Namen der drei anderen auslieferte. Da du die ganze Nacht über nachdenken möchtest, suche denjenigen heraus, der nie über das Feld ›Gefängnis‹ gegangen ist. Ich hoffe, du bist Frühaufsteher und ich finde dich morgen um halb sechs bei einer Tasse Kaffee, und du sagst mir, wohin sie gefahren ist.«

»Schwör mir, dass du heute Nacht nicht losfahren wirst.«

»Glaub mir, wenn ich's könnte, würde ich's tun, aber du hast schon richtig erkannt, ich bin nicht mehr in der Lage zu fahren, und der Scotch hat die Sache nicht besser gemacht.«

»Sie fährt zu Vera nach Woodward. Ihr Mann und sie haben ein Haus an der Oklahoma Avenue. Und jetzt hör mir gut zu: Wenn ihr etwas zustößt, dann komme ich dich holen, Marshal hin oder her. Und nach dem Schicksal, das ich für dich vorgesehen habe, gäbe es gute Gründe, dass ich den Rest meiner Tage im Gefängnis verbringe. Haben wir uns verstanden?«

Tom musterte Quint einen Augenblick lang und schloss dann die Tür seines Zimmers.

Kapitel 9

Von Zeit zu Zeit sah Agatha in der Ebene vor sich Dörfer auftauchen, die dann wieder im Rückspiegel verschwanden. Sie umklammerte das Lenkrad und fuhr eine nicht enden wollende Strecke unter dem vom anbrechenden Tag rot gefärbten Himmel.

»Wie spät ist es?«, fragte Milly, als sie die Augen aufschlug.

»Halb sechs.«

»Und wo sind wir?«

»Irgendwo in Oklahoma, ich bin vorsichtig gefahren.«

»Ich löse Sie ab, Sie sind sicher müde.«

Agatha, die an schlaflose Nächte gewöhnt war, fühlte sich noch frisch. Sobald sie einen Ort fände, wo sie einen Kaffee trinken könnten, würde sie anhalten.

Sie kamen an einem Wegweiser nach Tulsa vorbei. Milly riss die Augen auf.

»Wir sind noch nicht einmal auf der Höhe von Tulsa? Sind Sie im Schneckentempo gefahren?«

»Ich sage doch, ich war vorsichtig, aber trotzdem kam es mir viel schneller vor«, erwiderte Agatha. »Außerdem glaube ich, dass ich mich in der Dunkelheit etwas verfahren habe. Aber das Wichtigste ist, dass wir irgendwo angekommen sind. Und du hast die ganze Zeit geschlafen, also was willst du dich jetzt aufregen!«

Agatha hielt vor einem Schnellimbiss und lächelte Milly an. »Wir wär's mit einer Waffel und einem guten Kaffee?«, fragte sie.

»Manchmal gehen Sie mir wirklich auf die Nerven«, schimpfte Milly. »Sie können sich gar nicht vorstellen, wie sehr!«

»Doch, doch, keine Sorge, manchmal gehe ich mir selbst auf die Nerven, also verstehe ich dich sehr gut. Nun komm, ein Frühstück wird dich vielleicht beruhigen.«

Quint erwachte im Morgengrauen. Er schlüpfte in seinen Morgenmantel und klopfte an Toms Tür. Nachdem er keine Antwort bekam, öffnete er und fand das zerwühlte Bett leer vor. Er eilte ins Erdgeschoss, warf einen Blick ins Esszimmer, dann in den Salon und lief in die Halle. Als er die geöffnete Sicherheitskette an der Haustür sah, begriff er, dass sein Gast aufgebrochen war.

»Verdammt!«, knurrte er.

Der Butler erschien hinter ihm. »Du bist ja früh auf.«

»Tut mir leid«, antwortete Quint, »ich wollte dich nicht wecken.«

»Ist er weg?«

»Ja, aber ich weiß nicht, wann.«

»Ich habe vor einer halben Stunde ein Motorengeräusch gehört.«

Quint seufzte. »Ich hoffe, ich habe keinen Fehler gemacht.«

»Ich weiß nicht, wovon du redest, aber du hast es sicher gut gemeint und dir nichts vorzuwerfen. Ich vermute, der gestrige Abend wird uns in den nächsten Tagen Gesprächsstoff liefern. Aber jetzt mache ich erst einmal Frühstück. Ach, und noch etwas, deine Freundin hat einen Silberrahmen geklaut. Dafür werden wir eine Entschuldigung finden müssen.«

»Welchen Rahmen?«

»Den auf dem Schreibtisch des Chefs. Würde mich wundern, wenn ihm das nicht auffiele.«

Quint schmunzelte.

»Eine Freundin, die Zuflucht in deinem Haus sucht und dann deine Großzügigkeit ausnutzt, um dich zu beklauen ... Warum lächelst du da?«

»Ein Silberrahmen ist nicht viel, und die Welt ist ihr ein paar Dinge schuldig.«

Wie jeden Morgen trat Richter Clayton vor die Tür und lief ein paar Schritte durch den Garten, um zu sehen, ob seine Hecke noch gut geschnitten war. Dann kehrte er zufrieden in die Küche zurück und frühstückte.

Nachdem er seinen Teller abgespült hatte, ging er nach oben, machte sich fertig, zog einen Anzug an, band vor dem Spiegel im Schlafzimmer die Krawatte. Zufrieden begutachtete er sein Äußeres und fand, es sei der bevorstehenden Aufgabe angemessen.

Anschließend setzte er sich an seinen Schreibtisch und wartete, bis die Tischuhr acht zeigte. Beim ersten Glockenschlag rief er das FBI in Philadelphia an. Während der Mann am Empfang ihn verband, trank er einen Schluck Tee.

»Richter Clayton am Apparat«, sagte er, als sich sein Gesprächspartner meldete. »Leider muss ich Sie über einen Ausbruch in einer Strafvollzugsanstalt in Ihrem Distrikt informieren. Ich habe es gerade erst erfahren und wollte Ihnen die Einzelheiten der Akte durchgeben. Haben Sie etwas zu schreiben?«

Milly führte die Tasse an den Mund und verzog angewidert das Gesicht.

»Wenn du wüsstest, was für einen Kaffee wir im Gefängnis bekommen haben, würdest du diesen für den feinsten Arabica halten. Und ich sage dir auch gleich, dass die Waffel ungenießbar ist«, fügte Agatha hinzu, während sie die Gabel an den Mund führte.

»Wohin fahren wir heute?«

»Nicht sehr weit, nach Woodward. Wir sind vor Mittag da, dann geht es über die Grenze nach Texas.«

»Und was machen wir in Woodward?«

»Jemanden besuchen.«

»Alles andere hätte mich auch gewundert.«

Agatha kramte in ihrer Tasche und zog ein Miniatur-Auto heraus, das sie auf den Tisch stellte.

»Ein kleines Geschenk, um dir zu danken.«

»Wofür?«, fragte Milly und griff nach dem Wagen.

»Für die Gitarre. Ich hatte noch keine Gelegenheit, dir zu sagen, wie sehr mich das berührt. Das ist reiner Wahnsinn, aber es geht mir wirklich sehr nahe.«

»Sieht aus wie mein Oldsmobile«, meinte Milly und ließ das Spielzeug über den Tisch rollen.

»Darum habe ich es auch ausgesucht.«

»Wo haben Sie es gekauft?«

»Ich habe es im Christmas Center geklaut, aber es ist trotzdem ein Geschenk.«

»Es ist hübsch«, sagte Milly.

»Freut mich, dass es dir gefällt, und ich hoffe, ich gehe dir etwas weniger auf die Nerven.«

»Wen besuchen wir?«

»Sie heißt Vera, und sie wird zu uns kommen; gestern Abend sind wir nur knapp entkommen. Die Gefahr rückt immer näher, aber es ist noch zu früh.«

»Zu früh für was?«

»Dass man mich wieder verhaftet.«

»Warum gehen Sie dann das Risiko ein, alte Freunde aufzusuchen, mit denen Sie kaum Zeit verbringen? Warum wollen Sie unbedingt nach Westen fahren? Wenn wir nach Süden brausen, könnten wir heute Abend an der mexikanischen Grenze sein.«

»Die ich ohne Pass überqueren würde?«

»Ich bin in Santa Fe aufgewachsen, es gibt keinen Weg und keinen Pfad, den ich nicht kenne. Ich bringe Sie problemlos auf die andere Seite.«

»Und wenn sie uns erwischen, wanderst du ins Gefängnis, kommt nicht infrage!«

»Wenn Ihnen das Sorgen bereitet, kann ich Sie in der Nähe eines geheimen Übergangs absetzen. Auch den kenne ich wie meine Westentasche.«

»Und wie würde mein Leben auf der anderen Seite verlaufen?«

»Sie wären frei. Wenn Sie am Anfang Geld brauchen, kann ich Ihnen etwas schicken.«

Agatha sah Milly in die Augen. »Und warum solltest du das tun?«, fragte sie.

»Weil ich es will.«

»Das ist sehr großzügig von dir, aber ich will es nicht. Wenn wir in Woodward ankommen, würde ich dich hingegen gerne um einen letzten kleinen Gefallen bitten.«

Sie fuhren weiter, und Agatha hielt ein Nickerchen, bis sie Enid erreichten.

»Willst du eines Tages Kinder haben?«, fragte sie und streckte sich.

Milly lachte und fragte: »Darf ich wissen, wie Sie auf diese Frage kommen?«

»Du könntest mir einfach mit Ja oder Nein antworten.«

»Ich weiß es nicht.«

»Hast du, wenn du neben Frank einschläfst, Lust, ein Kind von ihm zu haben?«

»Jetzt fangen Sie ja schon wieder an.«

»Du hast mir bereits geantwortet.«

»Ich habe überhaupt nicht geantwortet, und außerdem geht das nur mich etwas an.«

»Wenn ich in Freiheit gewesen wäre, hätte ich mir keine Sekunde Fragen gestellt. Und wenn das Leben mir die Möglichkeit gegeben hätte, hätte ich gerne ein Kind von dem Mann gehabt, den ich liebte.«

»Aber Sie haben nie im Alltag mit ihm gelebt, also sind das nur schöne Worte.«

»Du kannst ruhig garstig reagieren, weil dir das, was ich dir sage, nicht passt – aber eine Frau spürt solche Dinge, selbst wenn sie es nicht zugeben mag.«

»Haben Sie den Mann, den Sie geliebt haben, nie wiedergesehen?«

»Doch, im Besucherzimmer zu Beginn meiner Haft. Ich erinnere mich an jedes Mal, es waren die einzigen Momente, in denen ich mich lebendig fühlte … und in denen ich davon träumte zu sterben. Eines Tages habe ich ihn gebeten, nicht mehr zu kommen.«

»Warum?«

»Warum, warum, warum! Du gehst mir auch auf die Nerven mit deiner dummen Fragerei. Ich war eine inhaftierte Frau, er ein freier Mann, wie lange hätte es gedauert, bis er dem Charme einer anderen erlegen wäre? Ich wollte dem Augenblick zuvorkommen, in dem er es mir gestanden hätte. Und jetzt wechseln wir das Thema. Wenn wir in Woodward ankommen, setzt du mich in einem Café ab und fährst zum College. Dort fragst du, ob du Vera Nelson sprechen könntest, sie unterrichtet da. Du sagst, dass ich mit ihr reden muss, und führst sie zu mir, aber pass auf, dass dir niemand folgt. Im Übrigen darfst du dich nicht auf direktem Weg hinbegeben, fahr etwas im Zickzack, halt unterwegs an, kehr um und bleib wachsam. Wenn du zwei Mal dasselbe Auto siehst, bring Vera zurück und mach dich auf den Heimweg.«

»Und Sie?«

»Ich komme klar. Wenn du nach einer Stunde nicht da bist, verschwinde ich.«

»Nein, unter keinen Umständen! Wir vereinbaren einen Treffpunkt, einen Ort, wo ich Sie abholen kann.«

»Wenn sie dich bemerken, folgen sie dir, das wäre zu gefährlich. Keine Diskussionen!«

Tom Bradley hatte das zulässige Geschwindigkeitslimit bei Weitem überschritten. An der Ausfahrt von Tulsa folgte ihm ein Wagen der Highway Patrol mit heulender Sirene. Tom hielt an und zeigte dem Officer seine Dienstmarke. Als dieser wieder in sein Auto stieg, informierte er die Kollegen, den schwarzen Ford, der mit überhöhter Geschwindigkeit fuhr, nicht anzuhalten, weil es sich um einen Marshal im Einsatz handele.

In Woodward angekommen, stellte er den Ford auf dem Parkplatz des College ab und setzte sich mit einer Zeitung auf eine Bank vor dem Haupteingang.

Milly hielt vor dem Wind Café und wandte sich hilflos Agatha zu.

»Nun mach nicht so ein Gesicht, alles wird gut laufen. Wenn du Vera zu mir gebracht hast, würde ich dich bitten, uns alleine zu lassen. Nimm es mir nicht übel, aber die Dinge, die ich mit ihr zu besprechen habe, sind sehr persönlich.«

»Was immer geschehen mag, warten Sie im Café auf mich«, bat Milly. »Wenn mir jemand folgt, hänge ich ihn ab, und wenn ich den ganzen Tag dafür brauche. Ich bin sehr geschickt am Steuer. Also versprechen Sie mir, dortzubleiben.«

»Nimm mich in den Arm, statt Unsinn zu reden. Wir wollen uns verabschieden, für alle Fälle … Ach nein, das könnte Unglück bringen. Und jetzt los, es ist bald Mittag, ich will nicht, dass du sie verpasst.«

Agatha stieg aus und nahm an der Fensterfront des Cafés Platz.

Zehn Minuten später stellte Milly den Oldsmobile auf dem Parkplatz des College ab und betrat das Hauptgebäude. Sie meldete sich am Empfang und erkundigte sich nach der Klasse von Vera Nelson.

Nachdem die Sekretärin sie eingehend gemustert hatte, fragte sie nicht einmal, ob sie die Mutter eines Schülers sei, sondern erklärte ihr, aus Sicherheitsgründen sei Fremden der Zugang zum College nicht gestattet, aber sie könnte in der Halle auf Mrs. Nelson warten.

»Wann ist ihre Stunde aus?«, fragte Milly.

»In dreißig Minuten. Mrs. Nelson macht immer etwas länger, Sie müssen sich also gedulden.«

»Könnten Sie ihr nicht sagen, dass es dringend ist?«

»Inwiefern dringend?«

Milly hatte genügend Erfahrung mit Schulpersonal, um zu wissen, dass diese Frau den Charakter eines Wachhunds hatte, und sie hatte keine passende Antwort parat.

Also lief sie ungeduldig in der Eingangshalle hin und her, ohne die Wanduhr aus den Augen zu lassen.

Als endlich die Glocke läutete, stürmte ein Schwarm von Schülern aus den Klassenzimmern in die Halle. Milly versuchte, unter den Erwachsenen die Person auszumachen, die der Beschreibung entsprach, die Agatha ihr von Vera Nelson gegeben hatte. Ein Blick auf die Uhr sagte ihr, dass ihr nur noch fünfundzwanzig Minuten blieben, um sie an ihren Bestimmungsort zu bringen. Sie spürte kalten Schweiß auf ihrer Stirn, und ihre Hände wurden feucht. Plötzlich sah sie, wie sich der Blick der Sekretärin auf eine Frau richtete, die sich ihr näherte. Milly lief ihr entgegen.

»Vera Nelson?«

»Guten Tag, ich habe keine Zeit. Falls Sie mit mir über Ihr Kind sprechen wollen, machen Sie bitte einen Termin im Sekretariat aus. Sie sind doch die Mutter eines Schülers, oder?«

»Sie müssen mit mir kommen.«

»Wer sind Sie?«, fragte Vera.

»Agatha erwartet Sie im Wind Café.«

»Ich kenne keine Agatha. Wenn das ein Schülerstreich ist, sagen Sie Ihren Freunden, dass so etwas bei mir nicht funktioniert. Und jetzt lassen Sie mich in Ruhe.«

Vera hatte die Stimme erhoben, und der Wachhund beobachtete die Szene vom Schalter aus.

Milly überlegte in Windeseile, welche Möglichkeiten sie hatte. Es kam nicht infrage, Vera gewaltsam nach draußen zu zerren. Sie umzustimmen, würde viel zu lange dauern, und sie hatte keine Zeit mehr. Sie suchte nach einem Argument, und plötzlich erinnerte sie sich an etwas.

»Eine Schwester von Soledad braucht Sie, es ist dringend!«

»Was haben Sie da gesagt?«, fragte Vera mit erstickter Stimme.

»Kommen Sie schnell, ich erkläre es Ihnen unterwegs.«

Vera folgte Milly auf den Parkplatz. Der Anblick des Oldsmobile versetzte sie drei Jahrzehnte zurück.

»Mein Gott, dieses Auto!«

»Steigen Sie bitte ein, es geht um Minuten.«

Milly geriet in Panik. Ihre Hände zitterten, doch dann hörte sie Agathas Stimme, die ihr zuflüsterte, alles würde gut gehen. Ohne in den Rückspiegel zu schauen, fuhr sie mit quietschenden Reifen an. »Wie spät ist es?«, fragte sie Vera.

»Was ist denn so dringend? Und zu Ihrer Information, zum Wind Café geht es nach links.«

»Ich weiß.«

»Und warum fahren Sie nach rechts, wenn wir es so eilig haben?«

Ohne zu antworten, befolgte Milly Agathas Anweisungen. An der nächsten Kreuzung wendete sie, warf einen Blick durchs Rückfenster und fuhr dann zu dem Café.

Als sie ankamen, konnte sie Agatha nicht mehr sehen. »Ich habe es geschafft, Sie hatten kein Recht!«, schrie sie, den Tränen nahe.

Ihre Beifahrerin sah sie verblüfft an. Milly lief ins Café, Vera folgte ihr und traute ihren Augen nicht, als sie Agatha erblickte.

Milly beobachtete sie und zog sich dann zurück. Sie ging zu ihrem Wagen, den sie in zweiter Reihe abgestellt hatte, und als sie einparkte, achtete sie nicht auf den schwarzen Ford, der an ihr vorbeifuhr und etwas weiter vorn hielt.

»Hanna, bist du es?«, murmelte Vera und setzte sich an den Tisch.

»Bin ich so alt geworden?«

»Nein«, sagte Vera, »ich hätte dich unter Tausenden erkannt. Ich bin nur erstaunt, dich hier zu sehen, ich dachte, du wärst im Gefängnis.«

»Ich bin draußen, aber wie lange?«

»Bist du im Hafturlaub?«, fragte Vera.

»Nein, auf der Flucht, stört dich das?«

»Nicht wirklich, aber glaubst du, dass in diesem Fall ein Café der geeignete Treffpunkt ist?«

»Es gibt nichts Anonymeres als einen öffentlichen Ort. Erinnere dich an unsere Zeit im Untergrund!«

»Ich erinnere mich vor allem an die Art, wie einige von uns in einen Hinterhalt geraten sind.«

»Ich komme direkt zur Sache, denn ich kann leider nicht lange bleiben. Versteh mich nicht falsch, ich freue mich, dich zu sehen, aber …«

»Ich auch«, unterbrach Vera sie, »viel mehr, als du dir vorstellen kannst. Wenn du wüsstest, wie viele Erinnerungen dein Anblick in mir weckt. Es ist unglaublich, dich hier leibhaftig vor mir zu haben. Ich habe dir so viel zu erzählen und dir so viele Fragen zu stellen.«

»Wenn du willst, gerne später. Hast du meine Schwester wiedergesehen?«

»Mein Gott, Hanna, hat es dir denn niemand gesagt?«, fragte Vera mit reuevoller Miene.

»Dass sie tot ist? Doch, keine Sorge, die Wärter waren immer gut für schlechte Neuigkeiten. Aber in diesem Fall war es eine gute.«

»Dass deine Schwester bei einem Unfall ums Leben gekommen ist?«

»Das nicht, möge ihre Seele in Frieden ruhen, aber dass mir endlich die Freiheit winkte. An ihrem Todestag begann mein fünfundzwanzigstes Haftjahr, und so langsam wurde mir die Zeit lang.«

»Ich verstehe nicht, was du mir da erzählst, warum sollte der Tod deiner Schwester dir die Möglichkeit geben, aus dem Gefängnis zu kommen?«

»Beantworte zuerst meine Frage: Hast du sie wiedergesehen?«

»Ja, vor etwa zwanzig Jahren, ich bin durch Santa Fe gekommen und habe sie besucht. Aber ich war nicht willkommen. Wir haben einige Banalitäten ausgetauscht, doch an ihrer Haltung habe ich schnell begriffen, dass sie mich nicht dahaben und noch weniger über die Vergangenheit sprechen wollte. Warum fragst du das, Hanna?«

Agatha betrachtete Vera, ihr Gesicht hatte sich nicht verändert, es hatte noch immer denselben Ausdruck von Arglosigkeit, dieselbe aufrichtige Spontaneität. Ihre erstaunte Miene ließ keinen Zweifel an ihrer Ehrlichkeit zu, und Agatha begriff, dass sie auf der falschen Fährte war.

»Es tut mir leid, ich habe dich umsonst gestört. Geh zu deinen Schülern zurück, ich muss verschwinden.«

»Nein, sicher nicht«, erklärte Vera sanft. »Ich will mit dir reden.«

»Worüber?«

»Wir waren Freundinnen, ich habe immer an dich gedacht und übrigens auch an die anderen.«

»Warum hast du mich dann nie besucht?«

»Die Idee, dich eingesperrt zu sehen, machte mir Angst. Ich hatte ein schlechtes Gewissen, und vermutlich habe ich mich auch gefürchtet. Es war wirklich ungerecht, dass sie ausgerechnet dich inhaftiert haben, die du immer gegen Gewalt warst. Warum hast du einen Prozess abgelehnt? Ich hätte zu deinen Gunsten ausgesagt, erklärt, dass du unmöglich das begangen haben konntest, was man dir vorwarf.«

»Ich habe den Prozess nicht abgelehnt.«

»Ich verstehe dich nicht.«

»Ich habe mich entschieden, meine Schwester zu retten: Sie war diejenige, die an der Aktion teilgenommen hatte. Ihr Name stand auf der Fahndungsliste des FBI. Der zuständige Staatsanwalt hat bekannt gegeben, er würde denen, die sich stellen, einen Deal anbieten. So funktioniert unsere Justiz – eine kleine Abmachung ist besser als ein großer Prozess. Zu diesem Zeitpunkt lautete die Anklage nur auf Zerstörung von Staatseigentum. Fünf Jahre, während sie bei einem Geschworenenprozess fünfunddreißig riskierte. Sie war einverstanden. Die Strafe wurde verhängt und der Haftantritt auf den ersten Tag des folgenden Monats festgelegt. Da hat sie mir gestanden, sie sei schwanger. Wie sollte ich zulassen, dass sie ihr Kind im Gefängnis zur Welt bringen würde? Und was sollte aus diesem Baby werden? Ich lebte im Untergrund, meine Mutter sprach nicht mehr mit uns, wir hatten nur noch uns beide. Meine große Schwester war meine einzige Familie, sie war alles für mich, und so habe ich ihr angeboten, die Strafe an ihrer Stelle abzusitzen. Für sie und für ihr Kind. Wir haben unsere Papiere fälschen lassen, ich bin Agatha geworden und sie Hanna. Ich habe sie derart bewundert, dass mich die Vorstellung faszinierte, ihre Identität anzunehmen. Endlich würde ich die Erstgeborene sein, die rebellischere von uns beiden, die Erbin ihres Kampfes. Plötzlich würde ich werden, was sie war und was ich nie hatte sein können. Ich hatte keine Angst. Indem ich ihre Identität annahm, besaß ich auch ihren Mut, ihre Selbstsicherheit, ihre Unverfrorenheit und Stärke. Wenn das kein Erbe ist! Umso mehr, als man beim Wiederaufbau des Kommissariats, das ihre Freunde und sie gesprengt hatten, in den Trümmern eine Leiche fand. Als meine Schwester den Deal mit dem Staatsanwalt abschloss, hatte sie auch ihr Geständnis unterschrieben – doch jetzt war ihre Schuld zu meiner geworden. Das Verbrechen hatte einen anderen Charakter, und das Strafmaß wurde neu festgelegt: dreißig Jahre mehr als die abgemachten fünf. Ich habe sie angefleht, die Wahrheit zu sagen und mir mein Leben zurückzugeben. Aber inzwischen war sie Mutter geworden. Bei der Vorstellung, man würde sie ihrer Tochter entreißen, die sie nicht mehr in die Arme schließen und aufwachsen sehen könnte, hat sie der Mut verlassen. Welche Mutter würde ihre Schwester dem eigenen Kind vorziehen? Sie hat den Kontakt zu mir abgebrochen. Ich bin an ihre Stelle getreten, damit Mutter und Tochter nicht getrennt wurden, und so bin ich hinter Gittern geblieben.«

Außerstande, ein Wort zu sagen, legte Vera eine Hand auf die ihrer Freundin und senkte den Blick. Agatha erzählte ihr von dem Heft, das jetzt ihre einzige Hoffnung auf Freiheit verkörperte.

»Und du hast gedacht, ich hätte das Heft…« Vera schluchzte auf.

»Ich habe es gehofft, das hätte meine Unschuld bewiesen.«

»Hanna…«

»Agatha! Ich trage diesen Vornamen schon so lange, dass ich keinen anderen mehr kenne.«

»Warum hast du nicht an den Staatsanwalt geschrieben? Nachdem er deine Schwester verurteilt hatte, hätte eine Gegenüberstellung ausgereicht, um den Betrug aufzudecken.«

»Weil er von Anfang an Bescheid wusste. Meine Schwester hatte ihm mitgeteilt, sie sei schwanger. Durch diesen Umstand hätte sie eine vorzeitige Entlassung beantragen können, der Erfolg war nicht sicher, aber auch nicht ausgeschlossen. Doch dieser junge Staatsanwalt wollte eine Schuldige, die ihre gesamte Strafe absitzt. Also hat er unter Berufung auf die Unschuld und Zukunft eines Kindes, das nicht für die Irrtümer seiner Mutter bezahlen soll, über unseren Schwindel hinweggesehen. Die gefälschten Papiere waren gut gemacht, und wer hätte vermutet, dass jemand freiwillig in den Knast geht? Den Betrug aufzudecken, vor allem, nachdem es einen Toten gab, hätte seine Karriere zerstört. Ein mittelmäßiger Typ, der sich als Schweinehund erwies, sobald seine Zukunft auf dem Spiel stand. Vermutlich hat er die richtige Wahl getroffen, denn ich habe später erfahren, dass er zum Richter befördert wurde. Und ehrlich gesagt weiß ich auch nicht, ob ich den Mut gehabt hätte, meine Schwester von ihrer Tochter zu trennen und so den Rest meiner Familie auszulöschen. Was hätte ich tun können, wenn ich freigekommen wäre? Ein Kind großziehen, das nicht das meine war und später erfahren hätte, dass seine richtige Mutter noch jahrelang hinter Gittern sitzen würde und dass ich die Verantwortung dafür trug? Das ist doch eine furchtbare Wahl, oder?«

»Aber du hattest doch nichts damit zu tun, verdammt!«

»Ich habe ja auch der Gruppe angehört.«

»Und was ist aus diesem Mädchen geworden?

»Sie hat dich hergebracht.«

Vera riss die Augen auf. »Weiß sie Bescheid?«, fragte sie erstaunt.

»Nein, sie weiß gar nichts. Ihre Mutter hat sie zu einer tollen jungen Frau erzogen, die einen Dickschädel hat. Aber das gefällt mir, wichtig ist, dass sie Charakter hat.«

»Und willst du es ihr nicht erzählen?«, rief Vera aus.

»Was soll ich ihr erzählen? Dass ich mich für eine Schwester geopfert habe, die mich zwei Mal verraten hat? Milly hatte keinen Vater, ich kann ihr nicht auch noch die Mutter nehmen, indem ich sie entehre. Selbst wenn sie tot ist, muss sie die Mutter bleiben, die sie liebt, das ist heilig. Außerdem wäre dann alles, was ich durchgemacht habe, sinnlos. Schon aus diesem Grunde will ich nicht, dass sie die Wahrheit erfährt – zumindest nicht die ganze Wahrheit.«

»Warum hast du sie dann in deine Flucht verwickelt?«

»Weil allein der Gedanke an sie mir die Kraft gegeben hat, durchzuhalten. Im Lauf der Jahre ist sie für mich der Grund geworden, zu leben oder zu überleben. Weil ich angefangen habe, sie zu lieben, sie immer mehr zu lieben. Also wollte ich sie kennenlernen, sehen, was für eine Frau sie geworden ist, ob sich all das tatsächlich gelohnt hat. Und ich glaube wirklich, es hat sich gelohnt, du kannst dir nicht vorstellen, wie wichtig das für mich ist. Ich muss gehen, Vera. Ich hätte dir gerne Fragen gestellt, erfahren, wie dein Alltag mit all den Jugendlichen ist …«

»Mein Leben besteht aus Freuden und Frustrationen, aus Momenten des Erfolgs und des Scheiterns«, unterbrach Vera sie. »Es gibt Kinder, die man liebt, und andere, die man nicht erträgt, und das hat nichts damit zu tun, ob sie gute oder schlechte Schüler sind. Den Unterschied macht ihr Potenzial. Von meinem Tisch im Klassenzimmer aus sage ich ihre Zukunft voraus. Ich versuche zu erraten, welche etwas aus ihrem Leben machen und welche immer Mittelmaß bleiben werden, wer großzügig und wer geizig sein wird, wer freundlich und wer verbissen. Ich möchte herausfinden, wer seinen Mitmenschen Gutes und wer ihnen Schlechtes tun wird, wer offenherzig und wer kleinlich sein wird. Ich lehre sie unsere Geschichte, das, was wir getan haben, und sie lauschen mir ungläubig und staunend, doch natürlich kann ich ihnen nicht sagen, dass ich Teil dieser Geschichte war. Das ist unheimlich frustrierend. Jedes Jahr ist zumindest ein Schüler dabei, der meinem Beruf einen Sinn gibt, einer, von dem ich weiß, dass sich meine Aufmerksamkeit lohnt und ich ihm das gebe, was ihm fehlt, damit etwas aus ihm wird. Ich habe den Eindruck, nützlich zu sein, und das macht mich glücklich. Aber wenn ich mich im Spiegel betrachte, fühle ich mich noch immer etwas töricht, diesen Eindruck werde ich nicht los.«

»Geh wieder zu ihnen, ich habe nur noch wenig Zeit. Ich habe mich sehr gefreut, dich wiederzusehen, Vera, und du bist ganz und gar nicht töricht. Wenn ich es schaffe, möchte ich dich unbedingt wiedersehen.«

»Ich weiß, dass du es schaffst, ich hoffe es von ganzem Herzen. Und jetzt verschwinde, ich habe keine Lust, gleich wieder in die Schule zu gehen. Ich bleibe noch eine Weile hier, und lass die Rechnung, die ist für mich, es ist mir ein Vergnügen und eine Ehre.«

Agatha schloss Vera in die Arme und flüsterte ihr zu: »Sag deinen Schülern, dass wir für sie gekämpft haben, dass wir furchtbare Irrtümer begangen haben, aber immer für eine bessere Welt eingetreten sind.«

»Keine Sorge, meine Liebe, das erzähle ich ihnen jedes Jahr.«

Es war das erste Mal, dass er sie nach all den Jahren sah, und sein Herzschlag beschleunigte sich. Er legte eine Hand auf den Kolben eines Revolvers, die andere auf den Griff der Autotür, und beide begannen zu zittern. Als Agatha das Wind Café verließ, spürte er, dass seine Knie weich wurden, und er hatte das Gefühl, den Boden unter den Füßen zu verlieren. Sie war da, ganz in seiner Nähe lief sie über den gegenüberliegenden Bürgersteig und stieg in den Wagen, den er verfolgt hatte. Sie nahm auf dem Beifahrersitz Platz, und er war wie gelähmt.

Der Oldsmobile fuhr los und jagte über den Oklahoma Boulevard.

»Hat sich das Risiko gelohnt?«, fragte Milly.

»Wann hörst du endlich auf, mir so blöde Fragen zu stellen? Das hast du schon beim letzten Mal getan. Hat es sich gelohnt, Raoul wiederzusehen? Hast du dich etwa nicht gut mit ihm verstanden, und bist du in deinem Leben schon einmal jemandem wie ihm begegnet? Ist dein Frank dasselbe Kaliber?«

»Haben Sie schlechte Laune?«

»Ich bin wütend, stinksauer, wenn dir das lieber ist. Aber ich will mich nicht an dir auslassen, also sei still, bis ich mich beruhigt habe.«

»Was ist Soledad?«, fragte Milly.

»Soledad ist ein Gefängnis, in dem ein Unschuldiger eingesperrt war, der zur Legende wurde. Was lernt ihr in diesem verdammten Land eigentlich in der Schule?«

»Vielleicht neuere Ereignisse. Würden Sie meine Wissenslücke schließen?«, fragte Milly schelmisch.

»George Jackson hat seine Kindheit in den Schwarzen-Gettos von Chicago und Los Angeles verbracht. Wie viele Jugendliche, die in großer Armut leben, war er wegen geringfügiger Delikte mit der Polizei aneinandergeraten. Mit achtzehn Jahren wurde er der Beihilfe zum Diebstahl angeklagt, weil er in einem Auto saß, in dem einer seiner Freunde fliehen musste, weil er an einer Tankstelle sechzig Dollar geklaut hatte. Man hat ihm geraten, sich schuldig zu bekennen, und ihm versprochen, dass er maximal ein Jahr in einem Distriktgefängnis bekommen würde. Also hat er ein Geständnis abgelegt, doch entgegen dem Versprechen, das man ihm gegeben hatte, bekam er lebenslänglich, und man steckte ihn in eine Strafanstalt.«

»Wegen sechzig Dollar?«

»Die er nicht einmal selbst gestohlen hatte. Solche Urteile waren eine wahre Schande. Sie überließen das Schicksal der Gefangenen einem Komitee, das sich einmal pro Jahr versammelte und je nach Führung der Häftlinge über deren Zukunft befand. Aber Jackson war schwarz, seine Tage und Nächte bestanden nur aus Schikanen, Demütigungen und körperlichen Züchtigungen. Doch er wollte sich nicht unterwerfen. Jedes Mal, wenn er sich auflehnte, kam er in den sogenannten Kerker – ein mit Exkrementen beschmiertes Loch ohne Lüftung. Es war ihm verboten, sich zu waschen, und er musste seine Bedürfnisse auf dem Boden verrichten, wo er auch schlafen und essen musste.«

»Haben Sie ihn gekannt?«

»Nein, ich war zu jung. Jackson wurde schnell von den Behörden als politischer Aktivist eingestuft, den man nicht zähmen konnte. Im Lauf der 1970er-Jahre – er war damals schon zehn Jahre in Haft – wurde in dem Gefängnis Soledad ein neuer Hof eingerichtet, und die Wärter machten sich einen Spaß daraus, zehn Weiße und sieben Schwarze zugleich hinauszuschicken. Die Schwarzen, die man ausgewählt hatte, waren für ihre engagierte Haltung bekannt und die Weißen für ihren widerwärtigen Rassismus. In einem Wachturm saß ein Eliteschütze mit einem Gewehr. Es kam, wie es kommen musste, zu einer Prügelei, und der Wärter verschoss sein Magazin. Dabei wurden drei Schwarze getötet und ein Weißer an der Hüfte verletzt. Einen Schwarzen, der getroffen war, ließen sie im Hof verbluten, der genau neben der Krankenstation lag. Im Gefängnis wurden Proteste laut, und ausnahmsweise begannen Schwarze, Weiße und Mexikaner einvernehmlich einen Hungerstreik. Drei Tage später beschied die Grand Jury des Bundesstaates, der Eliteschütze habe in legitimer Notwehr gehandelt. Am Tag der Urteilsverkündung wurde ein Wärter in Soledad tot aufgefunden, und da die Behörden es auf Jackson abgesehen hatten, wurde er gemeinsam mit zwei anderen Häftlingen des Mordes angeklagt, auf den die Todesstrafe stand. Drei Schwarze, die von einem Wärter erschossen wurden, der mit weißer Weste aus der Sache hervorgeht, ein tot aufgefundener Wärter und drei Schwarze, die auf den elektrischen Stuhl kommen – wenn das nicht eine Parodie der Justiz ist! Ihr Prozess wurde zum Sinnbild des Rassismus, und die drei Gefangenen wurden ›Soledad Brothers‹ getauft.«

»Sind sie hingerichtet worden?«

»Nein. Im ganzen Land wurden Solidaritätskomitees gegründet, und zwei Anwälten, die sich der Bewegung angeschlossen hatten, gelang es, die Absetzung dieses miesen rassistischen Richters zu erreichen, der die Angeklagten um jeden Preis verurteilen wollte. Stattdessen fand der Prozess in San Francisco statt. Die lokale Presse von Soledad und Umgebung hatte sie schon für schuldig erklärt. Doch jetzt kam von allen Seiten Unterstützung, und die Solidaritätskomitees wurden immer größer. Auch bekannte Persönlichkeiten traten für ihre Verteidigung ein.«

»Sind sie freigesprochen worden?«

»Nun hör doch mal endlich auf, mich dauernd zu unterbrechen, sonst kann ich die Geschichte nie zu Ende erzählen! Jackson hatte einen kleinen Bruder, und obwohl er ihn nicht hatte aufwachsen sehen können, liebte er ihn über alles, was auf Gegenseitigkeit beruhte. Jonathan sah in ihm eine Art Helden, der ungerechterweise eingesperrt war. Während eines Prozesses gegen drei andere Häftlinge hat er sich, obwohl er fast noch ein Kind war, Zutritt zum Gericht verschafft. Kurz nach Beginn der Verhandlung erhob er sich, zog ein Gewehr heraus, das er unter seinem Mantel verborgen hatte, warf den Gefangenen Pistolen zu, die er in einer Papiertüte hereingeschmuggelt hatte, und rief: ›Das reicht, jetzt entscheide ich. Lasst die Soledad Brothers frei!‹ Sie nahmen Geiseln und flohen in einem Lieferwagen, auf den die Polizei schoss. Zwei der Häftlinge, Jonathan und eine Geisel wurden getötet. Nach dem Tod seines Bruders begann Jackson einen Briefwechsel mit einigen Verwandten und Freunden, in dem er von seinem Alltag und seinem Kampf erzählte. Er hatte einen Stil wie ein großer Schriftsteller, und seine Berichte wurden als Buch veröffentlicht, das seinem kleinen Bruder gewidmet war. Es hatte viel Erfolg, wurde übersetzt und auch im Ausland verlegt. Es lenkte die Aufmerksamkeit auf Jacksons Schicksal, die Ungerechtigkeit, die ihm zuteilwurde, auf den grausamen Gefängnisalltag und den Rassismus der Justiz. Doch an höherer Stelle beschloss man, ihn zum Schweigen zu bringen, und so wurde er ein Jahr später bei einem angeblichen Ausbruchsversuch aus dem Gefängnis von Saint Quentin, in das man ihn verlegt hatte, erschossen. Sie haben ihn zwar getötet, doch der Mann und sein Kampf gerieten nicht in Vergessenheit. Die Soledad Brothers sind zu einem Symbol geworden, während ihre Henker der Vergessenheit anheimfallen.«

Entweder vom Instinkt oder von einer Vorahnung getrieben, wandte sich Agatha plötzlich um und sah durch die Heckscheibe. »Beschleunige vorsichtig«, sagte sie und klappte die Sonnenblende herunter.

»Werden wir verfolgt?«

»Ich habe ganz den Eindruck.«

Hinter Woodward zogen sich Maisfelder dahin, so weit das Auge reichte. Nur einige Silos und Gehöfte erhoben sich von Zeit zu Zeit. Es gab keine Möglichkeit, einen Umweg zu machen oder sich zu verstecken, und der alte Oldsmobile konnte es nicht mit dem Ford aufnehmen, den Agatha im Rückspiegel beobachtete.

Die Tachonadel zeigte über sechzig Meilen an, und doch vergrößerte sich der Abstand zwischen den beiden Wagen nicht.

»Fahr nicht schneller«, sagte Agatha. »Wenn der Ford uns wirklich folgt, darf der Fahrer nicht erkennen, dass wir ihn bemerkt haben.«

Doch Milly trat weiter aufs Gaspedal, und die Tachonadel kletterte auf siebzig Meilen.

»Das hält der Motor nicht aus«, protestierte Agatha.

»Ich habe Ihnen doch gesagt, dass mir am Steuer niemand das Wasser reichen kann.«

In der Ferne auf dem Schienenstrang, der sich über die gesamte Ebene zog, näherte sich ein Güterzug. Milly schätzte die Zeit ab, die er brauchen würde, um ihren Weg zu kreuzen, und warf einen Blick in den Rückspiegel. Der Ford kam näher.

»Vielleicht spielt er ›Staubsauger‹?«

»Was heißt das, ›Staubsauger spielen‹?«

»Das ist eine Technik zur Täuschung der Polizei, wenn die sich am Wegesrand versteckt, um mit ihrem Radar zu blitzen. Findet man jemanden, der zu schnell fährt, braucht man sich nur an ihn zu hängen. Der Erste wird erfasst, der folgende kommt ungeschoren davon.«

»Mag sein, aber ich sehe einen Zug heranfahren, also brems und mach keinen Unsinn. Wir schaffen es nicht mehr vor ihm über die Schienen.«

Milly gehorchte und verlangsamte das Tempo. Agatha beobachtete im Rückspiegel den Ford, der immer näher kam. Der endlos lange Zug pfiff vor dem unbeschrankten Bahnübergang. Die Warnleuchte begann zu blinken, begleitet von einem Klingeln.

Milly wandte den Kopf kurz zu Agatha und rief: »Machen Sie die Augen zu!«

Sie trat das Gaspedal durch, der Motor heulte auf, und der Oldsmobile lief zur Hochform auf. Die Tachonadel schlug bis zum Anschlag aus.

Der Wagen schoss auf die Schienen zu, aber wenn er sie in diesem Tempo überqueren würde, würden die Achsen brechen.

Als er die Staubwolke vor sich sah, begriff Tom auf der Stelle, dass man ihn hereingelegt hatte. Er gab Gas, überholte den Oldsmobile und jagte mit einem Satz über die Gleise. Milly hingegen legte eine Vollbremsung hin, riss das Steuer herum und gab erneut Gas, sodass sich der Wagen parallel zu den Schienen befand. Als der Zug vorbeiratterte, blieb sie stehen, legte den Rückwärtsgang ein, setzte zurück bis zur Straße und raste Richtung Woodward.

Agatha stöhnte. »Puuh, Hut ab!«

Doch Milly hatte keine Zeit, das Kompliment zu genießen, ihr Blick wanderte von der Fahrbahn zum Rückspiegel; solange der Zug durchfuhr, konnte ihr Verfolger sie nicht sehen.

An der ersten Kreuzung bog sie in südliche Richtung ab, an der folgenden überholte sie eine Schlange von Lastwagen und jagte auf die Hügel zu.

»Ich glaube, wir haben ihn abgehängt«, sagte sie.

»Ich glaube vor allem, dass du total verrückt bist. Aber das ist kein Vorwurf, ganz im Gegenteil.«

Wütend beobachtete Tom, wie die Waggons hinter ihm vorbeizogen. Die Güterzüge, die durchs Land fuhren, bestanden oft aus mehr als sechzig Wagen, und dieser schien endlos. Als sich schließlich der Triebwagen entfernte, war die Straße auf der anderen Seite leer. Er hatte bei dem Treffen mit Vera versagt, doch er glaubte, Agathas nächstes Ziel zu kennen, und diesmal gäbe es kein Zögern. Er befand sich im Einsatz, dem letzten seiner Laufbahn, und er war fest entschlossen, ihn zu Ende zu führen. Er wendete und folgte der Straße in westliche Richtung.

»Wer hat dir das beigebracht?«

»Meine Mutter«, antwortete Milly, »und auch der Ort, an dem ich aufgewachsen bin. Wir sind übrigens ganz in der Nähe. Ich war seit ihrem Tod nicht mehr in Santa Fe.«

»Sollen wir vorbeifahren?«

»Nach den letzten Ereignissen glaube ich nicht, dass es gut wäre, einen Umweg zu machen.«

»Wir kommen ohnehin vorbei, außerdem haben wir den Typen abgehängt.«

»Nein, es würde mir komisch vorkommen anzuhalten.«

»Manchmal ist das, was uns komisch vorkommt, gut. Ich denke, wir sollten ihr die Ehre erweisen.«

»Wem?«

»Deiner Mutter. Ich nehme an, sie ist dort auch begraben.«

»Kommt nicht infrage!«

»Hör mir gut zu, auch wenn es mich nichts angeht. Es gibt Dinge im Leben, die man nicht tut. Die Familie ist heilig. Wenn deine Mutter dich von dort oben sieht, wird sie sehr unglücklich sein, dass ihre Tochter in der Nähe vorbeikommt, ohne sich die Mühe zu machen, an ihrem Grab zu stehen und ihrer zu gedenken. Vorhin an dem Bahnübergang war sie vielleicht diejenige, die uns beschützt hat.«

»Glauben Sie an so etwas?«

»Hast du mir nicht gerade gesagt, dass sie dir beigebracht hat, so zu fahren? Also sind wir es ihr doch schuldig, oder?

Außerdem will ich dir etwas anvertrauen. Ich würde gerne sehen, wo du aufgewachsen bist.«

»Warum?«

»Du immer mit deinem Warum! Weil es mir Freude machen würde, um jemanden zu zitieren, der neben mir sitzt.«

Milly lächelte. »Ganz in der Nähe von unserem Haus gibt es ein kleines Restaurant, wo Mummy manchmal mit mir hingegangen ist«, sagte sie. »Es ist sehr bescheiden, aber dort werden die besten Tacos der Welt serviert. Ich glaube, ich würde gern einen essen.«

»Also auf zu den Tacos, aber hinterher zeigst du mir dein Haus.«

»Ich weiß nicht, ob ich den nötigen Mut habe. Es ist sicher alles eingestaubt, außerdem habe ich keinen Schlüssel. Ich hatte nicht geplant zu verreisen, falls Sie verstehen, was ich meine.«

»Sag mir jetzt nicht, dass ein halber Junge wie du nicht über die Mauer klettern kann. Wenn du dich heimlich aus dem Staub gemacht hast, kannst du auch auf dieselbe Art zurückkommen. Danach erweisen wir deiner Mutter die Ehre.«

Entnervt nahm Milly an der nächsten Kreuzung den Weg nach Santa Fe.

Auf einer weiter nördlich gelegenen Parallelstraße fuhr Tom über die texanische Grenze und dann weiter nach Westen. Langsam bekam er Hunger und Durst, aber er wollte keine Zeit verlieren, selbst wenn die Tankanzeige ihn mahnte. Er erinnerte sich an den Mangel an Kaltblütigkeit, den er in Woodward an den Tag gelegt hatte und den er sich nicht verzeihen konnte. Wenn er während seiner Laufbahn etwas gelernt hatte, dann dass das Leben einem Marshal, der seine Beute entkommen lässt, nur selten eine zweite Chance bietet.

Er fuhr durch ein verfallenes Dorf, vermutlich hinweggerafft von einem der zerstörerischen und mörderischen Tornados, die im Sommer so oft über die staubige Ebene hinwegfegten. Von den Häusern blieben nur Holzgerippe am Straßenrand. Tom fragte sich, was aus den Menschen geworden war, die dort gelebt hatten. Er erblickte die Trümmer von dem, was einmal eine Schule gewesen sein musste, die eines Restaurants, in dem sich die Familien wohl abends getroffen hatten, ein durchgebrochenes Holzschild war alles, was von einem Bowlingcenter übrig geblieben war, und inmitten dieser geisterhaften Landschaft zeugte ein umgestürzter Kirchturm, dessen Spitze sich in den Boden gebohrt hatte, von der Gewalt der Natur, die dieses Dorf wie eine himmlische Strafe getroffen hatte. Tom fuhr fröstelnd weiter, er war beunruhigt, ob er genügend Benzin hatte, um die nächste Tankstelle zu erreichen. Vorsichtshalber verlangsamte er das Tempo.

Das folgende Dorf, Fago, in dem kaum mehr als hundert Seelen lebten, war auch nicht sonderlich einladend. An der Hauptstraße gab es keine Geschäfte, und nur einige alte Pick-ups deuteten darauf hin, dass der Ort nicht gänzlich verlassen war. Die zu beiden Seiten auf wackeligen Fundamenten aufgestellten Fertighäuser erinnerten an die Armut in diesen trockenen Landstrichen. Am Armaturenbrett begann ein rotes Lämpchen zu blinken, und Toms einzige Sorge war es fortan, eine Tankstelle zu finden.

»Wir schaffen es im Leben nicht, Santa Fe vor Einbruch der Nacht zu erreichen.«

»Dein Auto hat doch Scheinwerfer.«

»Warum San Francisco?«

»Mir scheint, ich habe dir gesagt, dass ich dort von Freunden erwartet werde.«

»Bei denen Sie ein paar Stunden bleiben, und dann?«

»Dann kommt der Ozean.«

»Wollen Sie über das Wasser fliehen?«

»Ich fliehe nicht, zumindest nicht in dem Sinn, wie du es meinst. Sonst hätte ich akzeptiert, dass du mich zur Grenze fährst. Ich will nur die Golden-Gate-Bucht sehen, mich am Anblick des Horizonts berauschen, und wenn wir einmal dort sind, weiß ich auch, wo ich mich verstecken kann, um ein paar Tage in Ruhe zu verbringen.«

»Haben Sie wirklich Freunde dort?«

»Ich hoffe es, aber man kann nie sicher sein.«

»Wozu dann also?«

»Für mich ist es das Ende des Weges. Es wäre ohnehin schwierig, weiterzukommen. Du musst wieder zurückfahren, und ich werde dich nicht begleiten können. Versprichst du mir, vorsichtig zu sein?«

»Ich habe nicht den Eindruck, dass ich ein größeres Risiko eingehen könnte als unsere bisherige Reise.«

Agatha ließ den Blick in die Ferne schweifen.

»Sehen wir uns dann nicht wieder?«, fragte Milly.

»Mach dir da keine Gedanken. Vielleicht besuchst du mich ja eines Tages.«

»Und wo werde ich Sie finden?«

»Ich schreibe dir später.«

»Und wohin soll ich die Antwort schicken?«

»Ich gebe dir in meinem Brief eine postlagernde Adresse, und wenn du mich wirklich besuchen kommst, machen wir einen Treffpunkt aus, den nur wir kennen. Es wird unser Geheimnis sein.«

»Ich glaube, das würde mir gefallen«, meinte Milly.

»Was machst du, wenn du wieder zu Hause bist?«

»Versuchen, meinen Job zu behalten, mit Frank reden und hoffen, dass er mir verzeiht.«

»Was verzeiht?«

»Ich weiß nicht…« Milly seufzte und zuckte die Achseln.

»Ich muss dir etwas gestehen. Der Revolver, mit dem ich dich am ersten Abend bedroht habe, macht nur ganz kleine Löcher, und er enthält bloß eine Kugel. Im besten Fall hätte ich, wenn ich gut getroffen hätte, das Schloss deines Handschuhfachs zerschießen können.«

»Ich weiß, ich habe es bemerkt. Mummy hat mich manchmal mit auf den Schießstand genommen, und ich kenne mich gut genug mit Feuerwaffen aus, um zu wissen, dass Ihre ein ganz kleines Kaliber ist. Aber ich habe auch gelogen, meine Routine hat nichts Angenehmes. Ich habe mich tödlich gelangweilt und die Gelegenheit beim Schopf ergriffen.«

»Darf ich dir noch etwas sagen?«

»Ja, sicher.«

»Du lügst sehr schlecht.«

»Sie auch.«

Tom Bradley erreichte Santa Fe bei Einbruch der Dunkelheit. Er suchte sich ein Hotel, ging ins Zimmer, streckte sich, die Hände im Nacken verschränkt, auf dem Bett aus und dachte daran, was er am nächsten Tag machen würde. Erschöpft von der langen Fahrt erhob er sich, ging duschen und sah dann auf sein Handy, das auf dem Nachtkästchen lag. Er zögerte und wählte schließlich die Nummer von Richter Clayton.

»Wo bist du?«, wollte dieser wissen.

Tom hütete sich zu antworten und fragte stattdessen: »Gibt es was Neues?«

»Der Leiter der Haftanstalt hat nicht durchgehalten«, erklärte der Richter. »Er hat mich gerade informiert, dass er den Ausbruch gleich morgen früh beim FBI melden wird.«

Tom seufzte. »Das ist bedauerlich für seine Karriere.«

»Wieso, hast du sie festgenommen?«

»Noch nicht, aber bald.«

»Hast du sie hochgenommen?«

Tom lachte höhnisch.

»Habe ich was Lustiges gesagt?«, fragte der Richter leicht säuerlich.

»Lustig ist, dass du dich des Ganovenjargons bedienst. Ich glaube, ich habe erraten, wohin sie morgen will, und wenn ich mich nicht irre, werde ich sie dort erwarten.«

»Sag mir, wo es ist, du kannst sicher Verstärkung gebrauchen.«

»Sie ist auf der Flucht, und sie ist bewaffnet. Das FBI wird ihr keine Chance geben, aber vielleicht kommt es dir ja gelegen, wenn bei der Verhaftung etwas passiert?«

»Wie kannst du so etwas denken?«, erwiderte Clayton aufgebracht.

»Weil ich dich kenne.«

»Spiel nicht den einsamen Rächer, Tom. Ich bin der Erste, der will, dass alles wieder in Ordnung kommt, und zwar so diskret wie möglich.«

»Dann halt die Bulldoggen noch vierundzwanzig Stunden im Zaum.«

»Ich tue mein Bestes, aber ich kann dir nichts versprechen. Was soll ich ihnen sagen?«

»Lass dir was einfallen.«

»Ich hoffe, du hast nicht vergessen, dass ich dir diesen Einsatz anvertraut habe. Wenn ich mir nicht gewünscht hätte, dass die Sache friedlich ausgeht, hätte ich dich nicht geholt. Deine Haltung ist beleidigend. Warum nimmst du sie nicht heute Abend fest, wenn du weißt, wo sie ist?«

»Weil ich müde bin und mir nicht vorstellen kann, dass ich sie an einen Heizkörper kette, während ich schlafe. Ich gehe jetzt essen, ruhe mich dann aus und beende meinen Einsatz zu gegebener Zeit. Wir haben ein Abkommen. Wenn wir uns daran halten, wird alles ein gutes Ende nehmen, ohne großes Aufsehen zu erregen.«

»Ich tue alles dafür und bin bereit, deine Entschuldigung anzunehmen, wenn du sie vorbringen willst.«

Ein Klicken in der Leitung. Clayton hatte aufgelegt.

Tom dachte an das, was ihm am nächsten Tag bevorstand, und er dachte noch daran, als er unter der Dusche stand, und auch, als er die Bar betrat. Er trank einen Scotch, dann noch einen, das war tröstlich. Anschließend lief er durch die Straßen der Altstadt.

Santa Fe war eine Stadt mit einer langen Geschichte, in der die Touristen die Häuser aus Lehmziegeln mit ihren Erkern bewunderten, die einen Duft nach Blumen und geräuchertem Holz verströmten. Die Terrassen der Restaurants waren voll besetzt, es wurde gesungen, getanzt, und der Abend schien ein einziges Fest. Tom saß alleine an einem Tisch und beobachtete ihm gegenüber ein junges Paar, das sich unterhielt und ihn an eine Sommernacht in Santa Fe vor dreißig Jahren erinnerte.

Am Tag nach jener verheißungsvollen Nacht hatte er sich mit seinen Freunden wieder auf den Weg gemacht, hatte drei Staaten durchquert, dann auf einer Fähre über einen Fluss gesetzt und drei weitere Grenzen hinter sich gebracht, ehe er die Ostküste erreichte. Bilder erstanden in seinem Kopf, Gesichter und Jugenderinnerungen, die er lange nicht mehr wachgerufen hatte.

»Möchten Sie noch etwas?«, fragte die Bedienung.

Tom hob den Kopf. Sie trug ein leichtes Musselinkleid und war bezaubernd.

»Sind Sie von hier?«, fragte er verwundert.

»Das könnte ich mit meinem Brooklyn-Akzent nur schwerlich behaupten. Ich weiß nicht, warum mich so viele Gäste für eine Mexikanerin halten, vielleicht, weil die Sonne so stark ist, dass sie selbst die Haut einer Irin bräunen würde. Und woher kommen Sie?«

»Aus North Wisconsin.«

»Ist ja nicht gerade nebenan und nicht dasselbe Klima. Was führt Sie nach Santa Fe?«

»Ich glaube, ein Sprung in die Vergangenheit. Und was hat eine junge Frau aus Brooklyn hierhergebracht?«

»Die Abscheu vor kalten Wintern und ein Freund, dem ich gefolgt bin.«

»Zwei gute Gründe.«

»Besonders der erste.«

»Fehlt Ihnen Brooklyn manchmal?«

»Ein bisschen, aber ich will mich nicht beklagen. Das Leben hier ist angenehm, die Hälfte der Leute sind Ex-Hippies, eigentlich fast alle älteren, und sie sind lockerer als meine New Yorker Freunde. Hier tickt die Welt andersrum, aber es ist lustig. Waren Sie auch ein Hippie? So viele machen eine Wallfahrt hierher.«

Tom lächelte. »Sehe ich so aus?«, fragte er.

»Ja und nein, ich weiß nicht, aber irgendwie habe ich den Eindruck, dass Sie eine Art Globetrotter waren. Was machen Sie beruflich?«

»Ich bin Marshal.«

»Ernsthaft?«, antwortete die Kellnerin.

»Nein, nicht ernsthaft, ich wollte Sie etwas necken.«

»Na schön, ich sehe ein paar ungeduldige Gäste, die mir zuwinken, als wäre ich blind. Ich muss sie bedienen. Möchten Sie nichts mehr?«

Tom reichte ihr einen Fünfzigdollarschein und bedankte sich für das Essen und das Gespräch.

Als er ins Hotel zurückkam, wusste er noch immer nicht, was er am nächsten Tag machen würde. Seine einzige Überzeugung war, dass es eine Art Erlösung wäre – wie auch immer es ausgehen mochte.

Richter Clayton beendete das Gespräch mit Agent Maloney, der gute Neuigkeiten für ihn hatte. Ein Inspektor der

Polizei Philadelphia hatte die Flüchtige auf einem der Fahndungsplakate erkannt, die an alle großen Kommissariate verschickt worden war. Die Überwachungskamera einer Tankstelle in der Nähe der Universität bestätigte, dass sie sich in einem roten Oldsmobile, Jahrgang 1950, befand. Agent Maloney verstand nicht recht, warum diese Aufnahme bereits mehrere Tage alt war, wo doch der Ausbruch erst an diesem Morgen gemeldet worden war, da würde sich der Leiter der Haftanstalt schon erklären müssen. Richter Clayton bemerkte, er sei ebenfalls sehr erstaunt. Wenn jemand im Vollzugssystem seine Pflicht nicht erfüllt habe, werde er unverzüglich Untersuchungen einleiten und entsprechende Strafen verhängen. Agent Maloney lobte seinen Entschluss, bevor er seinen Bericht fortsetzte.

Das Bildbearbeitungsprogramm des Polizeilabors hatte das amtliche Kennzeichen isoliert, die Besitzerin war identifiziert und anhand ihres Mobiltelefons in der Nähe von Tulsa geortet worden. Als der Sendemast ihre Spur verloren hatte, befand sie sich auf dem Weg nach Westen. In den weiten, verlassenen Ebenen von Texas gab es in großen Gebieten keinen Netzempfang, doch sobald sie sich einer Stadt nähern würde, könne man sie wieder lokalisieren. Die Büros von Dallas, Colorado Springs und Albuquerque warteten nur darauf und waren zum Einsatz bereit.

Richter Clayton bedankte sich herzlich bei Maloney und beglückwünschte ihn zu der Effizienz, mit der die Nachforschungen durchgeführt worden waren.

Nachdem er aufgelegt hatte, machte er sich einen Kräutertee, nahm die Zeitung, die er noch nicht zu Ende gelesen hatte, und ging zu Bett.

»Tut mir leid«, sagte Milly, »aber heute Abend kommen wir nicht weiter als Tucumcari. Es wird dunkel, bevor wir Santa Fe erreichen, und wir müssen über die Bergkette Sangre de Cristo. Die ist verdammt hoch, die Straße ist kurvig, und nachts herrscht dort dichter Nebel. Ich habe da oben schon einmal festgesessen, ich konnte nicht mal mehr meine Kühlerhaube erkennen. Selbst im Frühjahr ist es eiskalt, und falls wir nicht weiterkommen …«

»Du brauchst mir jetzt nicht noch zu erzählen, dass es dort auch Bären und Glatteis gibt. Du hast mich überzeugt. Wenn du müde bist, halt in Tucumcari an.«

»Ich bin nicht müde, aber ich sage Ihnen doch, dass es nachts gefährlich ist.«

»Das habe ich ja gehört, also verbringen wir den Abend in Tucumcari. Träumt nicht jeder davon, das mindestens einmal im Leben zu tun? Und wenn ich mich recht erinnere, gibt es dort auch ein sagenumwobenes Hotel, das *Blue Swallow Motel*.«

»Waren Sie schon einmal in Tucumcari?«, fragte Milly ungläubig.

»Nein, zum Glück noch nie! Aber es steht in dem Führer«, fügte sie hinzu und deutete auf das kleine Heftchen, in dem sie blätterte. »Nach dem, was ich hier lese, ist es deshalb sagenumwoben, weil es das einzige am Ort ist.«

Die Wirtin des *Blue Swallow Motel* hieß Poopsie Gallena, und Milly musste auf der Stelle an Jo denken, denn einen solchen Namen kann man auch nicht erfinden. Ihr Hotel war eines der letzten, die an der Route 66 überdauert hatten.

Am Ortseingang erinnerte ein kleiner Souvenirladen an die glorreiche Zeit der ersten Asphaltstraße, die das Land von Osten nach Westen durchquerte und durch acht Staaten und drei Zeitzonen führte. Jene Zeit, zu der Chuck Berry ihr mit einem Song ein Denkmal gesetzt hatte, war vorbei, und seit sie an Bedeutung verloren hatte, waren auch viele Dörfer, durch die sie führte, mit ihr erloschen.

Nachdem Poopsie und ihr Mann, Onkel Stinkstiefel – Milly verstand nicht, warum man ihn mit einem solchen Spitznamen bedacht hatte –, während der großen Rezession von 2008 ihren Job verloren hatten, verließen sie Michigan und kauften dieses Motel. Im *Blue Swallow* wurde kein Abendessen serviert, aber Poopsie empfahl ein zwei Meilen entferntes mexikanisches Restaurant. Dem Besitzer Roy war es ein Vergnügen, seine Gäste mit seinem klappprigen VW-Bus zu kutschieren. Poopsie Gallena rief ihn sofort an und reservierte für sie.

Agatha und Milly hatten kaum Zeit, sich in ihren jeweiligen Zimmern frisch zu machen, deren Dekoration von der Liebe zeugte, die das Besitzerehepaar ihrem Hotel entgegenbrachte.

Als es hupte, war Milly als Erste zur Stelle. Die Hände in den Taschen vergraben, bewunderte Onkel Stinkstiefel ihr Auto mit den entzückten Augen des kleinen Jungen, der er einmal gewesen war. Das Neonschild des Hotels spiegelte sich in der Karosserie und verlieh ihr einen bläulich türkisfarbenen Schimmer.

»Im Gegensatz zu früher sieht man dieses Modell heute nicht mehr oft, aber der hier scheint in seine alte Heimat zurückgefunden zu haben«, meinte er und strich über die Kühlerhaube.

»Sie wissen gar nicht, wie recht Sie haben. Er hat meiner Großmutter gehört und den größten Teil seiner Existenz auf den Straßen von Santa Fe verbracht. Übrigens habe ich die Kennzeichen nie ändern lassen, sie sind noch original wie der Rest auch.«

Agatha erschien auf der Schwelle und sagte Milly, der Fahrer würde auf sie warten.

Milly verabschiedete sich von Poopsies Mann und stieg in den VW-Bus.

Roy, der am Steuer saß, hatte einen langen weißen Schnauzbart, und sein weißer Haarschopf verbarg die Hälfte seines faltigen Gesichts. Agatha war sich ziemlich sicher, dass er in den 1960er-Jahren diverse Drogen konsumiert hatte. Sie musterte ihn und fragte sich, ob sie ihm nicht schon mal begegnet war.

»Leben Sie schon lange hier?«, wollte sie wissen, als der Wagen über die Piste holperte.

»Hängt ganz davon ab, was Sie unter lange verstehen.«

»Ich meine in den 1970er-Jahren.«

»Sie wissen ja, was man über diese Zeit sagt: Wer sich noch daran erinnern kann, der war nicht dabei. Mein Vater war Soldat, und wir sind bei jeder Versetzung umgezogen: Alaska, Florida, Kansas, Massachusetts, Deutschland – natürlich zu der Zeit, als es noch die Mauer gab. Eine komische Erinnerung. Hier haben wir uns nach einem Autounfall niedergelassen, das Schicksal ist manchmal launisch.«

Der junge Roy und seine Frau hatten Arizona verlassen, nachdem ein Brand ihr Haus zerstört hatte. Sie hatten in Florida bei Roys Vater gewohnt, der sie beherbergt und finanziell unterstützt hatte. Als sie genug gespart hatten, beschlossen sie wegzuziehen, und fuhren durchs Land, ohne eine Vorstellung zu haben, wo sie bleiben würden.

»Bei einem Stopp in Las Vegas haben wir ein hübsches Sümmchen Geld gewonnen«, fuhr Roy belustigt fort. »Nach einer Woche sind wir weitergefahren. Als wir die Sangre de Cristo überquert haben, die Sie dahinten sehen, herrschte dort bei Einbruch der Nacht so dichter Nebel, dass ich das Auto in den Graben gesetzt habe. Wir haben die Nacht in unserem Kombi verbracht, der sich ernsthaft zur Seite neigte, und hatten furchtbare Angst, ihn zu verlassen. Wir hatten nicht die geringste Ahnung, was unter unseren Rädern war. Wäre der Unfall hundert Fuß weiter passiert, wären wir in einen Abgrund gestürzt. Als sich der Nebel mit Anbruch des Tages lichtete und meine Frau entdeckte, welchem Schicksal wir entgangen waren, sagte sie: ›Das reicht, wir fahren nicht weiter!‹ Also haben wir uns im erstbesten Dorf niedergelassen. Wir haben ein kleines Haus und einen Job gefunden, damals mangelte es nicht an Arbeit. Es ist uns gelungen, dieses Restaurant zu eröffnen, meine Frau ist eine sehr gute Köchin, und so sind wir geblieben. Und Sie? Sind Sie zum ersten Mal in der Gegend?«

»Ja«, antworteten Milly und Agatha wie aus einem Munde.

»Was führt Sie nach Tucumcari?«

»Wir sind wie Sie damals, wir reisen leidenschaftlich gerne, wir fahren quer durchs Land«, erklärte Milly.

»Seien Sie vorsichtig, wenn Sie durch die Rocky Mountains kommen.«

Das Walkie-Talkie, das an seinem Gürtel befestigt war, begann zu knistern. Roy ergriff es und stellte den Ton leiser.

»Hier funktionieren wegen der Berge keine Handys, wir kommunizieren noch auf die gute alte Art«, sagte er und lauschte dann. »Anita fragt, wo wir bleiben, ich muss andere Gäste nach Hause bringen.«

Roy setzte sie vor der Tür der Pow and Lizard Lounge ab und wünschte ihnen guten Appetit.

Am Ende des Essens, das sehr gut gewesen war, fürchtete Agatha das Gespräch mit Roy auf dem Rückweg.

»Findest du nicht, dass er furchtbar geschwätzig ist?«, flüsterte sie, während sie bezahlte.

»Nein, eigentlich nicht.«

»Ich stelle ihm eine Frage, und er erzählt uns sein ganzes Leben.«

»Sie ärgern sich nur, weil Sie dachten, Sie würden ihn kennen, und jetzt sind Sie enttäuscht.«

»Du ärgerst mich auch«, knurrte Agatha, »du wirst langsam impertinent.«

»Manchmal habe ich den Eindruck, wir sind uns ähnlich.«

»Wir beide?«

»Nein, Roy und ich – mit seinem Schnauzbart und seiner Mähne, die an einen alten Gaul erinnert. Natürlich spreche ich von uns beiden.«

»Und warum sagst du das?«

»Wegen Ihres Charakters.«

»Aha, soll ich das als Kompliment auffassen?«

»Das müssen Sie selbst entscheiden.«

Roy brachte sie zurück ins *Blue Swallow Motel.* Poopsie Gallena und ihr Mann waren schon schlafen gegangen, und die beiden Frauen liefen um das Hauptgebäude herum zu ihren Zimmern.

Milly legte sich nachdenklich aufs Bett. Sie hatte Lust zu reden, und ihr Blick fiel auf das Telefon auf dem Nachtkästchen. In Philadelphia war es fast Mitternacht, und sie wollte nicht Gefahr laufen, Frank aufzuwecken. Sie war sicher, dass Jo noch nicht schlief, er ging immer erst nach Mitternacht ins Bett, doch als sie die Nummer wählte, überkam sie ein seltsames Gefühl, und sie legte nach dem ersten Klingelton auf.

Auf der anderen Seite der Wand hörte sie Agathas Schritte und das Geräusch des Fernsehers, den sie eingeschaltet hatte. Also nahm sie all ihren Mut zusammen und klopfte an ihre Tür.

»Stand Ihnen außer Brad noch jemand nahe?«, fragte sie, als sie ins Zimmer trat.

»Du meinst im Gefängnis?« Agatha hob den Kopf von ihrem Buch.

Milly senkte den Blick, die Frage war ihr peinlich, jetzt, nachdem Agatha sie anders formuliert hatte.

»Sie lesen und sehen zugleich fern?«

»Eine alte Gewohnheit. Abends durften wir nicht alleine im Schlafsaal bleiben, also hatte ich keine andere Wahl, als in dem Raum zu lesen, in dem sich die anderen von albernen Sendungen verdummen ließen. Ich habe mich an das

Hintergrundgeräusch gewöhnt und habe es jetzt gerne als Untermalung meiner Lektüre.«

Agatha forderte Milly auf, am Fußende des Betts Platz zu nehmen. Sie legte das Buch beiseite und schob sich ein paar Kissen in den Rücken.

»Was deine erste Frage betrifft, so war ich nicht sehr zugänglich, aber ich hatte das Glück, eine echte Freundin zu finden.«

»Ist sie immer noch dort?«

»Nein, sie ist vor zehn Jahren entlassen worden und hat in Jamaika ein neues Leben angefangen. Als sie herauskam, war das furchtbar für mich. Für sie hat es mich gefreut, aber ich war unglücklich, sie zu verlieren. Wir haben uns viel geschrieben.«

»Warum war sie im Gefängnis?«

»Das geht nur sie etwas an.«

»Warum fahren Sie nicht zu ihr? In Jamaika hätten Sie Ihre Ruhe.«

»Na, das wäre doch was! Ich würde mir eine Schirmmütze auf meine Dreadlocks setzen, und kein Mensch würde mich erkennen. Das Leben ist nicht so einfach, Milly, und meines findet hier statt.«

»Sie sind wirklich starrköpfig. Wollen Sie das Katz-und-Maus-Spiel fortsetzen, bis Sie geschnappt werden?«

»Freiheit ist kein Spiel, sie ist eine Notwendigkeit, erst wenn sie einem genommen wird, versteht man, was sie wirklich bedeutet. Willst du mir nicht sagen, warum du nicht schlafen kannst?«

»Ich weiß nicht, ich habe mich einsam gefühlt und wollte reden.«

»Vielleicht ist es Zeit, dass du nach Philadelphia zurückfährst. Ich komme jetzt alleine klar, wir sind nicht mehr weit von der Küste entfernt. Wenn wir in Santa Fe sind, kannst du mich am Bahnhof absetzen, dann fahre ich mit dem Bus nach San Francisco.«

»Das wollte ich damit nicht sagen.«

Agatha ergriff Millys Hand. »Es hat mich sehr gefreut, dich kennenzulernen, und ich werde traurig sein, wenn wir Abschied nehmen, aber bald trennen sich unsere Wege. Wir können nicht für immer zusammenbleiben. Du hast deine Arbeit, deinen Freund, der auf dich wartet, und du musst dein Leben leben.«

Milly schwieg.

»Gut…« Agatha seufzte. »Das Bett ist groß genug für zwei. Hol dir ein Kopfkissen aus dem Schrank und leg dich hin, ich hoffe, du schnarchst nicht.«

»Das wollte ich Sie gerade fragen«, meinte Milly und schlüpfte unter die Decke.

Agatha schaltete das Licht aus. »Wenn du nicht schlafen kannst, tu so, als ob«, murmelte sie.

»Als ob was?«

»Als ob alles gut wäre, als ob du dich an einem traumhaften Ort befändest und auch an einen anderen gehen könntest – der Schatten eines Baums in einer Ebene, das Ufer eines Flusses oder des Meeres, dein Kinderzimmer. Wichtig ist nur, dass es ein ruhiger Ort ist. Dann stellst du dir die Person vor, die du bei dir haben möchtest, oder niemanden, wenn du lieber alleine bist.«

»Und dann?«, fragte Milly, die sich auf das Dach ihres Hauses versetzt hatte.

»Sing in deinem Kopf ein Musikstück, das du magst, oder konzentrier dich auf die Geräusche in deiner Umgebung – das Rauschen des Windes, das Plätschern der Wellen, der Regen, der an die Fenster schlägt.«

Milly hörte das Geräusch des ersten Schnees, der auf den Tank hinter dem Haus fiel.

»Wenn das Licht in meiner Zelle erlosch«, flüsterte Agatha, »sah ich mich am Baker Beach, einem grauen Sandstand nicht weit von der Golden-Gate-Bucht entfernt. Mein Vater war immer bei mir, und wir führten faszinierende Gespräche. Er erzählte mir von seiner Arbeit im Atelier, wir redeten über Politik, die Zukunft und das, was ich aus meinem Leben machen würde, wenn ich meine Strafe abgesessen hätte. Er gab mir Ratschläge und Ideen, um durchzuhalten, und seine Stimme beruhigte mich schließlich. Eines Tages habe ich mich mit einer anderen Gefangenen um ein Stück Seife geprügelt, das sie mir klauen wollte, und viele Schläge ins Gesicht und in die Rippen abbekommen. Ich fand keine Position, in der ich ohne Schmerzen einschlafen konnte. An diesem Abend sah ich sein Gesicht auch mit geschlossenen Augen nicht vor mir, und ich hatte furchtbare Angst, die Züge meines Vaters vergessen zu haben. So große Angst, dass ich schließlich den Schmerz nicht mehr gemerkt habe. Dann tauchten seine Augen im Dunkeln auf, und sein Blick war so gütig wie immer …«

Als Millys Atemzüge verrieten, dass sie schlief, verstummte Agatha.

Kapitel 10

Als der Tag durchs Fenster kroch, blinzelte Agatha und streckte sich. Milly lag nicht mehr neben ihr.

Sie machte sich fertig, packte ihre Tasche und ging zur Rezeption, wo Poopsie Gallena sie mit einem strahlenden Lächeln empfing.

»Sie ist schon beim Frühstück«, erklärte sie und zeigte Agatha den Weg. »Wollen Sie Eier, Kaffee oder Tee?«

Das waren viele Fragen für Agatha.

Sie folgte dem schmalen Gang, der mit Fotos tapeziert war, und dann dem Lichtschein, der unter der Esszimmertür hindurchdrang.

Sie traf Milly in Gesellschaft von Poopsies Mann an. Sie schien gut ausgeruht und fröhlich.

»Ihre Freundin hat mir erzählt, dass Sie aus Philadelphia kommen. Da haben Sie ja eine ganz schöne Strecke in diesem Auto zurückgelegt«, meinte er und erhob sich, um ihr den Platz zu überlassen.

»Meine Freundin ist morgens sehr gesprächig«, sagte Agatha mürrisch und setzte sich.

»Fast so wie Poopsie.« Ihr Gastgeber lachte. »Ich lasse Sie jetzt allein, heute wird das Wetter schön.«

Milly trank einen Schluck Kaffee und schielte über den Rand ihrer Tasse hinweg zu Agatha.

Dann platzte Poopsie in die Stille. Sie servierte Agatha das Frühstück und ging wieder.

»Hör auf, mich so anzusehen. Wenn du mir etwas zu sagen hast, dann tu es.«

»Gut«, entgegnete Milly kurz angebunden. »Wir vergessen die Tacos, den Halt in Santa Fe und fahren direkt nach Frisco.«

»Du hast mir etwas versprochen, und daran wirst du dich auch halten.«

»Und wenn ich keine Lust mehr habe?«

»Dann setz mich am Busbahnhof ab und fahr, wohin du willst.«

»Und Sie behaupten, ich wäre dickköpfig.«

Agatha schob ihren Teller zurück und erhob sich. »Ich bezahle und warte im Auto auf dich«, sagte sie.

Unter dem Vordach des Motels winkten ihnen Poopsie Gallena und ihr Mann nach, als der Oldsmobile Richtung Berge losfuhr.

Milly und Agatha verließen die Route 66 und nahmen die 104, die zum Pass führte.

Die Strecke war sehr kurvig. Eine Stunde später erreichten sie eine trockene, felsige und verlassene Hochebene. Weit und breit war keine Menschenseele zu erblicken, nichts als roter Staub, der über der rissigen Asphaltdecke schwebte. Von Zeit zu Zeit kamen sie an verlassenen Gehöften oder verfallenen Häusern vorbei, die hier und da in dieser ebenso schönen wie beunruhigenden Landschaft auftauchten. Ein Pastor, der einsam hier oben lebte, winkte ihnen zu, als sie an seiner kleinen Kirche vorbeikamen, die schon seit Ewigkeiten keine Gemeinde mehr empfangen hatte.

Am westlichen Ende der Ebene erhoben sich weitere Hügel.

»Bald kommt zu deiner Linken ein kleiner Pfad, den nimmst du.«

»Warum?«

»Er führt direkt nach Santa Fe hinunter. Es ist der alte Weg durch den Nationalpark, der zwischen zwei Pässen verläuft. Früher führte er zu einer stillgelegten Mine.«

»Und woher wissen Sie, dass er noch befahrbar ist?«

»Das weiß ich gar nicht … Aber hast du keine Lust mehr auf Abenteuer? Im schlimmsten Fall drehen wir um, im besten gewinnen wir zwei Stunden.«

»Woher kennen Sie diese Abkürzung? Ich bin hier aufgewachsen und habe nie davon gehört.«

»Ist schon komisch, ihr neigt wirklich dazu, die Generation vor euch für altmodische Trottel zu halten, die keine Ahnung haben. Dabei hört ihr die Musik, die wir erfunden haben, sucht in Trödelläden nach alten Sachen, für die wir einen Spottpreis bezahlt hätten und für die ihr x-mal so viel ausgebt. Ihr legt ein Vermögen für Klamotten hin, die wir nicht mehr hätten anziehen wollen – was ich in den Geschäften gesehen habe, in denen wir waren, hat mich wirklich umgehauen.«

»Das ist der Vintage-Effekt! Auf alle Fälle wirken Sie viel jünger, wenn Sie so reden.«

»Ich kenne diese Abkürzung, weil ich vor dir da war, und

wenn man im Untergrund lebt, dann lernt man Dinge, die andere nicht wissen, zum Beispiel, wie man eine Staatsgrenze auf winzigen Pfaden überschreitet oder sich ungesehen von einer Stadt in die andere begibt. Reicht dir das als Antwort?«

»Es klingt logisch.«

»Na, dann bin ich ja zufrieden, und nächstes Mal kannst du dir deine Frechheit sparen. Ich mag ja etwas vintage sein, aber vertrottelt bin ich noch lange nicht.«

Agathas Abkürzung folgte einem ausgetrockneten Flussbett und war zwar etwas holprig, hatte aber den Vorteil, den Berghang zu umgehen. Milly fuhr an der alten Mine vorbei und erreichte zehn Meilen später die Straße, die in gerader Linie von der Hochebene nach Santa Fe führte. Das Dorf tauchte in der Ferne auf und war viel größer, als Agatha es in Erinnerung hatte.

»Woran denken Sie?«, fragte Milly.

»Daran, wie die Zeit vergeht«, erwiderte Agatha.

»Aber machen Sie sich nicht zu alt, sonst komme ich nicht mehr mit.«

Agatha warf ihr einen vernichtenden Blick zu, doch Millys Aufmerksamkeit war auf ihr Handy gerichtet, das piepte.

»Wir haben wieder Empfang«, sagte sie, »und offenbar will mich jemand erreichen.«

Sie verrenkte sich, um das Mobiltelefon aus ihrer Tasche zu angeln, und verriss dabei das Lenkrad, sodass die Reifen auf die Grasnarbe gerieten.

Agatha nahm ihr das Handy weg und sagte: »Schau bitte nach vorn! Wie funktioniert das Ding?«

»Tippen Sie mit dem kleinen Finger auf den Umschlag, der auf dem Display zu sehen ist, und lesen Sie mir die Namen vor, die angezeigt werden.«

»Jo, Frank, Jo, Jo und wieder Frank. Es steht also drei zu zwei.«

»Sie machen sich sicher Sorgen. Ich rufe sie an, sobald wir da sind.«

»Es ist noch etwas früh zum Mittagessen, wollen wir nicht zuerst zu dem Haus fahren, in dem du aufgewachsen bist?«

Milly seufzte. »Warum nicht? Dann hätte ich wenigstens Frank nicht ganz belogen. Außerdem liegt es auf dem Weg.«

Milly fuhr Richtung Norden und schwieg.

Nach und nach traten Weiler an die Stelle der verlassenen Landschaft, Häuser aus Lehmziegeln schienen plötzlich aus dem Boden zu schießen und bildeten kleine Wohnviertel, die alle gleich aussahen.

»Hättest du nicht links abbiegen müssen?«, fragte Agatha.

»Wollen Sie mir auch den Weg zu meinem Zuhause erklären?«

»Natürlich nicht«, murmelte Agatha verwirrt.

»Soweit ich weiß, bin ich diejenige, die hier gelebt hat.«

»Du hast mir gesagt, du hättest in der Nähe von Tesuque gewohnt, und ich hatte den Eindruck, das läge im Nordosten.«

»Ich habe nicht die geringste Erinnerung, Ihnen das erzählt zu haben, obwohl es stimmt.«

»Das ist schon etwas her, aber ich weiß es noch genau, ich hätte es ja schließlich nicht erfinden können«, versicherte Agatha. »Warum bist du so nervös, es muss doch schön sein, das Haus seiner Kindheit wiederzusehen.«

»Weil wir eigentlich zur Grenze fahren und an Ihre Zukunft denken müssten, statt meine Vergangenheit aufzusuchen.«

»Wenn wir getrennt sind, werde ich oft an dich denken. Die paar Tage haben nicht ausgereicht, um dich wirklich kennenzulernen. Am Ort deiner Kindheit erfahre ich mehr und habe den Eindruck, dir verbundener zu sein.«

»Ich weiß nicht, ob das Wort ›verbunden‹ in diesem Zusammenhang das richtige ist. Sie haben merkwürdige Theorien. Ich tue das wirklich, um Ihnen eine Freude zu machen, aber anschließend …«

»Anschließend«, unterbrach sie Agatha, »essen wir die besten Tacos der Welt, bevor wir deine Mutter besuchen.«

»Und danach kann ich Sie an die mexikanische Grenze fahren?«

»Danach sehen wir weiter«, gab Agatha zurück.

Milly bog in einen Feldweg ein und fuhr den Hügel hinauf. Plötzlich gab sie Vollgas, sodass Agatha sich an der Tür festklammern musste.

»Was ist denn in dich gefahren?«

»Wir sind fast da, und an dieser Stelle habe ich immer Gas gegeben, das wirbelt eine hohe Staubwolke auf. So konnte meine Mutter sehen, dass ich bald zu Hause wäre. Das macht jetzt zwar keinen Sinn mehr, aber es ist eben eine Angewohnheit.«

Agathas Blick war unverwandt auf das lehmfarbene Haus gerichtet, das immer näher kam, und sie tat so, als sei der Staub schuld an ihren feuchten Augen.

Milly parkte den Oldsmobile und stieg aus.

»Gehen wir oder nicht?«, fragte sie Agatha, die auf die blaue Tür starrte, ohne sich vom Fleck zu rühren.

»Ich dachte, du hättest keinen Schlüssel? Musst du nicht einsteigen und mir dann öffnen? Ich bin zu alt, um mich durch Mauselöcher zu zwängen.«

Milly zuckte die Achseln. Sie setzte einen Fuß auf einen Holzbalken, legte beide Hände auf den Türsturz, zog sich hoch und ließ sich dann wieder auf den Boden fallen.

»Hier«, sagte sie und zeigte stolz den Schlüssel.

Agatha saß noch immer wie versteinert da.

»Was ist denn los?«, fragte Milly. »Sie sind ja leichenblass.«

»Ach, nichts, ich bin nur etwas müde, du hast mich ganz schön durchgeschüttelt. Geh nur hinein, ich komme gleich nach, vielleicht willst du erst etwas alleine sein.«

»Sie wollten doch mein Haus sehen, ich kenne es schließlich in- und auswendig, ich will nicht unbedingt noch einmal reingehen. Wir können auch fahren, wir müssen ja nicht …«

»Gegen ein Glas Wasser und etwas Schatten hätte ich nichts einzuwenden«, unterbrach Agatha sie. »Drinnen ist es sicher kühl. Ich glaube, diese Hitze hat mir zugesetzt. Lauf nur, ich sammele meine Kräfte und komme nach.«

»Sind Sie sicher, dass es geht?«

»Ja, ja, ganz sicher, es geht gut.«

Milly öffnete die Tür und ging hinein. Auf den Möbeln und den Terrakottafliesen lag eine weiße Staubschicht. Sie trat an den Kamin und griff nach einer gerahmten Fotografie, die auf dem Sims stand. Darauf war sie an ihrem zwölften Geburtstag zu sehen, ihre Mutter hielt sie in den Armen und gab ihr einen Kuss auf die Wange. Wer hatte sie aufgenommen? Milly erinnerte sich nicht. Sie stellte das Bild auf den Couchtisch, wandte sich um und zuckte zusammen, als sie Agatha sah, die sie von der Schwelle aus beobachtete.

»Kommen Sie nicht herein?«

»Ich warte darauf, dass du mich einlädst.«

»Folgen Sie mir, ich gebe Ihnen etwas zu trinken.«

Agatha tat wie geheißen. »Darf ich mich setzen?«, fragte sie und zog einen der beiden Stühle am Tisch heran.

»Das ist sicher besser, Sie sehen wirklich nicht gut aus.«

Milly öffnete einen Schrank, nahm ein Glas heraus und drehte den Hahn über der Spüle auf. Rostbraunes Wasser lief heraus.

»Wir müssen etwas warten, ich will Sie schließlich nicht vergiften.«

»Ich habe alle Zeit der Welt«, antwortete Agatha mit tonloser Stimme.

»Moment mal«, sagte Milly und öffnete einen anderen Schrank. »Ich bin sicher, dass noch Zucker in der Dose ist. Zucker hat ja kein Verfallsdatum, oder?«

»Ich glaube nicht.«

Milly nahm eine Blechbüchse heraus und reichte sie Agatha.

»Essen Sie etwas Zucker, das wird Ihnen guttun. Meine Großmutter hat immer gesagt, das sei das beste Mittel gegen Kreislaufschwäche.«

»Wenn deine Großmutter das sagt …« Agatha seufzte und schob sich ein Stück Zucker in den Mund.

»Sie hatten recht, mich zu drängen. Ich hatte Angst, aber jetzt bin ich glücklich, hier zu sein. Ich hätte nicht gedacht, dass das Gefühl nach all den Jahren noch so stark sein würde. Ich glaubte, mein Leben in Philadelphia zu leben, dabei bin ich hier wirklich zu Hause.«

»Der Ort ähnelt dir«, sagte Agatha.

»Sehen Sie, mein Hausmittel hilft, Sie bekommen schon wieder Farbe.«

»Wann bist du von hier weggegangen?«

»Nach dem Tod meiner Großmutter. Ich habe ein Stipendium bekommen und bin mit dem Oldsmobile losgefahren.«

»War das Haus seit dem Tod deiner Mutter geschlossen?«

»Ich bin nach dem Unfall zurückgekommen. Alles ging so schnell. Nach der Beerdigung habe ich die Möbel abgedeckt, ich wollte auch etwas Ordnung in ihre persönlichen Sachen bringen, aber ich hatte nicht die Kraft. Ich hab einen großen Teil der Nacht auf der Schwelle zu ihrem Zimmer gesessen und ihr Bett, ihren Schreibtisch, ihren Stuhl angeschaut. Ich hatte das Gefühl, ihre Anwesenheit zu spüren, sie jeden Moment sagen zu hören, ich solle schlafen gehen. Es ist verrückt, wie viele beiläufige Dinge man zu Menschen sagt, die man liebt, und noch verrückter ist all das, was man nicht sagt. In dieser Nacht habe ich mich ihr ganz geöffnet. Ich hoffte, sie würde noch etwas da sein, eine Nacht bei mir bleiben. Mit meinen fünfundzwanzig Jahren habe ich geweint wie ein Kind. Ich bat sie um Verzeihung, weil ich mich nicht öfter gemeldet und so weit von ihr entfernt gelebt hatte. Aber in der Nähe großer Bäume kann nichts gedeihen, und Mummy war wie eine Eiche, deshalb hatte ich das Gefühl, ich müsse mein Leben anderswo aufbauen. Ich bedauerte all die verlorenen Jahre, die unausgesprochenen Worte, das Schweigen. Mummy ist gestorben, als ich in einem Alter war, in dem ich glaubte, sie nicht mehr zu brauchen, aber das war ein Irrtum. Sie fehlt mir immer noch. Später bin ich ins Badezimmer gegangen und dort eine Stunde stehen geblieben, um ihre Sachen anzuschauen – ihre Zahnbürste, ihre Parfümflasche, den immer gleichen Bademantel. Das sind kleine Details, die einen grausam daran erinnern, dass die geliebte Person nicht mehr da ist, dass es keine gemeinsamen Augenblicke mehr gibt, dass die Mutter für immer gegangen ist und man sie nie wiedersehen wird.«

»Die Menschen, die man liebt, sterben nicht, solange man sie in Erinnerung behält. Würdest du mir ihr Zimmer zeigen?«

»Warum?«

»Weil es gut wäre, wenn du es betreten würdest, und du möchtest vielleicht nicht alleine sein.«

Milly sah Agatha an und erhob sich.

Sie gingen in den ersten Stock und weiter über den Gang, der Millys Zimmer von dem ihrer Mutter trennte.

Sie öffnete die Tür und trat ein. Nach einer Weile des Gedenkens lächelte sie Agatha traurig zu.

»Es ist nicht mehr wie früher.«

»Was ist denn anders?«

»Jetzt, nachdem sie nicht mehr da ist, ist das Zimmer wirklich leer. Am letzten Abend, den ich hier verbracht habe, war sie noch präsent, jetzt nicht mehr. Vielleicht hat sie damals alles gehört, was ich ihr gesagt habe.«

»Dessen bin ich mir sicher«, entgegnete Agatha.

»Dieses Zimmer wäre meines geworden, wenn ich in Santa Fe geblieben wäre. Bevor meine Mutter es hatte, war es das meiner Großmutter.«

»Wo hat sie später gewohnt?«

»Im Zentrum. Mummy hat mir erzählt, nach dem Verlust ihrer Tochter hätte sie es hier nicht mehr ausgehalten. Ich glaube, Mummy war schon schwanger mit mir.«

Agatha fragte Milly, ob sie sich an den Schreibtisch ihrer Mutter setzen dürfte.

Milly deutete auf den Stuhl und ging ins Bad. »Ruhen Sie sich aus, ich will nur ein paar Sachen holen.«

»Lass dir Zeit, ich bleibe hier.«

Sobald Milly verschwunden war, öffnete Agatha die Schreibtischschublade und schob die Hand hinein.

Nachdem sie nicht fand, was sie suchte, nahm sie die Kommode in Augenschein, die zwischen den beiden Fenstern stand. Anschließend öffnete sie den Schrank und betrachtete einen Bügel, auf dem eine alte Jeans und eine ausgeschnittene Bluse hingen. Das hatte ihre ältere Schwester an dem Abend getragen, als sie mit ihren drei Freunden die Bombe gelegt hatte. Agatha hatte das Bild vor Augen, wie sie schön und unbeirrt aufbrach, um das zu tun, was sie für gerecht hielt, weil in ebendiesem Kommissariat drei schwarze Studenten kaltblütig im Schlaf ermordet worden waren.

Sie näherte ihr Gesicht der Bluse, roch daran und schloss den Schrank wieder. Dann sah sie sich in dem Raum um und inspizierte das Nachtkästchen, öffnete erneut die Schreibtischschublade und tastete sie nach Geheimfächern ab.

»Was tun Sie da?«

Millys Stimme ließ sie zusammenzucken.

»Nichts, ich war nur neugierig. Ich hoffte, ein Foto von deiner Mutter zu finden, weil ich wissen wollte, wie sie aussah.«

»Lassen Sie das bitte. Ich will nicht, dass Sie in ihren Sachen wühlen. Außer dem in der Küche sind alle Fotos in einem Karton auf dem Dachboden. Ich habe gefunden, was ich brauche«, erklärte Milly und zeigte ihr eine Parfümflasche und eine Haarbürste. »Wir sollten jetzt gehen.«

»Soll ich dich nicht auf den Dachboden begleiten? Vielleicht gibt es dort alte Sachen, die du gerne noch einmal sehen würdest.«

»Nein«, antwortete Milly bestimmt. »Es wird Zeit aufzubrechen.«

Als sie wieder im Erdgeschoss waren, blieb Agatha vor dem Rahmen stehen, den Milly auf den Couchtisch gestellt hatte.

»Das ist rührend.«

»Es war an meinem zwölften Geburtstag.«

»Hat deine Großmutter euch fotografiert?«

»Nein, sie ist nicht gekommen. Aber jetzt erinnere ich mich, es war ein alter Freund von Mummy, er hat die Aufnahme gemacht. Er besuchte sie einmal im Jahr. Sie hatten eine gemeinsame Freundin, die am anderen Ende des Landes wohnte, und ich glaube, sie war krank. Max brachte uns jedes Mal Nachrichten von ihr.«

Agatha schluckte und wandte den Kopf zum Fenster, um Millys Blick auszuweichen.

»Ein sehr großzügiger Mann, er war immer mit Geschenken beladen. Durch ihn habe ich auch mein Stipendium in Philadelphia bekommen, er wohnt dort und ist sehr angesehen und einflussreich. Zu Anfang meiner Studienzeit war ich zwei oder drei Mal bei ihm zum Mittagessen. Er war Anwalt, und ich hoffte, ein Praktikum in seiner Kanzlei machen zu können, aber seine Freundin mochte mich nicht, und das ließ sie mich auch spüren, und so ist der Kontakt abgebrochen.«

»Gehen wir«, sagte Agatha und öffnete die Haustür.

Agent Maloney verfluchte innerlich den Kollegen, den er am Telefon hatte. Niemand hatte Zeit, sich um seine Anfrage zu kümmern. Im Büro von Albuquerque mangelte es an Personal, und alle Beamten waren für eine Beschattung eingesetzt. Es ging um Drogenschmuggler aus Mexiko. Eine so große Operation war für sie wichtiger als die Festnahme einer einfachen Flüchtigen. Obwohl Maloney protestierte und darauf verwies, dass diese Frau auf der Liste der gefährlichen Personen geführt wurde und möglicherweise eine Geisel genommen hatte, hielt sein Kollege ihm entgegen, das möge vor dreißig Jahren zutreffend gewesen sein, aber die Zeiten hätten sich geändert. Solange die Geiselnahme nicht bestätigt sei – und das war in der Akte, die er auf dem Bildschirm vor sich sah, nicht der Fall –, könne er den Drogeneinsatz, der seit einem Monat liefe, nicht gefährden. Vielleicht wäre am Ende des Tages ein Team frei. Maloney legte wütend auf und nahm Kontakt mit dem Büro in Denver auf, das sofort auf seine Anfrage reagierte. In fünf Stunden könnten zwei Agenten in Santa Fe sein und würden sich von dort aus bei ihm melden.

Tom bezahlte an der Rezeption seine Rechnung und stieg in seinen Wagen. Er studierte den Stadtplan und fuhr zum Rathaus.

Fernando Montesoa, der am Empfang Auskunft gab, war es völlig egal, ob er Marshal war oder nicht. Früher hatte es hier zwei Angestellte gegeben, aber sein Kollege war pensioniert und die Stelle aufgrund von Etatkürzungen nicht neu besetzt worden. Das war nach seiner Auffassung die Schuld der Banken, aber den Bankiers mangelte es natürlich an nichts und vor allem nicht an Personal, um sich bedienen zu lassen – sei es, um Kaffee zu holen, einen Anzug in die Reinigung zu tragen oder Berichte von Versammlungen zu tippen, in denen sie neue Beschlüsse fassten, um das Land auszubluten und in die eigene Tasche zu wirtschaften. Ganz zu schweigen von den Häusern der armen Leute, die sie beschlagnahmten, weil diese nicht mehr die Raten für die Kredite bezahlen konnten, die sie ihnen aufgeschwatzt hatten. Das konnte Fernando Montesoa aufgrund seiner Stellung gut beurteilen. Wenn Tom sich gedulden und wie alle anderen anstehen musste, war das nicht seine Schuld.

Tom versuchte wiederholt, seinen polemischen Redeschwall zu unterbrechen, doch Fernando Montesoa ergoss weiter seine Verbitterung über den erstbesten Vertreter der öffentlichen Ordnung, den er vor sich hatte und dem er keine Rechenschaft schuldig war.

Eine Frau, die mit zwei Kindern in der Warteschlange stand, erklärte Tom, das Standesamt befände sich im ersten Stock. Tom bedankte sich und ging mit einem wütenden Blick an dem Schalterbeamten vorbei.

»Wenn das das Einzige ist, was Sie wissen wollten, hätten Sie es gleich sagen sollen«, erklärte Montesoa achselzuckend.

Genau das hatte Tom getan, und zwar so laut, dass es die Frau gehört hatte, die ihm schließlich die gewünschte Auskunft gab.

Im Warteraum des Standesamts ging es nicht besser zu. Hier geduldeten sich zehn Personen. Doch diesmal legte Tom seine Dienstmarke auf den Tresen und verlangte ohne jede Höflichkeitsformel einen Computerzugang, um das Melderegister einzusehen.

Das Restaurant, das die besten Tacos der Welt servierte, glich einer Fernfahrerkantine. Es gab etwa zwanzig Resopaltische, und das Dekor beschränkte sich auf eine farbige Holzvertäfelung der Wände und Neonleuchten an der Decke.

Hinter einem gekachelten Tresen warfen drei schweißgebadete mexikanische Köche über einem rot glühenden Ofen, dessen Flammen direkt aus der Hölle zu kommen schienen, Maisfladen in die Luft. Zwei andere fingen sie auf und belegten sie blitzschnell mit einer Mischung aus Paprika, Tomaten, Zwiebeln, Fleischstückchen, geschmolzenem Käse und Tabasco.

Alle Tische waren besetzt, und draußen warteten etwa zehn Personen, doch Milly ging einfach hinein. Der größte der drei Köche kam mit weit geöffneten Armen auf sie zu.

»Lebst du noch?«, rief er und zog sie an sich. »Wie lange hast du uns schon im Stich gelassen?«

»César, ich stelle dir meine Freundin vor«, antwortete Milly.

César verbeugte sich wie ein Edelmann und gab Agatha einen Handkuss. Dann führte er sie zu einem Tisch, auf den schon zwei andere Gäste warteten – vermutlich Stammgäste, denn sie kannten Césars Temperament und muckten nicht auf. Der Wirt kehrte an seinen Herd zurück, ohne dass Milly etwas bestellt hatte.

»Ist das dein Ernst?«, fragte Agatha und betrachtete skeptisch ihren Teller.

»Probieren Sie, ehe Sie meckern.«

Agatha biss vorsichtig in den Taco und musste zugeben, dass sie angenehm überrascht war.

»Essen Sie nicht zu schnell, er bringt Ihnen gleich noch einen, und wenn Sie auch nur einen Krümel übrig lassen, nimmt er Ihnen das sehr übel.«

Agatha beobachtete ein Paar an einem Tisch gegenüber.

»Wo schauen Sie denn hin?«, wollte Milly wissen.

»Auf die beiden hinter dir. Sie sind merkwürdig.«

»Was ist denn merkwürdig an ihnen?«, meinte Milly und wandte sich um.

»Sie reden kein Wort miteinander, sondern jeder starrt auf sein Telefon und tippt blitzschnell darauf herum.«

»Wahrscheinlich schreiben sie SMS an Freunde oder sie posten Kommentare über das Restaurant.«

»Wie das?«

Milly zog ihr Handy heraus und zeigte es ihr.

»So kann man mit aller Welt kommunizieren, Fotos von sich veröffentlichen oder von dem Ort, an dem man sich befindet, erzählen, was man gerade macht, alle Augenblicke seines Lebens teilen.«

»Bei dem Begriff Privatleben scheint euch der Teil ›privat‹ entgangen zu sein.«

»So darf man die Dinge nicht sehen«, entgegnete Milly. »Die sozialen Netzwerke sind ein ausgezeichnetes Heilmittel gegen Einsamkeit.«

»Du hast ganz recht, man braucht sich nur die beiden anzusehen, die dahinten zusammen essen. Wenn ich es recht verstehe, dann nähert man sich Menschen an, die weit weg sind, und entfernt sich von denen, die neben einem sind. Sicher sehr faszinierend, sein Essen mit einem Telefon zu teilen. Wenn ich im Gefängnis daran gedacht hätte, hätte ich öfter mit meiner Zahnbürste gespeist, wenn ich mich einsam fühlte, wie dumm von mir.«

»Sie wollen es nicht verstehen. Seine Erfahrungen zu berichten, seine Meinung zu teilen, das gehört zur Bandbreite der Ausdrucksfreiheit.«

»Und die Regierung hat keinen Einblick in das, was man auf diesen kleinen Dingern schreibt? Ich nehme an, die sind super geschützt. Ihr seid doch alle verrückt geworden!«

»Es ist eben nicht mehr wie zu Ihrer Zeit«, flüsterte Milly.

»Ach ja? Es gibt also keinen Krieg mehr, die Korruption ist verschwunden, in den Gefängnissen sitzen keine Unschuldigen mehr und auch nicht mehr Schwarze als Weiße, weder Politiker noch Regierungen missbrauchen ihre Macht, die Ungleichheit gehört der Vergangenheit an, die Presse ist wirklich unabhängig, die Freiheiten sind ständig größer geworden, und die Oppositionsführer leben alle in Frieden? Natürlich, warum sollte man unter diesen Umständen nicht sein Leben öffentlich machen?«

»Warum sehen Sie immer die schlechte Seite der Dinge? Wenn wir getrennt sind, können wir kommunizieren, so viel wir wollen, und uns dabei sogar sehen.«

»Und niemand könnte herausfinden, wo wir uns aufhalten?«

Da Milly keine Argumente mehr hatte, zuckte sie mit den Schultern. Ihr Handy vibrierte. Sie sah auf das Display und erhob sich.

»Ich komme gleich wieder.«

Milly eilte hinaus und nahm das Gespräch an.

»Jo?«

»Himmel noch mal, Milly, ich habe dich dauernd angerufen und bin immer nur an die Mailbox geraten.«

»Ich war in den Bergen und hatte dort keinen Empfang. Deine Stimme klingt so merkwürdig, stimmt was nicht?«

»Ob was nicht stimmt? Ich war auf dem Rasen des Campus – mit Betty …«

»Mit wem?«

»Mit Betty Cornell. Ich dachte mir schon, dass du es kaum glauben wirst, aber nach all den Jahren haben wir uns zufällig im Kino getroffen. Da bin ich dir etwas untreu geworden, aber du hättest mich ja nicht im Stich lassen müssen. Sie haben *Bird* wiederholt, und ich habe schon so lange davon geträumt, ihn auf der Leinwand zu sehen, dass ich ihn keinesfalls verpassen wollte. Forest Whitaker ist wirklich unglaublich als Charly Parker. Betty war auch da, und nach der Vorführung sind wir uns zufällig begegnet und in die Arme gefallen. Weißt du, sie hat sich sehr verändert, kein affektiertes Getue mehr, sie ist – wie soll ich sagen – eine Frau geworden, ich glaube, das ist das richtige Wort. Sie studiert Musik, und wir haben ausgemacht, mal zusammen auf einen Kaffee zu gehen, und das haben wir gestern getan.«

»Jo, kannst du zur Sache kommen? Was habe ich damit zu tun?«

Jo schwieg eine Weile, und Milly machte sich Vorwürfe wegen ihres barschen Tons.

»Entschuldige, ich habe heute Nacht nur sehr wenig geschlafen und bin etwas gereizt, sprich weiter.«

»Entschuldigung angenommen, wo bin ich stehen geblieben?«

»Bei Betty Cornell, du hast sie auf dem Campus angebaggert.«

»Genau, wir waren mitten im Gespräch …«

»Was hatte sie an?«

»Ein hübsches, dekolletiertes rotes Kleid und eine kurze weiße Jacke, dazu Ballerinas, warum?«

»Nur so.«

»Plötzlich kamen zwei Typen im Anzug auf uns zu und fragten mich, ob ich Jonathan Malone hieße. Dann haben sie ihre Dienstmarke gezeigt. Es waren FBI-Leute! Sie haben mir Fragen über die Besitzerin eines Oldsmobile gestellt und wollten wissen, ob ich dich kenne. Aber keine Sorge, ich habe noch besser Theater gespielt als neulich am Telefon. Ich habe gesagt, wir hätten über dein Auto gesprochen und du hättest mich zu einer kleinen Spritztour mitgenommen. Aber ich würde dich nicht wirklich kennen, und wir hätten uns seither nicht wiedergesehen.«

»Und haben sie dir geglaubt?«

»Für wen hältst du mich? Ich hab nicht mal mit der Wimper gezuckt, als sie mir dein Foto gezeigt haben.«

»Sie hatten ein Foto von mir?«

»Mehrere sogar. Sie kamen von der Überwachungskamera an der Tankstelle. Die Vergrößerungen waren etwas verschwommen, aber man konnte dich erkennen.«

»Hat Betty mich auch erkannt?«

»Ja, aber sie ist tough, sie hat nichts gesagt, zumindest nicht vor den Agenten. Nachdem sie weg waren, wollte sie wissen, warum ich gelogen hätte und ob wir uns noch immer sehen.«

»Und was hast du ihr geantwortet?«

»Nichts, nur dass ich lieber nicht darüber sprechen wollte. Dann habe ich das Thema gewechselt, und sie hat nicht weiter insistiert.«

»Und was haben die FBI-Agenten gemacht?«

»Sie sind auf dem Campus herumgelaufen. Zuerst wollte ich ihnen folgen, doch dann dachte ich, das würde Betty beunruhigen. Was ist eigentlich los, Milly? Das gefällt mir gar nicht. Wenn du Probleme hast, bin ich jederzeit für dich da, und es tut mir weh, dass du mir nichts erzählst. Du weißt doch, dass du dich unter allen Umständen auf mich verlassen kannst. Sag mir, wo du bist, dann hole ich dich ab.«

»Mach dir keine Sorgen, Jo, nicht ich bin in Schwierigkeiten, sondern meine Mitfahrerin. Aber das ist eine lange Geschichte, die erzähle ich dir, wenn ich wieder zu Hause bin.«

»Wann? Wann kommst du denn zurück? Ich mache mir doch Sorgen.«

»Wenn ich zu spät komme, kannst du ja mit Betty ins Kino gehen, ich bin sicher, sie wartet nur darauf. Beunruhige dich nicht, ich melde mich, wenn ich zurück in Philadelphia bin.«

»Milly, es ist nicht so, wie du glaubst …«, sagte Jo und seufzte.

Aber Milly hatte schon aufgelegt. Als das Handy kurz darauf wieder klingelte, zögerte sie, das Gespräch anzunehmen.

»Tut mir leid, ich glaube, wir sind unterbrochen worden.«

»Nein, das glaube ich nicht«, antwortete Frank, »zumindest nicht mit mir.«

»Ich wollte dich gerade anrufen«, erklärte Milly, deren Wangen sich rot färbten.

Franks Stimme klang wütend, und er schien schlechte Laune zu haben.

»Wo bist du, Milly?«

»Das habe ich dir doch gesagt, auf dem Weg nach Hause.«

»Ich dachte, dein Zuhause wäre der Ort, an dem wir zusammenwohnen.«

»Das wollte ich nicht sagen, ich meinte …«

»Hör auf zu lügen, verdammt, das ist sehr verletzend. Gestern sind zwei Typen in mein Büro gekommen und haben mir Fragen über dich gestellt.«

Milly wurde kreidebleich und wandte sich zu Agatha um, die sie durchs Fenster beobachtete.

»FBI-Agenten?«

»Woher weißt du das? Sie verdächtigen dich, mit einer Flüchtigen unterwegs zu sein, und fragen sich, welche Rolle du dabei spielst.«

»Was fragen sie sich?«

»Ich hätte lieber gehört ›welche Flüchtige‹ oder ›wovon sprichst du?‹. Mit wem bist du unterwegs?«

»Rede nicht in diesem Ton mit mir, Frank. Ich bin kein Kind mehr, und ich kann tun und lassen, was ich will. Mir wäre es auch lieber gewesen, dass du dir Sorgen machen würdest, statt mir Moralpredigten zu halten.«

»Aber das tue ich ja, seit du weg bist, und noch mehr seit dem Besuch des FBI.«

»Was wollten sie wissen?«, fragte Milly, und ihr Ton verhärtete sich.

»Sie fürchten, dass man dich als Geisel genommen hat und dass du nicht weißt, mit wem du unterwegs bist.«

»Haben sie dir gesagt, wer es ist?«

»Ja, eine gewisse Agatha Greenberg, die aus dem Gefängnis ausgebrochen sein soll. Kannst du mir jetzt bitte sagen, wie lange du mich schon belügst? Ich dachte, du hättest keine Familie mehr?«

Franks Frage blieb unbeantwortet, denn Milly war vor dem Fenster des Restaurants zusammengebrochen. Während die ersten Passanten ihr zu Hilfe eilten, kam Agatha herausgestürzt und nahm sie in die Arme.

César, der ihr gefolgt war, wollte einen Krankenwagen rufen.

»Ich glaube, das ist nicht nötig«, meinte Agatha. »Sie öffnet schon wieder die Augen.« Liebevoll tupfte sie Milly die Stirn mit einem feuchten Handtuch ab, das César gebracht hatte. »Na, du bekommst ja langsam wieder Farbe«, flüsterte sie ihr sanft zu. »Keine Angst, das ist nur ein kleines Unwohlsein, im Lokal war es kühl, und hier draußen ist es sehr heiß. Es ist nicht schlimm. Wenn du dich besser fühlst, versuchst du aufzustehen.«

Milly schüttelte den Kopf und stieß Agathas Hand weg. »Es geht schon«, sagte sie.

César half ihr auf und stützte sie.

»Es tut mir leid«, sagte sie zu ihm.

»Das muss es nicht, aber du hast mir einen Schrecken eingejagt. Bist du in anderen Umständen?«

»Nein, es ist nur die Hitze, und ich glaube, ich habe etwas zu viel gegessen.«

»Lass uns reingehen, dann kannst du dich etwas im Kühlen erholen.«

Agatha war neben ihr. Sie reichte ihr die Hand, doch Milly ignorierte sie und ließ sich von César führen.

Sie blieben eine gute Weile im Gastraum sitzen und tranken einen gesüßten Aufguss von frischer Minze, den César als das beste Stärkungsmittel pries. Danach würde es ihr besser gehen.

Dank Césars Zaubertrank und der Frische bekam Millys Gesicht bald wieder Farbe.

»Alles in Ordnung«, sagte sie, »wir können weiterfahren.«

»Bist du sicher?«, fragte Agatha.

Milly antwortete ihr nicht, erhob sich, umarmte den Wirt und versprach ihm, mit dem nächsten Besuch nicht so lange zu warten. Dann ging sie hinaus.

Verwirrt bedankte sich Agatha bei César und folgte ihr.

»Du solltest das Dach schließen«, meinte sie, als sie in dem Oldsmobile Platz nahm. »Die Sonne ist recht stark, vielleicht hast du einen Sonnenstich.«

»Mein Unwohlsein hat nichts mit der Hitze zu tun.«

»War es der Anruf?«

»Ja«, erklärte Milly mit angespannter Miene.

»Wer war es?«

»Jo hatte gestern Besuch von zwei FBI-Agenten, sie sind uns auf den Fersen.«

Agatha seufzte. »Das ist keine Überraschung, das musste ja kommen.«

»Sie wissen, wer ich bin, und sie haben sogar ein Foto von mir. Es ist ein Wunder, dass die Polizei uns noch nicht angehalten hat. Mein Auto bleibt nicht unbemerkt.«

»Das FBI würde meine Verhaftung nie einer örtlichen Polizeidienststelle überlassen. Die Gefangenen, die sie haben einsperren lassen, gehören ihnen. Außerdem sind wir eine leichte Beute, es ist nur eine Frage der Zeit.«

Milly zog ihr Handy aus der Tasche und warf es vor den verdutzten Augen von Agatha aus dem Fenster.

»Es ist aber nicht nötig, ihnen die Arbeit zu erleichtern«, erklärte Milly kühl.

»Ich gebe dir Geld, damit du einen anderen Wagen kaufen kannst. Ich denke, wir brauchen einen unauffälligeren, wenn wir die Grenze erreichen wollen.«

»Haben Sie es sich endlich anders überlegt?«

»San Francisco scheint jetzt unerreichbar. Pech gehabt, dann werde ich das Meer eben von der mexikanischen Küste aus bewundern.«

Milly fuhr zum Ortsausgang.

»Du bist aber nicht ohnmächtig geworden, weil du erfahren hast, dass das FBI hinter uns her ist?«

Milly schwieg, sie hatte die Augen auf die Straße gerichtet und wich Agathas Blick aus.

»Was ist denn los? Was hat Jo dir noch gesagt?«

»Dass er mit Betty Cornell zusammen war, als die FBI-Agenten aufgekreuzt sind.«

»Wer ist diese Betty?«

»Ein Mädchen, in das er auf dem College wahnsinnig verliebt war. Ich sage ein Mädchen, aber offenbar ist sie jetzt eine Frau.«

»Wenn sie genauso alt ist wie du, kann man ihr das nicht wirklich vorwerfen.«

»Nein, das kann man nicht. Eine beeindruckende Frau, sie ist tough, sagt Jo.«

»Verstehe.«

»Nein, Sie verstehen nichts.«

»Ganz im Gegenteil. Wenn du glaubst, Gefühle für Jo zu hegen, dann warte nicht zu lange, um es ihm zu gestehen. Es ist auch an der Zeit, dass du eine Frau wirst, die weiß, was sie will. Man kann sich nicht ewig selbst belügen.«

»Aber andere zu belügen, das ist erlaubt? Und das darf man so lange tun, wie man will?«

»Ich nehme es an. Das hängt von den Umständen ab, und es gibt auch fromme Lügen.«

»Sie sind nicht in mein Auto gestiegen, weil ich zur falschen Zeit am falschen Ort war.«

»War die Reise so unangenehm, dass du solche Worte gebrauchst?«

»Hören Sie auf mit Ihrem Spielchen, und verkaufen Sie mich nicht weiter für dumm.«

»Was ist los, Milly?

»Das sollten Sie mir sagen. Wie kommt es, dass wir denselben Familiennamen haben?«

Agatha musterte sie lange, ehe sie antwortete: »Weil deine Mutter meine Schwester war. Ich bin deine Tante, Milly.«

Milly machte eine Vollbremsung. Die Reifen quietschten, und der Wagen rutschte über den Asphalt.

»Wollten Sie mir das erzählen, bevor wir San Francisco erreichen, oder sollte ich ebenso unwissend nach Philadelphia zurückkehren, wie ich es am Anfang war?«, schrie sie und wandte den Kopf zu Agatha.

»Ich wollte es dir in deinem Haus sagen.«

»Schon wieder eine Lüge, denn Sie haben es nicht getan.«

»Dieses Haus zu betreten, das auch das meine war, hat mich mehr bewegt, als ich vermutet hatte. Seit wir weggefahren sind, warte ich auf einen geeigneten Augenblick.«

»Ach, es gibt einen geeigneten Augenblick, um zu gestehen, dass Sie mich von Anfang an belogen haben?«

»Nein, aber ich wusste nicht, wie ich es sagen sollte.«

»Es ist ganz offensichtlich, dass Sie an der Tankstelle auf mich gewartet haben! Woher wussten Sie, dass ich kommen würde?«

»Ich wusste es, weil dein Leben ebenso geregelt verläuft wie eine Uhr. Ein Freund hat sich für mich kundig gemacht.«

»Das wird ja immer besser! Und dürfte ich erfahren, warum Ihr Freund mich bespitzelt hat?«

»Als ich dir gesagt habe, dass ich im Alter von dreißig Jahren das gleiche Auto gefahren habe wie du, habe ich von diesem gesprochen. Deine Großmutter, die es dir geschenkt hat, war meine Mutter, und ich habe so oft auf diesem Sitz gesessen, dass du vielleicht meine Emotionen nachvollziehen kannst, als ich in Philadelphia eingestiegen bin. Deine Mutter saß lieber auf dem Rücksitz, weil sie den Wind in ihren Haaren spüren wollte, meine waren kurz geschnitten.«

»Warum hat Großmutter mir erzählt, Sie wären tot?«

»Wahrscheinlich, weil ich es in ihrem Herzen war. Sie war Mitwisserin eines Schwindels, den sie nie akzeptiert hat, aber auch nicht verhindern konnte.«

»Was für ein Schwindel?«

»Das geht nur sie und mich etwas an. Ich bin sicher, es gibt Dinge, die du mit deiner eigenen Mutter erlebt hast und die du für dich behalten willst. Es ist Zeit, sie zu besuchen, wir können nicht so nahe vorbeifahren, ohne uns an ihrem Grab zu sammeln. Wenn du glaubst, in jener letzten Nacht, die du in ihrem Zimmer verbracht hast, ihre Präsenz gespürt zu haben, kannst du dir vorstellen, dass sie uns wahrscheinlich erwartet und dass nichts sie mehr beruhigen würde, als uns zusammen zu sehen. Ob du mich liebst oder verabscheust, in diesem Moment gehören wir drei derselben Familie an.«

Milly musterte Agatha lange und fuhr schließlich los.

Auf dem Weg zum Friedhof herrschte tiefes Schweigen, bedingt durch die neue Situation, die Milly erst verarbeiten musste. Agatha ließ sie nicht aus den Augen. Plötzlich ergriff sie, ohne dass Milly sie gefragt hätte, das Wort, um die letzte Episode ihres Lebens in Freiheit zu erzählen.

»Vera, Lucy, Max und eine Freundin hatten beschlossen, die drei Studenten zu rächen, die die Polizisten in ihrem Bett erschossen hatten. Drei Jugendliche in unserem Alter,

Aktivisten der ersten Stunde, aber im Gegensatz zu uns waren sie schwarz. Die Bullen hatten ihre Tür aufgebrochen und ohne Vorwarnung ihr ganzes Magazin verschossen. Wie immer beriefen sie sich auf Notwehr und behaupteten, die Opfer hätten sie angegriffen. Gleich am nächsten Morgen appellierten Mitstreiter an die Presse und die Öffentlichkeit, sich die Örtlichkeiten anzusehen. Die Blutlachen auf den Betten und die bespritzten Wände ließen keinen Zweifel am Hergang der Dinge zu. Die drei Studenten, von denen der älteste gerade einmal fünfundzwanzig war, wurden im Schlaf ermordet, und die vom FBI beauftragten Urheber des Massakers hatten nichts zu befürchten. Also sollte in den folgenden Nächten ein verrücktes Rachekommando das Kommissariat in die Luft sprengen, dem die drei Mörder angehörten. Der Angriff sollte in einer Zweigstelle stattfinden, die abends geschlossen war. Also waren keine Opfer zu befürchten. Und um ganz sicherzugehen, sollten – wie jedes Mal – die Behörden kurz vor der Aktion telefonisch informiert werden. Trotzdem wurde, als einige Monate später die Trümmer geräumt wurden, eine Leiche entdeckt. Vielleicht war es auch jemand, den die Bullen schon vorher totgeschlagen hatten und der später im Hudson River verschwinden sollte. Darum habe ich dreißig Jahre hinter Gittern verbracht.«

»Sie haben gesagt, Vera, Lucy, Max und eine Freundin. Waren Sie nicht dabei?«

»Nein.«

»Aber warum waren Sie dann im Gefängnis?«

»Weil ich an der Vorbereitung der Aktion beteiligt war und als Einzige erwischt wurde.«

»Haben sich die anderen nicht gestellt?«

»Nein, zum Glück nicht! Sonst wäre ihnen dasselbe Schicksal widerfahren wie mir, und ich wäre darum auch nicht freigekommen.«

»Hat Mummy auch mitgemacht?«

»Nein«, log Agatha, »deine Mutter war immer gegen jegliche Form von Gewalt.«

»Den Eindruck hatte ich aber nicht, als Sie von Ihrer Schwester gesprochen haben.«

»Dann hör zu, was ich jetzt sage, und wenn es vorher anders geklungen hat, dann habe ich sicher übertrieben.«

»Erzählen Sie mir mehr von ihr. Sie hat mir nie etwas über ihre Jugend sagen wollen.«

»Das Wichtigste weißt du schon. Wir waren unzertrennlich, sie war mein Idol – vielleicht sogar etwas zu sehr. Ich wollte so sein wie sie, ebenso selbstsicher, stark und entschlossen. Sie war eine engagierte junge Frau, die sich gegen Krieg und Unterdrückung auflehnte, ebenso wie gegen staatlichen Rassismus – das heißt eine Form der Sklaverei, die sich für etwas anderes ausgibt. Deine Mutter duldete weder Ungerechtigkeit noch Heuchelei, sie verabscheute die Korruption, die ungestraft von den höchsten Stellen des Landes bis hin zum einfachen Streifenpolizisten herrschte. Die Welt der Politik bestand nur aus Schmiergeldern und Gewalt. Die Nixon-Regierung beging Massaker im großen Stil, Millionen von Frauen und Kindern mussten sterben, damit die Magnaten der Rüstungsindustrie noch mehr verdienten. Statt Krankenhäuser wurden Bomben gebaut, statt Schulen Kriegsschiffe und Helikopter, statt für Sozialwohnungen wurde das Geld für militärische Forschungsprogramme ausgegeben. Die Verbrechen, die begangen wurden, waren zu schlimm, als dass man nicht den Wunsch hatte, die Welt zu verändern. Man hat uns mit allen möglichen Namen bedacht – die Roten, Terroristen, Idealisten, Utopisten. Wir haben zwar nicht die Welt verändert, aber heute ist der Präsident des mächtigsten Landes der Welt ein Farbiger, und ich bin sicher, dass deine Mutter am Tag seiner Vereidigung vor Rührung geweint hat, denn als wir in deinem Alter waren, war das völlig unvorstellbar.«

»Ich hätte mir gewünscht, sie hätte mir all das erzählt, ich hätte ihre Geschichte gerne unter meiner Schulkleidung getragen, dann hätte ich mich stärker gefühlt und weniger über mein Los beklagt. Ich hätte ihr vor ihrem Tod sagen können, wie stolz ich bin, ihre Tochter zu sein, und wie ich sie für ihren Mut bewunderte, den ich wahrscheinlich nicht aufgebracht hätte.«

»Das einzig Wichtige ist, dass sie deine Mutter ist und dich geliebt hat.«

Außerhalb der Stadt forderte die Wüste erneut ihr Recht ein. Agatha hob den Kopf. Hinter den wenigen verstreuten Häusern verschmolz die Landschaft mit dem Horizont. In der Ferne zeichnete sich ein schmiedeeisernes Gitter ab, das einen riesigen Friedhof umgab. Der Oldsmobile fuhr durch das Tor und dann im Schritttempo weiter.

An diesem friedlichen Ort gab es statt ausgetrockneter Erde grünen Rasen, in dem sich Grabsteine erhoben, die zum Teil im Schatten der Mammutbäume lagen. Von den geteerten Wegen stieg Hitze auf, und nur der Gesang der Grillen durchbrach die Stille.

Milly hielt am Straßenrand und machte Agatha ein Zeichen, ihr zu folgen.

Durch Reihen von Gräbern liefen sie einen kleinen Hügel hinauf, und als sie fast oben angekommen waren, blieb Milly vor einem weißen Stein stehen, der die Inschrift HANNA GREENBERG trug.

Agathas Finger glitt über den eingravierten Vornamen. Dann kniete sie nieder und strich über die Grashalme, die das Grab ihrer Schwester bedeckten.

Als Milly sie so andächtig sah, hätte sie ihr gerne die Hand auf die Schulter gelegt. Der Zorn über die Lüge war verschwunden, seit sie hier waren. Diese Frau neben ihr war ihre einzige Familie, und das Gefühl von Einsamkeit, das sie nie verlassen hatte, war wie weggeblasen, seit sie zusammen waren.

»Deine Mutter hatte viele Fehler«, sagte Agatha. »Manchmal war sie egoistisch, immer starrköpfig und grenzenlos ungeniert, aber meine Güte, wie mutig sie war! Sie hätte es sogar mit dem Himmel aufgenommen, wenn ihr seine Farbe nicht gefallen hätte, und dafür habe ich sie bewundert. Alles, was sie an Gutem und weniger Gutem getan hat, war aus Liebe zu dir, denn du solltest in einer besseren Welt aufwachsen, solltest in deiner Kindheit nicht den Wahnsinn der Menschen erleben, keine Gewalt und keine Repressionen, sondern ein Leben als freie und gleichberechtigte Frau führen, die für sich selbst entscheidet. All diese Kämpfe hat sie für dich geführt. Aber manchmal überspringt der Mut eine Generation … Darum bitte ich dich in ihrem Namen, dich nicht mit einem kleinen, ruhigen Leben zu begnügen. Tritt für ein Ideal ein, und selbst wenn es ein Kampf gegen Windmühlen ist, lohnt sich die Mühe doch immer. Wenn du jemandem begegnest, der leidet, geh nicht einfach deines Weges; wenn du auf der Straße jemanden siehst, der Hunger hat, so ist es an dir, dieser Schande ein Ende zu bereiten; wenn du bemerkst, dass jemand bedrängt wird, weil er eine andere Hautfarbe hat, so werde zum Chamäleon; wenn jemand behauptet, es gäbe keinen Gott, erinnere ihn daran, dass Er eine farbige Welt mit einer großen Vielfalt geschaffen hat. Sei Hüterin deiner eigenen Würde und der der anderen. Ungerechtigkeit und Übel können sich nur ausbreiten, wenn die anständigen Menschen aufgeben.«

Als Agatha sich erhob, sah sie die Gestalt eines Mannes, die an einem Baum lehnte. Sie erkannte ihn sofort, und obgleich sie erleichtert war, begann ihr Herz so wild zu schlagen, als wäre sie noch einmal zwanzig. Während er sie beobachtete, nickte sie ihm auf besondere Weise zu. Als sie früher auf der Flucht waren, war das ein Zeichen für einen Freund, sich nicht zu nähern, sondern zu warten, bis man ihn holt. Der Mann verstand und rührte sich nicht vom Fleck.

»Komm«, sagte Agatha, »ich muss mich setzen.« Sie fasste Milly beim Arm und zog sie mit.

Als sie wieder beim Auto waren, ließ Agatha das Fenster herunter und öffnete das Handschuhfach.

»Was suchen Sie?«

»Die Zigaretten von Jo. Ich würde gerne eine rauchen.«

Milly griff in die Seitentasche, zog das Päckchen heraus und drückte auf den Zigarettenanzünder.

Agatha nahm einen tiefen Zug, ehe sie wieder das Wort ergriff.

»Vorhin hast du mich gefragt, warum ich an der Tankstelle auf dich gewartet habe. Mein Leben ist am Tag deiner Geburt stehen geblieben, also musste es auch mit dir wieder beginnen. Im Lauf der Jahre hinter den Gefängnismauern habe ich akzeptiert, dass ich nie ein Kind haben würde. Es ist schmerzlich für eine Frau, darauf zu verzichten, Mutter zu werden. Jede Nacht fragte ich mich, warum mein Leben konfisziert worden war. Das Einzige, was mir die Kraft gab durchzuhalten, war das Wissen, dass ich eine Nichte hatte, dass ich auch für sie gekämpft hatte. Wenn ich ausgebrochen bin und die ganze Reise über nicht gesagt habe, wer ich bin, dann deshalb, weil ich nicht ein Versprechen erwähnen wollte, das ich mir selbst gegeben hatte, solange ich nicht wirklich wusste, ob ich es halten kann.«

»Welches Versprechen?«

»Dir zu helfen, deinen größten Traum zu erfüllen. Ich will mich von meiner Schwester verabschieden, und ich möchte es alleine tun, ich habe ihr noch etwas zu sagen. Du musst unbedingt hier auf mich warten, es dauert nicht lange.«

Milly sah Agatha fragend an.

»Du wirst es bald verstehen. Ich möchte dir noch eine letzte Sache mit auf den Weg geben, vielleicht die wichtigste überhaupt. Wenn du jemanden liebst, dann sag es ihm, auch wenn du Angst hast und selbst wenn deine Welt hinterher zusammenbricht. Ich bin sicher, dass Jo diese Geschichte mit Betty nur erwähnt hat, um dich eifersüchtig zu machen, und ich glaube, es hat funktioniert.«

Dann stieg Agatha aus und entfernte sich.

Als sie den Hügel erklomm, hätte sie sich gerne umgedreht, doch sie tat es nicht. Bald verschwand sie hinter den Pappeln.

Als der Mann sah, dass sie alleine auf ihn zukam, löste er sich aus dem Schatten und ging ihr entgegen.

»Warum bist du hierhergekommen, statt über die Grenze zu fliehen?«, fragte Tom.

»Weil ich dich hier erwartet habe«, entgegnete Agatha. »Ich habe meinen Lebensbericht nicht für die Wärter unter der Matratze zurückgelassen, es gab eine kleine Chance, dass er in deine Hände gelangen würde, und auf die habe ich gesetzt.«

Sie sahen sich eine Weile schweigend an. Jeder suchte nach Worten, die unter diesen Umständen passend wären.

»Du hättest verschwinden sollen, ich habe dir genügend Zeit gelassen.«

»Als du uns knapp bei Raoul verpasst hast?«

»Als ich dich nach deinem Treffen mit Vera habe laufen lassen. Ich saß in meinem Wagen auf der anderen Straßenseite.«

»Hat es dich berührt, die alten Freunde wiederzusehen?«

»Es hat mich berührt, dich wiederzusehen, und zwar viel mehr, als ich gedacht hätte.«

Agatha wandte sich zum Grab ihrer Schwester. »Warum hast du mich dann zwei Mal verraten?«

»Ich habe dich nie verraten. Ich habe für die Regierung gearbeitet und meinen Job gemacht. Aber dann habe ich mich auf einer Fähre, die den Mississippi überquerte, unsterblich in dich verliebt. Du hast es bemerkt, und ich konnte nicht in Lüge leben. Deine Schwester und ich, das war eine Affäre, die eine Nacht gedauert hat. Ich habe nie das Geringste für sie empfunden, das wusste sie auch. Und es war ihr egal. Mich in ihr Bett zu stürzen, war die plumpeste und ungeschickteste Art, Distanz zwischen uns zu schaffen. Hättest du mich auch geliebt, wenn du gewusst hättest, wer ich bin?«

»Das werden wir nie wissen«, antwortete Agatha.

»Wenn du es mir nicht verboten hättest, hätte ich dich weiter im Gefängnis besucht – bis zum Tag deiner Entlassung.«

»Nein, bis zu dem Tag, an dem du einer Frau begegnet wärst, welche die Freiheit gehabt hätte, dich zu lieben. Dann hättest du mir im Besuchszimmer von dem Leben erzählt, das ich hätte führen können. Diese Vorstellung war mir unerträglich.«

»Es ist aber nie geschehen.«

»Wirklich?«

»In all diesen Jahren war das Gesetz meine einzige Gefährtin. Kurz nach deiner Verhaftung habe ich das FBI verlassen. Ich glaubte nicht mehr an das, was man von mir verlangte. Ich bin Marshal geworden und auch geblieben.«

»Du hättest dich früher für diese Laufbahn entscheiden sollen, dann hätten wir viel Zeit gespart.«

Es herrschte erneut Schweigen, doch jeder hielt dem Blick des anderen stand.

»Und was machen wir jetzt?«, fragte Agatha.

»Ich bringe dich zurück, und wenn du willst, hole ich dich am Tag deiner Freilassung ab.«

»Das ist nicht so einfach«, erklärte Agatha.

»Das dachte ich mir, aber es gab eine kleine Chance, und ich habe mein Glück versucht.«

»Ich spreche nicht von mir. Die Nacht, die du mit meiner Schwester verbracht hast, hatte längere Nachwirkungen, als du denkst.«

»Das stimmt nicht, ich schwöre es.«

»Die Nachwirkungen haben dreißig Jahre gedauert und dauern noch weiter an.«

»Was redest du denn da?«

»Sie ist schwanger von dir geworden. Und wegen deines Kindes habe ich mich statt ihrer gestellt.«

Agatha beobachtete Tom, der sie bleich, mit zitternden Lippen und feuchten Augen anstarrte.

Wenn sie sich in all den Jahren immer wieder gefragt hatte, ob er Bescheid wusste, dann hatte sie jetzt die Antwort, und dieser Augenblick war eine größere Erleichterung für sie als ihre Flucht aus dem Gefängnis.

»Ich weiß, das ist unglaublich grausam und sinnlos, aber meine Schwester war Champion auf diesem Gebiet.«

»Ist es ein Junge oder ein Mädchen?«, stammelte Tom.

»Was wäre dir lieber?«, fragte Agatha mit einem Anflug von Ironie.

Tom war außerstande, ihr zu antworten. Zum dritten Mal innerhalb weniger Tage musste er sich eingestehen, dass sich hinter dem furchtlosen Mann ein anderer, ein verletzlicher verbarg.

Agatha trat auf ihn zu, und Tom war verwirrt, sie so stark zu sehen.

»Und jetzt nimmst du all deinen Mut zusammen, gehst den Hügel hinunter und stellst dich ihr vor.«

»Ist es das Mädchen, das vorhin bei dir war?«

»Mein armer Tom, das scheint dich ja wirklich deiner

sämtlichen Fähigkeiten zu berauben. Ich mache mich nicht über dich lustig, ich finde das eher rührend und beruhigend. Sag ihr nichts von dem Geheimnis zwischen ihrer Mutter und mir, das ich dir eben anvertraut habe. Und versuch, des Vaters würdig zu sein, von dem sie träumt. Wenn du mit ihr gesprochen hast, sag ihr, sie soll fahren, ich würde nicht wiederkommen, ich hasse Abschiede. Aber du musst ihr und auch mir versprechen, sie wiederzusehen. Sie wartet seit dreißig Jahren auf dich, und ich habe mitbekommen, wie viel Kummer und schlaflose Nächte ihr das bereitet hat.«

Agatha ergriff Toms Hand. Sein Gesicht drückte Zärtlichkeit und Bedauern aus, und seine Augen füllten sich mit Tränen.

»Ich bleibe hier, du hast nichts zu befürchten, ich habe nicht die Absicht zu fliehen, die hatte ich nie. Ich wollte nur dem Schicksal etwas nachhelfen. Das ist jetzt geschehen, und ich werde nirgendwohin gehen.«

Als Tom im Wagen Platz nahm, brauchte er kein Wort zu sagen, Milly verstand sofort.

Dieser Mann, der sie musterte, war ihr exaktes Abbild, sie hatten dieselben Augen, denselben Mund, dieselben Grübchen … Sie wusste es sofort. In dem Nebel, der sie plötzlich zu umhüllen schien, glaubte sie, Agathas Stimme zu hören, die ihr zuflüsterte: *Wenn ich die ganze Reise über nicht gesagt habe, wer ich bin, dann deshalb, weil ich nicht ein Versprechen erwähnen wollte, das ich mir selbst gegeben hatte, solange ich nicht wirklich wusste, ob ich es halten kann.*

Sie sahen sich lange mit feuchten Augen an, bis Tom mit

bebender Stimme das Wort ergriff: »Ich wusste nicht, dass es dich gibt.«

Ein merkwürdiger Einstieg, mit dem Milly nicht gerechnet hatte. Ehrlich gesagt hatte sie mit gar nichts gerechnet und vor allem nicht damit, mit einem Unbekannten in ihrem Auto zu sitzen, der ihr Vater war.

Auch sie wusste nicht, was sie sagen oder wie sie die Gefühle verstehen sollte, die sie übermannten. Das Einzige, was sie deutlich empfand, war dieses dringliche und unstillbare Bedürfnis, den Mann anzusehen – seine Stirn, seinen Nacken, den tanzenden Adamsapfel, die kräftigen Hände, so als wolle sie ihn ganz in sich aufsaugen. Sie fragte sich, ob er dem entsprach, den sie sich jeden schlaflosen Abend, jeden Morgen auf dem Schulweg vorgestellt hatte, und ihr wurde bewusst, dass sie ihm in all den Jahren der großen Hoffnung nie ein Gesicht gegeben hatte. Ihr Vater war nur eine Präsenz gewesen, die sie sich an ihrer Seite gewünscht hatte, eine Wesenheit, der sie ihre Geheimnisse, Enttäuschungen, ihren Kummer und ihre Freude, ihre Misserfolge und ihre Siege anvertraut hatte. Jetzt, da er neben ihr saß, fühlte sie sich außerstande, irgendetwas Intelligentes herauszubringen, und ihre ersten Worte schienen ihr, obwohl notwendig, unglaublich banal.

»Ich heiße Milly.«

Tom lächelte verlegen und sagte schließlich: »Tom, Tom Bradley. Du kannst es dir aussuchen, Tom oder Brad, ganz wie du willst, ich bin an beides gewöhnt. Ich nehme an, für ›Dad‹ ist es etwas spät.«

Dann rieb er sich das Gesicht und sagte sich, dass er für einen solchen Anlass gerne gut rasiert wäre und statt des alten Blousons ein sauberes Hemd und ein anständiges Jackett trüge, denn man lernte schließlich nicht jeden Tag seine Tochter kennen. Schließlich sagte er: »Vielleicht mit der Zeit, wer weiß …«

»Ja, wer weiß«, stimmte Milly mit einer Schnelligkeit zu, die sie selbst erstaunte.

»Du bist wirklich hübsch«, sagte er höflich.

»Meine Mutter war eine sehr schöne Frau, ich hatte Glück.«

»Das stimmt«, antwortete Tom verlegen.

»Aber Sie sehen auch nicht schlecht aus«, fügte sie schüchtern hinzu.

»Davon bin ich eigentlich nicht überzeugt, aber wenn du es mir sagst, will ich es gerne glauben.«

Sie lächelten verunsichert, schwiegen erneut und sahen sich nur an.

»Das war sehr mutig, was du da gemacht hast. Du hast mich geschickt abgehängt, dessen können sich nur wenige Leute rühmen.«

»Man sagt, der Apfel fällt nicht weit vom Stamm«, erwiderte Milly schlagfertig.

»Stimmt, das habe ich schon gehört«, brummte Tom. »Trotzdem musst du mir irgendwann erklären, wie du das gemacht hast.«

»Ich war in guter Gesellschaft. Und ich will Sie ja nicht verärgern, aber so schwer war es nun auch wieder nicht. Ich musste nur die richtigen Straßen wählen und unberechenbar sein.«

»In der Tat eine gute Methode. Bist du generell unberechenbar?«

»Seit einigen Tagen schon. Ich lerne, es zu werden.«

Tom strich über das Armaturenbrett, wandte den Kopf um und sah zum Rücksitz.

»Es berührt mich, in diesem Auto zu sitzen, es ist nicht das erste Mal.«

»Ich weiß«, gab Milly zurück.

Dann herrschte wieder Schweigen.

»Haben Sie Agatha geliebt?«

»Deine Mutter?«

»Aber nein! Meine Mutter hieß Hanna, ich meine Agatha, meine Tante!«

Tom schien verwirrt und erinnerte sich plötzlich an den Namenstausch.

»Ja, ich habe sie geliebt, und ich habe nie aufgehört, an sie zu denken. Ich weiß nicht, wie ich dir das erklären soll, aber in manchen Momenten des Lebens sieht man nicht wirklich klar und verpasst die schönsten Gelegenheiten, die es einem bietet. Das Schlimmste ist, dass man es nicht bemerkt, zumindest nicht gleich. Ich glaube, ich habe einiges verdorben, und ich glaube auch, dass ich den Rest meines Lebens damit verbringen werde, so zu tun, als würde ich nicht daran denken. Hätte ich gewusst, dass ich eine Tochter habe, wäre alles anders gewesen.«

»Ich habe nie daran gezweifelt, dass ich einen Vater hatte.«

»Hast du manchmal an mich gedacht?«

»So sehr, dass ich bei allem, was ich Ihnen heute sagen könnte, den Eindruck hätte, Sie müssten es schon gehört haben.«

»Was zum Beispiel?«

»Dafür ist es noch zu früh«, murmelte Milly.
»Verstehe«, sagte Tom und nickte.
»Und was haben Sie jetzt vor?«
»Wir können die verlorene Zeit nicht aufholen. Aber wenn du willst, können wir versuchen, uns kennenzulernen. Du kannst mich vielleicht sogar irgendwann besuchen kommen, ich lebe in North Wisconsin, es ist eine wilde, aber sehr schöne Gegend. Oder ich komme zu dir.«
»Ich glaube, das würde mir gefallen«, gestand Milly.
»Dann verspreche ich dir, dass wir es so machen, und ich halte mein Wort.«
»Und bringen Sie Agatha ins Gefängnis zurück?«
»Ich habe keine andere Wahl. Wenn ich ohne sie gehen würde, hätte sie das FBI an den Fersen, es ist eine Frage von Stunden.«
Milly wandte sich zu ihm um und fragte: »Was ist für einen Mann der Gerechtigkeit wichtiger: einen Schuldigen fangen oder einen Unschuldigen schützen?«
Die Frage hätte ihn nicht berührt, wenn sie nicht seine Tochter gestellt hätte.
Er sah Milly erneut an und legte mit einer zögernden Geste eine Hand auf ihre Wange. »Ich verspreche dir, darauf zu antworten, wenn wir uns das nächste Mal sehen. Jetzt musst du nach Hause fahren, sie kommt nicht zurück. Sie hat mir aufgetragen, dir Auf Wiedersehen zu sagen. Sie will nicht, dass du siehst, wenn sie geht. Sei nicht traurig, es ist ein Auf Wiedersehen, bald wirst du sie besuchen können, du musst mir vertrauen.«
»Sagen Sie ihr, dass ich auf die Gitarre achte und dass niemand sie anrühren darf, bis sie wieder darauf spielen

kann. Sie versteht, was ich meine. Sagen Sie ihr auch, dass ich oft zu ihr kommen werde…«, Milly schluchzte auf, »…und dass ich nichts von dem, was wir gemeinsam erlebt haben, vergessen werde.«

Mit einer ungeschickten Geste wischte Tom ihr die Tränen ab, und dann zog er sie mit einer spontanen Geste an sich.

Die Umarmung von Vater und Tochter dauerte eine Weile. Dann schrieb Tom seine Adresse auf ein Parkplatzticket, das er in seiner Tasche gefunden hatte, und legte es gut sichtbar auf das Armaturenbrett.

Anschließend öffnete er die Tür des Oldsmobile, stieg aus und lief den Hügel hinauf.

Agatha betrachtete den Revolver in der geöffneten Tasche zu ihren Füßen. Seit Tom gegangen war, hatte sie ihn nicht aus den Augen gelassen. Sie bückte sich, ergriff ihn und seufzte ausgiebig.

Hinter ihr erschien Tom.

»Gehst du auf die Jagd?«, fragte er mit einem Blick auf die Waffe.

»Wie ging es?«, wollte sie ängstlich wissen.

»Ich glaube gut.«

»Ist sie gefahren?«

»Als ich zu dir zurückkam, habe ich gehört, wie der Wagen davonfuhr.«

»Hat sie dir etwas für mich gesagt?«

»Ja, sie würde auf deine Gitarre achten, das würdest du schon verstehen.«

»Hier«, sagte Agatha und reichte ihm die Waffe.

»Steck sie wieder ein, es ist Zeit zu gehen.«

»Wirst du mir Handschellen anlegen?«

Ohne zu antworten, ging Tom zu seinem Wagen, der auf der anderen Seite des Hügels geparkt war.

Agatha folgte ihm.

Kapitel 11

An der Ortsgrenze von Santa Fe wurde Milly von einem Wagen des FBI angehalten. Ihr Gewehr im Anschlag nahmen die beiden Agenten sie fest, mussten aber zu ihrem Leidwesen feststellen, dass sie allein im Auto war. Sie befahlen ihr, den Kofferraum zu öffnen, und fanden nichts weiter darin als eine Gibson in ihrem abgenutzten Lederetui.

Milly beantwortete ihre Fragen und erklärte selbstsicher, sie sei gekommen, um das Grab ihrer Mutter zu besuchen. Sie hätte wohl in Philadelphia eine Anhalterin mitgenommen, sie aber nach einigen Hundert Meilen wieder abgesetzt und keine Ahnung, was aus ihr geworden sei. Nichts hätte darauf hingedeutet, dass sie gesucht würde. Sie brüstete sich ein wenig damit, dass ihr Vater, der selbst Federal, genauer gesagt Marshal sei, sie in der strikten Achtung des Gesetzes erzogen habe.

Die beiden FBI-Agenten hatten nicht den geringsten Grund, sie länger festzuhalten.

Währenddessen fuhren Tom Bradley und seine Gefangene Richtung Osten und nutzten die lange Reise, um Erinnerungen wachzurufen und sich mit ihrer Vergangenheit zu versöhnen.

Nachdem sie New Mexico verlassen und Colorado durchquert hatten, aßen sie am ersten Abend in einem Restaurant am Ufer des Lake McConaughy in Nebraska.

In dieser Nacht teilten Tom und Agatha dasselbe Hotelzimmer.

Kapitel 12

Vier Tage waren vergangen, seitdem der Agent Maloney Richter Clayton kontaktiert hatte. Im Verlauf des Gesprächs hatte er ihn informiert, dass sich ein Marshal namens Tom Bradley, begleitet von der gesuchten Flüchtigen, spontan im Büro von Denver gemeldet habe. Da er über einen ordnungsgemäßen, von der Hand desselben Richters unterzeichneten Einsatzauftrag verfügte, hatte er sein Recht geltend gemacht, besagte Person selbst zu überführen. Maloney hatte es sich nicht nehmen lassen, Clayton zu sagen, er schätze es wenig, dass das FBI eingeschaltet wurde, während bereits ein Marshal mit dem Fall befasst war. Ein Mindestmaß an Höflichkeit hätte erfordert, ihn wenigstens darüber zu informieren. Da die Angelegenheit jetzt geregelt sei, sei auch die Fahndung de facto eingestellt worden.

Dann hatte Maloney aufgelegt.

An diesem Morgen lief Clayton auf seiner Veranda auf und ab und fragte sich, warum Bradley ihn noch immer nicht kontaktiert hatte und vor allem, warum Agatha Greenberg noch nicht in ihre Zelle zurückgekehrt war. Letzteres hatte ihm der Direktor der Haftanstalt eine

Stunde zuvor mit bebender Stimme bestätigt. Das passte Clayton überhaupt nicht, und obwohl es ihm auch nicht passte, sich von zu Hause zu entfernen, und noch weniger, das Flugzeug nehmen zu müssen, packte er seine Tasche, rief seine Sekretärin an und beauftragte sie, ihm noch für denselben Tag einen Flug nach North Wisconsin zu buchen.

Er landete am frühen Nachmittag auf dem Airport von Duluth, wo ihn ein Polizeiwagen erwartete.

Begleitet von drei Inspektoren, durchquerte er zwei Stunden später Kimball – ein kleines Städtchen, mehr ein Dorf – und dann nur noch weite Landschaft.

Die Polizeibeamten, die ihn begleiteten, waren nicht eben gesprächig, und Clayton selbst war auch nicht begierig darauf, eine Unterhaltung zu beginnen. Er hatte sie nur gebeten, ihn, sobald sie vor Ort waren, einfach machen zu lassen und nur im Notfall einzugreifen.

Auf Höhe eines Bildstocks am Straßenrand bogen sie in einen unbefestigten Weg ein, der durch die abgelegensten Landstriche des Bundesstaates führte.

Am Ende des holprigen Weges, auf dem sie kräftig durchgeschüttelt wurden, tauchte schließlich ein kleines Chalet am Waldesrand auf.

Als Clayton aus dem Wagen stieg, erschien Tom auf der Veranda, die Hand am Griff seines Revolvers, der in seinem Gürtel steckte.

»Wie ich sehe, bist du ein Mann, der sein Wort hält. Du hattest versprochen, mich eines Tages zu besuchen, und jetzt bist du da«, sagte er und ignorierte dabei die Polizisten, die sich hinter dem Richter aufgestellt hatten. »Ich hätte dich gerne zum Abendessen eingeladen, aber du bist etwas spät dran, ich habe bereits gegessen.«

»Ich hätte es vorgezogen, dich unter anderen Umständen aufzusuchen. Ich nehme an, sie versteckt sich drinnen im Haus.«

»Es ist nicht sehr groß bei mir, weißt du, und es gibt keinen Raum, wo ich jemanden verstecken könnte. Aber wenn du von der Frau sprichst, die du zu fünfunddreißig Jahren Gefängnis verurteilt hast, obwohl du genau wusstest, dass sie unschuldig war, so lautet die Antwort: nein. Du wirst es kaum glauben, aber sie ist mir entwischt. Ich habe dir noch nicht Bescheid gegeben, weil ich nicht eben stolz darauf bin; man könnte meinen, ich bin alt geworden. Zu dieser Stunde dürfte sie Kanada erreicht haben.«

»Verkauf mich nicht für dumm, Tom, ich weiß ganz genau, dass sie sich in deinen vier Wänden befindet. Wie du dir vorstellen kannst, bin ich nicht ohne Hausdurchsuchungsbefehl gekommen. Mach die Dinge nicht noch komplizierter, als sie ohnehin schon sind, und lass mich herein.«

Tom musterte Clayton, und ein breites Lächeln huschte über sein Gesicht.

»Stell dir die Schlagzeilen in den Zeitungen von morgen vor: ›Schusswechsel zwischen drei Polizeibeamten und einem Marshal in Gegenwart eines Richters, der kurz vor der Pensionierung steht‹, super Aufmacher! Reizt euch das, Jungs?«, fragte er seine Kollegen.

Die ratlosen Polizisten wechselten Blicke, bevor sie sich Richter Clayton zuwandten.

»Weil ich kein Geheimnis vor dir habe und weil wir alte Bekannte sind«, fuhr Tom fort, »muss ich dir mitteilen, dass ich das besagte Heft gefunden habe, in dem die wirkliche Agatha Greenberg ihre Geständnisse festgehalten hat. Sie schreibt gut, man könnte ein Buch daraus machen. Für den Fall, dass mir etwas passieren sollte, habe ich es einem befreundeten Rechtsanwalt geschickt und einen ausführlichen Bericht hinzugefügt, der erläutert, wie ein junger Staatsanwalt eine Frau wissentlich an der Stelle ihrer Schwester ins Gefängnis gebracht hat, weil Letztere schwanger war und deshalb mit Strafminderung hätte rechnen können. Ich habe mir auch die Mühe gemacht, zu berichten, dass derselbe Staatsanwalt, sobald er Richter geworden war, keine Gewissensbisse hatte, das Strafmaß zu erhöhen. Wenn man es genau bedenkt, ist es ein Glücksfall für dich, dass sie bei unseren kanadischen Nachbarn Zuflucht gefunden hat, und ich würde es mir zweimal überlegen, ihre Auslieferung zu beantragen.«

Die drei Polizisten, denen nichts von der Szene entgangen war, blickten sich erneut an, verabschiedeten sich von Tom, indem sie eine Hand an die Kappe hoben, und brachen zu ihrem Wagen auf.

»Weißt du«, meinte Tom, »ich kenne diese Männer gut. Wenn du nicht zu Fuß gehen willst – und der nächste Bus geht erst morgen früh –, würde ich ihnen an deiner Stelle folgen. Ich kann dir nicht versprechen, dass die Rückfahrt ein Vergnügen sein wird, aber es ist weniger beschwerlich als ein Fußmarsch.«

Clayton wandte sich zu dem Polizeiwagen um, dessen Motor schon lief. Mit verzerrtem Gesicht warf er Tom einen letzten Blick zu, machte den Polizisten ein Zeichen und eilte zu ihnen.

Tom wartete, bis der Wagen verschwunden war, betrachtete einen Moment lang den Himmel, der sich rot zu färben begann, und trat ins Haus.

»Und jetzt?«, fragte Agatha, die am Tisch saß.

»Jetzt essen wir, weil ich Hunger habe. Diese Woche zeige ich dir die Gegend, und später suche ich Max auf und hole mir dieses Heft. Wenn das geschehen ist, wird ein gewisser Richter einen Ruhestand antreten, den er sich anders vorgestellt hat. Der Gerechtigkeit wird zum Sieg verholfen, und ich kann selbst in Rente gehen. Wenn ein kleines Chalet in einer gottverlassenen Gegend dir genügt, würde mich nichts glücklicher machen, als diesen Ruhestand an deiner Seite zu verbringen.«

Agatha verwendete den Ausdruck von jemandem, der ihr fortan viel bedeutete, und meinte: »Ich glaube, das würde mir gefallen.«

Am folgenden Morgen trat Agatha aus dem Chalet und bewunderte die Landschaft, die sich bis zum Horizont erstreckte. Sie atmete den Duft der Kiefern und der feuchten Erde ein und dachte, dass das Leben, wie es jetzt vor ihr lag, *dieser anderen Art von Glück* zu ähneln begann, die sie sich immer vorgestellt hatte – und die war weiß Gott wunderbar!

Genau an diesem Morgen kam Milly, die auf dem Rückweg Station bei Raoul gemacht hatte, schließlich in Philadelphia an.

Bevor sie nach Hause fuhr, eilte sie ins Café des Kambar Campus Center.

Danksagung

Mein Dank gilt:

Pauline, Louis und Georges.
Raymond, Danièle und Lorraine.

Susanna Lea.
Emmanuelle Hardouin.
Cécile Boyer-Runge, Antoine Caro.
Élisabeth Villeneuve, Anne-Marie Lenfant, Caroline Babulle, Arié Sberro, Sylvie Bardeau, Lydie Leroy, Joël Renaudat, Cécile Chiflet sowie dem gesamten Team der Éditions Robert Laffont.
Pauline Normand, Marie-Ève Provost.
Léonard Anthony, Sébastian Canot, Danielle Melconian, Naja Baldwin, Mark Kessler, Stéphanie Charrier, Julien Saltet de Sablet d'Estières, Moez Slimi.
Katrin Hodapp, Laura Mamelok, Kerry Glencorse, Julia Wagner, Aline Grond, Charlotte Aston.
Brigitte und Sarah Forissier.
Peter Schlesinger und Claire McFadden.